Faubourg * Marigny

Créé et dirigé par Laury-Anne Frut et Romain Naudin

Tour de Babel américaine, nichée au cœur de La Nouvelle-Orléans, Faubourg Marigny est un quartier dans lequel toutes les langues se parlent encore. C'est désormais également une maison d'édition qui s'attache à publier des romans français, francophones et étrangers de littérature contemporaine.

À travers une dizaine de titres par an, nous vous invitons à découvrir des plumes singulières, des atmosphères inattendues, d'ici ou d'ailleurs, mais qui vous fascineront toujours.

HÔTEL PORTOFINO

Titre original : *Hotel Portofino*

Publié initialement en anglais par Simon & Schuster UK Ltd, 2021
Written by J.P. O'Connell. Based on scripts by Matt Baker.

J.P. O'Connell

HÔTEL PORTOFINO

Traduit de l'anglais (Angleterre)
par Danielle Charron

Faubourg * Marigny

Chères lectrices, chers lecteurs,

L'été arrive, et quoi de mieux que le soleil italien pour nous réchauffer ? À l'Hôtel Portofino, tenu par Bella Ainsworth, le client est roi. Cuisine exceptionnelle, chambres luxueuses et personnel avenant à votre disposition, mesdames et messieurs.

Mais derrière la magnifique façade de l'hôtel et la vue somptueuse sur la mer se cachent secrets, peines de cœur, problèmes financiers…

Nous sommes dans l'entre-deux-guerres, et l'Italie s'apprête à plonger dans l'une des périodes les plus sombres de son histoire.

Avant de découvrir la série télévisée *Hôtel Portofino*, plongez avec nous dans ce roman qui nous a transportés dans un univers à la *Downton Abbey*. Promis, vous ne le lâcherez pas.

Très belle lecture,
L'équipe éditoriale de Faubourg Marigny

Chapitre 1

Que j'aime préparer des chambres pour de nouveaux hôtes! songea Bella. Après en avoir discuté avec Cecil, elle avait décidé de loger les Drummond-Ward dans la suite Epsom, qui était claire, aérée et donnait sur la mer. Ses solides lits en acajou s'agençaient bien avec le papier peint au motif floral délicat.

Un dessin trop présent était toujours une erreur. Un enchevêtrement de lignes et de formes risquait d'attirer l'attention ; on pouvait être tenté de s'arrêter, de vouloir le déchiffrer. Or, dans la vie comme en décoration, il y avait parfois des choses qu'il valait mieux ne pas remarquer.

De toute façon, Bella n'avait pas de temps à consacrer à cela. Elle avait trop à faire.

Elle rejoignit Francesco et Billy qui s'échinaient à retourner un matelas.

— C'est tellement lourd, Mrs Ainsworth !

— C'est à cause de la bourre en crin de cheval, expliqua Bella. C'est ce qui rend ces matelas si confortables.

— Il y a aussi du métal. Je le sens.

— Ça, ce sont des ressorts, Billy.

Pendant que Billy secouait la tête, incrédule, Paola entra en coup de vent, portant une pile de draps fraîchement repassés et amidonnés. Ils venaient de Londres – de chez Heal's sur Tottenham Court Road, rien de moins ! Certes, le magasin britannique de Bordighera vendait du linge de lit, au même titre que des produits de base tels que le gin Gordon's et les biscuits Huntley & Palmer. Beaucoup de familles d'expatriés s'en contentaient. Mais pour l'Hôtel Portofino, il fallait le meilleur. Et cela voulait dire du coton doux au tissage serré. C'était ce qui donnait aux draps leur côté craquant lorsqu'on les retirait de la corde à linge.

Une fois le matelas retourné, Billy fila aider sa mère à la cuisine. Paola entreprit de faire le lit, tandis que Francesco déposait un vase rempli d'iris aux reflets de l'arc-en-ciel sur une table d'appoint.

À l'Hôtel Portofino, les suites les plus luxueuses étaient dotées de leur propre salle de bains. Avec Cecil, elle avait investi dans la toute dernière technologie en matière de chauffage de l'eau. Dorénavant, les gens voulaient avoir le loisir de prendre un bain sans que les domestiques s'affairent autour d'eux. Et certains des vieux systèmes étaient franchement dangereux. Tout le monde était au courant de l'explosion au Castle Brown : un malheureux touriste anglais n'avait pas fermé l'appareil au bon moment et, trois mois plus tard, on en était encore à redécorer les lieux.

Bella alla déposer une serviette blanche à côté du lavabo et une bougie parfumée sur le rebord de la fenêtre, près de l'énorme baignoire sur pattes. Le couple âgé qui avait occupé la suite en avril – d'horribles enquiquineurs de Guildford – s'était plaint d'une odeur indésirable. Bella n'en avait pourtant détecté aucune, mais elle ne voulait prendre aucun risque dans le cas des Drummond-Ward.

Elle sortit de la salle de bains et retrouva Paola, qui venait de finir le lit et se tenait toute droite, en attente du verdict de sa patronne. Veuve de guerre originaire du village, Paola avait d'immenses yeux sombres et une abondante crinière noir de jais qu'elle ramenait en arrière et qui descendait en cascade dans son dos. Cette femme était aussi séduisante que fiable. Or, quelque chose avait changé en elle récemment. Bella n'arrivait pas à mettre le doigt sur ce qui clochait, mais depuis peu, Paola avait un air circonspect, combiné à quelque chose de plus primitif, de plus suggestif, voire d'arrogant.

Le couvre-lit n'avait besoin que d'un iota de bichonnage, et Bella approuva d'un hochement de tête le travail de la femme de chambre.

— *Eccellente*, lança-t-elle en souriant.

Paola lui rendit son sourire en évitant toutefois son regard pénétrant.

Pourquoi est-ce que je m'en fais? se demanda Bella. *Pourquoi est-ce que je ne peux pas me détendre?*

Au fond, elle connaissait la réponse. Tellement de choses étaient en jeu cet été. Non seulement la réputation de l'hôtel, mais l'avenir de Lucian et – ce qui la bouleversait – sa relation avec Cecil. Elle avait parfois l'impression que son mariage ne tenait qu'à un fil.

Au moins, en ce qui concernait le personnel, elle était chanceuse.

Betty, leur cuisinière, et son fils Billy étaient avec eux dans le Yorkshire. Ils les avaient suivis à Londres, puis en Italie. Ils faisaient partie de la famille, et Bella leur faisait aveuglément confiance, même s'ils n'en finissaient plus de s'adapter à leur nouvel univers. Elle fondait beaucoup d'espoir sur Constance, la future nounou de Lottie, qui lui avait été recommandée par Betty.

En revanche, elle ne savait pas à quoi s'attendre avec Paola. Une heure en sa compagnie et elle se demandait si elle comprenait quoi que ce soit aux Italiens.

Bella était obsédée par l'Italie depuis toute petite. Au pensionnat, elle avait suspendu des reproductions de célèbres peintures italiennes à côté de son lit, mais les religieuses qui dirigeaient l'établissement lui avaient demandé de retirer *La Naissance de Vénus* de Botticelli sous prétexte que cette image était obscène, ce qui l'avait révoltée – en silence. Pour Bella, l'Italie était synonyme de vérité, de beauté et de bonté. Ce pays était comme un phare dont les rayons de pure lumière méditerranéenne transperçaient la morosité, l'humidité et le brouillard de Londres.

Cecil aimait aussi l'Italie. Du moins, c'est ce qu'il disait. Mais c'était Bella qui avait suggéré qu'ils passent leur lune de miel à Portofino.

Elle soupira en se remémorant ces jours d'insouciance. Il était étrange de penser que la fille qu'ils avaient conçue durant ce séjour était maintenant veuve et que leur fils, ancien combattant, devait composer avec des blessures qu'il avait reçues lors de la pire guerre qui soit. Elle trouvait encore plus étrange de songer qu'on était en 1926 et qu'elle avait quarante-huit ans.

Le temps avait filé.

Bien sûr, elle avait connu une autre perte, mais elle préférait repousser cette pensée aussi loin qu'elle pouvait pour ne pas être obnubilée par elle.

Ce qui la faisait *vraiment* souffrir était le fait – car c'était un fait – qu'elle et Cecil avaient été jeunes et amoureux. Ils avaient passé des nuits entières sur la plage de Paraggi, avant de s'enfoncer nus dans la mer scintillante, tandis que le soleil se levait derrière les montagnes.

Lors de leur premier voyage à Portofino, Bella avait fait l'expérience des baisers profonds échangés au clair de lune dans les ruelles silencieuses. Elle avait éprouvé de nouvelles sensations et apprécié de nouveaux goûts – le *prosciutto* salé, les figues fraîches qui fondaient dans la bouche.

Pendant que Cecil jouait au tennis à l'hôtel, elle se promenait en suivant d'ancestrales pistes de mules qui l'amenaient jusqu'à des fermes et des oliveraies en haut des collines. À travers les portails verrouillés, elle jetait des coups d'œil sur les magnifiques demeures et leurs jardins luxuriants, en se demandant qui pouvait bien habiter là – et si ce ne serait jamais son cas. Elle observait les dentellières sur la place du village, puis allait s'allonger sur les rochers chauffés au soleil, en laissant les petits lézards gambader sur ses jambes nues.

Naturellement, c'était une époque plus guindée – une époque où une femme dans son genre s'attirait réprimandes et haussements de sourcils. Mais cela ne l'avait pas arrêtée. Bella se voyait comme une femme moderne, à l'image des héroïnes des romans qu'elle lisait, et elle entrevoyait une nouvelle réalité.

Un jour, elle était montée jusqu'à l'église de San Martino qui surplombait le port, attirée par la façade rayée de l'édifice. Seule une vieille femme vêtue de noir et la tête recouverte d'un châle crocheté se trouvait à l'intérieur. Bella avait humé l'odeur d'encens, avait plongé ses doigts dans l'eau bénite et s'était signée; elle n'était pas catholique, mais cela lui avait semblé la chose à faire. En réalité, elle avait senti qu'elle participait à quelque chose autant qu'elle faisait semblant d'y participer. Elle avait décidé de ranger cette révélation dans un compartiment de son esprit et d'y repenser plus tard.

Beaucoup d'aspects de la vie reposaient sur les rituels, la représentation. C'était d'autant plus vrai qu'elle dirigeait désormais un hôtel, en assumant les responsabilités de directrice et de concierge. Elle n'osait pas dire qu'elle avait la vocation, cela lui semblait ridicule. Mais il y avait une dimension religieuse dans son travail. D'ailleurs, elle savait qu'elle y excellait. Ce qui rendait encore plus blessant son souvenir des doutes initiaux de Cecil face à son projet.

— Ouvrir un hôtel? À Portofino? avait-il demandé en remplissant son verre de whisky pur malt dans le salon de leur maison de Kensington. Et pourquoi diable voudrions-nous faire cela?

Il savait exactement quoi faire pour lui en imposer. Mais cette fois, elle avait refusé de se soumettre.

— Ce serait une aventure, avait-elle répondu d'un ton joyeux. Un nouveau départ. Une façon d'oublier la guerre et tous les malheurs qu'elle a causés à notre famille.

— Diriger un hôtel est un travail ingrat. Imagine toutes les absurdités dont tu devrais t'occuper. L'achat du bon type de chaises pour la terrasse. L'organisation des visites au musée. C'est tellement…

— Quoi ? Ordinaire ? Banlieusard ?

— Eh bien, oui. Pour ne pas dire… avait-il ajouté en faisant la moue tandis qu'il cherchait le *mot juste*[1], hum… vulgaire. Or, les petites Bella de ce monde ne sont jamais vulgaires. C'est pourquoi j'en ai épousé une.

Il s'était enfoncé dans son fauteuil en soupirant, avant d'ajouter :

— Et tu ne tarderas pas à constater qu'il y a beaucoup de concurrence si tu souhaites attirer une certaine classe de touristes.

Il n'avait pas tort. Chaque année en novembre, les représentants des classes supérieures de la Grande-Bretagne migraient vers des cieux plus cléments où ils restaient pendant tout l'hiver. Certains ne juraient que par Cannes. D'autres préféraient le Lido de Venise ou partaient se refaire une santé à Baden-Baden. Et Biarritz était un véritable sanctuaire pour ceux qui voulaient fuir la Côte d'Azur quand la chaleur y devenait intolérable.

La Riviera italienne, au contraire, restait relativement peu connue. Certes, elle abritait une colonie britannique – où n'y avait-il pas de Britanniques dans le monde ? – et des hôtels très luxueux avec piscines et courts de tennis.

Ce n'était toutefois pas le marché que Bella visait.

— Ce que je vois, avait-elle dit, c'est un hôtel estival. Pas un refuge pour les débris de la haute société.

1. Les mots suivis d'un astérisque sont en français dans le texte original. (Toutes les notes sont de la traductrice.)

— Allons, allons ! avait protesté Cecil en faisant semblant de s'étouffer. Le snobisme inversé n'est pas seyant.

— Je ne suis pas snob, avait rétorqué Bella en tentant de contenir sa colère. Je veux simplement attirer des gens intéressants. Des gens avec qui j'aurais envie de parler.

— Comme des artistes.

— Oui.

— Et des écrivains.

— C'est ce que j'espère.

— Des gens aux opinions radicales, avait précisé Cecil d'un ton clairement narquois.

— Pas nécessairement.

— Mais pas des gens BCBG comme moi.

— Ne sois pas ridicule, avait lancé Bella à bout de patience.

— Ou pauvre comme moi. Je suppose que ton père financera cette entreprise.

— Il sera heureux de nous aider, j'en suis certaine.

— Alors, portons un toast à sa généreuse majesté ! avait-il conclu, moqueur, en levant son verre.

Au fil des ans, Bella avait appris à ignorer les remarques sarcastiques de Cecil, car elle savait qu'elles lui servaient surtout à cacher son manque d'assurance. Cette fois, elle entreprit plutôt de l'inciter à participer à son projet en l'encourageant à examiner les annonces de propriétés à vendre dans les journaux et les magazines, tandis qu'elle-même écumait les tracts d'agents immobiliers. Ainsi, il aurait l'impression d'avoir un intérêt dans l'affaire. D'ailleurs, il pouvait être étonnamment ingénieux – créatif même – lorsqu'il s'appliquait à une tâche.

Il ne manquait pas de maisons à vendre sur la Riviera italienne, mais aucune ne convenait. Elles étaient soit trop grandes, soit trop petites, ou alors elles se trouvaient dans des stations touristiques surexploitées, comme Santa Margherita et Rapallo. C'est alors que Bella jeta son dévolu sur Portofino, un endroit plus à sa mesure, plus intime.

Ils cherchaient depuis des mois et étaient sur le point d'abandonner lorsqu'un soir d'hiver, Cecil tira le *Times* de sous son bras et, l'air de rien, attira l'attention de Bella sur une annonce qu'il avait entourée à l'encre :

> *Villa historique établie dans un cadre élégant, avec magnifiques vues sur la mer, située près de la plage et de la ville de Portofino. Ferait une excellente pensione. Acheteurs sérieux seulement, veuillez vous informer au 12, Grosvenor Square, Mayfair.*

Trois jours plus tard, ils débarquaient en Italie, enthousiastes mais nerveux à l'idée qu'après tous leurs efforts – le voyage avait été un cauchemar de maux de mer et de correspondances ratées – , la maison serait peut-être décevante. Il était effectivement possible qu'elle soit moins parfaite qu'elle en avait l'air sur les photos que leur avait montrées le vendeur, un vieux Victorien qui empestait le talc.

La vaste villa jaune pâle se trouvait au bout d'une allée de graviers bordée de palmiers. Elle était agrémentée d'une tour trapue qui la faisait ressembler à une maison de ferme du XVe siècle.

— Elle est bizarrement toscane, remarqua Cecil.

Mais belle, tellement belle. Le soulagement avait envahi le corps de Bella. Elle n'oublierait jamais l'impressionnant silence qui les avait accueillis lorsqu'ils avaient poussé la lourde porte en bois de chêne et étaient entrés dans la fraîcheur du vestibule couvert de marbre.

— *Vi piacerà, vedrete*, avait dit l'agent. Vous allez aimer.

Et ils s'y étaient installés !

Bella entendit une porte s'ouvrir au fond du corridor et un homme se racler la gorge. C'était Anish, que tout le monde appelait Nish, l'ami de Lucian. Ce paisible intellectuel était là depuis quelques semaines déjà. Il ne faisait aucun doute qu'il avait sauvé la vie de Lucian après la guerre.

D'autres bruits lui parvinrent au moment où elle s'engageait dans l'escalier pour descendre. C'étaient des voix de femmes, cette fois, de femmes en colère ou, à tout le moins, consternées. Au pied de l'escalier, Bella faillit se faire renverser par Alice, sa fille, qui sortait en trombe de la cuisine, l'air agité.

— C'est Betty, s'écria-t-elle. Elle fait encore des chichis ! Veux-tu m'aider à la calmer ?

Bella la suivit dans la cuisine où une abondance de casseroles en cuivre brillait sous les rayons du soleil. L'arôme du pain en train de cuire chatouilla les narines de Bella. Tout à ses projets, elle avait oublié de déjeuner.

Betty se tenait devant la cuisinière, son visage rougeaud tout chiffonné. Bella alla vers elle.

— Qu'y a-t-il, Betty ? Qu'est-ce qui se passe ?

— Rien, Mrs Ainsworth. Je me débrouille.

— Que voulez-vous dire ?

Sans se tourner, Betty désigna un gros morceau de bœuf qui reposait sur la table derrière elle.

— C'est quelque chose que je n'ai jamais cuisiné de ma vie.

— C'est du bœuf? fit Bella, en jetant un coup d'œil à la viande et en faisant signe à Alice de s'approcher.

— Oh oui, c'est du bœuf! Du bœuf *italien.*

— Et le bœuf *italien* pose un problème?

— Il ne contient pas de gras, répondit la cuisinière d'un ton détaché.

— Et c'est… mauvais? intervint Alice.

— Je n'aurai pas de graisse de cuisson! rétorqua Betty, en regardant Alice comme si elle venait de dire une ânerie. Pour mes puddings! Ou pour les patates! À ce propos…

Elle plongea la main dans une casserole pour en sortir une pomme de terre tellement petite qu'elle tenait entre son index et son pouce.

— Avez-vous déjà vu des patates comme ça? Pas plus grosses qu'une balle de fusil! C'est pas des vraies patates, ça!

— Je suis sûre que vous vous en tirerez magistralement, Betty, affirma Alice. Comme d'habitude.

— Je vais faire de mon mieux, Mrs Mays-Smith.

Alice fila, laissant Bella seule avec Betty. Ce n'était pas la première fois que Bella remarquait à quel point sa cuisinière était bouleversée, et elle ressentit un pincement de culpabilité. Il n'avait pas été facile de persuader cette femme d'âge mûr de s'arracher à Londres pour les suivre en Italie, d'autant plus qu'elle n'avait quitté son Yorkshire natal que quelques années plus tôt. Non seulement elle n'était jamais sortie d'Angleterre, mais elle considérait encore Londres comme une ville dangereusement étrangère.

Ce déménagement avait été un projet extrêmement audacieux pour Betty, et Bella n'avait pas tari d'éloges à son égard pour l'avoir entrepris. Parfois, elle craignait que derrière ses propres encouragements se soit cachée une forme de contrainte. Or, ce n'était pas ce qu'elle voulait. Ce qu'elle voulait, c'était faire preuve de bonté, surtout envers quelqu'un comme Betty.

Comme beaucoup de ses concitoyens, Betty était encore en train de se remettre des effets de la guerre. Elle avait perdu deux fils sur le front occidental. Deux fils ! Il lui restait Billy, bien sûr, mais comment se sentait-elle chaque fois qu'elle posait les yeux sur Lucian ?

Le plus difficile pour Bella avait été d'expliquer à sa cuisinière tous les attraits de l'Italie, alors qu'ils lui paraissaient totalement évidents. Elle s'était résolue à lui montrer des cartes postales qu'elle avait ramenées de sa lune de miel – des images peintes à la main qui évoquaient le soleil et le bonheur. Cette stratégie avait eu l'air de fonctionner ; Betty avait semblé convaincue que l'Italie était un pays sûr, un endroit civilisé pour elle et son fils orphelin de père, et ce, malgré certaines nouvelles disant le contraire.

— Et la nourriture ? avait-elle demandé, suspicieuse.

Bella avait sorti de son sac un livre recouvert d'un élégant tissu vert sur lequel Betty avait passé une main dodue en plissant les yeux pour lire le titre : *La science en cuisine et l'art de bien manger*, par Pellegrino Artusi.

— Dans ce livre, vous trouverez tout ce que vous avez besoin de savoir, avait affirmé Bella. Personne ne sait mieux décrire la cuisine italienne qu'Artusi.

— Je vais commencer à le lire dès ce soir, avait répondu Betty en souriant, fière, à juste titre, de sa capacité à lire et à écrire.

Mais ses premières tentatives ne furent pas ses plus grandes réussites culinaires. La soupe minestrone qu'elle prépara fut remarquable pour de mauvaises raisons.

— Mais qu'est-ce que cela, pour l'amour de Dieu ? demanda Cecil en remuant le bouillon rempli de légumes trop cuits.

Bella en porta prudemment une cuillérée à sa bouche. Surprise par son goût piquant, elle toussa dans sa serviette.

— Elle a utilisé de l'ail sauvage, je crois. Beaucoup. Bah, ce n'est pas grave. Nous devons l'encourager, Cecil. Par ailleurs, elle ne fera pas de cuisine italienne chaque jour. Plusieurs de nos hôtes préféreront la tourte à la viande de bœuf et aux rognons.

Au bout de quelques semaines, Betty, qui était compétente et travailleuse, maîtrisait la situation. Quant à Billy, il était devenu un jeune homme impressionnant et fiable, qui allait faire un splendide chasseur. De plus, Bella planifiait de lui enseigner le service à table – soit l'art de faire du surplace de façon consciencieuse.

Bella serra doucement l'épaule de Betty.

— Vous effectuez un travail formidable, dit-elle. Vos plats sont extraordinaires.

— Vous êtes bien bonne, Mrs Ainsworth, répliqua Betty, rougissant de plaisir.

— Billy vous aide, n'est-ce pas ?

— Oui, je viens juste de l'envoyer chercher de la crème pour le pudding au citron.

— C'est bien. Et n'oubliez pas que Constance arrivera bientôt. Elle aura le temps de vous donner un coup de main en cuisine quand elle ne sera pas en train de s'occuper de Lottie.

En entendant cela, Betty se tourna vers Bella, le corps raidi par l'appréhension.

— Quel jour sommes-nous ? demanda-t-elle.

— Jeudi.

— Oh non, s'exclama-t-elle en portant la main à sa bouche.

— Qu'y a-t-il, Betty ?

— C'est aujourd'hui. Constance arrive aujourd'hui. Par le train de Gênes.

— Mais c'est le train par lequel les Drummond-Ward arrivent. Lucian est parti les chercher.

— Oh, Mrs Ainsworth ! fit Betty au bord des larmes. Et vous m'aviez demandé de veiller à ce qu'on aille la chercher. Puisqu'elle est une amie de la famille…

— Ne paniquez pas Betty. Il est possible que Lucian ne soit pas encore parti, auquel cas, il ramènera aussi Constance.

Bella s'efforça de faire bonne figure, mais elle savait que la situation était loin d'être idéale. Julia Drummond-Ward n'était pas le genre de femme qui réagirait bien à l'idée de partager sa calèche avec une domestique. De toute façon, Lucian était sans doute déjà en route pour la gare de Mezzago. Il y avait déjà un moment que Bella lui avait parlé tandis qu'il attendait que Francesco attelle les chevaux. C'est à ce moment qu'il aurait fallu évoquer Constance…

Bella courut jusqu'au vestibule en appelant Lucian, par acquit de conscience, car elle ne s'attendait pas à ce qu'il soit là. La pièce résonnait encore de sa voix quand Nish émergea de la bibliothèque.

— Il n'est pas ici, Mrs Ainsworth. Il est parti il y a une heure. Il ne voulait pas faire attendre Rose.

— Et la mère de Rose, lui rappela Bella.

— Bien entendu, dit Nish en souriant. Puis-je vous être utile en quoi que ce soit ?

— Non, non, répondit Bella en lui faisant signe de s'en aller. Détendez-vous et profitez de la vie. Vous êtes notre hôte.

— C'est une grosse semaine pour l'hôtel. Une grosse semaine pour vous.

C'était vrai. Les hôtes avaient commencé à arriver lundi. D'abord Lady Latchmere et sa petite-nièce Melissa, puis le comte Albani et son fils Roberto. D'ici la fin de la semaine, l'hôtel serait plein.

Bella avait été particulièrement heureuse d'apprendre que le comte logerait ici. Sa présence à l'Hôtel Portofino indiquerait aux Italiens que l'établissement était aussi pour eux. Cecil ne savait pas s'il convenait d'envoyer ce genre de message. Cela dit, la présence de son mari sur les lieux était de plus en fugace, imprévisible.

D'ailleurs où diable était-il maintenant ? Serait-il de retour pour accueillir les Drummond-Ward ? Bella ne voulait pas être seule pour faire connaissance avec Julia. Elle savait qu'elle et son mari avaient eu une aventure dans le passé. Et elle ne pouvait nier qu'elle nourrissait des sentiments forts et compliqués envers cette femme : curiosité, jalousie, voire peur. À quoi servait un époux s'il n'était pas là pour la rassurer dans de telles circonstances ?

— Vous allez bien, Mrs Ainsworth ? fit Nish, dont la voix la sortit de sa rêverie.

— Je m'en faisais simplement pour Constance, dit-elle. C'est la nouvelle nounou de Lottie. Elle est dans le même train que les Drummond-Ward, apparemment. Il n'y a rien que nous puissions faire. Elle devra venir ici par ses propres moyens.

— Tout ira bien, j'en suis sûr, la rassura Nish. Quand je suis arrivé à Mezzago, j'ai été assailli par des cochers criards qui voulaient que je monte dans leur fiacre. Il y en avait tellement que j'avais de la difficulté à avancer.

— Ce n'est pas pour me rassurer, s'écria Bella en riant.

*

Lucian fixa sa baïonnette au canon et tenta de se stabiliser en posant un pied sur la plateforme de tir et l'autre sur un barreau de l'échelle branlante appuyée contre le mur de la tranchée. Le front contre le plus haut échelon, il ferma les yeux et murmura une prière.

Dieu était-il à l'écoute ? Rien ne l'indiquait.

Le crépuscule était tombé tout d'un coup, transformant le ciel et la terre en une masse grise informe. La pluie verglaçante piquait son visage comme des aiguilles. Ses mains et ses pieds étaient gelés, mais il sentait la sueur couler dans son dos. Les sourds grondements des tirs de fusils résonnaient de toutes parts. À quand remontait la dernière accalmie ? Il avait perdu le compte. Il s'était habitué à la peur, à la peur froide et maladive.

Peut-être qu'une partie de lui y avait toujours été habituée. Déjà à l'école, il pratiquait le repli sur soi lorsqu'il appréhendait les coups de fouet pour quelque délit insignifiant. Il s'enfonçait tellement loin en lui-même qu'il devenait insensible à la douleur.

Il tenta de faire appel à cette stratégie, s'obligeant à se concentrer sur sa respiration et le battement de son pouls dans ses oreilles. Il ne pouvait toutefois ignorer le fracas lointain de l'obusier ni le sifflement des projectiles.

Puis, ce qu'il redoutait arriva : une série de coups de sifflet, suivie d'ordres hurlés par des bouches invisibles. Lucian s'agrippa au rebord boueux de la tranchée. Il était transi de froid. Un obus éclata non loin, projetant une volée de minuscules particules sur lui et ses compagnons d'armes.

Un autre coup de sifflet lui transperça l'oreille gauche. Cela ne signifiait qu'une chose. C'était son tour. C'était à lui de faire sa part et de monter sur la tranchée…

Lucian ouvrit les yeux, surpris de voir un homme trapu et moustachu penché sur lui. Il portait un long manteau à boutons en laiton et une casquette rouge, et il lui criait quelque chose en italien : « *Signore! Il treno da Nervi sta arrivando!* »

Lucian se redressa lentement, le cœur battant.

Encore une fois, il s'était assoupi. Et quand il dormait, il rêvait de Cambrai, il faisait d'horribles cauchemars qui le ramenaient directement sur le front.

Le bruit retentit à nouveau, le faisant tressaillir. Où était-il ? Il jeta des regards autour de lui, aussitôt rassuré par les carreaux de terre cuite, les affiches colorées et le soleil qui entrait par les fenêtres.

Bien sûr.

La salle d'attente de la gare de Mezzago.

La panique s'envola.

Le chef de gare réapparut, sa corpulente silhouette remplissant l'embrasure de la porte. Il retira le sifflet de sa bouche, regarda Lucian et lui montra le train du pouce. Lucian se leva et le suivit sur le quai. La ressemblance entre cet homme et son ancien sergent était troublante. Cela dit, il voyait des fantômes partout.

Le merveilleux mur de chaleur qui l'accueillit dehors le revigora. Il inspira profondément, huma l'odeur du jasmin mêlée à celle de l'asphalte chaud. Dans le bruit et la vapeur, il se fraya un chemin parmi les passagers et les bagagistes jusqu'au wagon de première classe.

C'est là qu'il devait accueillir la vieille amie de son père, Julia Drummond-Ward, et sa fille. Vieille amie… Lucian savait ce que cela voulait dire, même si on en parlait rarement.

— Ai-je déjà vu Mrs Drummond-Ward ? avait-il demandé à sa mère.

— Une fois seulement, quand tu étais petit.

— Alors, comment est-ce que je ferai pour la reconnaître ?

Bella avait eu un sourire énigmatique.

— Je pense que tu ne risques pas de la rater. Mais si cela t'inquiète, demande à ton père, il a sûrement une vieille photo d'elle quelque part.

Le quai était plus étroit que dans son souvenir. Il croisa un groupe de personnes qui lui bloquait la vue. Lorsqu'il finit par le traverser, il vit au loin la silhouette sculpturale d'une femme qu'il reconnut immédiatement.

Mrs Julia Drummond-Ward.

Elle était sortie du wagon et se tenait sur le quai, une ombrelle à la main, en essayant de se donner une contenance.

— *Scusi !*

Lucian accéléra le pas et s'approcha d'elle. Elle ne serra pas la main qu'il lui tendit, mais l'examina de la tête aux pieds, s'arrêtant sur son visage bronzé, sa chemise blanche sans col et ses manches relevées.

— Ma fille, dit-elle en faisant un geste vers le train derrière elle.

C'est alors que Lucian aperçut Rose, qui s'apprêtait à descendre du wagon. Elle portait une robe en dentelle, à manches longues, ornée d'une ceinture qui soulignait sa taille fine. Son chapeau de paille à larges bords peinait à contenir sa masse de cheveux bouclés auburn. Son visage trahissait une certaine fatigue, ce qui n'enlevait cependant rien à son extraordinaire beauté. En réalité, elle la mettait en valeur, la rendait plus naturelle si cela était possible.

Rose surprit le regard de Lucian et lui rendit son sourire. Le cœur de Lucian se serra. Il se sentit intimidé – une sensation qu'il ne connaissait guère – et pas vraiment à sa place.

Mrs Drummond-Ward continuait de le regarder.

— *Nostri bagagli,* fit-elle soudain en désignant le wagon à bagages.

Puis d'une voix tout aussi forte, elle ajouta lentement, comme si elle s'adressait à un enfant :

— Nos bagages. Il y a huit valises.

Elle tint en l'air le nombre de doigts adéquat. *Otto*.

Lucian réprima un rire quand il comprit que Mrs Drummond-Ward le prenait pour un domestique. De fait, il avait l'air d'un « basané », expression qu'elle emploierait probablement.

Eh bien, si elle croyait qu'il était italien, italien il serait.

— *Signora,* dit-il en faisant une petite révérence.

— Et ne les perdez pas !

— *No, Signora,* répondit-il en baissant la tête.

Lucian tourna les talons et se dirigea vers le wagon à bagages. Il fut soulagé de voir que les valises des deux femmes étaient déjà empilées sur le quai. Il surveilla le bagagiste lorsqu'il les chargea sur un chariot, et le suivit comme son ombre jusqu'à la piazzetta devant la gare.

Plusieurs cochers étaient à la recherche de clients. Après s'être entendu sur ce qui lui paraissait un tarif raisonnable, Lucian mit la plupart des bagages sur l'attelage qui lui semblait le plus sûr. Il ramènerait le reste des valises en même temps que les Drummond-Ward dans la calèche qu'il avait lui-même remise à neuf et conduite jusqu'à Mezzago en sa qualité officieuse de cocher de l'Hôtel Portofino.

Lucian rejoignit les deux femmes, conscient d'imiter ce qu'il imaginait être la démarche d'un paysan italien – un pas léger ou, à tout le moins, aussi léger qu'il pouvait l'être compte tenu de son corps brisé.

Mrs Drummond-Ward et sa fille se tenaient à l'ombre d'un auvent, ce qui n'empêchait pas la première de s'éventer d'un air renfrogné. Ses habits de laine étaient bien trop chauds pour le climat. Rose semblait moins importunée. Elle regardait autour d'elle d'un air émerveillé. Dieu qu'elle était belle. Lucian n'avait jamais vu personne comme elle. Elle avait l'air sortie tout droit d'un magazine de cinéma.

D'un côté, Lucian avait envie de dire quelque chose qui mettrait un terme au jeu ridicule auquel il jouait. Mais comment le faire sans vexer les deux dames ? D'un autre côté, il devait l'admettre, il avait envie de faire durer le jeu, pour s'amuser et pour voir s'il pouvait gagner. Car c'était effectivement devenu une compétition. Pas entre lui et Rose – personne ne pourrait rivaliser avec elle – , mais entre lui et sa mère hautaine et maussade.

Lucian ne mit pas plus que cinq minutes à installer les deux femmes dans la voiture. Mrs Drummond-Ward chipota sur la dureté des sièges, mais finit par se calmer et, une fois qu'elle eut trouvé une position confortable, se mit à parler sans discontinuer.

Lucian dirigea son attelage sur les rues pavées menant à la route longeant la côte. Il avait envie de se tourner vers ses passagères pour commenter le paysage, comme le ferait un natif de la région : « *Ecco la famosa chiesa! Attenta al vestito, per favore…* » Cela lui donnerait aussi l'occasion d'admirer la divine Rose. Mais son italien était trop rudimentaire et, de toute façon, il ne fallait pas déranger Mrs Drummond-Ward.

C'était un vrai moulin à paroles. Et si, au cours d'un des rares silences qui ponctuaient son flux de ragots mondains, sa fille ne répondait pas assez rapidement, elle la ramenait à l'ordre d'un « Sois attentive! », ce à quoi Rose répondait « Oui, Maman » d'un ton dont l'indifférence était proche du défi.

Lorsque la route devint droite après une succession de virages en épingle, Lucian se mit à rêvasser, mais lorsqu'il entendit Mrs Drummond-Ward mentionner son nom de famille, il fut à nouveau tout ouïe.

— C'est l'une des plus vieilles familles du comté, déclara-t-elle. Je connais Cecil depuis que je suis toute petite.

— Et Mrs Ainsworth ? demanda innocemment Rose.

— Grands dieux, non. Elle est d'un genre très différent.

— Que veux-tu dire ?

— Ne sois pas bête, Rose. Tu sais très bien ce que je veux dire.

— Je n'en suis pas sûre, Maman.

— C'est le genre de femme qui croit qu'il n'y a rien d'étrange à ouvrir un hôtel, confia-t-elle avant de baisser la voix. Son père possède une usine de maroquinerie. Et il ne s'en cache même pas !

*

Rose avait compris depuis longtemps qu'il ne fallait pas provoquer sa mère. À défaut de quoi celle-ci se mettait en colère, puis faisait la tête. Il valait mieux se montrer docile et placide. Ce n'était pas de la passivité si on le faisait en toute connaissance de cause. Rose était surprise de constater à quel point les remarques de sa mère pouvaient encore la blesser.

Bientôt – faites que ce soit bientôt ! – elle sc marierait. Pourquoi n'arrivait-elle donc pas à rester indifférente aux commentaires désobligeants et aux critiques de sa mère ?

Par exemple, lorsque le train était entré en gare tout à l'heure, elle s'était penchée par la fenêtre pour mieux voir le joli petit quai et tous ces gens affairés. Mais Maman n'avait pas approuvé. Elle lui avait donné un petit coup de sa malheureuse ombrelle dans les côtes. « Éloigne-toi de la fenêtre, Rose ! Ta robe va être pleine de suie. »

Elle n'avait eu d'autre choix que d'obtempérer.

Si seulement elle avait pu venir en Italie seule… Comme cela aurait été merveilleux ! Mais c'était hors de question. Tout était toujours hors de question. Une jeune dame avait besoin d'un chaperon. Et ce chaperon ne devait être nul autre que… Maman.

Pourquoi ? Maman détestait aller « à l'étranger », comme elle disait. Son enthousiasme avait atteint son apogée à Rome, leur première escale.

Elles avaient séjourné dans une pension respectable près de la place d'Espagne. C'était la première fois que Rose mettait les pieds en Italie, et elle frissonnait d'excitation. Il lui tardait de manger des spaghettis et de parler italien, langue dont elle avait péniblement appris quelques rudiments dans une vieille grammaire empruntée à la bibliothèque. Les rares fois où sa mère avait accepté de l'accompagner dans ses expéditions touristiques, elle s'était montrée encore plus maussade et blasée que d'habitude. Rose était tellement en colère qu'elle avait décidé pour une fois de manifester sa déception.

Bien entendu, Maman avait écarté les faibles protestations qu'elle avait réussi à émettre nerveusement.

— Tu idéalises les lieux, avait-elle dit. Avant de me marier, j'ai fait ma grande tournée de l'Europe, alors je connais bien l'Italie – trop bien peut-être. N'oublie pas que de façon générale, c'est un pays de paysans analphabètes.

— Dante était italien, avait objecté Rose, en espérant avoir raison.

— Que sais-tu de Dante? avait répliqué Maman en se moquant d'elle. Dante ne t'aidera pas à trouver un mari convenable.

Rose avait l'impression de porter un lourd manteau qui l'empêchait de bouger et de respirer. Elle voulait tellement s'en débarrasser et être… elle-même – qui qu'elle soit. Peut-être qu'elle pourrait y arriver à l'Hôtel Portofino.

À ce propos, elles y seraient sans doute bientôt. Tandis que Maman déblatérait sur les horreurs du logement social – « Rien de tout cela ici, tu verras. En Italie, les pauvres sont contents de l'être » – Rose se délectait des scènes inhabituelles qui défilaient devant ses yeux tandis qu'elles traversaient les villages : des jeunes filles aux sourcils noirs penchées aux fenêtres, des grand-mères qui tricotaient sur le pas de leur porte, des enfants jouant à leurs pieds. Tout était absolument charmant. *Pour comprendre l'Italie, il faut observer les gens et l'art.* Où avait-elle lu cela ? Elle n'arrivait pas à s'en souvenir. Sa mère lui reprochait toujours sa terrible mémoire.

Rose était particulièrement subjuguée par ce qu'elle voyait du cocher. Ses boucles brun foncé descendaient jusque sur sa nuque. Et impossible de ne pas remarquer ses larges épaules et les muscles que révélait sa chemise blanche, tachée de sueur au milieu du dos.

Rose espérait qu'il se retourne, ce qu'il ne fit pas, évidemment. Il devait surveiller la route, qui était plutôt une série d'ornières creusées dans la colline.

Et pourtant, pensa-t-elle. *Et pourtant. Ce serait tellement bien de voir son visage.*

*

Ils atteignirent Portofino au moment où la chaleur accablante de l'après-midi commençait à se dissiper. Sur la route sinueuse, la voiture gravit la colline en laissant derrière elle une nuée de poussières et de cailloux.

À gauche se trouvait une orangeraie. Les fruits de ces arbres étaient en fait des *chinotti*, de petites oranges dont on se servait pour parfumer le Campari, l'une des boissons alcoolisées préférées de Lucian.

Le jeune homme avait été fasciné par la vue du *chinotto* lors de son premier voyage en Ligurie. Ce fruit avait confirmé son impression que l'Italie, ce pays baigné de soleil, était d'une certaine façon le contraire de la guerre. Au cours du terrible hiver 1917 qu'il avait passé en France, un soldat lui avait montré deux oranges que la gelée avait collées entre elles. « Regarde! avait-il lancé. Elles sont aussi dures que des balles de criquet! »

Eh bien, il n'y avait pas d'oranges gelées ici.

Se plonger dans la lecture du vieux guide de voyage de Baedeker sur l'Italie avait été l'une des premières choses que Lucian avait faites lorsqu'on l'avait autorisé à quitter la caserne des convalescents et qu'il avait suffisamment récupéré pour être capable de se concentrer plus de dix minutes d'affilée. Il avait adoré les plans et les cartes géographiques de ce livre, ses opinions généralisées et très critiques des restaurants et des hôtels.

Il avait décidé d'aller en Europe et de devenir peintre comme son héros, David Bomberg, car c'est ce qu'il était – peintre –, peu importe ce qu'en pensait son père! Lucian ne tolérerait plus les sermons d'un homme qui n'avait pas travaillé une seule journée dans sa vie.

Tous ses amis se préparaient à s'échapper d'une Angleterre moribonde. Les meilleurs écrivains et artistes étaient déjà partis, surtout ceux qui avaient fait la guerre. Après tout, qu'est-ce qui les retenait? Beaucoup de paroles patriotiques en l'air et une quasi totale ignorance des réels massacres en France et en Belgique.

— L'Angleterre est un pays conservateur, avait l'habitude de dire Nish, mais elle ne le sait pas. Elle n'a aucun pouvoir culturel. C'est la raison pour laquelle son empire est condamné.

Lucian arrêta la voiture avant d'entamer la dernière descente vers l'hôtel, afin de permettre aux chevaux de se reposer et à ses passagères de contempler le paysage : les hautes maisons aux couleurs pastel qui bordaient la baie et les embarcations qui se balançaient doucement sur l'eau bleu azur. Il supposa qu'elles apprécieraient cette vue, qu'elle serait aussi capitale pour elles qu'elle l'avait été pour lui. Mais alors que Rose étouffait un petit cri d'admiration, Mrs Drummond-Ward ne se montra guère impressionnée.

— Pourquoi s'est-il arrêté ? l'entendit-il demander.

— Je ne sais pas, probablement pour que nous puissions profiter de la vue.

— Mais je ne veux pas m'arrêter, s'écria-t-elle en donnant une petite tape sur l'épaule de Lucian. Avancez, s'il vous plaît. Rose, comment dit-on « Allez à l'hôtel » ?

— Attends, j'essaie de me souvenir.

— Eh bien, dis-le-lui.

— *Vai in albergo ?* demanda Rose en retenant son souffle.

— *Certo*, répondit Lucian.

Pour la première fois depuis qu'ils avaient quitté la gare, il tourna la tête et croisa le regard de la jeune femme. Le bref sourire qu'ils échangèrent lui réchauffa le cœur. *Elle sait qui je suis,* pensa-t-il. *Ou alors, elle le soupçonne fortement.*

Le sourire toujours aux lèvres, Lucian aiguillonna le cheval pour qu'il se remette au pas.

Chapitre 2

Billy traversa rapidement le vestibule en faisant claquer ses rutilantes chaussures noires sur le carrelage de marbre.

— Quand sont-elles censées arriver, Mrs Ainsworth ? demanda-t-il à Bella, qui l'attendait à la porte.

— D'une minute à l'autre, Billy.

Elle vit alors le garçon tirer sur son veston.

— Es-tu mal à l'aise dans cet uniforme ? souffla-t-elle tout bas pour ne pas l'embarrasser.

— C'est le col, dit-il en glissant son doigt sous le coton amidonné. On dirait que je n'arrive pas à le redresser.

— Laisse-moi t'aider.

Bella se pencha vers lui pour l'arranger. Elle en profita pour rentrer le pan de sa chemise dans son pantalon et ajuster sa cravate. Curieusement, elle avait toujours materné Billy depuis qu'il était petit.

— N'oublie pas, Billy, fit-elle en se redressant, à moitié sérieuse. Première impression.

— Oui, m'dame, rétorqua-t-il en souriant. Première impression !

Annoncée par le crissement des roues sur le gravier, la calèche s'arrêta devant le portique de l'entrée. Billy se précipita pour aider Francesco à prendre les bagages. Plutôt que d'attendre les Drummond-Ward derrière le comptoir de la réception, Bella décida d'aller à leur rencontre. Elle vit Julia ouvrir son petit sac et déposer quelques pièces de monnaie dans le creux de la main de Lucian, avant de le remercier en italien. *Comme c'est étrange*, songea Bella. Elle se promit de demander à Lucian de quoi il retournait dès qu'elle le pourrait. Pour l'instant, elle était de service.

— Mrs Drummond-Ward. Rose. Bienvenue ! s'exclama-t-elle en s'avançant.

— Mrs Ainsworth ? fit Julia en lui tendant une main gantée que Bella serra chaleureusement.

— Je vous en prie, appelez-moi Bella. Et puis-je vous appeler Julia ?

Julia hocha la tête en signe d'assentiment.

— Comment était votre voyage ?

— Long, répondit platement Julia. Et extrêmement fatigant.

— Eh bien, nous ferons de notre mieux pour que cela en ait valu la peine, fit Bella, en désignant la villa dont la façade était brillamment éclairée par les vifs rayons du soleil. Je suis heureuse de vous accueillir à l'Hôtel Portofino !

Rose semblait plus impressionnée que sa mère. L'air ravi, elle leva la tête pour embrasser ces nouveaux lieux du regard.

— Comme c'est charmant ! dit-elle.

— J'espère que Lucian vous a décrit les attraits de la région en chemin, roucoula Bella en glissant son bras sous celui de la jeune fille.

— Lucian ?

— Mais oui.

— L'homme qui nous a ramenées ici était Lucian ? fit Julia qui les avait rattrapées.

— Bien sûr !

— Je pensais… Nous pensions…

Bella jeta un regard à la ronde, espérant trouver Lucian pour qu'il vienne à sa rescousse.

Il avait disparu.

*

Dans la salle de séjour de la suite Ascot, Melissa déposa son livre pour regarder les Drummond-Ward par la fenêtre. Elles étaient belles à voir, à la fois posées et chics. Toutes ces rumeurs sur l'apparence de la fille étaient vraies : elle était splendide.

Melissa laissa son esprit vagabonder. Combien de tenues les Drummond-Ward avaient-elles apportées ? Resteraient-elles ici tout l'été ?

Sa grand-tante la sortit de son agréable rêverie en l'appelant depuis la chambre attenante :

— Melissa ! Quel est cet horrible vacarme ?

— Je crois que de nouveaux hôtes sont en train d'arriver.

— Vraiment ! Oh, ma chère, je savais que nous aurions dû louer une villa.

C'était devenu une litanie.

— Je doute que nous ayons été mieux installées qu'ici, répliqua Melissa en jetant un coup d'œil à la vaste suite décorée avec un goût exquis.

Lady Latchmere apparut soudain dans l'embrasure de la porte, comme si elle sortait d'une trappe.

— Mais nous aurions certainement eu un peu plus d'intimité, n'est-ce pas ?

Quelle femme curieuse ! Ses cheveux (à peine) grisonnants étaient remontés très haut sur sa tête et son imposante silhouette était drapée dans une robe de velours noir à col à froufrous. Melissa n'avait aucune idée de son âge et aucun moyen de le découvrir : les quelques personnes qui auraient pu la renseigner auraient trouvé fort impoli de se faire poser la question. Quoi qu'il en soit, Melissa était intriguée par l'écart entre l'état léthargique de Lady Latchmere et son corps manifestement robuste, entre ses vêtements passés de mode, quoique chics, et sa peau douce dépourvue de toute rides.

Cela dit, Melissa accompagnait Lady Latchmere en Italie pour lui passer tous ses caprices et non les remettre en question. Elle lui adressa donc un sourire radieux.

— Comment allez-vous, ma tante ?

— C'est bien simple : horriblement mal !

— Dois-je dire à nos hôtes que vous ne descendrez pas souper ?

— Grands dieux, non, ma chère. Je dois garder mes forces.

Elle avança lentement dans la pièce en s'appuyant sur une canne que Melissa soupçonnait de n'être qu'un accessoire ; Lady Latchmere ne semblait souffrir d'aucun handicap.

— Alors, dis-moi, fit Lady Latchmere en jetant un coup d'œil par la fenêtre, que penses-tu de la jeune Drummond-Ward ?

Melissa se raidit. Elle détestait être mise sur la sellette ainsi.

— Je n'en pense rien, ma tante.

— Allons, je suis certaine que tu as une quelconque opinion.

— Sur son apparence, oui.

— Alors, fais-m'en part !

— Eh bien, commença Melissa, en pesant bien ses mots, elle a de très beaux cheveux et des vêtements à la dernière mode.

— Crois-tu qu'elle plaira au garçon, Lucian ?

— Je n'en ai pas la moindre idée. Pourquoi demandez-vous cela ?

— Vraiment Melissa, il faut que tu sois plus attentive, fit Lady Latchmere en soupirant, avant d'ajouter dans un feint murmure : Leurs parents comptent les marier !

*

Le nom de leur suite, Epsom, fit sourire Rose.

L'accueillante Bella leur avait dit que c'était son mari – le fameux ami de Maman – qui avait eu l'idée de nommer chaque suite d'après un célèbre champ de courses. Celle qui leur avait été attribuée comptait deux pièces dotées de fenêtres à balcon donnant sur la mer.

La vue était spectaculaire mais, honnêtement, Rose la trouvait un peu ennuyeuse. La mer ne *faisait* pas grand-chose après tout. Elle se contentait… d'être là. Pareille à elle-même où qu'on se trouvât dans le monde.

Rose et sa mère se reposèrent de leur long périple. Puis Julia s'enferma dans la salle de bains pour se préparer, tandis que Rose fit sa toilette au lavabo avant d'enfiler sa nouvelle tenue : une robe Chanel en soie ornée de dentelle argent et de plusieurs rangs de paillettes.

Une heure plus tard, sa mère n'était toujours pas sortie de la salle de bains.

Franchement, pensa Rose, *qui veut-elle impressionner ?*

Se sentant d'humeur curieuse, elle ouvrit un tiroir et découvrit une pochette en mousseline remplie de lavande séchée. Comme elle aimait ces petites attentions ! En comparaison, la vieille *pensione* romaine où elles avaient logé était très terne ; pourtant, seulement quelques jours auparavant, l'endroit lui avait semblé être le summum du chic.

— Maman !

— Qu'y a-t-il ?

— Tout est mignon et exquis ici. Crois-tu que Mrs Ainsworth s'est occupée elle-même de la décoration ?

— Je suis sûre qu'elle aime se salir les mains, lança sa mère depuis la salle de bains. C'est de famille.

Elle apparut dans l'embrasure de la porte.

— Es-tu prête ?

— Ça fait des heures que je suis prête.

— Voyons voir, lança Julia en se dirigeant vers elle d'un pas vif.

Rose se tint sans bouger, tandis que sa mère ajustait sa robe, remontait sa poitrine, lui pinçait les joues pour les colorer. Après ce qui lui parut une éternité de vaine agitation, elle entendit sa mère déclarer que ça pouvait aller. Julia la fit pivoter pour que toutes deux puissent contempler leur reflet dans le miroir sur pied à bordure dorée. Elle redressa les épaules et recommanda à sa fille d'en faire autant.

— Posture, dit-elle. Tout est une question de posture. Souviens-toi de ce que ta professeure de danse disait.

Rose ne trouva rien à répondre et le long silence qui suivit fut rempli d'un rire provenant de la pièce du dessous.

— Crois-tu que Lucian sera là ? demanda Rose, comme si de rien n'était.

— Qui sait ? Je dois dire que je trouve sa conduite de cet après-midi assez extraordinaire.

— C'est toi qui l'as pris pour un Italien, risqua Rose, en souriant à ce souvenir. Tu t'es adressée à lui comme s'il était un domestique.

— Et il a eu amplement le temps de rétablir les faits. Mais pour une quelconque raison, il ne l'a pas fait. Manifestement, il tient de son père. D'ailleurs où est Cecil ?

C'est donc ça, pensa Rose. *Voilà ce qui la rend encore plus irritable que d'habitude.*

Lentement, elles descendirent l'escalier.

— Je ne mangerai pas beaucoup, murmura Julia. Je te conseille de faire de même.

— Mais je n'ai rien avalé de la journée !

— La faim compte moins que le maintien de la silhouette.

Bella les accueillit à l'entrée de la salle à manger remplie de convives qui conversaient à voix basse, et les conduisit jusqu'à une table près des portes donnant sur la terrasse. Rose sentit tous les regards tournés vers elle tandis qu'elle traversait la pièce à la suite des deux femmes.

Réconfortée par cette attention, elle oublia la sensation de vide dans son estomac.

Une brise entrant par les portes ouvertes fit trembler le lustre. Bella resta à côté de leur table, tandis qu'une domestique – une Italienne au teint foncé – leur versait à chacune un verre de vin mousseux. Sa mère ne lui avait pas dit que Bella portait aussi bien son nom. Avec ses boucles châtaines tombant sur ses épaules, elle était magnifique, d'une beauté naturelle, sans fard. On discernait toutefois de la tristesse dans ses immenses yeux bleu-gris.

— Du champagne, remarqua Julia. Comme c'est charmant.

C'était le premier commentaire positif que Julia émettait depuis qu'elles étaient arrivées. Rose leva les yeux vers Bella pour voir si elle avait bel et bien enregistré le compliment.

— C'est du Prosecco, corrigea celle-ci en souriant. C'est plus léger et plus fruité. D'un vignoble de la région.

Julia en avala une gorgée et en évalua le goût pendant quelques secondes.

— C'est plutôt sucré. Mais pas désagréable, conclut-elle.

Bella ne sembla pas prendre acte de l'insulte – ou alors elle jouait bien la comédie.

— Je suis heureuse que ça vous plaise. Êtes-vous satisfaite de vos chambres ?

— Elles sont un peu plus petites que ce à quoi nous sommes habituées…

— Mais décorées avec un goût exquis ! intervint Rose. Nous nous demandions si vous les aviez décorées vous-même ? N'est-ce pas, Maman ?

— Très chère Rose, répondit Bella dont le visage se fendit d'un sourire. J'espère que tous mes hôtes seront aussi gentils et observateurs que vous.

— Sommes-nous vos premières clientes ? questionna Julia en réussissant à glisser du reproche dans sa question.

— Nous avons ouvert nos portes à Pâques. Mais nous ne sommes vraiment occupés que depuis un mois environ.

Elles furent interrompues par un esclandre à l'autre bout de la salle. Une femme vêtue à l'ancienne réprimandait une domestique italienne qui apparemment voulait lui servir un verre de Prosecco. Bella s'excusa et se dirigea vers la table où une troisième femme – la sœur de Lucian ? – tentait d'intervenir.

Le silence se fit dans la pièce, si bien que Rose put entendre ce que dit Bella.

— Y a-t-il un problème, Lady Latchmere ?

— Je ne bois pas d'alcool, répliqua la femme. Combien de fois dois-je vous le répéter ?

— Je suis vraiment désolée, Lady Latchmere, s'excusa Alice – Rose venait de se rappeler le prénom de la sœur de Lucian – en demandant à la domestique de faire disparaître le verre. Cela ne se reproduira plus, je vous le promets.

Bien que captivée par la scène, Rose remarqua deux Italiens qui entrèrent dans la pièce. Le premier, d'âge mûr, avait une allure royale, tandis que l'autre, dans la vingtaine, comme elle-même, portait des vêtements plus décontractés. Leur ressemblance physique suggérait qu'ils étaient père et fils.

— Qui sont-ils ? demanda Rose en posant la main sur le bras de sa mère.

— Je l'ignore, répondit Julia, qui les avait vus elle aussi et les suivait des yeux avec intérêt. Informons-nous.

Elle fit signe à Bella de s'approcher.

— Qui est-ce ?

— Le comte Albani, l'informa Bella après leur avoir jeté un regard.

— Et son fils ?

— Oui, Roberto.

— Je croyais que vos hôtes seraient tous anglais, s'étonna Julia en fronçant les sourcils. Votre annonce était très claire à ce propos : « Un hôtel très anglais sur la Riviera italienne ».

— Anglais ou anglophones, précisa Bella. Le comte Albani a fait ses études à Oxford.

— Et lui ? fit Julia en désignant un jeune homme au teint foncé assis seul à une table, un livre à la main.

Rose grimaça. Ce que Maman pouvait être cassante.

— Monsieur Sengupta est un ami de mon fils.

— Je vois, prononça Julia, d'un air hésitant.

C'est alors que Lucian apparut dans l'embrasure de la porte. Il s'était fait beau, mais Rose n'en trouvait pas moins que ses cheveux en désordre et ses vêtements dépenaillés de l'après-midi avaient eu quelque chose de séduisant. Elle sentit le rouge lui monter aux joues et baissa les yeux. Elle n'était pas habituée à ressentir de telles émotions et ne savait pas encore comment les cacher.

Bella s'anima à la vue de son fils.

— Tiens, quand on parle du loup ! Lucian, viens ici et rachète-toi auprès de Julia et de Rose. Dis-leur tout ce qu'il y a à savoir sur Portofino.

Lucian, qui allait rejoindre Nish, bifurqua et se dirigea vers leur table. En chemin, il arrêta une domestique chargée d'un plateau de verres de Prosecco. Il en prit un en lui faisant un clin d'œil. Rose trouva cela mignon, tout en espérant que cette familiarité avait échappé à sa mère.

Bella s'excusa auprès d'elles et s'en fut vers le fond de la salle, tandis que Lucian prenait place à leur table.

— Eh bien… Je ne sais pas par où commencer.

— Par des excuses ? suggéra Julia.

Lucian sourit – il avait un sourire désarmant de petit garçon.

— Je suis désolé, reprit-il. C'était un petit jeu idiot. Et cela vous a donné une fausse impression de ma personne.

— Et quelle est la vraie ?

Cette question sembla le prendre au dépourvu. Il fit une pause avant de répondre.

— Je suis quelqu'un de sérieux, qui a de sérieuses ambitions.

Il jeta un coup d'œil à Rose comme s'il la suppliait de le croire.

— Quelles ambitions ?

— Je veux être un artiste.

— Grands dieux ! s'écria Julia en levant les yeux au ciel. Est-ce seulement une profession ?

— Commencez par le début, proposa Rose en voulant détourner la conversation vers un terrain plus convivial. Qu'est-ce qui a pu inciter une famille anglaise comme la vôtre à venir s'installer ici ?

— C'est bien simple, expliqua Lucian après avoir pris une lampée de Prosecco. Maman est tombée amoureuse de l'endroit pendant sa lune de miel.

Était-ce le fruit de son imagination ou sa mère avait légèrement blêmi à l'évocation de la lune de miel des Ainsworth ?

— C'est compréhensible, mais qu'est-ce qui l'a décidée à déménager ici ?

— Elle trouvait que nous avions besoin de repartir à neuf, raconta Lucian. De vivre une nouvelle aventure après la guerre. Elle, Alice, Lottie, moi. Et même Papa.

— À ce propos, intervint Julia. Votre père va-t-il nous honorer de sa présence, ce soir ?

Pour l'amour de Dieu, pensa Rose. Pourquoi sa mère devait-elle toujours se montrer aussi directe ?

— Je crains que non, admit Lucian en rougissant. Il vous prie de l'excuser, il a été retenu à Gênes.

Paola déposa un plateau rempli de crostini au centre de la table. Rose, qui mourait de faim, en saisit un qu'elle engloutit.

— Quel délice !

Elle attendit de sa mère une critique qui ne vint jamais. Julia semblait avoir l'esprit ailleurs.

*

À vingt-deux heures, il ne restait plus personne dans la salle à manger. Tous les hôtes avaient terminé leur repas et étaient partis à la recherche d'autres divertissements. Quelques-uns s'étaient installés sur la terrasse pour fumer. D'autres, Lady Latchmere en tête, jouaient au bridge dans la bibliothèque. Nish s'était retiré dans sa chambre pour lire.

Bella profita de cette accalmie pour s'asseoir un moment dans la salle à manger pendant qu'Alice dressait les tables pour le petit déjeuner. C'est alors qu'elle se rendit compte qu'elle était tendue depuis des semaines en prévision de l'arrivée de Julia et de Rose.

Comme elle s'y attendait, Julia était plutôt froide. Quant à Rose, elle était effectivement belle, bien qu'un peu mince. Plaisait-elle à Lucian ? Bella n'en était pas totalement convaincue.

Des bribes de souvenirs de la journée passèrent dans son esprit, telles les images projetées par une lanterne magique : l'arrière de la tête de Cecil dans le lit, un chat de gouttière à l'oreille blessée roulé en boule devant le fourneau de la cuisine, les boucles d'oreilles de Julia, tellement semblables à celles que Cecil lui avait jadis offertes.

Malgré ses inquiétudes, Betty avait fait des merveilles en cuisine. Elle avait assaisonné son rôti de bœuf de fines herbes et de vin en s'inspirant probablement d'Artusi – quoique Bella l'ait vue s'entretenir avec le boucher du coin, qui baragouinait un peu d'anglais. Pour reprendre les mots du comte Albani, c'était divin.

Julia avait aimé le Prosecco. Tout comme Lucian – un peu trop peut-être. À un moment donné, il avait demandé à Francesco de lui en apporter une bouteille. Le domestique avait regardé Bella pour obtenir son aval, mais elle avait secoué la tête. D'abord, c'était cher et non pour la consommation familiale courante. Ensuite, elle connaissait trop bien les ravages que l'alcool pouvait faire chez certains hommes.

Chaque soir, elle priait pour que Lucian n'ait pas hérité de la faiblesse de son père.

Alice pliait les serviettes de table en éventails – travail fastidieux s'il en était. Bella tenta de la dérider.

— Tout semble s'être passé à la hauteur de nos attentes.

— Tu parles du dîner ? répondit Alice en levant les yeux vers elle.

— Oui, et de la rencontre entre Rose et Lucian.

Alice ne dit rien.

— Elle est très jolie, observa Bella.

— J'imagine que oui. Non pas que cela ait une très grande importance.

— Tu as raison, c'est la personnalité qui compte.

Alice rit dédaigneusement.

— Oh, Maman ! L'excellente terre arable de six mille acres de son père – voilà ce qui compte.

Bella fut choquée par la vigueur de cette pointe mais, dans le fond, peut-être qu'Alice exprimait simplement ce qu'elle-même n'osait que penser.

— Ne sois pas cynique, Alice. Ce n'est guère flatteur.

— C'est la vérité ! répliqua Alice. Papa insisterait pour que Lucian l'épouse même si elle avait l'air d'un omnibus.

— Alice !

— Je ne crois pas qu'il ait fait le dixième des efforts qu'il a déployés pour Lucian afin de me trouver un nouveau mari.

Bella était trop fatiguée pour se disputer. Du reste, il y avait du vrai dans ce qu'Alice disait. Elles finirent de préparer les tables dans un silence tendu, puis Bella descendit à la cuisine. Betty était en train d'enlever son tablier.

— Vous êtes encore ici, Betty ?

— Je m'apprêtais à monter, Mrs Ainsworth, dit-elle, avant d'ajouter : Puis-je faire quelque chose pour vous, m'dame ?

— Peut-être une tisane à la menthe.

D'un air las, Betty fit mine de remettre son tablier.

— Je vous en prie, Betty, je vais m'arranger, l'interrompit Bella.

Elle tendit la main vers un bocal d'eau contenant un bouquet de menthe fraîche et odorante, et en arracha quelques feuilles.

— Au fait, merci pour le dîner, reprit-elle.

Betty ne dit rien.

— Le comte Albani m'a chargée de vous féliciter.

— Vraiment, fit Betty, en souriant faiblement.

— Surtout pour le bœuf.

— Vraiment ! répéta-t-elle, les joues roses de plaisir.

Elle avait l'air de flotter sur un nuage lorsqu'elle prit congé. Bella l'entendit monter péniblement l'escalier menant à sa chambre, tandis qu'elle prenait la bouilloire sur l'étagère au-dessus du poêle. Au moment où elle ouvrit le robinet pour la remplir d'eau, elle remarqua une bouteille de vin blanc entamée derrière des contenants d'huile d'olive. Elle n'hésita qu'une seconde avant de décider de se récompenser d'un petit verre pour ce qui avait été une longue et épuisante journée.

Dans le garde-manger, elle prit la petite caisse, ainsi qu'un bout de pain et de la tapenade. Cet encas la soutiendrait pendant qu'elle ferait les comptes – une tâche dont elle essayait de s'acquitter à la fin de chaque journée. Sinon, qui d'autre le ferait ? Certainement pas Cecil.

Elle s'installa à la table de la cuisine. On frappa à la porte juste au moment où elle ouvrait son livre de comptes.

Qui cela pouvait-il bien être ?

La porte grinça sur ses gonds lorsque Bella l'ouvrit. Sur le seuil se tenait une jeune fille d'une vingtaine d'années aux grands yeux implorants et à l'air exténué. Elle avait une valise à la main et portait un chapeau de paille sur ses cheveux blond cendré, ainsi que – Bella ne put s'empêcher de le remarquer – des chaussures usées et une robe de lin grossière.

— Que puis-je pour vous ?

— M'dame, fit la jeune fille. Je suis Constance March. La nouvelle nounou.

*

Il y avait littéralement des années que Constance ne s'était pas sentie aussi fatiguée. Les cinq cents derniers mètres l'avaient achevée. Elle avait des ampoules aux pieds qui la faisaient terriblement souffrir et sa robe était trempée de sueur.

Elle ne possédait que deux tenues. Cette lourde robe râpeuse qui avait rétréci à force d'être lavée et ses habits du dimanche qu'elle n'avait pas osé porter pour voyager de crainte de les déchirer ou de les salir. Elle rêvait de gagner suffisamment d'argent pour se procurer de nouveaux vêtements. Il y avait toutefois peu d'espoir que cela se produise. Elle avait déjà promis à sa mère de lui envoyer la majeure partie de ses gages afin qu'elle puisse subvenir à ses propres besoins et à ceux du bébé.

Peut-être que Betty savait où elle pourrait trouver des vêtements pas trop chers dans le coin. Portofino était réputée pour sa dentelle, non ? Est-ce que cela voulait dire qu'elle était plus abordable ou au contraire, plus chère ? Constance aurait aimé savoir, elle aurait aimé ne pas toujours ressentir son manque d'éducation.

Betty avait été tellement gentille de la recommander pour cet emploi. Constance veillerait à ne pas la décevoir ni à être un fardeau. Elle avait donc été soulagée d'arriver à Mezzago exactement à l'heure prévue.

Elle avait attendu sur le quai poussiéreux parsemé de pots de terre cuite débordants de fleurs rouge vif, en observant les voyageurs s'affairer et les porteurs indifférents pousser des chariots remplis de bagages. Un jeune homme était passé rapidement devant elle, un beau jeune homme. Manifestement, il allait retrouver quelqu'un d'important. À Gênes, elle avait vu une élégante Anglaise et sa fille monter dans le wagon de première classe tout en se disputant. Peut-être que le jeune homme allait à leur rencontre ?

Puis, la foule s'était dispersée et Constance s'était retrouvée la seule passagère sur le quai.

Ce n'est pas grave, avait-elle pensé. Peut-être que la personne qu'on avait envoyée la chercher – Lucian, le fils des propriétaires, lui avait écrit Betty – attendait devant la gare. Elle déplia sa lettre pour la relire une énième fois.

« Attends sur le quai de la gare. Tu ne pourras pas rater Lucian. C'est un beau et grand jeune homme aux cheveux foncés. »

La gare de Mezzago était minuscule comparée à celle de Gênes, où le hall était rempli d'omnibus en attente de voyageurs qu'ils emmenaient dans des hôtels. Quelques hommes d'allure négligée faisaient les cent pas à l'entrée en fumant des cigarillos malodorants : des conducteurs de fiacres. Ils lorgnèrent Constance lorsqu'elle passa devant eux. L'un d'eux alla même jusqu'à la siffler, mais elle l'ignora.

Après avoir inspecté les lieux de fond en comble, elle en vint à la conclusion que personne ne l'attendait.

Peut-être que la directrice de l'hôtel avait oublié qu'elle arrivait ce jour-là ou que Lucian avait été retardé. Quoi qu'il en soit, Constance devait arriver à l'Hôtel Portofino avant la tombée de la nuit.

Elle sentit la panique s'emparer d'elle. Elle lutta pour la contenir comme elle le faisait toujours en respirant profondément pour ralentir les battements de son cœur et en utilisant son cerveau, dont on lui avait toujours dit qu'il était bien formé.

Elle n'avait pas suffisamment d'argent pour prendre un fiacre et elle ne parlait pas italien, mais elle était solide et pleine de ressources, et avait vécu des épreuves bien pires. À la rigueur, elle pourrait toujours marcher. Mezzago ne pouvait pas être *si* loin de Portofino. Dans son Yorkshire natal, la gare de Menston n'était qu'à trois minutes de marche de la maison…

Elle se dirigea vers un homme qui, avec sa casquette, devait sans doute occuper une position officielle.

— Excusez-moi. Parlez-vous anglais ?

— Non, répondit-il sans lever les yeux de son journal.

Charmant.

Elle tenta ensuite sa chance à la billetterie. Elle estima que le commis n'était guère plus âgé qu'elle. Il avait les yeux en amande et une moustache bien taillée. Quelque chose en lui rappela à Constance une expression de sa mère : « S'il était fait de chocolat, il se mangerait. »

— Bonjour ! Vous êtes bien jolie.

— Merci, dit-elle en souriant à peine pour bien lui faire comprendre qu'elle faisait fi du compliment. Peut-être que vous pouvez m'aider. Je veux aller à Portofino.

— Portofino ? Pourquoi Portofino ? demanda le jeune homme en écartant les bras. Mezzago est très jolie.

— En effet, convint Constance. Mais mon travail est à Portofino. Je dois m'y rendre aujourd'hui. Et je n'ai pas d'argent.

— Pas d'argent ? fit-il, apparemment choqué.

— Pas un sou.

— Vous êtes anglaise, non ?

— Oui, mais nous n'avons pas tous de l'argent.

Le commis réfléchit, puis se leva de son siège.

— Attendez ici, fit-il en pointant l'index. Peut-être je règle problème.

Il sortit de la gare et traversa la place en courant.

— Carlo ! cria-t-il.

Un homme aux cheveux blancs très courts qui se tenait à l'ombre d'un bar-tabac leva la tête. À côté de lui, un cheval, qui avait connu des jours meilleurs, était attelé à une charrette remplie de fruits et de légumes. L'homme et le commis discutèrent un moment, puis celui-ci fit signe à Constance de s'approcher. Elle obtempéra, éblouie par le chaud soleil de l'après-midi, la sueur perlant sur son front.

— Lui, mon ami, reprit le commis. Il vous emmène à Portofino.

— Merci infiniment, souffla Constance en souriant de soulagement. C'est un hôtel, là où je vais, l'Hôtel Portofino ?

— *Si, si.*

— Votre ami le connaît ?

— Bien sûr !

Constance monta dans la charrette et s'installa à côté de Carlo en glissant sa valise entre eux. Elle s'efforça de ne pas faire attention à l'haleine avinée de l'homme, ni à son équilibre instable, ni au clin d'œil que lui fit le commis en leur souhaitant « *Buon viaggio* ».

Carlo donna un coup de cravache sur la maigre croupe du cheval et la charrette fit un bond en avant. Ils quittèrent la place pour emprunter une route qui les mènerait hors de la ville.

Constance finit par s'habituer à la chaleur intense mais, au bout d'une dizaine de minutes, elle remarqua que le tangage de Carlo devenait plus prononcé et la progression de la charrette plus irrégulière. En réalité, il peinait à guider le cheval.

Le bruit que Constance avait pris pour le cliquetis des roues sur le pavé venait en fait de la bouche ouverte de Carlo.

Il ronflait.

La charrette bifurqua soudain vers la gauche, évitant un arbre de justesse. Terrifiée, Constance saisit les rênes et tenta de ramener le cheval vers la droite. Ce geste tira l'homme de son sommeil. Il arracha les rênes des mains de Constance en poussant un cri indigné et arrêta brusquement la charrette.

— Vous vous êtes endormi, lui reprocha-t-elle. Nous avons failli foncer sur un arbre.

Carlo ne voulut rien entendre. Il se mit à crier en italien, son visage anguleux, rouge de colère. Constance ne comprenait pas un mot de ce qu'il disait, mais ses gestes étaient éloquents et loin d'être amicaux. Clairement, il lui intimait de descendre de la charrette.

Ayant passé son enfance dans la lande, Constance était habituée à marcher sur de longues distances, mais pas sous cette chaleur et certainement pas sans savoir où elle allait. Cela dit, elle n'avait pas le choix.

Elle prit sa valise, descendit et poursuivit son chemin sur la route pentue, en faisant confiance à son instinct. Au moins le paysage était magnifique. Le ciel était bleu, sans nuages, et les talus recouverts d'anémones pourpres et d'oxalis jaunes. Elle passa devant plusieurs sanctuaires où l'on avait allumé des bougies et disposé de petites images encadrées de la Vierge Marie.

Elle commençait à se sentir déshydratée lorsque la silhouette rondelette d'une vieille paysanne se profila de l'autre côté de la route. Elle avait un foulard rouge vif noué autour du cou et portait sur la tête un panier contenant plusieurs miches de pain et des bouteilles d'un quelconque liquide brun doré.

Lorsqu'elle arriva à la hauteur de Constance, elle s'arrêta, l'examina des pieds à la tête et lui sourit. Constance lui rendit son sourire. Une chose extraordinaire se produisit alors. Comme si elle avait lu dans les pensées de Constance, la femme prit le flacon recouvert d'osier qui pendait à sa ceinture et le lui tendit.

— *Bevi un po' d'acqua.*

Constance avala quelques bonnes lampées sans pour autant vider le flacon.

— *Grazie*, dit-elle à la femme en le lui rendant.

C'était le seul mot d'italien qu'elle connaissait.

La femme sembla ravie.

— *Prego*, répondit-elle.

Constance poursuivit sa route. Alors que le soleil commençait sa descente derrière les montagnes, la route devint encore plus pentue et plus abrupte. Quelques voitures, dont une automobile, passèrent à côté d'elle, mais personne ne lui offrit de monter ou ne sembla même remarquer sa présence. Elle commençait à se sentir un peu désemparée, et à avoir le mal du pays. Déjà le Yorkshire et sa famille, surtout le petit Tommy, lui manquaient.

Elle aperçut la mer, qui paraissait gris acier dans le crépuscule naissant. Elle devait donc être près de Portofino. L'arôme piquant du thym lui chatouilla les narines. Derrière des rangées de pins, elle entrevoyait de vastes villas. Parmi celles-ci se trouvait sans doute l'hôtel, mais où ? Tout ce qu'elle savait – tout ce que Betty lui avait dit – c'était qu'il était jaune, magnifique et pourvu de jardins qui descendaient vers la côte.

Elle finit par arriver devant un muret de pierres percé d'une porte en fer forgé peinte en blanc. Une plaque en bronze lui confirma qu'il s'agissait de l'Hôtel Portofino. Lorsque la porte céda sous sa poussée, Constance faillit sangloter de soulagement.

La villa se découpait sur le ciel sombre, sa jolie façade peinte dans de doux tons de jaune.

Elle était magnifique. Constance avait vu beaucoup de grandes demeures durant ses années de service, mais celle-ci était différente – accueillante plutôt que fermée, son côté imposant compensé par une espèce d'incohérence. On aurait dit que les fenêtres n'étaient pas au même niveau. À gauche s'élevait une tour dont le toit plat faisait penser à un chapeau écrasé. De l'autre côté s'étirait une espèce de corridor agrémenté de volets peints en vert, exposé aux éléments.

Constance ne comprenait pas à quoi il servait.

Que faisait-on quand il pleuvait ? Peut-être ne pleuvait-il jamais en Italie ?

Ne voulant pas éveiller toute la maisonnée en sonnant à l'avant, Constance suivit un sentier qui longeait le côté de la maison et vit de la lumière par la fenêtre d'une pièce qu'elle supposa être la cuisine.

Elle frappa vivement à la porte.

— Que puis-je pour vous ? demanda la femme qui lui ouvrit. Elle était grande et jolie ; probablement Mrs Ainsworth.

— M'dame, je suis Constance March. La nouvelle nounou.

La femme sourit et s'écarta pour la laisser entrer.

— Entrez, entrez. Comment diable êtes-vous arrivée ici ?

— J'ai marché, m'dame. Sauf pour les premiers kilomètres. Quelqu'un m'a emmenée dans sa charrette.

— Il y a eu confusion sur l'heure de votre arrivée. Vous auriez dû nous envoyer un télégramme depuis Gênes.

Constance eut envie de lui dire qu'elle n'aurait pas su comment faire même si elle en avait eu les moyens, et qu'il n'aurait pas dû y avoir confusion, car la réponse qu'elle avait envoyée à Betty était on ne peut plus limpide. Mais elle ne lui dit rien de tout cela. Son travail consistait à être compétente, fiable et de bonne volonté.

— Je ne voulais pas gaspiller cet argent, Mrs Ainsworth.

— Je vous aurais remboursée.

— C'est très généreux de votre part.

Constance jeta un œil admiratif sur la vaste cuisine fraîche. Son regard tomba sur le morceau de pain de Bella. Elle le fixa sans doute avec insistance, car Bella lui demanda si elle avait faim.

Constance n'avait jamais été aussi affamée de sa vie, mais elle ne voulait pas faire d'histoire.

— Je mangerai demain matin, m'dame.

— À quand remonte votre dernier repas ? lui demanda Bella, peu convaincue.

— À ce matin, m'dame.

— Et vous avez fait tout le trajet à pied ?

Constance opina.

Bella secoua la tête avant de disparaître dans le garde-manger pour en ressortir en transportant un petit pain et un verre d'eau. Elle déposa le tout sur la table, invita Constance à s'asseoir et prit place face à elle. Pendant que Constance vidait son verre d'eau d'un trait, Bella poussa un petit bol vers elle.

— Essayez cela. Étalez-le sur le pain.

— Qu'est-ce que c'est ?

— Ça s'appelle de la tapenade. C'est fait à partir d'olives et de câpres. Tenez, prenez ce couteau…

Constance étendit une petite quantité de tapenade sur un bout de pain qu'elle avala goulûment, appréciant le goût salé. Elle trouvait la situation étrange : elle était assise à la même table que la personne qui l'employait et se faisait servir par elle. Pourtant, il n'y avait aucun malaise. Elle lançait des regards sur le visage de Bella, mais détournait aussitôt les yeux, car celle-ci la regardait aussi. Constance trouvait qu'avec sa masse de cheveux bouclés, Bella avait quelque chose à la fois d'angélique et de sculptural.

— Aimez-vous cela ? lui demanda Bella.

La bouche pleine, Constance hocha la tête.

— Beaucoup, affirma-t-elle une fois qu'elle eut avalé. Ça a le goût de…

Elle fit une pause, cherchant le bon mot.

— De quoi ? relança Bella, souriant, réellement curieuse.

— Du soleil. Ça a le goût du soleil, précisa Constance.

*

Allongé sur son lit, la tête calée sur un oreiller, Nish relut ce qu'il avait écrit dans son journal.

Au cours des dix dernières années, cette partie de la côte s'est développée à outrance. Le summum – pour ainsi dire – a été atteint avec le village de Portofino, qui s'étend autour du port jusque sur un petit promontoire. D'élégantes villas agrémentées de jardins somptueux parsèment les collines environnantes. Portofino doit son sobre luxe édouardien aux Anglais qui l'ont toujours aimé et qui, chaque été, continuent d'y affluer en hordes inconscientes.

Il referma son cahier et se mordit l'ongle du pouce, une habitude qu'il avait contractée enfant. D'un côté, il ne voulait pas paraître sévère et ingrat. Mais de l'autre, il fallait bien que quelqu'un remette en question cette relation idyllique, quelqu'un d'extérieur comme lui, quelqu'un qui serait toujours considéré comme un étranger.

Parfois, il était convaincu qu'il était l'homme de la situation. Il avait toujours adoré les livres et rêvait d'en écrire, mais il avait étudié pour être médecin. C'est ce que voulait sa famille. Et il était indéniable qu'il aimait la médecine. Il frémissait d'excitation à la seule idée de réparer des corps brisés, et il adorait la discipline et le travail d'équipe que cela exigeait.

Nish avait passé un agréable moment à observer les gens durant le repas, même s'il avait été déçu de voir que Lucian ne se joignait pas à lui comme d'habitude. Lorsqu'il l'avait vu se diriger vers la table de Rose, sa propre solitude l'avait frappé comme une gifle. Il s'était efforcé de passer outre. Les sentiments qu'il éprouvait pour Lucian étaient ridicules, après tout. La seule chose convenable à faire était de les refouler.

Son journal le distrayait, lui permettait même de s'évader. En tout cas, jusqu'à présent, il n'y avait pas inscrit grand-chose de personnel et peut-être ne le ferait-il jamais.

Il jeta un coup d'œil autour de lui. Située sous les combles, la pièce était d'un charme discret, très anglais. Bella avait prodigué les mêmes soins aux petites chambres destinées aux domestiques et aux amis de la famille qu'à celles qu'elle réservait aux hôtes payants. Nish nota en souriant qu'il avait quand même laissé sa marque dans la sienne. Cette pièce, qui avait été un modèle de bon goût, avait désormais l'air d'une chambre d'étudiant miteuse avec son odeur de renfermé et ses piles instables de romans – Conrad, Wells, Forster – qui traînaient partout.

On frappa doucement à la porte. C'était Lucian. Nish s'écarta sans un mot pour le laisser entrer et referma la porte sans bruit.

— Désolé pour tout à l'heure, lâcha Lucian avec une grimace piteuse.

— Tu n'as pas à t'excuser.

— J'étais de service.

— Mon journal m'a tenu compagnie, le rassura Nish en désignant le cahier qui traînait sur le lit.

— J'ai pensé que tu aurais envie d'aller te baigner.

— Il est très tard, s'exclama Nish en riant. Lady Latchmere est certainement au lit depuis longtemps.

— Allez, fit Lucian en saisissant une serviette accrochée au dossier d'une chaise. Paraggi ou les rochers ?

— Les rochers. C'est plus près et plus privé.

Ils descendirent à pas de loup et sortirent par l'avant. Ils empruntèrent un chemin sinueux menant à une petite volée de marches en pierres qui donnait sur une porte fermée par un cadenas, et derrière laquelle se trouvait une plage privée qu'on appelait communément « Les rochers ».

Nish se dévêtit rapidement et avança nu dans les vagues, savourant la fraîcheur de l'air et de l'eau sur sa peau. Il se tourna pour voir si Lucian le suivait. Comme d'habitude, celui-ci avait gardé son maillot de corps. Nish fit une centaine de mètres à la nage, avant d'opérer un demi-tour, conscient que Lucian aurait de la difficulté à en faire autant.

Il retrouva son ami sur la plage en train de se sécher. Il n'avait toujours pas retiré son maillot de corps.

Nish ressentit un embarrassant mélange d'inquiétude et de désir.

— Enlève ça, dit-il. C'est tout trempé.

— Et alors ? Je ne risque pas d'attraper froid.

— Ne fais pas l'enfant. Je t'ai déjà vu. Des centaines de fois.

Lucian n'avait pas l'air convaincu.

— Enlève-le, insista Nish. Je veux voir comment ça évolue.

À contrecœur, Lucian enleva son maillot et exposa son dos à Nish. Celui-ci s'agenouilla et examina de près la large cicatrice qui, du côté gauche, courait de la taille à la nuque. Il l'explora du doigt. C'était un geste tendre, mais il sentit Lucian tressaillir.

Il retira sa main. Il connaissait les démons de Lucian et se souvenait de l'état dans lequel il se trouvait la première fois qu'il l'avait vu – sur une civière, baignant dans son sang.

— Alors, fit Lucian. Quel est le pronostic ?

— C'est juste une éraflure, affirma Nish.

C'était une vieille blague entre eux, et ils se mirent à rire.

— Ça te dérange ? demanda Nish.

— À peine. Ça fait huit ans maintenant.

— Tu vas bien, assura Nish, sincère, car, par ailleurs, il trouvait que Lucian respirait la santé. L'Italie te va bien.

Lucian sourit timidement. Pour la première fois depuis qu'ils se connaissaient, Nish se demanda si son ami avait des doutes sur ses penchants, s'il savait même que certains hommes aimaient d'autres hommes. Probablement. Lucian avait été en pension et tout le monde était au courant de ce qui se passait dans ces établissements. De plus, en tant que peintre, il s'était mis à fréquenter ce qu'on appelait, par euphémisme, le « milieu artistique ».

Nish mourait d'envie de s'ouvrir à son ami, mais il manquait de courage. Quand il était question d'inversion, c'était la loi du silence qui prévalait. Et si on ne respectait pas cette loi avec la mauvaise personne, au mauvais moment, eh bien… il valait mieux ne pas penser aux conséquences.

— Et alors, reprit Lucian, qu'en penses-tu ?

— De quoi ?

— De la jeune fille, idiot, dit-il en éclatant de rire.

La fille, bien sûr.

— Première impression ? fit Nish. Elle est adorable.

— Tu trouves vraiment ?

— Tout à fait. Mais je n'étais pas assez près pour réellement juger. Sans compter que tu me cachais la vue. Tu en bavais d'admiration !

Nish se pencha, saisit une poignée de sable qu'il lança en direction de Lucian.

— Je ne bavais pas !

— Je suis sûr que vous serez parfaitement heureux.

— Rien n'est encore décidé, lâcha Lucian en avalant une gorgée de whisky d'une flasque que Nish n'avait pas remarquée.

Il en offrit à Nish, qui déclina. Il n'aimait pas que son ami boive.

Ils revinrent à l'hôtel. Lucian utilisa sa clé pour ouvrir la porte et laisser Nish pénétrer dans le hall obscur.

— C'est ici que nous nous quittons, murmura-t-il.

— Tu ne montes pas, fit Nish, amèrement déçu.

— Je pensais faire un tour dans le jardin.

— Tu veux que je t'accompagne ?

— Pas besoin, assura Lucian en secouant la tête. Va te coucher.

Nish regarda Lucian s'éloigner dans la nuit.

Après un moment d'hésitation, il décida de le suivre.

Il cala une pierre contre la porte pour qu'elle ne se referme pas et se faufila entre les haies et les parterres fleuris jusqu'à l'écurie que les Ainsworth avaient convertie en logements pour les domestiques italiens. Il s'accroupit derrière une statue, sûr de ne pas être vu dans le noir.

Il en était donc réduit à espionner son ami.

Lucian s'arrêta devant ce que Nish savait être le logement de Paola. Les volets étaient fermés, mais un liseré de lumière passait par les interstices. Il frappa légèrement à la porte.

Au bout de ce qui sembla une éternité, alors que Lucian tournait les talons, Nish entendit qu'on ouvrait le volet de l'intérieur.

Un faible faisceau de lumière s'étendit dans la cour. À travers le volet à moitié ouvert, Nish entrevit Paola, un drap blanc dissimulant à peine la forme généreuse de ses seins et l'ombre noire entre ses jambes. Elle recula à l'intérieur, aussitôt suivie de Lucian qui jeta un inutile coup d'œil aux alentours pour s'assurer qu'il n'y avait personne.

Ah! pensa Nish. *Nous avons tous nos secrets.*

Chapitre 3

La boîte avait appartenu à sa mère. Elle était en bois incrusté de nacre en forme de fleur. Bella la conservait dans le dernier tiroir de sa coiffeuse, sous un tissu en velours noir sur lequel s'entassaient plusieurs flacons et petits pots.

Cette boîte se fermait à clé, contrairement au tiroir. Un tiroir non verrouillé servait à dissiper les doutes. S'il était à ce point accessible, c'est qu'il ne contenait rien de secret.

Cecil ne se donnerait jamais la peine de fouiller dans un tiroir qui n'était pas fermé à clé.

Après leur repas improvisé, Bella avait montré sa chambre à Constance. C'était une gentille fille, franche et candide. Jolie aussi, dans son genre. Bella lui avait décrit brièvement les habitudes matinales de Lottie en insistant sur le fait que personne ne s'attendait à ce qu'elle prenne les choses en main dès le lendemain de son arrivée. De toute façon, il était évident que la jeune fille était trop épuisée pour enregistrer quelque information que ce soit.

— Allez dormir, mon enfant, avait dit Bella. Nous discuterons en bonne et due forme demain matin.

Bella s'était ensuite retirée dans la suite qu'elle partageait avec Cecil, quoique « partager » ne fût pas le terme exact. Ils avaient chacun leur chambre, et à l'exception de jours à marquer d'une pierre blanche, ils dormaient chacun dans leur lit.

Où diable était Cecil, d'ailleurs ? Peut-être qu'il « découchait » comme il aimait à dire.

Au moins, elle pouvait profiter de cette solitude temporaire pour se détendre.

Elle ouvrit le tiroir de sa coiffeuse, poussa les petits contenants et le morceau de velours pour prendre la boîte qui recelait ses possessions les plus intimes. Elle la déposa sur son lit et l'ouvrit en se servant de la minuscule clé suspendue à son cou par une chaîne qu'elle gardait toujours sur elle. Elle en sortit un paquet de lettres attachées par un ruban.

Elle prit celle qu'elle cherchait, surprise de voir que ses mains tremblaient.

Bella chérie. Ta dernière lettre m'a enchanté. Comme je voudrais être à tes côtés et vivre avec toi toutes les merveilles que l'Italie a à offrir...

*

Cecil était bien prêt à admettre qu'il était ivre. Secrètement à tout le moins. Devant Bella, eh bien, peut-être pas.

Tout ça, c'était à cause du Fernet Branca. Quelle horrible liqueur ! À ne pas mélanger avec du brandy. Mais elle avait l'avantage de calmer son homme quand il jouait au poker.

Cecil s'était assuré de ne pas être dans les parages à l'arrivée de Julia. L'agitation de Bella et la froideur de Julia – cela en faisait trop à gérer en même temps. C'était comme se trouver au point de rencontre de deux perturbations météorologiques. Valait mieux éviter. Cela dit, il était impatient de revoir Julia après toutes ces années. Qui sait, la flamme pourrait peut-être être ravivée ?

Quant à sa fille – celle qu'on destinait à Lucian –, tout le monde s'entendait pour dire qu'elle était magnifique. Mais avoir Julia pour mère, grands dieux, cela ne devait pas être une sinécure !

La porte avant de l'hôtel était verrouillée, comme d'habitude, ce qui irrita Cecil. Il détestait traîner l'immense clé qui permettait de l'ouvrir. Il devrait donc se frayer un chemin dans le noir jusqu'à la porte de la cuisine dont la clé était plus petite. En fait, elle était tellement petite qu'il n'arrêtait pas de la perdre… Où était-elle ? Il la trouva dans une poche de sa veste après avoir frénétiquement fouillé toutes les autres.

Il alluma la lumière et vit qu'une assiette d'une substance quelconque traînait sur la table. Cecil huma ce qu'il devina être de la tapenade et en goûta une petite quantité pour la recracher aussitôt en faisant la grimace.

Puis, son regard tomba sur la petite caisse et le livre de comptes. Il souleva le couvercle qui n'était pas fermé à clé. Tiens, tiens.

Il jeta un coup d'œil aux alentours. Personne en vue.

En souriant, il préleva le plus gros billet de banque et le fourra dans sa poche. *Ce qui est à toi est à moi,* se dit-il.

Bella devait être dans sa chambre à l'heure qu'il était. Il lui ferait une petite visite surprise. Elle aimait cela ou, à tout le moins, avait l'habitude d'aimer cela.

En gravissant les marches, Cecil observa que la villa paraissait moins imposante dans l'obscurité. *On pourrait être n'importe où avec des moustiques en prime.*

Comme à l'accoutumée, il entra dans la chambre de Bella sans frapper.

Assise sur son lit, elle sursauta, puis se déplaça – en rougissant, nota Cecil.

— Que faisais-tu ? lui demanda-t-il d'un ton plus accusateur qu'il ne l'aurait voulu.

— Je me démaquillais, répondit vivement Bella. Tu rentres bien tard.

— C'est à cause du train.

— Comment cela s'est-il passé à Gênes ?

— Oh… tu sais, bégaya-t-il, peinant à se souvenir de l'histoire qui lui servait de couverture. Gênes, c'est Gênes.

Il regarda Bella. Elle était toujours aussi belle. Dommage qu'elle ne le laisse jamais s'approcher d'elle. La plupart du temps, il s'en arrangeait, car il avait d'autres options. Mais ce soir, après avoir bu quelques verres, il avait de la difficulté à contenir son ardent désir.

— Puis-je me joindre à toi cette nuit ? lui demanda-t-il, en essayant de ne pas avoir l'air trop désespéré.

— Pas ce soir, souffla-t-elle en poussant un soupir. La journée a été longue et intense.

— Bien sûr. Comment c'était ?

— Julia était déçue que tu ne sois pas là pour l'accueillir. Et Alice est plutôt irritable. Sinon, tout s'est bien passé.

— Et la fille ?

— Rose est charmante.

— Est-elle jolie ? Est-ce qu'elle va lui plaire ?

— L'apparence ne fait pas tout, Cecil, répliqua Bella en levant les yeux au ciel.

— Non, mais ça dore la pilule.

*

Au moins Cecil ne s'était pas attardé à discuter. Quand on ne voulait pas de lui, il savait le reconnaître et n'insistait pas ; c'était l'une de ses qualités. Bella attendit tout de même qu'il se mette à ronfler pour verrouiller la porte qui reliait leurs deux chambres, porte dont elle était la seule à posséder la clé.

Cecil avait été dangereusement près de découvrir sa cachette. Heureusement qu'elle avait été prudente : elle avait replacé la boîte dans le tiroir aussitôt qu'elle en avait retiré la lettre. Celle-ci se trouvait maintenant dans la poche de sa chemise de nuit, là où elle l'avait enfouie dès qu'elle avait entendu Cecil entrer dans sa chambre. Elle la sortit, la déplia et la relut en s'attardant sur les dernières lignes.

Personne ne m'est plus cher que toi. Bien à toi dans l'amour, ton toujours fidèle Henry.

Ces mots et imaginer Henry les écrire lui faisaient mal au cœur. Ils ne suffisaient pas à la raviver, à lui faire ressentir ce qu'elle avait besoin de ressentir.

Sur une étagère, elle prit une bible qu'elle feuilleta jusqu'à ce qu'elle trouve ce qu'elle cherchait : la photo d'un jeune homme aux cheveux foncés, aux lèvres charnues et aux yeux chaleureux et invitants. Elle dévora l'image du regard, s'en délecta, la fixa dans sa mémoire.

Si elle avait été vraiment seule, elle se serait mise au lit avec cette photo et sa lettre. Mais c'était trop risqué et ce, même si Cecil dormait et que la porte était fermée à clé. Elle décida donc de tout ranger et de se coucher.

Comme il faisait chaud, elle repoussa les lourdes couvertures pour ne garder qu'un drap dont elle apprécia la douceur sur sa peau. Elle passa ses mains sur son corps pour se le réapproprier, dans ses plis et ses creux cachés, cédant aux pensées qui lui avaient trotté dans la tête toute la journée. Sa gorge se serra de plaisir. Elle imagina Henry en train de la prendre dans ses bras, de lui embrasser doucement la nuque et de saisir sa main pour la guider.

Un long gémissement étouffé se fit entendre.

Bella crut d'abord que c'était elle qui l'avait poussé. Puis, elle comprit qu'il venait du couloir, que c'était une plainte de douleur et non un cri de plaisir.

Elle se redressa dans son lit, plus inquiète que frustrée à présent. En allant prendre sa robe de chambre suspendue à la porte, elle remarqua qu'elle n'avait pas bien fermé les volets. Du coin de l'œil, elle entraperçut quelque chose bouger dehors. Elle s'approcha de la fenêtre et vit quelqu'un sortir de la chambre de Paola. Elle plissa des yeux pour mieux voir dans l'obscurité.

Lorsqu'elle reconnut Lucian, elle s'écarta de la fenêtre.

Il traversait le jardin, ses chaussures dans une main, une bouteille vide dans l'autre.

Bella se couvrit la bouche de sa main. *Mais bien sûr,* pensa-t-elle. *Tout s'éclaire maintenant.*

Une nouvelle lamentation perça le silence et ramena Bella à l'ordre. Ce n'était pas le moment de s'attarder sur cette fâcheuse tournure d'événements.

Dans le couloir faiblement éclairé par les appliques électriques, Bella s'arrêta et prêta l'oreille. Les gémissements provenaient de la suite Ascot – celle de Lady Latchmere.

Livide et exténuée, Melissa, la petite-nièce de Lady Latchmere, lui ouvrit la porte.

— Oh, Mrs Ainsworth, dit-elle. Lady Latchmere est très souffrante.

— Où a-t-elle mal ?

— Elle ne saurait dire.

— Nous devons appeler un médecin, décida Bella. Sauf qu'il est extrêmement tard… Oh, mais il y a Nish !

— Qui ?

— Mr Sengupta. L'ami de mon fils. Il était aide-soignant durant la guerre. Il a sauvé la vie de Lucian.

Nish mit quelques minutes à se réveiller. Il avait l'air débraillé et sentait la mer. Bella lui expliqua la situation.

— J'ai un peu perdu la main, admit-il, nerveux à l'idée de se tromper.

— Je vous en prie, Nish. Nous venons à peine de démarrer. Ce serait la fin de tout s'il devait arriver quelque chose à Lady Latchmere.

Le grenier était exigu et la chaleur y était étouffante. C'était la partie de la maison qui plaisait le moins à Bella, car elle avait encore besoin de rénovation. Elle attendit Nish dans le couloir tandis qu'il enfilait un pyjama et un cardigan, puis ils descendirent jusqu'à la suite Ascot. Bella rassura Lady Latchmere en affirmant que Nish était tout à fait qualifié pour prendre soin d'elle.

L'anxiété de Melissa était à son comble. Elle croyait sincèrement que Lady Latchmere était à l'article de la mort, contaminée par la forte croyance de la principale intéressée.

Sous la faible lumière projetée par la lampe de chevet, on voyait à peine la silhouette gisant sur le lit. Seuls les gémissements qu'elle produisait régulièrement indiquaient qu'elle était toujours vivante.

La moitié du corps recouvert par un drap, Lady Latchmere portait une chemise de nuit en dentelle blanche et une sorte de bonnet de nuit en soie que même la grand-mère de Bella aurait refusé de porter tellement il était démodé. Ses mains impeccables étaient croisées sur sa poitrine.

— Peut-être vaudrait-il mieux que vous nous laissiez seuls, proposa Nish à Bella et Melissa.

Bella opina.

— Va-t-elle s'en sortir? lui demanda une Melissa d'une voix implorante, sa frimousse pleine de taches de rousseur adorablement juvénile.

— Elle est entre bonnes mains, répondit Bella, en souriant et en prenant celle de la jeune fille dans les siennes. Aimerais-tu une tasse de thé? Ou quelque chose de plus fort?

Melissa hocha la tête en souriant à travers ses larmes.

*

Bella fut réveillée par Nish qui la secouait doucement. Elle était roulée en boule dans un fauteuil de la salle de séjour de la suite ; un verre de whisky à moitié plein reposait à côté d'elle. Il faudrait absolument qu'elle range *cette chose* avant que Lady Latchmere la voie…

— Êtes-vous restée là toute la nuit ? demanda Nish, aussi amusé que surpris.

— J'ai promis à Miss De Vere que je monterais la garde, lui rapporta Bella. Au cas où sa grand-tante se sentirait mal à nouveau.

Elle bâilla en s'étirant, étonnée de constater à quel point elle était courbaturée. Passer la nuit assise sur un fauteuil était une activité pour les jeunes et les personnes souples.

— Qu'est-il arrivé ? reprit-elle.

— Pas grand-chose.

— Dois-je appeler un médecin ? demanda-t-elle, avant de corriger sa méprise. Un autre médecin, je veux dire.

— Je ne suis pas un vrai médecin, répliqua Nish en faisant fi de la maladresse de Bella. Non, je ne crois pas qu'elle ait besoin d'en consulter un. Je l'ai soulagée de ses pires symptômes mais, à mon avis, vous pourriez lui servir des pruneaux au petit déjeuner.

— Oh ! fit Bella en rendant son sourire à Nish.

— Et je vous suggérerais de lui offrir un digestif après chaque repas.

— Vous pensiez à quelque chose en particulier ?

— Peut-être un peu de cet excellent Limoncello que vous avez servi hier soir.

— Lady Latchmere ne boit pas d'alcool.

— Dites-lui que c'est de la limonade italienne, lança Nish en souriant.

Bella éclata d'un petit rire ravi.

Comme elle en avait assez de l'obscurité, elle ouvrit tout grand les volets de la salle de séjour et savoura sa première bouffée d'air salin de la journée. La pièce serait bien éclairée lorsque Lady Latchmere et Melissa se réveilleraient et sortiraient de leurs chambres.

Par association d'idées, elle revit Lucian en train de sortir de la chambre de Paola la nuit précédente.

— Dites-moi, Nish, comment trouvez-vous Lucian ?

— Il est en voie de guérison. Physiquement, du moins.

— Sinon ?

— Ce qu'il a vécu jettera toujours une ombre sur sa vie, lâcha-t-il en haussant les épaules.

— Je sais bien. C'est juste que – elle s'arrêta pour réfléchir – il avait l'habitude d'avoir des plans, de comploter. D'être utile.

— Ça lui reviendra, affirma Nish d'un ton rassurant. Il faut juste lui laisser du temps.

Bella consulta sa montre. Six heures et demie : il fallait qu'elle se mette au travail. Elle alla se laver et s'habiller en s'efforçant d'ignorer la raideur dans son dos.

Dès qu'elle descendit, Alice l'apostropha, en brandissant le livre de comptes et la petite caisse comme des trophées.

— Tu as laissé cela dans la cuisine hier soir. Au grand désarroi de Betty.

Elle lui mit la petite caisse sous le nez et l'ouvrit.

Sentant le rouge lui monter aux joues, Bella vit qu'il manquait de l'argent, encore une fois.

— Merci, Alice, trancha-t-elle sèchement.

— À mon avis... commença Alice.

— J'ai dit « merci, Alice ». Je vais m'en occuper.

Furieuse, Bella se retira dans la petite pièce attenante à la cuisine qu'elle utilisait comme bureau. Pour se calmer, elle inscrivit l'adresse d'Henry sur une enveloppe dans laquelle elle glisserait la lettre qu'elle lui écrirait plus tard.

Elle venait à peine de finir lorsque Cecil débarqua. Peu importe ce qu'il faisait la veille, il avait toujours l'air reposé le matin, ce qui était exaspérant. Grand travailleur et contempteur de l'aristocratie, le père de Bella aurait dit que c'était parce qu'il avait la complaisance dans le sang.

— B'jour, lança Cecil d'un ton monotone.

Il prit l'enveloppe sur le bureau.

— Et qui est Mr Henry Bowater ? demanda-t-il, en prononçant le nom avec une emphase qu'il voulait comique.

— Un des comptables de mon père, répondit Bella avec tellement d'assurance qu'elle faillit elle-même le croire.

— De l'usine textile ?

— Non, de son patrimoine privé, précisa-t-elle, aux aguets. Je lui écris à propos de nos liquidités.

Le mot eut l'effet escompté. Cecil battit en retraite comme un vampire devant un crucifix.

— Ah... Eh bien, je pensais me rendre en ville plus tard aujourd'hui. Voudrais-tu que je la mette à la poste ?

— Bien sûr. Je te la remettrai quand j'aurai terminé.

En réalité, elle avait l'intention de confier cette tâche à Paola, qui faisait toujours bien les choses – sauf, apparemment, laisser son fils tranquille.

— Excellent ! fit Cecil avant de tourner les talons.

— Je sais ce que tu as fait, Cecil, lui balança Bella avant qu'il sorte de la pièce.

— Eh bien, tu as une longueur d'avance sur moi, dit-il en se tournant vers elle.

— Déjà que tu as pris de l'argent... Je t'en prie, ne me mens pas en plus.

Il ferma les yeux comme si la situation était difficile à supporter.

— J'allais te le dire.

— Vraiment ? Quand ?

— Quand j'aurais les moyens de te rembourser.

— Et qu'en est-il de ta part de la fiducie familiale ?

— Je crains de l'avoir toute dépensée, affirma-t-il en haussant les épaules.

Voilà bien ce qu'elle craignait.

— Je ne peux pas diriger cet hôtel à crédit, répliqua-t-elle en colère. J'ai besoin de liquidités.

Cecil émit un rire nerveux.

— Moi aussi, ma chérie, moi aussi.

*

Constance avait réglé son réveil à six heures.

Elle passa à la salle de bains qu'elle partageait avec Lottie – pièce qui était plus vaste que tout le rez-de-chaussée de la maison où vivait sa famille dans le Yorkshire. Elle revêtit ensuite sa tenue du dimanche, prit le paquet qu'elle avait apporté pour Betty et descendit à la cuisine.

La porte qui donnait sur l'extérieur était grande ouverte. Constance s'arrêta sur le seuil et huma l'air frais du matin rempli d'arômes de pin et de thym, contente de sentir revivre son enthousiasme pour l'Italie.

Elle se retourna pour voir qui entrait dans la pièce.

Une femme au visage rond et stupéfait la dévisageait.

— Constance ? C'est bien toi ? Mon Dieu…

Betty – du moins c'est ce que supposa Constance – se précipita vers elle et la serra dans ses bras.

— Laisse-moi te regarder, s'écria-t-elle en s'écartant de la jeune fille. La dernière fois que je t'ai vue, tu n'étais qu'une gamine. Que tu es jolie !

— J'ai peine à croire que je suis ici, constata Constance, embarrassée par le compliment.

— Tu y serais depuis plus longtemps si je ne m'étais pas embrouillée dans les dates. À quelle heure es-tu arrivée ?

— Un petit peu après minuit.

— Oh ! s'exclama Betty. Dis-moi que tu as trouvé un fiacre à la gare !

— J'en ai trouvé un, assura Constance en souriant.

— Quelle affaire ! répliqua Betty qui vit, en jetant un coup d'œil à l'horloge au mur, qu'il était six heures et quart. Tu te lèves aux aurores, à ce que je vois.

— J'ai l'habitude.

— Je te comprends. Comment trouves-tu Portofino ?

— C'est magnifique. Je ne me lasse pas d'admirer le paysage.

— Ça peut avoir cet effet, mais si tu veux mon avis, dans son genre, Whitby est tout aussi jolie.

Elle lui fit un clin d'œil, puis remarqua le colis de papier kraft que Constance tenait entre ses mains.

— Qu'est-ce que c'est ? Ne me dis pas que tu traînes cela depuis l'Angleterre !

— Ce sont des choses que Maman pensait que vous aimeriez recevoir. Il y a une lettre aussi.

Betty emporta le colis sur la table, défit l'emballage et sourit de ravissement en en découvrant le contenu.

— Oh, Seigneur ! fit-elle. De la marmelade ! Et de la vraie moutarde anglaise !

Elle prit la lettre et la rapprocha de ses yeux pour déchiffrer son nom sur l'enveloppe.

— Qui aurait cru… commença-t-elle.

Voyant qu'elle avait les larmes aux yeux, Constance fit mine de s'approcher pour la réconforter, mais Betty hocha la tête.

— Qui aurait cru, reprit-elle, à l'époque où Fanny Gray et moi étions de petites bonnes, que trente ans plus tard, je serais avec sa fille – en Italie, qui plus est !

Elle étreignit à nouveau Constance.

Ce n'était toutefois pas le moment de se laisser happer par les souvenirs. Il y avait trop de choses à faire, trop de choses à enseigner à Constance.

Constance noua le tablier que Betty lui prêta et l'aida à préparer les petits déjeuners. Elle coupa des fruits, remplit des assiettes d'œufs brouillés et de bacon, et fit le service. Parmi les hôtes, une femme d'âge moyen et une jeune femme magnifique, mais au regard vide – Rose, avait-elle cru entendre – s'étaient montrées exigeantes et avaient renvoyé le café qu'elles trouvaient trop amer et les fruits parce qu'ils étaient « écrasés ». Malgré cela, dans l'ensemble, les gens avaient été gentils.

Bella arriva dans la cuisine pendant que Constance se lavait les mains à l'évier – aussi grand qu'une baignoire – pour lui parler de ses tâches.

— Naturellement, Lottie sera votre priorité, dit-elle. Mais vous aurez autre chose à faire : par exemple, aider Betty comme vous l'avez fait ce matin, faire le ménage au besoin. Bref, vous devrez mettre la main à la pâte. (Elle sourit.) Je vois que vous vous débrouillez déjà très bien.

— Je serai heureuse d'aider là où on aura besoin de moi, Mrs Ainsworth, assura Constance avec sincérité.

— Merveilleux ! Vous devrez revêtir un uniforme quand vous ne serez pas en train de vous occuper de Lottie ; il est dans mon bureau. Pour le moment, allez donc porter ces menus aux clients dans la salle à manger. Et assurez-vous de bien répondre à leurs questions.

Elle lui remit une pile de menus recouverts d'une élégante écriture manuscrite, parsemée de mots étrangers.

— Vous savez lire et écrire, mon petit, n'est-ce pas ? fit Bella en voyant l'air perdu de Constance.

Celle-ci ne sut trop quoi répondre. Elle ne savait pas comment on prononçait *stracciatella* ni de quoi il s'agissait. Quelle jeune fille anglaise l'aurait su ?

— Je me débrouille, m'dame, balbutia-t-elle, prudemment.

— Nous pouvons faire mieux, assura Bella en lui reprenant les menus des mains.

Constance était sur le point de s'expliquer lorsqu'une jeune femme à l'air guindé apparut dans l'embrasure de la porte. Bella lui fit signe.

— Alice ! s'exclama-t-elle. Je te présente Constance March, la nouvelle nounou. Constance, je vous présente la mère de Lottie, Mrs Mays-Smith.

— Enchantée de faire votre connaissance, m'dame, dit Constance en faisant la révérence et en notant qu'avec son air pincé et usé, la fille avait l'air plus vieille que la mère.

— La révérence n'est pas nécessaire, trancha Alice sur un ton que Constance trouva inutilement sec.

— Est-ce un bon moment pour que Lottie fasse connaissance avec Constance ? demanda Bella à Alice.

— Pourquoi remettre cette rencontre ? Je l'amène tout de suite.

C'est avec soulagement que Constance vit Alice et Bella quitter la pièce. Elle avait l'impression d'avoir passé unc espèce de test. Comme si elle lisait dans ses pensées, Betty s'approcha d'elle et posa une main rondelette sur son bras.

— Ne t'en fais pas avec Mrs Mays-Smith, ce n'est pas une mauvaise personne, assura-t-elle avant de poursuivre en chuchotant : J'ai trouvé un moment pour lire la lettre de ta mère. Je t'assure que j'en ai pleuré un bon coup.

— Vous avez bon cœur, affirma Constance en devinant pourquoi.

— Lorsque ta mère m'a écrit pour me demander de te trouver une place… Je n'aurais jamais cru que…

— Vous ne pouviez pas savoir.

— Tu n'as pas eu de chance, pauvre petite. Maintenant je comprends pourquoi tu as sauté sur l'occasion quand je t'ai offert de venir ici. Au loin. Ce sera un nouveau départ pour toi.

Constance hocha la tête en sentant à son tour les larmes lui monter aux yeux.

— Tu pourras tourner la page, ajouta Betty en prenant le visage de Constance entre ses mains pour essuyer les larmes de la jeune fille de ses pouces. Avec le temps on guérit de tout, mon petit. Avec le temps, le travail… et de la bonne nourriture.

*

À mi-chemin entre Alassio et Portofino, Jack rétrograda, les sourcils froncés au-dessus de ses lunettes de conduite. C'était une manœuvre délicate qui demandait beaucoup de concentration.

Claudine le regarda en souriant. *Jack conduit comme il fait l'amour*, pensa-t-elle. Doucement, avec assurance et soucieux de l'agrément d'autrui. En contrepartie, il adorait contrôler les choses et avait la certitude d'être le seul à savoir comment elles fonctionnaient.

Claudine ne s'était jamais préoccupée des automobiles, mais elle devait admettre que celle-ci, dont la puissance n'avait d'égale que la beauté, était impressionnante. Alors que dans les routes de montagne sinueuses, n'importe quel autre véhicule grinçait et cliquetait, la Bugatti roulait avec fluidité.

Jack et elle avaient passé tout l'été à se promener sur la Côte d'Azur et la Riviera italienne. Depuis Cannes, ils avaient mis le cap vers l'est en s'arrêtant à Nice, à Monte-Carlo, à San Remo et à Alassio pour aller à des fêtes somptueuses, assister à des concerts, jouer au blackjack, séjourner dans de luxueuses villas. Leur prochaine escale était Portofino, la plus belle ville de toutes, apparemment.

Il s'était écoulé presque un an depuis que Jack était venu voir le spectacle de Claudine à Paris. « Vous chantez comme un ange », lui avait-il dit de son doux accent texan.

Claudine venait juste de sortir de scène. En sueur et fatiguée, elle n'était pas du tout d'humeur à se faire conter fleurette. Pourtant, Jack l'avait conquise grâce à son charme un peu suranné et à sa calme assurance, et ce même s'il était proche de la cinquantaine et pas vraiment son genre avec sa corpulence, sa calvitie naissante et sa moustache trop bien taillée.

— Ce serait un honneur que vous acceptiez de souper avec moi, avait-il déclaré en s'inclinant galamment. À Paris, les Américains doivent se serrer les coudes.

— D'accord, avait-elle répondu en souriant. Mais c'est moi qui décide du restaurant.

Elle l'avait amené à La Coupole sur le Boulevard de Montparnasse. Elle s'y sentait toujours à l'aise parmi les expatriés décrépits – dont plusieurs artistes et écrivains – qui formaient sa clientèle habituelle. Elle trouvait également rassurant d'y voir régulièrement d'autres Noirs.

Jack savait ce que Claudine faisait dans la vie. Elle lui avait parlé de sa résidence sur le Lido de Venise, du fait que Cole Porter lui-même l'avait recommandée aux producteurs du Théâtre des Champs-Élysées. Mais elle ne savait pas ce que *lui* faisait.

— Oh, tu sais, avait-il répondu, en attaquant sa *choucroute à l'Alsacienne**, quand elle le lui avait demandé. Ceci et cela.

— Je ne peux pas me contenter de ça, Jack.

Il l'avait regardée fixement, une expression indécise sur le visage.

— Et si je te disais que je suis *commissionnaire d'objets d'art**?

— Est-ce vrai ? avait fait Claudine en haussant un sourcil.

— Disons que ce n'est pas faux, avait répliqué Jack en souriant.

Cette remarque était l'essence même de son amoureux.

Jack existait quelque part entre le vrai et le faux, l'honnêteté et la malhonnêteté, ce qui n'avait pas vraiment dérangé Claudine. Du moins, jusqu'à maintenant.

Elle ne s'était pas attendue à ce que leur relation dure. Or, celle-ci s'était avérée remarquablement résiliente. Le hic, c'était que plus leur relation se poursuivait, plus Claudine se rendait compte qu'elle avait besoin de davantage que ce que Jack semblait capable de lui donner. Elle ne voulait pas nécessairement un engagement, plutôt de la sécurité. Elle voulait pouvoir être certaine qu'en rentrant en Amérique en tant que couple, Jack serait tout aussi heureux d'être avec elle – d'être *vu* avec elle – qu'il l'était sur le terrain de jeu éternel que constituait l'Europe.

Jack aimait voyager. Mais quand on voyageait continuellement, on cessait de remarquer où l'on était. La vie n'était plus qu'un vague cortège de nouvelles villes et de nouveaux visages, bientôt ennuyeux. Pour la première fois de sa vie, Claudine avait envie de s'enraciner. Mais elle ne savait pas où ni avec qui.

Sous les pics rocheux et les collines abruptes, la route contournait la succession de promontoires qui formait la côte. Le soleil dardait ses rayons et l'odeur du thym remplissait l'air. Claudine abaissa ses lunettes fumées pour mieux voir les villages et les forêts de pins.

Le bruit assourdissant du moteur rendait toute conversation difficile. Il y avait tellement longtemps qu'aucun des deux n'avait parlé que cela en devenait gênant. Claudine se pencha vers Jack.

— Parle-moi de l'Hôtel Portofino, lui cria-t-elle à l'oreille.

— C'est un hôtel, cria-t-il à son tour en souriant, mais sans quitter la route des yeux. Situé à Portofino.

— Très drôle, répliqua-t-elle en lui donnant un petit coup sur le bras.

— Je dois avouer que je ne sais pas grand-chose de cet établissement. Seulement qu'il est récent ; il a ouvert ses portes il y a moins d'un an. C'est tout confort, apparemment. Grandes suites. Salles de bains modernes. Vues sur la ville et la mer. C'est dirigé par un couple d'Anglais, Cecil et Bella Ainsworth. C'est un aristocrate – désargenté comme la plupart des aristos. C'est elle qui tient les cordons de la bourse.

— C'est malheureux, lâcha Claudine. Pour lui, je veux dire.

— En effet, dit Jack en riant.

— Comment se fait-il que tu saches tout cela ?

— Cecil est un ami d'ami.

— Avec toi, tout le monde est un ami d'ami d'ami, pouffa Claudine.

Jack tourna la tête vers sa douce, le temps de lui faire un clin d'œil.

— Il faut soigner ses relations, poupée. C'est la clé du succès.

*

Rose se tenait près de la balustrade et contemplait la mer lorsque Lucian s'approcha d'elle. Elle avait attendu, espéré, qu'il la trouve, car elle était convaincue qu'elle était presque parfaite grâce à la tenue que sa mère avait choisie pour elle. Dans sa robe droite de couleur crème à manches en dentelle, mise en valeur par un sautoir de perles, elle se savait séduisante, mais modeste. Chic, mais pas de façon exagérée.

Elle tressaillit en songeant que Lucian était probablement en train de penser la même chose.

— Te voilà ! s'écria-t-il en faisant semblant d'être irrité.

Elle lui sourit timidement.

— Me voilà ! répéta-t-elle avant de reporter le regard vers la mer.

Elle sentit qu'il prenait le temps de l'admirer. La beauté était le seul aspect de sa personne en quoi elle avait pleinement confiance. C'était quelque chose qu'elle avait toujours possédé, à un point tel qu'elle se disait souvent que le reste était superflu.

Le temps se réchauffait agréablement en cette matinée. Ils restèrent un moment à admirer la mer, reconnaissants de la brise dans leurs cheveux.

— C'est tellement joli, cette vue, commença Lucian avant d'ajouter, à brûle-pourpoint : Peut-être que nous pourrions aller à la plage plus tard ? Il fait un peu plus frais en fin d'après-midi. Ou nous pourrions aller faire un tour de bateau. Sais-tu nager ?

— Je crains que non.

— Alors c'est avec plaisir que je te montrerai.

Elle n'était pas certaine de vouloir apprendre. Nager voulait dire être mouillé, et personne n'était à son avantage mouillé.

— Je ne sais pas. Je vais consulter Maman.

Lucian la regarda, amusé, en se demandant pourquoi elle devait demander à sa mère la permission de faire quelque chose d'aussi bénin.

— Il y a tellement de merveilles à voir dans le coin, Rose, appuya-t-il d'un ton enjôleur. Florence et Pise ne sont qu'à une journée d'ici. Gênes est au bout de la côte.

— Je sais. Nous avons pris le train de là.

— Et il y a plein de choses intéressantes tout près. Chaque église semble renfermer un trésor. C'est comme vivre dans un musée.

Rose ne pouvait imaginer pire situation.

— Ça doit être étouffant, commenta-t-elle en grimaçant.

Lucian ne sembla pas saisir qu'il s'agissait d'une blague. Puis, elle se souvint qu'elle n'était pas douée pour faire des blagues.

À nouveau, Rose se sentit déconcertée. Elle réalisait avec beaucoup d'acuité que non seulement cette conversation était étrange, mais que le séduisant conducteur de calèche dont elle avait tellement admiré la nuque n'était pas un Italien anonyme, mais bel et bien Lucian. Maintenant qu'elle était en face du véritable Lucian – du Lucian dont sa mère n'avait cessé de lui parler – , elle ne savait pas comment se comporter. Le trouvait-elle séduisant ? Lui plaisait-il ? Elle semblait incapable de répondre à ces questions, pourtant guère compliquées.

Un bruit étrange la fit sortir de ses pensées.

— Qu'est-ce que c'est ? fit-elle en regardant tout autour.

— Qu'est-ce que c'est quoi ?

— Cet horrible bourdonnement.

Lucian tendit exagérément l'oreille.

— Ah, c'est une cigale !

— Une quoi ?

— C'est un type d'insecte, qui ressemble un peu à une sauterelle, expliqua-t-il en regardant les buissons. Attends, je peux en trouver une pour te la montrer.

Rose poussa un petit cri.

— Non, Lucian ! Je t'en prie ! Je ne supporte pas les insectes.

Elle jeta un coup d'œil à la fenêtre où se profilait la silhouette droite et raide de sa mère.

Rose n'était pas autrement surprise que sa mère la surveille ; elle y était habituée. Puis, elle vit un homme se matérialiser à côté de Julia. Qui était-il ? Maman l'avait sans doute entendu s'approcher, mais plutôt que de se tourner vers lui, elle ferma les yeux. Et son visage prit une curieuse expression. *Une expression sereine*, se dit Rose. *Ou lascive ?*

*

Sans même se retourner, Julia sut que Cecil venait d'entrer dans la pièce. Chaque fois qu'il arrivait quelque part, il transformait l'atmosphère. Il dégageait la même odeur envoûtante que jadis : un mélange de tabac et de l'arôme musqué de son eau de Cologne.

Il s'approcha et regarda par la fenêtre, par-dessus son épaule. Il se tenait beaucoup trop près d'elle.

— Est-ce qu'il y aurait de l'eau dans le gaz ? s'enquit-il.

— D'où sors-tu ? fit Julia sans bouger. Cherchais-tu à m'éviter ?

— Comme si je pouvais – ou voulais – faire une telle chose. Mon fils se comporte-t-il de manière agréable ?

— Disons que les choses n'ont pas exactement démarré du bon pied.

— C'est ce que j'ai entendu dire.

— Je suppose que tu trouves cela amusant ?

— Un peu, je l'admets. Et ta fille ? Est-ce qu'elle adhère à notre plan ?

— Quelle question ! Rose fera ce qu'on lui dit de faire.

*

En passant devant la bibliothèque, Bella aperçut Julia et Cecil devant la fenêtre, en grande conversation intime. Son cœur se serra. Qu'est-ce qu'ils manigançaient ?

En tout cas, Julia semblait heureuse de le voir. Grands dieux, quel numéro, cette femme ! Ce matin, Bella les avait croisées, elle et Rose, alors qu'elles se rendaient dans la salle à manger. Elle leur avait demandé si elles avaient bien dormi. Elle voulait vraiment savoir si les efforts qu'elle avait déployés pour rendre leur chambre agréable avaient été fructueux.

— Adéquatement, avait répondu Julia, plutôt cinglante. Il faisait chaud et je crains que nous soyons plutôt à l'étroit dans cette chambre.

— Je suis désolée d'entendre cela.

Comme d'habitude, Rose s'était dépêchée de venir à la rescousse.

— J'ai dormi à poings fermés, avait-elle ajouté. Ce n'est pas un hôtel, c'est une merveilleuse maison de campagne.

Pressée de s'en aller, Bella avait fait un geste pour les inviter à poursuivre leur chemin. Mais Julia l'avait retenue :

— Je me demandais si vous n'aviez pas quelque chose d'un peu plus spacieux.

— Toutes nos chambres sont réservées, avait répondu Bella en veillant à conserver un ton mesuré et calme.

— Mais pas occupées ! Peut-être devrais-je en parler à Cecil… S'il est dans les parages.

— Ce n'est pas la peine, avait dit Bella qui ne voulait surtout pas que Cecil s'en mêle inutilement. Je vais voir ce que je peux faire.

Peut-être était-ce ce dont il discutait avec Julia en ce moment dans la bibliothèque. Alors qu'elle s'apprêtait à intervenir, elle fut rappelée à l'ordre par un joyeux coup de klaxon provenant de l'extérieur.

Bien sûr, pensa-t-elle. *Les Turner arrivent ce matin !*

Bella ne connaissait des automobiles que l'horrible tintamarre qu'elles faisaient, mais elle ne put s'empêcher d'être impressionnée par l'étincelant véhicule rouge qui s'arrêta pile devant elle au moment où elle sortait.

— Grands dieux ! s'exclama-t-elle. Quelle entrée !

Le conducteur retira ses lunettes en lui adressant un large sourire.

— Jack Turner, fit-il avec un fort accent américain. À votre service.

Une petite foule s'agglutina autour de la voiture.

— Une Bugatti, observa le comte Albani, admiratif. Jolie.

Quelques secondes plus tard, une élégante passagère émergea du véhicule et détourna l'attention de tout le monde. Billy s'approcha d'elle pour l'aider.

— Merci, lui lança-t-elle également avec un accent américain.

Billy était bouche bée devant la tenue de cette femme – un costume masculin coupé de manière à mettre sa silhouette en valeur de façon magistrale. Betty, qui s'était précipitée hors de la cuisine pour voir ce qui se passait, lui donna un petit coup de coude.

— Ferme la bouche, mon garçon ! Contente-toi de porter leurs bagages.

Bella conduisit les nouveaux arrivants jusque dans le hall d'entrée afin qu'ils s'enregistrent.

— Veuillez signer ici, indiqua-t-elle à Jack en lui tendant le registre et une plume. En votre nom et... celui de Mrs Turner, ajouta-t-elle après avoir jeté un discret regard à la main dépourvue d'alliance de sa compagne.

— Vous pouvez m'appeler Claudine, indiqua-t-elle à Bella, un sourire en coin.

Jack lui lança un regard complice avant de signer sans dire un mot.

*

C'est pendant sa convalescence que Lucian avait découvert les vertus de l'activité. En réalité, c'était le médecin qui lui avait suggéré de se tenir occupé afin de réduire au minimum ses périodes de rumination ou de réflexion. À l'époque, il broyait du noir à la moindre occasion et ses accès de dépression étaient aussi violents qu'aléatoires. Il lui arrivait de traverser un champ par une belle journée d'été quand soudain, sans aucune raison apparente, il était pris d'un coup de cafard.

Avec le temps, il avait appris à se remonter le moral grâce à la peinture. Elle le faisait sortir de lui-même. Lorsqu'il appliquait ses huiles sur le canevas, il parvenait à se concentrer totalement sur quelque chose d'extérieur, que ce soit un pont ou un bol de fruits.

Or, la foi que Lucian avait en son art était ébranlée par ceux qui auraient dû le soutenir. L'une des raisons qui l'avaient attiré en Italie – et qui lui avait fait ravaler sa fierté et suivre ses parents – était la beauté reproductible des paysages.

Toutefois, le mépris que son père nourrissait envers les artistes était tel que Lucian n'arrivait pas à lui parler de ses ambitions de façon convaincante ni même à s'en parler intérieurement sans entendre une voix un peu moqueuse.

Ce poison insidieux contrecarrait toute tentative de trouver le bonheur. Tout ce que ses parents voulaient, c'était de le marier.

Sa conversation avec Rose avait contribué à déclencher sa mauvaise humeur. Comment une jeune fille aussi jolie pouvait-elle être aussi vide ? C'était une Rose vive, posée et indépendante qu'il avait imaginée lorsqu'il l'avait ramenée de la gare avec sa mère. Son état d'exaltation avait cédé la place à une espèce de torpeur lorsqu'il avait compris à quel point il s'était trompé et que tout cela était trop beau pour être vrai. En réalité, Rose n'était qu'une marionnette manipulée par sa mère.

Heureux de découvrir qu'il n'y avait personne dans la bibliothèque, Lucian choisit un livre sur une étagère et se mit à le feuilleter distraitement. Trollope. Quelle personne saine d'esprit viendrait jusqu'en Italie pour se dire : « Ah, mais bien sûr, je vais lire *Les Tours de Barchester* » ? Il faudrait qu'il rapporte cela à Nish ; il apprécierait lui aussi l'ironie de la situation.

Il était encore en train de sourire lorsque sa mère entra dans la pièce.

— Où est passé tout le monde ?

— Tous ceux qui ont un peu de bon sens sont en train de dormir à l'heure qu'il est.

— Et toi ? Tu n'avais pas envie de faire la sieste ? Il me semble que tu t'es couché tard…

Elle savait donc qu'il avait pris un bain de mer. Il la regarda.

— Pourquoi es-tu ici ? Tu veux me demander quelque chose ?

— Je me demandais simplement comment tu allais, dit-elle en s'approchant de lui. Tu ne faisais pas partie du comité d'accueil des Turner.

Lucian haussa les épaules en pensant qu'elle présentait cela comme si c'était un événement, un vernissage.

— Les clients vont et viennent. C'est un hôtel après tout.

— Pas besoin d'être impoli.

— C'est père qui t'a envoyée ?

— Lucian ! s'écria-t-elle, vraiment choquée.

— Quoi ? Il ne cesse de me harceler. Dis-lui qu'il n'a pas besoin de s'en faire.

— C'est moi qui me fais du souci, assura-t-elle en posant maternellement la main sur le bras de son fils.

— À propos de ce satané mariage ?

— À propos de toi.

Il vit qu'elle disait vrai. Son inquiétude transparaissait dans les cernes sous ses yeux, dans la veine qui battait doucement sur sa tempe droite.

— Ce n'est pas nécessaire, trancha-t-il.

— Mais tu n'es que l'ombre de toi-même.

— Que veux-tu dire ?

— Tu sembles perdre ton temps, d'une façon pas du tout saine.

— On croirait entendre père, rétorqua Lucian piqué au vif. « Rentre, trouve un travail, marie-toi. »

— Je me moque de ce que tu fais, mais fais quelque chose.

— C'est toi qui voulais que je vienne ici.

— Naturellement que je veux que tu sois ici. Ce n'est pas ce que je dis.

La pièce s'emplit d'un silence boudeur que Lucian décida de briser au bout d'un moment.

— Et toi ? demanda-t-il.

— J'ai une passion, dit-elle en désignant les alentours.

— Et cela te comble ?

— Ça et le fait d'être mère.

— Et d'être l'épouse de père ?

— Bien sûr, affirma-t-elle, incertaine. Ça aussi.

— Est-ce que l'amour peut être une raison d'être ?

— Si l'amour qu'on porte à une personne est authentique, oui.

— Et si ce n'est pas le cas ?

Bella fut interrompue par l'arrivée de Cecil.

— Pourquoi vous terrez-vous ici ? demanda-t-il.

Lucian remarqua qu'il s'était habillé avec soin. Visiblement, il voulait impressionner quelqu'un. Il observa le visage autrefois séduisant de son père.

— Pour parler d'amour, répondit Bella d'une façon qui donna à penser à Lucian qu'en réalité, elle détestait son père.

— Oh là là ! fit Cecil en grimaçant avant de rebrousser chemin.

*

Pour faire plaisir à Lucian, Bella avait accroché quelques-unes de ses toiles dans un endroit discret, sous la cage d'escalier. Cecil fut donc étonné de découvrir Jack Turner, le nouveau client américain, en train de les examiner avec manifestement beaucoup d'intérêt.

Lorsqu'il avait vu la voiture de Jack dans l'allée, Cecil en avait conclu que son propriétaire était sans doute une personne qu'il pouvait être avantageux de connaître. Il était donc parti à sa recherche.

Heureusement, il n'avait pas mis beaucoup de temps à le trouver.

— Elles sont pas mal, n'est-ce pas ? lança Cecil en se dirigeant vers Jack, alors qu'il n'avait pas la moindre idée de la qualité des peintures de Lucian.

— Elles sont beaucoup mieux que pas mal, répliqua Jack.

— Cecil Ainsworth, dit-il en tendant la main. Je crois que vous avez déjà rencontré mon épouse.

Cecil constata que Turner avait une poigne désagréablement molle.

— Jack Turner, répliqua celui-ci avant de se retourner vers le tableau qu'il contemplait, une femme vêtue d'une robe de satin, une rose jaune à la main.

— L'artiste est-il de la région ? demanda-t-il.

— On peut dire cela. C'est mon fils, Lucian.

— Il a du talent, affirma Jack en haussant un sourcil.

— Peut-être, mais ne lui dites pas. Je ne veux surtout pas qu'il pense qu'il peut gagner sa vie comme peintre.

Ils échangèrent un petit rire de conspirateurs.

— Sont-elles à vendre ?

— Peut-être, balbutia Cecil que la question laissa perplexe, car il n'y avait jamais songé. Êtes-vous collectionneur ?

— Pas vraiment, mais j'en connais quelques-uns.

Cecil était sur le point de lui poser d'autres questions quand il entendit qu'on descendait l'escalier en mules. C'était la fameuse Claudine, la compagne de Jack dont tout le monde parlait. Sous le kimono de soie de la femme, Cecil put distinguer un maillot de bain rouge vif coupé haut sur les cuisses. La peau de Claudine était d'un beau brun chocolat.

— Chérie, je te présente Mr Ainsworth, dit Jack, sans même regarder en direction de Claudine qu'il semblait avoir reconnue uniquement à la légèreté de son pas.

Elle ne retira ni ses lunettes fumées ni son chapeau, mais tendit la main à Cecil, qui lui fit un baisemain.

— Des projets pour la journée ? demanda-t-il.

— Nous pensions aller à la plage, émit Jack.

— Alors, permettez-moi de vous guider jusqu'à notre plage privée, proposa Cecil en les précédant, heureux pour une fois de jouer le rôle de l'hôte attentionné. C'est le meilleur moment de la journée pour une baignade.

*

Aussitôt que Melissa vit Jack et Claudine sortir de l'hôtel, elle se dirigea vers la terrasse où Lady Latchmere sommeillait, assise sur sa chaise.

— Ma tante, lui chuchota-t-elle à l'oreille, réveillez-vous ! Vous ne devez pas manquer ça !

Lady Latchmere produisit un petit son qui donna l'impression qu'elle s'ébrouait.

— Quoi ? lança-t-elle en faisant mine de vouloir donner une petite tape sur la tête de Melissa, qui l'esquiva. Calme-toi, ma chère. Ne t'agite pas ainsi !

— Regardez !

Elle désigna Claudine qui, de sa parfaite démarche de mannequin, avançait sur le sentier menant à la plage, suivie de Jack, encombré d'un sac et d'un parasol.

Lady Latchmere se pencha, risquant de blesser ses tendons calcifiés, pour pouvoir colporter les derniers ragots.

— Dieu du ciel ! s'écria-t-elle en apercevant le maillot de bain rouge.

Elle se laissa retomber sur sa chaise et se mit à s'éventer.

— Je suis complètement décontenancée ! ajouta-t-elle.

— Dois-je aller chercher Mr Sengupta ? demanda Melissa, anxieuse.

— Ce ne sera pas nécessaire, mais je reprendrais bien un verre de cette limonade italienne qu'on m'a servie au dîner.

— Je vais voir si je peux en trouver.

*

Décidément, les cafés coûtaient cher à Portofino. On y retrouvait les mêmes tables en fer blanc et les mêmes tasses en porcelaine qu'à Gênes, mais on devait allonger trente pour cent de plus pour avoir le privilège d'apercevoir des matrones anglaises barboter. Et, si on avait de la chance, on pouvait, à l'occasion, voir un maillot de bain en bonne et due forme.

Quelques roses séjournaient à l'Hôtel Portofino, songea Roberto. La plus jeune se prénommait justement Rose. N'était-ce pas drôle ? Sa peau avait l'aspect velouté et délicat de la crème fraîche. Elle était un peu mince, mais c'était souvent le cas des jeunes Anglaises. Il faudrait les gaver comme des oies.

Rose l'Anglaise venait avec une mère. Roberto eut un sourire de loup à la pensée de celle-ci. Comme elle était féroce ! Elle surveillait sa fille comme si elle était un bébé : « Ne va pas là ! » ; « Où étais-tu ? »

Toute la journée, sept jours sur sept. Comment la fille faisait-elle pour endurer cela ?

Roberto sirota son Campari soda. Il vit un homme de taille moyenne descendre le sentier reliant l'hôtel à la plage en transportant un parasol. Il était précédé d'une grande femme noire à la silhouette sculpturale.

Une fois qu'ils furent rendus sur la plage, la femme fit glisser son kimono pour révéler… Grands dieux ! Ça valait la peine d'attendre. Roberto retira ses lunettes fumées pour mieux voir. Sauf qu'il n'était pas le seul que ce spectacle intéressait. Un petit attroupement s'était créé sur la plage près de l'endroit où l'homme avait étendu une serviette sur le sable.

Ces gens lui bloquaient la vue !

Roberto se leva et étira le cou. Au même moment, trois hommes s'approchèrent de sa table. Les deux plus jeunes se tinrent en retrait, les bras croisés, bien campés sur leurs fortes jambes, tandis que l'homme plus âgé tendait la main à Roberto. Élégamment vêtu, mais à bon marché, il avait les cheveux très courts, le teint cireux et les épaules voûtées.

— Danioni, dit-il avec un accent grossier et traînant.

— Enchanté, fit Roberto en s'efforçant de cacher son irritation.

— Je m'excuse d'interrompre vos… observations, poursuivit Danioni en reculant légèrement. J'aimerais savoir si vous êtes membre du parti ?

— Je pense m'y joindre, assura Roberto de son accent raffiné.

Danioni suivit le regard de Roberto.

— Une étrangère ? s'enquit-il en apercevant la femme qui attirait beaucoup l'attention.

— Il ne pourrait certainement pas en être autrement.

— Est-ce que vous logez à l'hôtel anglais ?

Roberto opina en allumant une cigarette.

— J'espère que vous surveillez vos arrières.

— Mon père y est aussi, répondit Roberto en souriant. Il adore les Anglais.

Danioni renâcla et cracha au pied de Roberto.

— Ça veut donc dire qu'il n'a pas fait la guerre.

Roberto baissa les yeux vers la substance glaireuse avant de les remonter lentement vers le visage de chien battu de Danioni.

— D'après ce que j'ai compris, la guerre est terminée, trancha-t-il.

— Vraiment ? fit Danioni en haussant les sourcils, avant de jeter un coup d'œil à ses deux compères qui sourirent docilement. C'est drôle, parce que moi, j'ai entendu dire qu'elle n'était pas encore commencée.

*

Pour mettre un terme à leur dispute – à leur différend, en réalité – Bella avait dit à Lucian que, plutôt que de ruminer, il pourrait toujours se rendre utile en aidant Constance à lire.

— Qui est Constance ? demanda-t-il.

— La nouvelle nounou.

— La jeune fille que j'ai vue dans la cuisine ? Celle qui portait un uniforme de bonne ?

— Elle va faire un peu de tout.

— La pauvre.

— Serais-tu pris d'un « spasme radical » ? lâcha Bella avec un sourire conciliant, en faisant allusion à l'inoubliable querelle qu'il avait eue avec son père sur la question.

— Ça se pourrait bien, dit-il. Je ne vois pas pourquoi nous ne pouvons pas embaucher une nounou *et* une bonne si nous avons besoin des deux.

Bella soupira. Lucian, Cecil et même Alice n'avaient aucune idée des frais d'entretien d'un tel établissement – ou alors, ils ne s'en préoccupaient guère.

— Parce que l'argent ne pousse pas dans les arbres, répondit-elle sèchement. De toute façon, les bons domestiques sont difficiles à trouver de nos jours. Et je pense que celle-ci est unique en son genre.

*

Lucian trouva Constance en train de feuilleter un vieil exemplaire de *L'Iliade.*

— Ah ! fit-il. Qu'est-ce que c'est ? Trollope ?

— Je vous demande pardon, monsieur ? dit-elle en refermant vivement le livre, le visage tout rouge.

— Peu importe. Je plaisantais. Montrez-moi.

Lucian saisit des mains de Constance le livre qu'elle tenait comme un bouclier.

— Il serait sage de commencer par quelque chose d'un peu moins ambitieux qu'Homère, ne pensez-vous pas ?

Elle opina en se dépêchant de remettre le livre là où elle l'avait trouvé.

— Je crois comprendre que vous avez besoin d'aide avec la lecture.

— Je n'arrivais pas à déchiffrer les mots étranges du menu, c'est tout.

Son fort accent du Yorkshire était tout à fait délicieux.

— Ma mère a insisté pour que je vous aide.

— Je sais, monsieur. Et Mrs Mays-Smith a été assez bonne pour me donner une heure de liberté.

Lucian enleva sa veste et s'assit devant le secrétaire. Constance resta debout, près de la bibliothèque. Se trompait-il ou elle boudait ?

— Écoutez, dit-il en lui lançant un regard impatient. Je ne tiens pas plus que vous à être ici. Faisons de notre mieux.

Après un moment d'hésitation, Constance se dirigea vers le secrétaire, tira une chaise et s'assit à son tour.

— Très bien, monsieur.

— S'il vous plaît, appelez-moi Lucian.

— Lucian, répéta-t-elle en fronçant le nez. Ça me semble étrange. Pas le nom, mais m'entendre le dire.

Lucian sourit. Comme elle était mignonne.

— Commençons par l'alphabet, proposa-t-il en sortant d'un sac en cuir un abécédaire d'écolier, une feuille de papier et un crayon.

Il les disposa soigneusement sur la table, à distance égale l'un de l'autre, comme si, en soi, cette organisation était une leçon.

— Voyons voir comment vous vous en tirez avec ces exercices. Faites-moi signe quand vous aurez terminé.

Alors qu'elle s'attelait à la tâche, Lucian s'enfonça profondément dans son fauteuil préféré – celui en cuir rouge, orné de clous – pour lire le journal. Il survola distraitement un article sur le retour au pays du général Strike. Cette nouvelle aurait dû l'intéresser, mais il n'arrêtait pas de jeter des coups d'œil à Constance. Avec ses yeux rapprochés sous ses épais sourcils, elle n'était pas une beauté classique, comme Rose, par exemple. Et naturellement, ses vêtements étaient usés et informes. Pourtant, elle avait un je-ne-sais-quoi de charmant.

Il avait dû somnoler, car il eut l'impression d'être tiré du sommeil lorsqu'elle se racla la gorge.

Il leva les yeux vers elle et bougea sur son siège pour faire oublier qu'il s'était assoupi.

— Avez-vous terminé ? lui demanda-t-il en feignant un souci d'efficacité.

— Je dois y aller maintenant, lança-t-elle en jetant un coup d'œil à la porte de la bibliothèque. On me demande.

— Montrez-moi ce que vous avez fait, alors.

Elle lui tendit la feuille de papier qu'elle avait soigneusement pliée en deux.

— Même heure demain ? suggéra-t-il.

— Je dois d'abord en parler à Mrs Mays-Smith.

— Je peux le faire, si vous voulez.

— Non, je lui en parlerai moi-même. C'est elle qui m'emploie, relata-t-elle, avant de faire une pause respectueuse. Y a-t-il quelque chose que je puisse faire pour vous, monsieur ?

— Non, rien du tout, assura Lucian. Vous pouvez y aller.

En la regardant partir, Lucian se surprit à avoir envie de lui ordonner de revenir, simplement pour revivre l'agréable sensation de partager l'espace avec elle. Mais comme il n'avait aucun motif valable, il aurait fait preuve d'abus de pouvoir. Déjà qu'il était honteux d'avoir des domestiques ; il le cachait à ses amis artistes, même à ceux qui en avaient eu lorsqu'ils habitaient chez leurs parents. Ce qui, à bien y réfléchir, était le cas de la majorité d'entre eux.

Lucian déplia la feuille de papier que Constance lui avait remise, en se disant que toute cette rumination ne lui donnait pas le beau rôle. Il éclata de rire en prenant connaissance de ce que la jeune fille avait écrit.

Je ne connais peut-être pas les œufs bénédictine, mais je connais mon alphabet !

*

En route vers la terrasse, Cecil croisa la nouvelle domestique qui sortait de la bibliothèque, un sourire coquin aux lèvres. Pourquoi l'avait-on embauchée déjà ? Pour être la nounou de Lottie ou autre chose ? En tout cas, il approuvait le choix de Bella.

Cecil s'était donné comme mission d'avoir une véritable discussion avec Jack. Il l'avait repéré sur la terrasse, habillé pour sortir. Claudine n'était pas avec lui, ce qui était tout aussi commode que décevant.

Une bouteille de brandy sous le bras, il prit deux verres dans un buffet de la salle à manger avant de sortir retrouver Jack.

— Puis-je me joindre à vous ? lui demanda-t-il.

— Je vous en prie, répondit Jack.

Cecil leur versa à chacun une généreuse mesure d'alcool, puis sortit un étui en argent de sa poche. Il l'ouvrit de façon théâtrale, révélant une rangée de gros cigares. Il en offrit un à Jack, qui hésita.

— Ne vous en faites pas, dit Cecil. Ils sont importés. On ne peut pas se fier aux Italiens pour certaines choses.

Jack prit un cigare en souriant et se pencha vers l'allumette que lui tendait Cecil. Ils restèrent ainsi à fumer dans un confortable silence pendant quelques minutes.

— Vous me parliez de vos relations dans le monde de l'art, relança Cecil.

— Ah oui ?

— Vous avez l'œil. Est-ce votre métier ?

— J'achète et je vends.

— Vous possédez une galerie ?

— Non, je fais seulement affaire avec des clients privés.

Cecil fit une pause avant d'oser la question qui le démangeait depuis le début.

— Et vous pensez qu'ils pourraient être intéressés par certains tableaux de Lucian ?

— Mon intérêt pour ces tableaux était strictement personnel, répliqua Jack sèchement.

— Oh, fit Cecil en s'efforçant de ne pas avoir l'air déçu.

— L'art contemporain ne rapporte guère, assura Jack. À moins qu'on s'appelle Matisse, bien sûr.

— Bien sûr.

— En revanche, reprit Jack, le visage soudain animé, les tableaux de la Renaissance valent leur pesant d'or.

— Vraiment ?

— C'est ce qui m'a permis de m'offrir une Bugatti.

— Les grands maîtres ? fit Cecil en sentant au fond de sa poitrine un élan d'appétit animal.

— Ils se vendent comme des petits pains aux États-Unis. Les musées, les vieilles fortunes, les banquiers de Wall Street se les arrachent.

— Fascinant.

— Cela dit, l'authentification est le domaine le plus rentable. Une personne qui débourse cent mille dollars pour un Tintoretto veut être certaine que c'est ce qu'elle achète.

— On vous paie pour que vous authentifiiez des œuvres ?

— Pas moi, mon ami, affirma Jack en regardant Cecil à travers les volutes de fumée de cigare. Mais je connais les meilleurs dans le secteur.

*

Cet Hôtel Portofino, pensa Danioni en s'approchant de l'entrée, *est un endroit très chic. Il n'y a pas à dire, les Anglais sont de bons commerçants. Meilleurs que certains Italiens. Combien d'hôtels italiens ont une cloche antique comme celle-là ?* se demanda-t-il, en actionnant la corde. Ils ont plutôt des sonnettes électriques dont ils sont fiers. « Regarde cette merveille ! disent-ils. Tu n'as qu'à appuyer sur le bouton et ça sonne. » Les Anglais, eux, conservent leurs traditions en affirmant que c'est mieux ainsi, et les gens les croient.

Lorsque Mrs Ainsworth ouvrit, Danioni se présenta comme membre du conseil de la commune, tout en se demandant si elle avait remarqué le badge du Parti national fasciste – un faisceau sur fond aux couleurs du drapeau italien – sur le revers de sa veste. Il avait cru voir son regard s'y attarder, mais il n'en était pas certain.

Après s'être assuré qu'elle parlait italien, il lui demanda s'ils pouvaient s'entretenir en privé.

— Je crains que mon époux ne soit pas ici, fit-elle, l'air décontenancé. Il sera de retour plus tard.

Danioni fut alors obligé de lui dire que ce n'était pas avec son mari qu'il voulait parler, mais bien avec elle.

Elle le guida vers une pièce qui était vraisemblablement une bibliothèque, où une jeune femme et une fillette d'environ six ans faisaient la lecture. Le visage de Mrs Ainsworth dut traduire la gravité de la situation, car elles quittèrent la pièce sans demander leur reste.

— Votre fille ? demanda Danioni.

— Notre nounou.

— Ah, la nounou de Grande-Bretagne ! La pierre angulaire de l'empire, n'est-ce pas ?

— Que puis-je faire pour vous, Mr Danioni ? lui demanda Bella en ignorant ce commentaire.

Il passa donc aux choses sérieuses. Il fouilla dans la poche intérieure de sa veste, en sortit une lettre – celle qu'elle avait adressée à Henry – et la déposa sur la table.

— C'est une affaire délicate, admit-il.

Mrs Ainsworth regarda l'enveloppe avec circonspection avant de la prendre dans ses mains. Il pouvait sentir sa peur.

— Qui vous a donné cela ? interrogea-t-elle.

Danioni haussa les épaules comme s'il l'ignorait, alors qu'il avait lui-même intercepté Paola, tandis qu'elle se dirigeait vers le bureau de poste. Comme c'était une femme raisonnable – quelle perte ! son mari – , elle savait qu'elle n'avait d'autre choix que de lui remettre la lettre. Pourquoi s'attirer des ennuis ?

— Rien de ce qui se passe ici ne m'échappe, affirma-t-il.

— C'est une lettre privée, rétorqua Mrs Ainsworth qui commençait à s'agiter.

— En effet. Remplie de sentiments privés. Et ce serait *una grande disgrazia*, n'est-ce pas si… comment dites-vous… si elle tombe entre de mauvaises mains.

Il s'était attendu à ce qu'elle s'effondre, mais elle se releva, le dominant de sa haute taille.

— Eh bien, alors, je dois vous remercier, *Signor* Danioni, de me l'avoir rapportée.

Danioni se leva à son tour, prenant acte de sa tentative de mettre fin à leur entretien. Elle le guida jusqu'à la sortie.

— Je souhaite que les nombreuses lettres que vous écrirez atteignent leur destination, dit-il, au moment où elle ouvrait la porte pour l'inviter à partir.

Mrs Ainsworth referma la porte derrière elle, puis croisa les bras sur sa poitrine.

— Que voulez-vous exactement ?

Le visage de Danioni se fendit d'un sourire. Il adorait cet instant. Quand les gens comprenaient. Certains y mettaient plus de temps que d'autres.

— Ce que nous voulons tous, *Signora* Ainsworth.

Chapitre 4

Toujours vêtue de sa chemise de nuit, Bella démêlait ses cheveux à la brosse devant sa coiffeuse.

Au milieu de la nuit, alors que Cecil dormait comme une bûche, elle s'était levée pour aller ouvrir les volets et respirer un peu d'air frais – *et éliminer les mauvais esprits*, s'était-elle dit.

Puis, elle était retournée s'allonger à côté de son mari, sachant qu'il se sentirait humilié s'il ne la retrouvait pas là, au terme de l'une de leurs rares nuits ensemble.

Lorsqu'elle avait rouvert les yeux, les volets laissaient pénétrer la lumière éblouissante du soleil et le chant des cigales. Son regard endormi s'était fixé sur la corniche où se trouvait une mouche, avant de glisser vers le miroir. Celui-ci lui avait renvoyé le reflet de Cecil qui, dans le plus simple appareil, se profilait derrière elle, telle une ombre.

— Avons-nous fait la paix, Bella ?

À moitié réveillée, elle l'avait à peine entendu.

— Bella, répéta-t-il, nous sommes-nous réconciliés ?

— Oui, Cecil, avait-elle acquiescé en se tournant à contrecœur vers lui.

— Eh bien, alors, dis-le, avait-il fait d'une voix implorante.

— Nous avons fait la paix.

— Bien. Tu sais que je ne supporte pas que nous soyons en froid.

Il allait allumer une cigarette, mais Bella avait grimacé en lui demandant s'il était obligé de fumer.

Mimant une grande frustration, Cecil avait obtempéré.

Lorsque Bella ouvrit le premier tiroir de sa coiffeuse pour ranger sa brosse, elle constata avec horreur qu'une lettre d'Henry traînait là ; elle avait oublié de la remettre dans sa boîte secrète. Elle eut juste le temps de refermer le tiroir, en prenant soin de faire comme si de rien n'était, lorsqu'elle vit Cecil s'approcher d'elle. Il se mit à lui caresser les épaules, à l'embrasser dans le cou.

Leurs regards se croisèrent dans le miroir.

— C'était bien, n'est-ce pas, petite Bella ?

— Très bien, affirma-t-elle, sincère, car Cecil était un amant doué, robuste et fiable.

— Alors pourquoi as-tu une si triste mine ?

— Je ne sais pas. Je suis préoccupée.

Cecil soupira en laissant retomber sa main.

— Je sais que tu détestes parler d'argent, reprit-elle, énervée par l'expression de son mari.

— Ce n'est pas ça. Ce que je déteste, c'est tout le désagrément qui vient du fait d'en manquer.

Bella se leva pour aller s'habiller, mais Cecil la retint et la prit dans ses bras.

— Évidemment, chérie, il y aurait une solution facile pour remédier à ce problème.

— Il n'y a rien de facile à demander de l'argent à mon père, répondit-elle en secouant la tête. Il a déjà été très généreux, plus que généreux, en fait.

— Il n'a fait que verser le montant prévu à notre contrat de mariage, rien de plus, rien de moins.

— Mais ni toi ni moi n'avons déboursé un sou.

— Ah non! fit-il, exaspéré, en s'éloignant d'elle. Tu ne peux pas m'en vouloir d'avoir réglé ces fichus droits de succession. Le domaine, la maison et le reste… ce qui reviendra à Lucian au bout du compte.

— En supposant qu'il voudra retourner là-bas.

D'ailleurs pourquoi le voudrait-il? pensa-t-elle. C'était un horrible endroit, qui ressemblait à un mausolée.

— Tu sais que ton père t'adore, reprit Cecil, en essayant une autre tactique. Tu es tout ce qu'il a. Il ne veut que ton bonheur. Ça ne le dérange pas du tout de dépenser pour cet hôtel.

— Je ne peux pas continuellement lui quémander de l'argent.

— Tu n'es pas raisonnable! répliqua-t-il, en haussant la voix, le visage rouge. L'argent lui sort par les oreilles!

— Il n'y a rien de déraisonnable à ne pas vouloir être en dette auprès de quelqu'un.

— Mais tu l'es déjà! Il a tout payé ici, le moindre coussin, le moindre chandelier.

— Et j'ai promis de le rembourser.

— Il ne s'attend pas à ce que tu le fasses.

— Raison de plus pour que je le lui rende.

Comme toujours, ils se retrouvaient dans la même impasse. Et Bella songea que Cecil réagissait comme d'habitude, comme s'il avait raison et elle, tort.

— Tu devrais ravaler ta foutue fierté, Bella ! lui lança-t-il avec le plus grand mépris, avant de quitter la pièce en claquant la porte derrière lui.

Pourquoi ? pensa-t-elle en s'asseyant au bord du lit. *Pourquoi n'est-il pas plus gentil, comme il l'était quand nous nous sommes rencontrés ?*

*

Nish déambulait dans le jardin, à la recherche d'un endroit où il pourrait fumer une cigarette, tranquille, lorsqu'il aperçut Claudine, celle dont tout le monde parlait.

Vêtue d'un ample pyjama de soie, elle était assise en tailleur sur une espèce de tapis en rotin. Ne voulant pas la déranger, il allait s'éloigner lorsqu'il réalisa qu'elle l'avait remarqué. Elle joignit les mains et inclina la tête en une petite révérence.

Nish n'avait pas été de ceux qui avaient assisté à l'arrivée de la jeune femme à l'hôtel, mais il en avait entendu parler.

— Je crois qu'elle est chanteuse, lui avait confié Lucian. Ou danseuse. En tout cas, elle sait se faire remarquer.

— Namaste, lança-t-elle à Nish, qui sursauta.

— Je vous demande pardon ?

— Je l'ai mal prononcé ? demanda-t-elle, l'air désolé.

— Non, non ! Ce n'est pas ça. Seulement, c'est le premier mot en hindi que j'entends depuis… fort longtemps.

— Eh bien, c'est le seul que je connais, fit-elle en souriant. C'est le seul qu'il m'a appris.

Elle reprit sa posture de yoga, et Nish s'assit sur un banc près d'elle.

— Et qui est-il ? Si je puis me permettre…

— Le frère du maharaja de Jaipur, répondit-elle sans tourner la tête, en gardant le dos bien droit.

— Vous êtes allée à Jaipur ? s'étonna Nish, honteux, car lui-même n'y avait jamais mis les pieds.

— Jamais de la vie ! Il est venu me voir en spectacle.

— En Amérique ?

— À Paris.

Au bout d'un moment, elle se releva et vint s'asseoir à côté de Nish, la soie de son pyjama s'étalant sur le banc. Les ongles de ses orteils étaient recouverts d'un vernis rouge vif, et sa peau, un peu plus foncée que celle de Nish, était lisse et brillante. Sans lui demander la permission, elle lui prit la cigarette des mains et en aspira une longue bouffée avant de souffler un parfait rond de fumée.

— Je ne suis pas rentrée au pays depuis le début de la guerre, dit-elle.

— Moi non plus.

Elle lui rendit sa cigarette et ils échangèrent un sourire, complices dans leur exil volontaire.

— Et comment trouvez-vous l'Italie ?

— Vous devriez plutôt me demander comment l'Italie *me* trouve, rétorqua-t-elle en riant. On m'arrêterait sur-le-champ si on pouvait faire passer une loi contre les gens comme moi.

— J'ai le sentiment que ça ne saurait tarder, répliqua Nish en frissonnant intérieurement.

Elle retourna sur son tapis et prit la posture du chien tête en bas, ses longues jambes et son tronc formant un parfait angle droit.

— Ce n'est pas seulement en Italie, n'est-ce pas ? fit-elle, la voix assourdie par sa position. Ne nous faisons pas d'illusions.

Elle se relâcha un peu et lui lança un regard coquin par-dessous son aisselle.

— Je suis sûre que vous êtes aussi lucide que moi.

Comme c'est étrange, pensa Nish. La plupart des hommes deviendraient fous à proximité de ce corps souple, qui, il le voyait bien, respectait tous les critères traditionnels de la séduction. Et pourtant, ses propres sens étaient plutôt stimulés par le bleu de la mer et le bruit du vent dans les feuilles de palmier.

Toujours sur son tapis, Claudine se rassit en tailleur.

— Il était mon mentor, au cas où vous vous poseriez la question.

— Le frère du maharaja ?

— Il m'a offert une perle grosse comme un œuf d'oie. Comme je ne pouvais me résoudre à le satisfaire, il s'est contenté de me donner des leçons de yoga.

— C'est très honorable de votre part, concéda Nish en baissant la tête.

Même s'il n'était pas attiré par Claudine, il trouvait quand même amusant de flirter avec elle.

— Moi, honorable ? fit Claudine en riant. Elle est bien bonne.

Elle se déplaça sur son tapis.

— Vous venez me rejoindre ? fit-elle en lui indiquant d'un signe de tête la place à côté d'elle.

— Ce n'est pas vraiment ma tasse de thé.

— Allons, insista-t-elle en l'examinant. Je suis sûr que vous apprenez vite.

Nish hésita encore une seconde, puis dans un élan de spontanéité, retira ses chaussures et se mit précautionneusement à quatre pattes. Il ne voulait pas déchirer son pantalon neuf.

— À Cannes, ils nous envient notre teint.

— Ils ?

— Les Blancs, précisa-t-elle en haussant les épaules. C'est la mode, maintenant, d'avoir la peau foncée. Les femmes s'étendent au soleil, se couvrent d'huile et se font griller comme de la viande. Et tout ce dont elles parlent, c'est de leur bronzage et du bronzage des autres. Elles sont tellement désespérées qu'elles finissent par se brûler la peau. Un soir que Jack et moi étions au *Restaurant des Ambassadeurs**, j'ai remarqué la femme à la table d'à côté. Elle avait des rougeurs sur les bras et des bandages sur les jambes. Je lui ai dit que ça avait l'air douloureux et vous ne devinerez jamais ce qu'elle m'a répondu…

Nish secoua la tête.

— Elle a dit : « En tout cas, ça marche pour vous. »

Ils éclatèrent de rire.

— Ma grand-mère a été esclave toute sa vie, poursuivit Claudine. Et il y a une raison pour laquelle ma peau n'est pas plus foncée. En tout cas, ça marche pour moi.

— Ils veulent tous avoir le teint basané, affirma Nish, mais ils ne veulent pas être nous.

— Exactement !

Nish vit alors apparaître Lucian et Rose. Le moment n'était vraiment pas propice, mais il n'y pouvait rien.

Marchant côte à côte, ils étaient l'incarnation même de l'amour juvénile.

Rose portait une robe de golf en jersey et avait noué un foulard à motifs bleus dans ses cheveux. Un sac de paille complétait sa tenue plutôt sportive. Nish pensa avec dédain à une enfant qui avait fouillé dans un placard de vêtements de grandes personnes.

— Que faites-vous ? demanda Lucian. De la gymnastique suédoise ?

— Du yoga, idiot, répliqua Nish en levant les yeux au ciel.

— Vous avez de la place pour deux autres petites personnes ?

— Plus on est de fous, plus on rit, répliqua Claudine en souriant.

— Ça te dit ? demanda Lucian à Rose.

Avant même qu'elle puisse répondre, la voix de Julia se fit entendre comme un glas. « Rose ? Où es-tu ? »

— Je ferais mieux d'y aller, s'inclina Rose.

— Vraiment ? fit Claudine, incrédule, mais en s'efforçant de rester polie.

— Oui, insista Rose en tournant les talons pour rentrer.

— Je serai ici tous les matins, lui lança Claudine. Si jamais vous changez d'avis.

*

Constance ne comprenait pas pourquoi Julia et Rose quittaient la suite Epsom. Elle la trouvait très belle. Le papier peint était tout récent, c'était évident, mais son motif délicat donnait l'impression d'avoir été effacé par le temps, à force d'être exposé au soleil. Grâce à ce détail, la pièce était accueillante et chaleureuse malgré sa somptuosité. Elle n'avait pas été pensée pour que des gens comme Constance s'y sentent exclus – à l'instar des nombreuses pièces qui composaient les grandes demeures où elle avait travaillé et qu'elle n'avait généralement vues qu'accroupie pour nettoyer ou allumer un feu au petit matin.

Cette époque était révolue.

Bella l'avait amenée dans la suite pour qu'elle apprenne à la préparer. Constance lui demanda si les Drummond-Ward partaient pour de bon.

— Grands dieux, non ! avait répondu Bella. Elles m'ont seulement demandé de changer de chambre. Je ne suis pas sûre de savoir pourquoi…

— Je n'ai jamais vu de chambre aussi jolie, Mrs Ainsworth.

— Merci, Constance. Espérons que Mr et Mrs Wingfield seront de votre avis.

— Je suis certaine que oui, s'empressa de dire Constance pour rassurer Bella dont la mine inquiète lui faisait de la peine.

Paola arriva pour changer les draps. Malgré la révérence maladroite qu'elle fit à Bella, Constance fut médusée par sa lourde chevelure bouclée et ses lèvres charnues.

Et elle avait autre chose de singulier.

En réalité, Paola avait une assurance qui s'exprimait par un comportement apparemment arrogant, mais qui, au fond, était simplement joyeux et naturel. Tout en elle disait « me voilà, c'est ainsi que je vis ».

Pour la première fois de sa vie, Constance comprit qu'elle avait été élevée pour manquer de confiance en elle. C'est ce qui se passait quand on était domestique, quand on faisait partie de la classe ouvrière en Angleterre à ce moment de l'histoire. On se retrouvait avec un manque absolu de confiance.

Paola était veuve, lui avait confié Bella. Constance se demanda ce qu'elle faisait du vivant de son mari. Était-elle domestique, alors ? Ou avait-elle mené une tout autre vie ? Elle avait l'air trop jeune pour avoir beaucoup d'expérience.

Bella parla en italien à Paola avant de traduire pour Constance.

— Je lui ai dit que vous l'aideriez. Cela semble faire son affaire. Mais je ne sais pas à quel point elle comprend l'anglais. On ne sait jamais.

Aussitôt Bella partie, Paola regarda Constance et lui fit un clin d'œil.

— On ne sait jamais, lança-t-elle, avec un fort accent italien.

Constance ouvrit la bouche de surprise.

— Donc, vous parlez anglais !

— Un peu. *Signor* Lucian…

— Mr Ainsworth ?

— Il me donne… commença-t-elle avant de s'interrompre à la recherche du bon mot.

— Des leçons ?

— *Si.* Des leçons d'anglais, termina-t-elle en pouffant de rire.

Constance aussi se mit à rire, car la gaieté de Paola était contagieuse. Mais les choses prirent bientôt une autre tournure, et Constance se souvint de ce que sa mère lui avait dit à propos des Italiens : comme la température d'avril, leur humeur était changeante.

Constance aidait Paola à secouer le duvet lorsqu'elle lui dit qu'elle aussi bénéficiait de leçons.

— Des leçons ? fit Paola qui s'arrêta net.

— *Si.*

— Avec *Signor* Lucian ?

— *Si.*

Constance sentit l'atmosphère se refroidir. En fronçant les sourcils, Paola donna une telle secousse au duvet qu'il faillit lui échapper des mains.

— Qu'est-ce que j'ai dit ? demanda Constance, sans comprendre.

Paola ne répliqua pas. Soudain, elle semblait ne plus parler le moindre mot d'anglais.

*

Lucian se sentit obligé de suivre Rose à l'intérieur quelques minutes plus tard, mais il commençait à se lasser de ce genre de situation.

Pour quelle raison Rose tolérait-elle d'être ainsi opprimée et constamment rabaissée ? Même si elle restait imperturbable, elle devait fulminer à l'intérieur.

Lorsqu'il entra dans le salon, il ne fut pas autrement surpris de la voir, maigre silhouette morose flottant dans sa robe, en train de regarder par la fenêtre Claudine et Nish qui continuaient de rire et de bavarder gaiement dans le jardin.

Assise près d'une table basse, Julia lisait un guide de voyage. Elle leva ses yeux de reptile vers lui.

— Vous êtes tout rouge !

— Je viens d'avoir une leçon de yoga.

— De yoga ? répéta-t-elle, réussissant à rendre ce mot à la fois excentrique et grotesque.

— C'est une sorte de gymnastique stationnaire, lui expliqua Lucian, tout en soupçonnant qu'elle savait tout cela. Les Indiens le pratiquent depuis des siècles.

— Mr Sengupta vous a offert cette leçon ?

— Non, Mrs Turner.

Le rire de Claudine se fit entendre à ce moment précis.

— Elle semble avoir de nombreux talents, observa Julia.

— En effet.

Elle fit mine de vouloir reprendre sa lecture, mais Lucian souhaitait lui dire autre chose.

— Si vous me permettez…

— Oui ?

— Je pensais – j'espérais – qu'avec votre autorisation, Rose pourrait m'accompagner en ville cet après-midi et un peu plus tard à la plage. Pour que je puisse lui donner une leçon de peinture.

— C'est quelque chose dont vous avez déjà discuté ? fit Julia en se tournant vers Rose.

— Non, Maman, répondit Rose, paniquée.

— Vous seriez évidemment la bienvenue, offrit Lucian.

— J'insisterais pour y aller, dit Julia en refermant son livre. Mais est-ce qu'il ne fera pas affreusement chaud ?

— Il souffle toujours une petite brise sur la plage. Et il y a beaucoup d'ombre.

— Je souhaiterai prendre le thé. Un vrai thé anglais.

— Cela pourra être facilement organisé, affirma Lucian en hochant la tête.

— Et du personnel pour le servir.

— Bien entendu.

Julia fronça les sourcils, comme si elle évaluait ses options.

— Peut-être que cela plairait à l'enfant.

— Rose ? fit Lucian, interdit.

— Je parlais de votre nièce, Lottie.

— Ah. Bien sûr. C'est gentil de votre part de le suggérer. J'en parlerai à ma sœur.

— Cela plaira aussi à Rose, j'en suis sûre. Mais je crains que vos efforts soient vains. Elle n'a aucun talent artistique.

Rose rougit violemment en entendant le ton sarcastique de Julia. La voyant serrer ses petits poings, Lucian espéra qu'elle servirait à sa mère une riposte qui la remettrait à sa place.

Rose répondit avec modération, mais Lucian comprit que sa retenue était calculée.

— Maman, c'est toi qui me dis que je devrais saisir toutes les occasions de m'améliorer.

— C'est vrai, reconnut Julia.

— Alors, je pense que je devrais y aller. Je pense que j'irai.

Elle regarda Lucian. C'est pour lui qu'elle faisait cela.

Le silence tendu et chargé qui suivit sembla durer une éternité. Lucian commençait à se sentir mal à l'aise. Il détestait être témoin des disputes des autres, qui lui rappelaient trop les querelles de ses parents lorsqu'il était enfant.

Rose se tourna vers sa mère ; elles se toisèrent un moment. Rose serra les lèvres et une ride obstinée apparut entre ses sourcils. Sous le regard scrutateur de Julia, elle se sentait tendue comme un ressort.

Soudain, Julia céda. Elle eut un bref sourire et détourna les yeux pour les poser sur l'horloge, sur le manteau de la cheminée.

— Très bien, trancha-t-elle. Tu es une adulte, après tout. Tu dois chercher à t'améliorer à ta façon.

— Merveilleux ! s'exclama Lucian. Voilà qui est réglé.

Heureux de quitter la pièce pour aller se préparer, il se rendit tout droit vers le placard où il rangeait son matériel artistique, sous l'escalier.

Au moment de se pencher pour tirer la caisse vers lui, il se cogna contre le cadre de porte qui était bas. Il poussa un juron, puis en levant les yeux, vit son père dans l'escalier, qui le regardait. Dans son complet en lin crème fraîchement repassé, il avait l'air d'un vieux dandy légèrement ridicule.

— Tu sais que ces bêtises devront cesser tôt ou tard, n'est-ce pas ? énonça Cecil en fixant du regard les chevalets et tubes de peinture que Lucian sortait du placard.

— Des bêtises ?

— Rien de tout ça ne vaut un sou, cracha Cecil en désignant les peintures de Lucian sur le mur. Aucune d'entre elles. Je le tiens de quelqu'un qui s'y connaît.

— Elles valent quelque chose pour moi, affirma Lucian en regrettant aussitôt cet argument qui lui sembla faible, du genre auquel son père s'attendait. Je vais donner une leçon de peinture à Miss Drummond-Ward sur la plage. J'aurais cru que ça te ferait plaisir.

Cecil enregistra cette information en passant une main sur la rampe d'escalier en acajou poli.

— Eh bien, finit-il par dire. Il vaut mieux ne pas faire attendre la jeune dame.

*

Les œufs bougeaient doucement dans l'eau frémissante. Constance remit le couvercle sur la casserole. *Encore quelques minutes,* se dit-elle.

Elle avait passé la matinée avec Lottie, qui lui avait montré ses jouets, ses livres et diverses choses, notamment une phalène. La petite fille avait tenu le bocal où elle avait enfermé l'insecte de façon que Constance puisse bien voir ses grandes ailes, refermées sur son corps velu.

— Tu dois percer un trou dans le couvercle, lui avait conseillé Constance. Sinon, elle ne pourra pas respirer.

Elle lui avait ensuite montré comment faire en empruntant un clou et un marteau dans la réserve de Francesco.

— C'est juste une phalène ordinaire, avait déclaré Lottie. La prochaine fois, je vais attraper un sphinx. C'est aussi gros qu'un colibri ! Sur ses ailes, il y a un dessin de tête de mort.

Lottie était une gentille petite fille, peu exigeante. Elle avait les yeux ronds et respirait la santé. Les enfants comme elle avaient l'habitude de ne pas beaucoup voir leurs parents. Et naturellement, elle n'avait ni frères ni sœurs – ce qui, pour elle, était tout aussi libérateur que déroutant. Elle était comme la reine d'une contrée inconnue.

Constance se demanda comment c'était pour une enfant de son âge d'avoir sa propre chambre et de pouvoir circuler à sa guise dans une aussi grande maison. Grandirait-elle en tenant l'espace et la liberté pour acquis ? En pensant que c'était un droit divin, qui lui appartenait quoi qu'il advienne ?

La mère, Alice, était étrange. Froide et cassante. Peut-être qu'elle deviendrait plus chaleureuse avec le temps.

Constance était contente de se retrouver dans la cuisine, qui était plus fraîche que le reste de la maison. Elle n'était pas habituée au climat italien. Elle se mit à fredonner pour elle-même en battant la mesure avec son pied sur les carreaux de céramique rouge. Elle vérifia encore une fois les œufs. Presque prêts.

Elle avait aimé passer du temps avec Lottie et n'avait pas vraiment eu l'impression de travailler. Pour autant, elle s'était sentie triste, car la situation lui avait rappelé Tommy. Le travail en cuisine était bienvenu pour se changer les idées. Elle se souvint de la remarque de Betty à propos des bienfaits du travail et de la bonne nourriture : c'était bien vrai. Betty savait de quoi elle parlait, car elle avait subi plus que son lot d'épreuves.

— Je ne sais pas comment elle a fait, avait l'habitude de dire la mère de Constance. Ce que nous avons vécu, ce n'est rien comparé à ce qu'elle a enduré.

Betty était en train de couper de fines tranches d'un pain qu'elle avait fait cuire plus tôt le matin.

— Que mettez-vous dans les sandwichs, Betty ? demanda Constance.

— Bonne question. De *la lingua di…* Attends, Mrs Ainsworth l'a écrit pour moi.

Elle fouilla dans la poche de son tablier et en sortit un bout de papier.

— De *la lingua di… vitello.*

— Et ça correspond à quoi chez nous ?

— À de la langue de veau. C'est une spécialité de la région.

— Nous mangeons de la langue parfois, à la maison. De bœuf, cependant.

— C'est un peu la même chose, affirma Betty. Dis-moi, as-tu hâte de voir la plage ?

— Je vais surtout y être pour faire le service, nuança Constance en haussant les épaules.

— Tu pourras peut-être te tremper les pieds.

— Je suis sûre que Mrs Drummond-Ward va me tenir trop occupée pour que j'en aie l'occasion.

— Celle-là, c'est un vrai dragon, lança Betty en enlevant les croûtes des sandwichs.

— Betty ! s'écria Constance en se couvrant la bouche pour étouffer un rire.

— Quoi ? C'est vrai ! Tu devrais la voir malmener sa pauvre fille.

— Rose est vraiment très belle.

— Peut-être, mais elle a l'air un peu nigaude. Elle ne ferait pas peur à une oie.

Elle enveloppa les sandwichs dans du papier absorbant, puis les présenta à Constance pour qu'elle les examine.

— Je devrais quand même tenir ma langue – sans mauvais jeu de mots !

Elle éclata d'un tel rire à la suite de sa propre blague que Constance l'imita bientôt. Mais lorsqu'elle s'attaqua aux scones, son humeur devint plus sombre.

— Elle va bientôt faire la loi dans cette maison, assura-t-elle.

— Qui ? fit Constance. Rose ?

— Tu n'as pas compris ? Elle et Mr Lucian ?

— Ils sont amoureux ?

— Ils auront amplement le temps de penser à l'amour une fois mariés, précisa Betty en renâclant.

Constance retira les œufs de la casserole et les déposa dans un bol d'eau froide pour empêcher la cuisson de se poursuivre.

— Tout est donc arrangé ?

— Non, mais ce le sera avant la fin de l'été. En tout cas, si les choses vont comme Mr Ainsworth l'entend.

*

Cecil marchait d'un pas décidé, tout en évitant les substances douteuses et en prenant bien soin de ne pas endommager ses chaussures sur les pavés. Il avait choisi sa tenue avec soin, car les vêtements en disaient long sur une personne. La nouvelle nounou, par exemple, était assez jolie si on aimait les visages pointus, mais ses robes, qui semblaient fabriquées dans de la toile grossière, la désavantageaient.

Il traversa les petites rues bondées de Portofino jusqu'à ce qu'il arrive au bureau de télégraphe, qui se trouvait juste derrière La Piazzetta, dans un immeuble couleur sable à un étage. À la porte, une pancarte indiquait *Chiuso,* mais Cecil savait d'expérience que la fermeture d'un endroit était souvent le point de départ d'une négociation, surtout si on avait un portefeuille bien garni. Il frappa fort à la porte, mais personne ne vint lui répondre.

Il recula pour éviter les pigeons qui se promenaient sur les marches en pierre et alluma une cigarette en réfléchissant.

Le sous-développement de l'Italie pouvait être enrageant. À l'évidence, les Italiens tenaient à leur sieste de l'après-midi. Ils prétextaient la chaleur, mais tout le monde savait que ce n'était qu'une excuse pour ne rien faire pendant plusieurs heures. Or, si Cecil se fiait à sa montre qui indiquait onze heures vingt, on était le matin !

C'était le genre de choses dont ses amis du service aux colonies se plaignaient constamment. Dans ces parties du monde, il était impossible d'obtenir ce qu'on voulait au moment où on le voulait. Totalement absurde !

Une Italienne d'âge moyen passa devant lui en boitant.

— *Telefono ?* dit Cecil en mimant le geste de parler au téléphone.

Mais elle l'ignora. Ces gens étaient tellement grossiers.

C'est alors qu'il vit un petit homme maigre qui tripotait nerveusement ses boutons de manchette dans l'embrasure de la porte du centre communautaire de l'autre côté de la rue. Cecil lui trouva un air familier. L'avait-il déjà vu à l'hôtel ? Il n'arrivait pas à se souvenir. L'homme souleva son chapeau en guise de salutation. Cecil remarqua alors ses deux compagnons, plus jeunes, qui se tenaient derrière lui, leurs muscles clairement visibles sous leurs chemises noires.

— Mr Ainsworth, l'interpella l'homme. Vous avez besoin d'*assistenza* ?

— J'espérais trouver un téléphone.

— Nous sommes de pauvres Italiens, dit l'homme en souriant et en haussant exagérément les épaules. Nous sommes émerveillés par vous, les Anglais, et vos inventions.

— Mr Marconi ne serait pas d'accord, lança Cecil, songeant qu'il valait toujours la peine de flatter les autochtones.

Il souleva son chapeau à son tour et s'apprêtait à partir quand l'autre homme le retint d'un « Un instant, *Signore* ». À contrecœur, Cecil se retourna vers lui.

— Venez, je peux peut-être vous aider, insista-t-il en l'invitant du geste.

Cecil traversa la rue et salua les deux poids lourds qui restèrent à l'extérieur. Il suivit l'homme jusque dans un bureau étonnamment spacieux, meublé d'une table, d'un bureau, d'un ventilateur sur pied et d'une rangée de plantes en pot flétries sur le rebord de la fenêtre. Une photo encadrée de Benito Mussolini était suspendue au mur. Comme d'habitude, le Premier ministre italien avait l'air un peu dérangé, avec ses poings serrés et son menton en galoche.

— Ah ! dit Cecil. Si ce n'est pas le grand homme…

— Un grand homme en effet.

— Vous ne nous le prêteriez pas ? Le temps de casser quelques têtes anglaises ?

L'homme le regarda d'un air vide.

— Peut-être pas, répondit Cecil en se dandinant.

L'homme lui désigna un téléphone noir sur le bureau.

— Prenez tout votre temps.

Cecil s'assit derrière le bureau.

— Vous êtes bien aimable. Je vous paierai bien entendu.

L'homme fit comme s'il était outré.

— Mais j'insiste, reprit Cecil.

— Il n'en est pas question. Au fait, ajouta-t-il en claquant des talons et en tendant une carte de visite à Cecil. Je me présente, Vincenzo Danioni. À votre service.

— Cecil Ainsworth. À votre service.

Ils se serrèrent la main, puis Danioni quitta la pièce. Cecil attendit quelques instants avant de sortir un petit carnet de cuir où il trouva le numéro de téléphone qu'il cherchait.

Une fois que l'opératrice eût acheminé l'appel, le major-dome répondit. Après ce qui sembla des heures à Cecil, l'appareil aboutit entre les mains de son frère Edmund, vicomte Heddon de son titre officiel, ce qui, franchement, était tout ce qui lui restait.

— Cecil ? dit son frère d'une voix qui, à travers les crépitements de la ligne, lui parvint faible et assourdie. C'est toi ?

— C'est moi.

— Tu m'appelles d'Italie ?

— Oui, Edmund. Directement d'Italie.

— Eh bien, que le diable m'emporte !

— Comment va ce bon vieux manoir ? demanda Cecil en se renversant dans sa chaise pour mettre ses pieds sur le bureau.

— Oh, tu sais, il craque un peu sous la pression.

— Et Margot ?

— Heureuse quand elle est en selle, affirma Edmund, avant de faire une pause, manifestement perplexe de recevoir un appel de son frère. À quoi dois-je l'honneur de t'entendre ?

— J'irai droit au but.

— Je t'en prie.

— As-tu encore le Rubens de grand-père ?

— Le tableau qui représente la grosse blonde tenant un miroir ? Dans le salon de l'aile ouest ?

— Celui-là même, confirma Cecil en examinant ses ongles.

— À ma connaissance, il est toujours là, à amasser la poussière parmi les portraits des ancêtres.

— Eh bien, mets-le dans une caisse et envoie-le-moi.

— Et pourquoi ferais-je cela ?

— Parce que je connais quelqu'un qui pourrait souhaiter l'acheter.

— Pour un montant plus élevé que ce qu'il en coûtera de l'expédier ?

— Beaucoup plus. Suffisamment pour que tu n'aies plus le fisc sur le dos pendant un an ou deux.

Cecil fut heureux de faire preuve de largesse, car cela ne lui arrivait pas souvent.

— Naturellement, souligna Edmund, nous n'avons pas la certitude que c'est un vrai Rubens. Nous n'avons que la parole du vieux.

— Pas pour longtemps, dit Cecil, qui s'attendait à cette objection.

— Que veux-tu dire ?

— Je suis tombé sur un Américain qui s'y connaît.

— Très bien, très bien, s'exclama Edmund. Tiens-moi au courant.

Cecil le lui promit.

Edmund raccrocha. Cecil était sur le point d'en faire autant lorsqu'il entendit un étrange déclic sur la ligne.

Connexion défectueuse, probablement, se dit-il. Rien d'inquiétant.

En sortant, il chercha Danioni pour le remercier encore une fois de sa générosité. Comme il ne le trouvait nulle part, il se dirigea vers le bar au coin de la rue.

Il fallait célébrer ça.

*

Tout le nécessaire pour l'expédition à la plage était empilé en plein milieu du hall. Souriant à la vue de la pelle et du seau, Alice se dit que cette sortie serait bien amusante pour Lottie. Puis son sourire s'évanouit lorsqu'elle avisa les chevalets, les canevas, les pinceaux, les crayons et les carnets de croquis. Quel… attirail !

Elle partageait l'ambivalence de son père à l'égard de l'activité artistique de Lucian. C'était louche, une mauvaise habitude, acceptable comme thérapie, mais sans plus. Toutefois, Alice était assez lucide pour soupçonner que son jugement émanait de ses propres failles, à savoir un manque de talent et une rigidité qui avait de plus en plus tendance à être dogmatique. Elle avait fini par transformer ses défauts en vertus, attribuant son amertume et son manque de générosité au deuil. Sachant qu'elle faisait plus vieux que son âge, elle s'habillait en conséquence, ce qui ne la rajeunissait guère. C'était un cercle vicieux.

Elle vit Lady Latchmere émerger du salon, marchant beaucoup plus rapidement qu'on s'y serait attendu. Alice eut pitié de la vieille dame malgré son impolitesse au repas. Elles avaient certains points en commun, notamment le respect de l'étiquette et l'impatience pour l'engouement face à toute nouveauté.

Alice décida qu'elle lui tendrait la main et qu'elle surprendrait tout le monde en convainquant Lady Latchmere de participer à des activités soi-disant inattendues pour elle.

— Lady Latchmere !

— Oui ? Qu'y a-t-il ? répondit la femme en se raidissant.

— Aimeriez-vous faire une excursion à la plage de Paraggi cet après-midi ? Apparemment, c'est une très belle plage, la seule qui soit sablonneuse dans les environs.

En réalité, Alice n'y était jamais allée, car elle n'avait jamais acquiescé aux sollicitations de Lottie.

— Grands dieux, non ! fit Lady Latchmere, le regard horrifié. Je ne supporte pas le sable.

— Alors, peut-être qu'une visite dans une église, ce dimanche, vous conviendrait mieux, rétorqua Alice en souriant avec sympathie.

La réaction que cette suggestion provoqua fut extrême.

— À l'église ? répéta Lady Latchmere, sa voix montant d'une octave. En Italie ?

— Je suis désolée, bredouilla Alice, mortifiée. J'avais supposé…

— Comprenez-moi bien, ma chère, je n'ai pas de plus grande consolation dans la vie que la religion. Mais il faut que ce soit la bonne confession. Toute cette fumée et ce papisme !

Sur ces entrefaites, Claudine, vêtue d'un coûteux vêtement qui la recouvrait à peine, arriva dans le hall. Elle avait manifestement entendu la conversation entre les deux femmes.

— J'ai l'habitude de dire que la religion est un port dans la tempête, assura-t-elle en faisant un clin d'œil à Alice.

Celle-ci décida d'ignorer cet excès de familiarité qui, avait-elle lu quelque part, était caractéristique des Américains.

— Êtes-vous pratiquante, Mrs Turner ?

— Je ne dirais pas ça, chérie, répondit-elle avant de se tourner délibérément vers Lady Latchmere. Mais aller à confesse de temps en temps, c'est bon pour l'âme, n'est-ce pas ?

Craignant que la conversation dégénère, Alice sortit retrouver Constance, Paola et Francesco qui avaient commencé à charger la calèche du matériel de Lucian. Celui-ci supervisait d'ailleurs l'opération en se montrant pointilleux sur le maniement de ses chevalets. Julia et Rose attendaient impatiemment sous des parasols.

— Qui est-ce ? demanda Constance en regardant vers l'extrémité de l'allée où se profilait une autre calèche.

Tout le groupe se tourna pour voir la voiture s'arrêter net devant l'entrée. Le cocher descendit de sa plateforme pour ouvrir la porte aux passagers. Apparut un jeune homme athlétique aux cheveux noirs adoucis par des yeux bleus perçants, suivi par une femme – son épouse, supposa Alice – dont les pommettes hautes et osseuses contrastaient étrangement avec la sobriété de sa robe rouge.

Francesco se détacha du groupe afin d'aller chercher les bagages des nouveaux venus qui s'engouffrèrent aussitôt dans le hall comme s'ils étaient des vedettes de cinéma harcelées par des photographes sur la Croisette.

— Ce sont les Wingfield, confia Alice, qui se souvenait avoir vu le nom dans le registre des réservations.

De tous, ce fut Lucian qui sembla le plus impressionné.

— Je ne peux pas croire que c'est lui ! s'exclama-t-il à l'intention de Julia et d'une Rose déconcertée. Plum Wingfield !

— Qui ? demanda Rose.

— Est-ce un parent des Wingfield du Suffolk ? s'enquit Julia.

— Je n'en ai pas la moindre idée, dit-il. Tout ce que je sais c'est qu'il est un extraordinaire joueur de tennis.

Julia et Rose, tout comme Alice, restèrent de marbre. Lucian était tellement puéril parfois. Qui se préoccupait de tennis ? Personne. Et pourtant, il ne semblait pas en revenir.

— Il a failli remporter la Coupe Davis il y a quelques années !

— Nous vous croyons sur parole, conclut Julia.

*

Au moins, les Wingfield semblaient satisfaits de la suite Epsom.

— La vue est prodigieuse, se réjouit Plum, penché à la fenêtre.

Il avait les manières impeccables de tout homme ayant fréquenté Eton et, comme les politiciens, il regardait droit dans les yeux la personne à qui il parlait.

— N'est-ce pas ? confirma sa femme, qui s'était présentée comme étant Lizzie.

Bella trouvait que l'épouse était plus difficile à cerner. Elle était probablement plus âgée que Plum. Elle semblait fatiguée du voyage, alors que Plum était plein de vie et d'entrain.

— Cette chambre est vraiment bien décorée, reconnut Lizzie en regardant tout autour. On ne saurait espérer mieux.

— Et il y a probablement un bar de caché quelque part, supposa Plum.

Lizzie ne dit rien et Bella prétendit ne pas avoir entendu. De toute façon, ce qu'elle vit par la fenêtre eut l'heur de la distraire : Cecil en compagnie de cet Italien, Danioni. Elle paniqua. Comment diable ces deux-là s'étaient-ils retrouvés ensemble ? Rien de bon ne pouvait résulter de cette alliance.

— Si vous voulez bien m'excuser. Je dois parler de toute urgence à quelqu'un.

— Ne vous faites pas de souci pour nous, assura Plum. Nous nous débrouillerons très bien pour nous amuser.

*

Bella retrouva Cecil et Danioni sur la terrasse. Le fait que cet Italien soit sur place l'horripilait. Il polluait l'atmosphère.

— Te voilà, lança Cecil. Je te présente Mr Danioni.

Elle regarda l'Italien soulever son chapeau avec un maniérisme digne d'Uriah Heep[2].

— C'est un honneur, *Signora* Ainsworth, dit-il.

— Si vous voulez bien m'excuser, Mr Danioni, prononça-t-elle en lui souriant à peine. Je dois demander quelque chose à Cecil.

Elle se dirigea vers la salle à manger, indiquant ainsi à Cecil qu'elle souhaitait lui parler seule à seul.

— Que fait-il ici ? siffla Bella lorsque Cecil finit par la rejoindre.

— Danioni ? Il m'a été très utile. Je trouvais que le moins que nous puissions faire était de se montrer accueillants.

— Accueillants ?

— Tu sais, en lui offrant le thé, un sandwich ou deux, une part d'un gâteau de Betty. Lui permettre d'être anglais le temps d'un après-midi.

Elle regarda Danioni qui faisait les cent pas sur la terrasse comme si de rien n'était.

---

2. Personnage manipulateur et hypocrite de *David Copperfield,* roman de Charles Dickens.

— T'a-t-il… demandé quelque chose ?

— Rien du tout. Il m'a laissé utiliser gratuitement son téléphone pour appeler en Angleterre.

— Tu sais qu'il est…, commença-t-elle en haussant les sourcils, ce à quoi Cecil ne réagit pas. C'est un fasciste, Cecil.

Elle désigna son propre revers, là où il aurait pu y avoir un badge représentant une hache et un faisceau stylisés, symbole révélateur entre tous.

— Oui, probablement. Mais tu sais, comme je le dis souvent, mieux vaut un fasciste qu'un satané rouge.

— Nous nous étions entendus pour rester en dehors de la politique italienne.

— Bah, fit-il, méprisant. On ne sait jamais. Il pourrait nous être utile.

— Et s'il tombe sur Lady Latchmere ?

— Ils ont probablement plus de choses en commun que tu ne le croies. Bon, ajouta-t-il en se tapant dans les mains, nous allons prendre le thé maintenant. Serais-tu assez aimable de faire en sorte qu'on nous le serve ?

Il la retint lorsqu'elle fit mine de se diriger vers la cuisine :

— Au fait, mais chérie, demanderais-tu à Albani de se joindre à nous ? Il pourrait nourrir la conversation.

Bella réalisa alors qu'elle n'avait pas vu le comte Albani dernièrement. Elle irait donc le chercher, tout en espérant qu'il refuserait de fraterniser avec Danioni.

*

La chaleur était insupportable sur la plage. De temps en temps, un souffle de vent apportait quelque soulagement à

Constance, Francesco et Paola qui s'affairaient à la préparation du pique-nique. Ils avaient dû faire de nombreux allers-retours entre la calèche et la plage pour tout transporter.

Ils déplièrent la table et les chaises. Puis, Constance tint le parasol, pendant que Francesco creusait un trou dans le sable pour y enfoncer le manche. Paola en solidifia ensuite la base à l'aide de rochers. Ils étaient épuisés lorsque vint le temps de dresser la table pour le thé.

Lucian avait emmené Julia et Rose à Portofino pour leur montrer la ville. Constance les imagina déambuler dans des jardins remplis de roses, s'arrêter pour admirer un artiste de rue, explorer des églises fraîches qui sentaient les cierges et les prières. Rose allait-elle apprécier ?

La sueur perlant sur son front, Paola s'éventa de sa main en se disant que les Anglais étaient vraiment fous de faire un pique-nique sur la plage au moment de la journée où la chaleur était à son maximum.

Ils arrivèrent bientôt, Lucian en tête, et les dames avançant avec précaution sur le sentier.

— Mon Dieu qu'il fait chaud ! s'exclama Rose, avant de remarquer la table et ses couverts étincelants sous le soleil. Comme c'est joli ! Cette tournée m'a donné faim.

— J'aimerais en dire autant, répliqua Julia, attendant que Paola tire la chaise pour qu'elle s'assoie. Moi, le soleil me coupe l'appétit.

Lottie courut vers Constance, rayonnante de joie.

— Tu vas manger avec nous ? lui demanda-t-elle. Vas-tu t'asseoir à côté de moi ?

— Pas maintenant, je suis de service, chuchota Constance en lui faisant un clin d'œil.

— N'est-ce pas extravagant d'avoir une nounou qui est également servante ? observa Julia.

— Ah oui ? fit Lucian en s'asseyant, tandis que Paola lui versait un verre de limonade. Pourquoi maintenir ces anciennes coutumes ?

— Pour que maîtres et serviteurs connaissent leurs places respectives, répliqua Julia.

Constance sentit la colère monter en elle. Betty avait bien raison de traiter cette femme de dragon.

— Nous sommes allés à l'église, confia Lottie à Constance en glissant sa petite main dans celle de la domestique. Il faisait froid et ça sentait bizarre.

— C'était l'odeur de l'encens.

— Nous n'en avons pas en Angleterre, remarqua la petite fille. Pourquoi ?

— Parce que l'évêché en restreint l'usage, expliqua Julia, qui grimaça en prenant une gorgée de limonade.

— Qu'est-ce que ça veut dire ? reprit Lottie en fronçant les sourcils.

— Que nous ne sommes pas catholiques, trancha Lucian. Et si nous attaquions ces sandwichs ?

*

Après avoir aidé Paola à desservir, Constance joua avec Lottie dans un carré de sable humide. Pendant ce temps, Lucian installa deux chevalets côte à côte. Il voulait reproduire à l'aquarelle le paysage marin qu'il avait sous les yeux : la mer scintillante, les bateaux au loin et le promontoire parsemé de touffes vertes.

Rose s'assit à côté de lui en tenant son pinceau comme un fusil chargé. Il devait continuellement se pencher vers elle pour lui montrer quoi faire.

— On dessine d'abord au crayon, puis on applique l'aquarelle. Le ciel aura besoin d'un peu de bleu cobalt – ici – et une couleur un peu plus neutre sera nécessaire pour aérer le feuillage…

— Tout cela semble très compliqué, soupira Rose.

Lottie lança une balle qui atterrit juste derrière les chevalets. En allant la chercher, Constance put constater que Rose n'avait absolument aucun talent. Son dessin, sommaire et naïf, avait l'air d'avoir été tracé par un enfant.

Constance s'était attendue à ce que cela lui fasse plaisir ou la satisfasse, mais ce ne fut pas le cas.

Pour sa part, Julia regardait un petit bateau de pêche qui avait jeté l'ancre pas très loin de la côte. Imbue d'elle-même et certaine de son importance, elle ne remercia même pas Paola qui lui apporta un verre d'eau.

— Que vont chercher les plongeurs ? demanda-t-elle.

— Des pétoncles ? tenta Lucian en suivant son regard. Des oursins ?

Les plongeurs remontèrent à la surface et jetèrent leurs prises dans le bateau.

— N'est-ce pas Billy ? demanda Constance à Lucian.

Lucian prit ses jumelles pour mieux voir.

— Eh bien, ça alors ! Je me demandais où il était passé.

Ils entendirent les hommes crier et rire. Billy se chamailla avec un de ses compagnons avant de replonger dans l'eau avec lui. Cela avait l'air très amusant, et Constance ne fut pas surprise d'entendre Lottie, inspirée par la scène, demander à Lucian s'il ne voulait pas l'amener nager.

— Pas maintenant, petite, je suis occupé.

Lottie parut sur le point de pleurer.

— Et si nous allions nous tremper les pieds à la place? intervint Constance.

Lucian lui lança un regard reconnaissant tandis qu'elle se penchait pour défaire ses lacets.

*

À l'hôtel, le thé organisé par Cecil battait son plein. Bella trouvait que l'atmosphère était horriblement masculine et sonnait faux. Parfaitement dans son élément, Cecil fumait l'un des horribles cigares qu'il réservait pour les grandes occasions. Au moment où elle s'avança vers eux, elle le vit s'esclaffer bruyamment avec le comte Albani, probablement à l'une de ses propres blagues de mauvais goût.

Ironie du sort, ce fut Danioni qui la remarqua en premier. Il se leva pour la saluer malgré ses protestations. À son tour, le comte Albani se leva et lui demanda si elle se joindrait à eux.

— Malheureusement, non. Je suis simplement venue voir si on s'occupait bien de vous.

— Comme toujours, répliqua le comte. Et Danioni a été littéralement ravi par les scones.

Il montra l'assiette qui ne contenait plus que quelques miettes.

Danioni porta ses doigts à sa bouche pour témoigner de son appréciation.

— *Squisito,* fit-il.

Compliment auquel Bella répondit par un mince sourire.

— Il pense que nous aurions beaucoup de succès si nous servions le thé aux Italiens, poursuivit Cecil.

— Et je suis d'accord avec lui, approuva le comte Albani.

— Betty est déjà débordée avec nos hôtes, s'empressa de dire Bella pour faire avorter ce projet. Mais je vais m'assurer de lui transmettre vos compliments. Sur ce, veuillez m'excuser, messieurs.

*

Lucian appliquait de petites touches de couleur sur son croquis pour créer de l'ombre et de la texture. Il aspirait à quelque chose de diaphane et de chaud pour évoquer comment il se sentait, c'est-à-dire assoiffé – il ne leur restait plus d'eau – , légèrement brûlé et émerveillé par les éléments. À intervalles réguliers, il cessait de peindre pour étudier la scène à travers ses jumelles : l'ombre qui envahissait la colline, la ligne blanche où la mer et le ciel se rencontraient.

— Puis-je vous les emprunter ? demanda Julia en claquant des doigts.

S'il vous plaît, peut-être, pensa Lucian. Il lui tendit les jumelles après avoir essuyé la peinture sur sa main. Elle avait abandonné son ombrelle et se tenait debout, apparemment intéressée par ce qui se passait à l'autre bout de la plage.

Lottie était partie avec Rose. Lucian ne pouvait s'empêcher de se sentir désolé pour sa nièce. Manifestement ravie d'avoir autant de compagnons de jeu adultes durant la journée, elle serait dévastée quand tout cela prendrait fin.

Constance se campa derrière lui. Elle sentait la mer et la transpiration. Il devina qu'elle regardait son tableau, et de façon si intense qu'il en fut gêné.

— Il n'y a pas grand-chose à voir. Pour le moment, du moins.

— Je mourrais heureuse si je réussissais à faire cela à moitié aussi bien.

La férocité avec laquelle elle avait parlé l'intrigua.

— Je vous en prie, dit-il en désignant son carnet de croquis et sa boîte de crayons.

Elle allait tenter le coup, il en était certain, lorsqu'ils aperçurent Lottie revenir vers eux en trottinant, Rose à sa suite. Lorsqu'il vit la jeune femme, Lucian éprouva une espèce de douleur au ventre et comprit avec stupéfaction que c'était de la déception.

— Regarde ce que Rose a trouvé ! fit Lottie

Lucian s'accroupit et elle déposa dans sa main une jolie coquille de nacre.

— Ça alors, Lottie ! Ça doit valoir une fortune.

Rose et lui échangèrent un sourire complice lorsqu'il rendit le coquillage à la petite fille.

— Prête à reprendre le travail ? demanda Lucian en faisant un signe de tête vers le chevalet.

— J'imagine, prononça Rose sans enthousiasme.

— Tu t'en tires bien, insista Lucian.

— Si tu le dis, répliqua-t-elle en rougissant.

— Viens Lottie, dit Constance en entraînant la petite fille. Laissons Lucian et Rose poursuivre leurs dessins.

— Mon Dieu ! s'exclama alors Julia.

— Qu'y a-t-il ? questionna Lucian, inquiet, en déposant son pinceau.

Elle lui fit signe de s'approcher et lui tendit les jumelles. Il distingua une scène confuse à l'autre extrémité de la plage : Claudine, étendue langoureusement sur une chaise longue, entourée par une foule de badauds.

— Pensez-vous qu'elle a besoin d'aide ? demanda Lucian en abaissant les jumelles.

— Ciel, non ! s'écria Julia. Elle paraît tout à fait à son aise.

*

Il ne faisait aucun doute que Claudine représentait le summum de la décontraction avec son maillot de bain et ses lunettes de soleil Foster Grant à monture ronde. En tant que femme noire, elle était habituée à attirer l'attention, surtout dans des endroits comme celui-ci. Alors elle jouait le jeu. Pourquoi ne pas en profiter ?

Elle avait fait tout ce qui était en son pouvoir pour ignorer la foule qui s'était agglutinée autour d'elle. Mais la soif l'avait gagnée. Elle avait alors abaissé ses lunettes pour regarder deux garçons qu'elle avait remarqués au premier rang. Cela eut l'effet escompté. Plus à l'aise dans le rôle de voyeurs passifs, ils furent terrifiés.

— N'ayez pas peur, je ne vous mangerai pas, glissa-t-elle. Approchez.

Ils se regardèrent nerveusement avant d'obtempérer.

Elle fouilla dans son sac pour y prendre des pièces de monnaie qu'elle confia au plus grand des deux. Il avait une ombre de moustache et une mèche de cheveux noirs qui lui tombait sur le front.

— *Due limonate*, énonça-t-elle, accompagnant ses mots de gestes. *Una per me. Una per voi.*

Deux limonades, une pour moi, une pour vous deux. Le garçon hocha la tête et entraîna son compagnon vers les boutiques en haut de la dune.

Elle remit ses lunettes. Sur le point de s'allonger à nouveau, elle aperçut Roberto, le jeune Italien de l'hôtel, qui se tenait sur une plateforme de plongée au large de la plage. Elle rabaissa ses lunettes pour mieux le voir. Vêtu d'un slip qui ne laissait rien à l'imagination, il plongea dans la mer bleue.

Il resta sous l'eau assez longtemps pour que Claudine commence à s'inquiéter. Elle s'assit en ramenant ses genoux vers sa poitrine. C'est alors qu'il refit surface. Il se hissa sur la plateforme et passa ses doigts dans ses cheveux mouillés, en laissant l'eau dégouliner le long de son corps brun et élancé.

Il sait que je suis là, pensa-t-elle en souriant. *Et que je le regarde. La question est de savoir ce que je vais faire de cette information…*

Chapitre 5

Postée à la fenêtre, Bella regardait Cecil et le comte Albani qui n'en finissaient plus de prendre congé de Danioni. Leurs rires gras la dégoûtaient. Pourquoi les hommes se transformaient-ils en êtres grossiers et sectaires dès qu'ils se retrouvaient entre eux?

Cecil avait toujours été fier de sa capacité à s'attirer les bonnes grâces de tout un chacun, ce qui était, de loin, son plus grand talent. Par ailleurs, Bella comprenait la civilité d'Albani à l'égard de Danioni, car ils étaient concitoyens. Pour autant, elle était déçue que le comte n'ait pas tenu ce maître chanteur sournois à bonne distance; c'était tout ce qu'il méritait.

Albani fut le premier à revenir à l'intérieur. *Il doit mourir de chaleur dans ce costume à chevrons anthracite*, songea Bella. « Taillé sur mesure sur Savile Row », lui avait-il dit, fièrement. Or, l'homme semblait frais comme une rose.

— Vous n'aimez pas beaucoup Danioni, s'enquit-il en la rejoignant à la fenêtre.

— Était-ce si évident ?

— Vos manières étaient impeccables.

— L'Italie serait le paradis sur terre s'il n'y avait pas autant de bureaucrates minables.

— En effet, acquiesça-t-il en souriant. Cela dit, il serait sage de votre part de tolérer Danioni.

— Pour des raisons politiques ?

— Plutôt parce que les hommes comme lui se font une joie de nuire.

— Je commence à comprendre cela.

Puis, ce fut au tour de Cecil d'entrer en trombe, gâchant l'atmosphère et tapant sur les nerfs de Bella.

— Alors, demanda-t-il, que penses-tu de jeudi prochain ?

— Quoi, jeudi prochain ? fit Bella en fronçant les sourcils.

— Pour notre premier thé public. Danioni m'a promis d'amener de la clientèle.

— Vraiment, Cecil ! C'est terriblement arrogant.

Bella n'avait pas du tout envie de voir Danioni et ses potes débarquer à l'hôtel. Toutefois, Cecil semblait résolument y tenir.

— N'importe quoi, dit-il. Qu'en pensez-vous, monsieur le comte ?

— La ville entière va faire la queue pour l'événement. Nous, Italiens, prétendons mépriser les Anglais et les trouver perfides mais, en vérité, tout ce à quoi nous aspirons, c'est d'être comme vous.

— C'est ce que je pensais, admit Cecil en faisant un clin d'œil à Bella, avant de se tourner vers le comte Albani. Auriez-vous l'amabilité de vous joindre à moi pour prendre un verre ?

— Peut-être un peu plus tard.

Belle façon de faire passer un non pour un oui. Cecil sembla pourtant satisfait de cette réponse, car il quitta la pièce sans remarquer que l'Italien s'attardait auprès de sa femme.

— Ai-je dit ce qu'il ne fallait pas ? demanda le comte à Bella.

— Non, non, répondit-elle, peu convaincue. C'est une merveilleuse idée !

— Je serais ravi de vous aider à mener à bien ce petit projet.

— Vos conseils sont toujours avisés.

— Peut-être que Mrs Mays-Smith et moi pourrions nous charger du menu ?

Bella se rendit compte que le regard émerveillé du comte Albani était posé sur Alice, qu'ils pouvaient apercevoir par la porte de la salle à manger. Assise à la réception, le visage pâle et l'air sérieux, celle-ci remplissait les récents formulaires exigés par le gouvernement italien. Bella s'était toujours targuée d'être vigilante quand il était question de ses enfants. Comment n'avait-elle pas remarqué ce qui se passait là ?

Le cerveau en ébullition, elle réussit à répondre que cela plairait certainement à Alice. En réalité, elle n'avait jamais été capable de prédire ce qu'aimait sa fille. Ce n'était pas parce qu'on remarquait l'existence d'un problème qu'on pouvait le régler.

— Ce sera un mariage parfait entre le *gusto* italien et le raffinement anglais, déclara Albani.

— Je suis impatiente de voir cela, conclut Bella en s'efforçant de cacher son malaise.

*

La bouche grande ouverte, Julia ronflait sur sa chaise longue. Constance sourit en pensant à sa mère, qui aurait dit que cette dame risquait d'avaler une mouche. Il était impressionnant de voir à quel point le sommeil réussissait à transformer la plus énergique et la plus redoutable des personnes, à la déposséder de tout son pouvoir et de toute son influence. Rose n'avait sans doute le loisir d'être elle-même que lorsque sa mère était endormie.

Assise aux pieds de Julia, Constance traçait une esquisse de Lottie, assoupie sous un parasol, une poupée serrée dans les bras. En levant les yeux, elle vit Lucian guider doucement la main de Rose tandis qu'elle appliquait de la peinture sur la toile. Ce fut ensuite Paola qui attira son attention. L'air fâché, elle débarrassait la table en entrechoquant les ustensiles et la vaisselle. Il y avait quelque chose dans l'air, quelque chose qui avait échappé à Constance, mais elle sentait que cela avait à voir avec la réaction de Paola lorsqu'elle lui avait appris que Lucian lui donnait aussi des leçons.

Paola s'était-elle entichée de Lucian ?

L'idée dérangea Constance même si elle connaissait à peine ces deux personnes.

Mieux valait la bannir de son esprit. Penser à autre chose.

Elle retourna à son esquisse, en essayant de reproduire l'ombre que les boucles de Lottie faisaient sur son front. L'atmosphère calme de cette fin d'après-midi fut toutefois troublée par une exclamation.

— Zut ! s'écria Rose en bondissant de sa chaise.

— Rose ! Je suis désolé.

Le regard horrifié que Rose posait sur la marque rouge vif qui tachait la manche de sa robe était tel que, l'espace d'un instant, Constance crut que c'était du sang.

— Elle est ruinée ! rugit Rose en tendant le bras de façon accusatrice vers Lucian. Ça ne disparaîtra jamais.

— Que se passe-t-il ? fit Julia, que le bruit avait tirée de son sommeil.

— Regarde, Maman, c'est de la peinture.

— Je t'avais dit de faire attention !

— C'est ma faute, Mrs Drummond-Ward, avoua Lucian. Sa manche a frotté ma palette.

Soudain, Rose éclata en sanglots, son visage de poupée de porcelaine tout déformé. Constance en fut gênée pour elle. Cette colère d'enfant était très peu digne d'une jeune dame.

— Je te promets qu'elle va disparaître, dit Lucian en fouillant dans sa boîte, à la recherche d'un contenant de térébenthine.

Lorsqu'il s'approcha de Rose, un vieux chiffon sale à la main pour tamponner la manche, elle recula, une expression d'épouvante sur le visage.

— Je me sens faible, murmura-t-elle.

Effectivement, son visage était encore plus pâle que d'habitude. Constance se précipita pour l'aider à se rasseoir.

— Nous devrions rentrer, lâcha Julia avec emphase.

— Bien sûr.

— Immédiatement, je veux dire.

Ils s'entendirent pour que Francesco prenne la calèche afin de ramener les Drummond-Ward à l'hôtel en même temps que Paola et le nécessaire à thé, tandis que Constance resterait avec Lucian pour l'aider à rassembler son matériel artistique. Ils rentreraient ensuite à pied avec Lottie.

Comme les chevalets étaient légers, Constance les coinça sous son bras, ce qui lui permit de prendre la boîte de peinture, qui avait la taille d'une petite malle, d'une main, et le sac de carnets et de canevas, de l'autre.

Même s'il faisait moins chaud, ils se mirent en route tranquillement, Lucian portant Lottie, qui dormait toujours. Derrière lui, Constance regardait avec tendresse les petits pieds en sandales et l'épaisse chevelure noire qui pendaient. Elle s'inquiéta cependant pour le jeune homme qui était plus essoufflé qu'elle s'y serait attendue.

Il était d'humeur lasse et maussade.

— Quelle histoire pour un peu de peinture, chuchota-t-il comme pour lui-même.

— Elle avait vraiment l'air bouleversée.

— Quelle idée, aussi, de porter une robe de soie à la plage.

— Elle voulait paraître sous son meilleur jour, rétorqua Constance qui, dans un accès de solidarité féminine, ne put s'empêcher de prendre la défense de Rose.

— Je vais me faire réprimander.

— Je suis sûre qu'elle va vous pardonner.

— Je ne parlais pas de Rose, mais de mon père.

Constance ne dit rien, ne sachant pas quoi répondre.

— Désolé, reprit Lucian, en sentant son malaise. Je ne devrais pas vous mêler à cela.

— Ce n'est pas grave. Vraiment.

— Ça va ? demanda-t-il en désignant la boîte de peinture et les chevalets. Ce n'est pas trop lourd ?

— Ne vous en faites pas pour moi. Je suis sûre qu'ils sont plus légers que Lottie.

— Vous êtes bien placée pour le savoir.

— Je n'ai pas encore eu de raison de la transporter dans mes bras.

— Vous vous occupez très bien d'elle.

— Merci.

— Vous étiez habituée à vous occuper d'enfants ?

C'était une question innocente, posée gentiment. Ce fut d'ailleurs peut-être pour cette raison que Constance sentit sa gorge se serrer et ses yeux se remplir de larmes. Elle pria pour que Lucian ne le remarque pas. Or, son silence ne fit qu'attirer l'attention du jeune homme.

— Je suis désolé, fit-il en la regardant. Je ne voulais pas…

— Ce n'est rien, répliqua-t-elle en détournant le visage. C'est le soleil et le sel qui me piquent les yeux.

— Ce n'est pas que ça, n'est-ce pas ? demanda-t-il doucement au bout d'un moment.

Encore une fois, il faisait preuve de délicatesse. Mais il ne fallait pas, il ne fallait absolument pas qu'elle parle. Pas de ça. Son travail dépendait de son silence à ce propos. Elle n'avait donc d'autre choix que de mentir, ce qu'elle détestait. Les gens mentaient trop souvent, trop facilement. Elle le savait d'expérience ; mais ça vous rattrapait toujours au bout du compte.

— Est-ce que cela vous dérangerait si nous changions de sujet ? proposa-t-elle.

*

Allongé sur le lit, Lucian jouait distraitement avec un fil qui s'était détaché de l'édredon, tandis que sa mère s'habillait pour souper. Assister à cette mystérieuse transformation était une habitude qu'il avait contractée quand il était enfant – et ni lui ni Bella n'étaient encore prêts à l'abandonner.

La lumière ardente du crépuscule qui entrait par la fenêtre donna à Lucian l'impression que les cheveux de sa mère étaient en feu lorsqu'elle se retourna vers lui. *Je dois faire son portrait,* songea-t-il. *À la manière de Rembrandt lorsqu'il a peint sa propre mère.*

Penser à la peinture n'eut pour effet que de lui rappeler son après-midi et ses nombreux motifs d'irritation.

Arrivés à l'hôtel, Constance et Lucian s'étaient séparés, elle pour donner son bain à Lottie (qui s'était réveillée au moment où ils franchissaient l'entrée) et lui pour rincer ses pinceaux et ranger son matériel. Il s'était ensuite rendu dans la chambre de Bella en emportant son carnet de croquis, mais s'était rendu compte qu'il avait surtout besoin de vider son cœur auprès de sa mère.

En s'arrêtant à peine pour reprendre son souffle, il lui avait raconté l'incident de la robe et le départ précipité de Rose et Julia. Il avait bien pris garde de ne pas parler de sa conversation avec Constance.

— Si je comprends bien, ça n'a pas été un franc succès, fit Bella en plaçant ses cheveux devant le miroir.

— C'est une façon de présenter les choses.

— Ne t'en fais pas, mon chéri. Paola fera des miracles.

— Que veux-tu dire ? lui demanda-t-il un peu trop sèchement, paniqué.

— Simplement qu'elle va être capable de nettoyer la robe, expliqua Bella en regardant son fils dans les yeux.

— En effet, dit Lucian en cherchant à changer de sujet. Mon père a-t-il dit quoi que ce soit ?

— À propos ?

— Du mariage.

— Je ne lui ai pas parlé aujourd'hui. Il a picolé avec le comte Albani.

— Il faut que j'aie une meilleure idée de ce qu'il veut.

— Combien de fois devrais-je te le dire ? fit Bella en se tournant vers lui. Ce qu'il veut n'est pas important !

— Je ne crois pas qu'il soit d'accord avec ta vision des choses.

— Tout ce qui compte, c'est toi et Rose. Et que vous puissiez être heureux ensemble.

Il hocha la tête, peu convaincu.

— Est-ce possible ? demanda-t-elle. Que vous soyez heureux ensemble ?

— J'ai peine à avoir quelque impression que ce soit avec sa mère qui est toujours là à tenir la chandelle.

— Elle me semble en effet assez redoutable, admit Bella en souriant.

— C'est difficile de l'imaginer formant un couple avec père, dit-il en riant.

— Ils étaient très jeunes. Trop jeunes pour être sérieux.

— Ils n'étaient pas fiancés, alors ?

— Pas officiellement, à ce que je sache.

— Je préfère imaginer qu'ils l'étaient. Cela expliquerait pourquoi il tient tant à ce mariage.

— Comment ça ? s'exclama Bella en fronçant les sourcils.

— Tu sais, pour réparer les erreurs du passé, pour compenser le fait que lui et Julia n'ont pas réussi à réunir leurs domaines par le mariage. Comme s'il se voyait offrir une seconde chance grâce à sa fille et à moi.

— Eh bien, si c'est le cas, il ne m'en a pas parlé.

Elle se leva et lui tendit les bras. Il s'y réfugia, posa la tête sur son épaule, humant le mélange de jasmin et de bois de santal de son parfum, qui lui rappelait toujours son enfance.

— Laisse le temps faire son œuvre avec Rose, lui chuchota-t-elle.

Il hocha la tête. Ils se détachèrent l'un de l'autre un peu maladroitement, et le carnet de croquis qui était sur le lit glissa par terre. Bella se pencha pour le ramasser et le feuilleta. Elle montra un intérêt poli jusqu'à ce qu'elle arrive à un portrait qui lui plut particulièrement.

— En tout cas, elle a l'œil, commenta-t-elle en désignant la page. C'est quelque chose, ce dessin, non ?

Elle lui tendit le carnet ouvert et retourna s'asseoir à sa coiffeuse.

En regardant le dessin, il comprit aussitôt qu'il n'était pas l'œuvre de Rose.

Rose n'avait aucun sens artistique. La personne qui avait fait ce dessin manquait peut-être de technique, mais elle était naturellement douée pour voir et reproduire les objets en trois dimensions. L'ombre, en particulier, était extrêmement bien réussie.

Constance, pensa-t-il. *C'est Constance qui a fait cela.*

Cette découverte l'étonna autant qu'elle l'emballa.

Il ferma le carnet – décidant de le garder dans le tiroir de son bureau dorénavant – et alla se changer.

Un peu plus tard, il revint chercher sa mère comme convenu, et ils descendirent ensemble retrouver les clients de l'hôtel qui prenaient l'apéritif sur la terrasse. La soirée était douce et agréable. Dès leur arrivée, Bella fut interceptée par Lady Latchmere, qui tenait un verre de Limoncello entre le pouce et l'index.

En souriant, Lucian se fraya un chemin à travers la foule pour aller à la table où Francesco, tout élégant dans son uniforme, préparait des Bellini. Témoignant son appréciation d'un signe de tête, Lucian en siffla un, savourant le pétillement du liquide sucré et liquoreux sur sa langue. Il s'en servit un autre et se dirigea vers Plum et Lizzie, qui étaient à l'autre bout de la terrasse.

— J'espère que je ne vous dérange pas, dit Lucian, après s'être présenté.

— Pas du tout, affirma Plum, un homme mince et souple, rayonnant de charme et de calme.

— Je vous ai vu jouer dans le Queens en 1923, poursuivit Lucian. Vous avez battu un Australien. Tom quelque chose.

— Todd Phillips.

— C'est ça. Six-deux, six-quatre et six-deux, je crois.

— Six-trois à la troisième, rectifia Plum, appréciant l'effort de mémoire de Lucian, avant d'ajouter : Mais qu'est-ce qu'une partie entre amis ?

— Vous n'avez pratiquement manqué aucune balle.

— Et maintenant, il n'en frappe pratiquement aucune.

Cette remarque acerbe avait été lancée par Lizzie, qui se tenait à côté de Plum, l'air absent et, il fallait bien le dire, ennuyé.

— Qu'est-ce qui vous amène à Portofino ? demanda Lucian pour changer de sujet.

— J'ai joué à Monte-Carlo la semaine dernière, raconta Plum, en s'animant.

— Il a perdu dès le premier tour, ajouta Lizzie.

Plum regarda Lucian d'un air entendu.

— Je vais à Milan à la fin de la semaine pour participer au championnat qui aura lieu lundi.

— Ce qui signifie que nous nous mettrons en route pour rentrer dès mardi, conclut Lizzie en vidant son verre.

De plus en plus mal à l'aise, Lucian jeta un coup d'œil autour, à la recherche d'une échappatoire, mais personne ne semblait disponible. Nish et le comte Albani discutaient ensemble ; Rose n'avait pas encore fait son apparition – elle était probablement en train de se disputer avec sa mère quelque part ; Claudine et Jack se dirigeaient vers la salle à manger…

Claudine et Jack. Claudine était quelqu'un de bien. Il n'avait pas encore échangé avec Jack, mais il était sans doute intéressant. Après tout, il était avec Claudine.

Il s'excusa auprès des Wingfield et suivit les Américains dans la salle à manger, dont l'éclairage aux chandelles rendait l'atmosphère très calme.

Mais il figea sur place lorsqu'il aperçut son père. Cecil se dirigeait droit vers les Turner, qui ne purent l'éviter. Pauvres d'eux.

Ne voulant pas partager le couple avec son père, Lucian retourna sur la terrasse en prenant un air affairé – comme s'il était à la recherche du verre qu'il avait laissé quelque part – , mais il ne put s'empêcher de se demander pourquoi son père était si intéressé par les deux Américains.

*

Cecil rôdait à la porte de la salle à manger depuis plusieurs minutes lorsqu'il reconnut la voix de Claudine qui disait : « En tout cas, moi je meurs de faim. »

Il était tout excité depuis son coup de téléphone en Angleterre, et il lui tardait de mettre son plan à exécution – un plan qui nécessitait la participation discrète de Jack.

— Tiens, Jack ! fit-il comme s'il tombait sur le couple par hasard. Quel plaisir de vous voir !

— Cecil.

Les deux hommes se serrèrent la main, et Cecil s'inclina devant Claudine.

— J'étais sur le point de sortir, mais pourrai-je vous offrir un verre plus tard ? demanda Cecil en usant de tout son charme.

— C'est à toi qu'il s'adresse, Jack, précisa Claudine, voyant bien que Cecil ne regardait que son compagnon. « Vous » singulier, pas « vous » pluriel.

— Sans vouloir vous offenser, je crois que je vais décliner, répondit Jack, faisant mine de suivre Claudine qui se dirigeait vers leur table.

— Demain, alors ?

— Peut-être, lâcha Jack en cherchant à s'éloigner.

— D'accord. Après tout, ça peut attendre.

— Qu'est-ce qui peut attendre ?

— L'histoire que j'ai à vous raconter à propos du Rubens de mon grand-père.

Jack s'arrêta net. *Tu m'accordes ton attention maintenant, espèce de fouine,* se dit Cecil.

— Votre grand-père possède un Rubens ?

— Possédait, rectifia Cecil. Il a passé l'arme à gauche durant le règne de Victoria.

— Et où est-il maintenant ? demanda Jack dont la curiosité était piquée au point où il en oubliait sa faim.

— Toujours chez nous, en Angleterre.

— Et vous êtes certain que c'est un Rubens ?

— J'espérais que vous me le diriez, termina Cecil en riant.

Les hôtes quittaient la terrasse et la pièce commençait à se remplir de petits groupes. L'odeur de la cigarette et du parfum était de plus en plus forte. Jack jeta un coup d'œil à sa table, où Claudine se remettait du rouge à lèvres.

— Demain, proposa-t-il. Parlons-nous demain. Ce sera plus facile.

— Très bien, revoyons-nous demain, répéta Cecil.

Il ne put s'empêcher de trouver que Jack et lui avaient l'air de deux patients qui, dans la même aile d'un hôpital, se réconfortaient chacun de la maladie de l'autre.

*

Bella se réveilla en proie à un léger mal de tête. Peut-être qu'elle s'était permis un Bellini de trop. Combien en avait-elle bu ? Trois ? Ou quatre ?

Bah ! Au moins, elle les avait savourés.

Elle se lava, s'habilla et se dirigea vers l'escalier lorsqu'elle entendit une clameur en passant devant la porte de la suite Ascot. Elle crut d'abord que Lady Latchmere se sentait encore mal mais, au même moment, une Melissa passablement agitée ouvrit la porte. Elle assura Bella que sa grand-tante n'était pas malade, mais ajouta qu'il y avait quand même un problème et lui demanda de bien vouloir entrer dans la chambre.

Lady Latchmere était au lit, haletante, son plateau du petit déjeuner devant elle. *Pourvu qu'on ne lui ait pas servi de la confiture d'abricots à la place de la marmelade,* pensa Bella. En fait, le problème résidait dans la tranche de pain beurrée que Lady Latchmere secouait comme un petit drapeau.

— C'est immangeable, s'écria-t-elle. J'ai failli me casser une dent en tentant d'en prendre une bouchée!

Pour soulager cette quasi-douleur, elle siffla une bonne lampée de Limoncello, boisson désormais essentielle aux petits déjeuners servis dans la suite Ascot. Bella pensa à un faucheux en observant les longs doigts qui enserraient le verre.

— Je suis terriblement désolée, Lady Latchmere, bafouat-elle, sincèrement outrée. Je vous renvoie immédiatement un nouveau plateau.

Bella arriva en trombe au rez-de-chaussée. Près de la porte de la salle à manger se tenait Lucian qui, l'air perplexe, semblait l'attendre.

— Y a-t-il un problème? demanda-t-il en fronçant les sourcils.

— Tout d'abord, bonjour. Pourquoi demandes-tu cela?

— On dirait qu'il n'y a rien à déjeuner.

Bella sentit ses mains devenir moites. Que se passait-il ?

Dans la cuisine, Betty était assise à table, la tête enfouie dans ses bras repliés, entourée de Constance qui, accroupie à côté d'elle, tentait de la réconforter, et d'Alice qui avait l'air exaspérée.

— Oh, Mrs Ainsworth, dit faiblement Betty en voyant apparaître sa patronne.

— Je n'arrive pas à lui faire entendre raison, expliqua Alice en haussant les épaules lorsque Bella se tourna vers elle à la recherche d'une explication.

— Betty, commença Bella d'un ton à la fois doux et ferme, nous avions convenu que vos plats seraient toujours excellents.

— Ce n'est pas sa faute, s'emporta Constance avec férocité.

— Vous, taisez-vous ! fit Alice.

— Elle ne peut pas préparer le petit déjeuner si elle n'a pas d'ingrédients, poursuivit quand même Constance.

— Pas d'ingrédients ?

— Rien n'a été livré, Mrs Ainsworth. Voyez par vous-même. Il n'y a pas de pain, pas de lait, pas d'œufs.

— Les placards sont vides ! gémit Betty, avant de laisser retomber sa tête.

C'est alors qu'apparut Billy. Arrivant de dehors, il déposa deux grosses miches de pain et un morceau de fromage sur la table, avant de sortir des œufs de ses poches.

— Oh ! s'exclama Betty. Mon cher petit ! Mets ça là…

— C'est tout ce que j'ai réussi à trouver, m'man, affirma Billy, tandis que ragaillardie, Betty commença à s'affairer. Personne ne voulait me vendre quoi que ce soit, Mrs Ainsworth. J'ai dû les supplier.

— Il doit y avoir un malentendu, fit Bella.

— Je vous demande pardon, m'dame. Mais on m'a fermé la porte au nez !

— Ça n'a pas de sens. Nous n'avons aucun retard dans nos paiements, à ce que je sache.

Bella réfléchit en silence. *Quand même,* pensa-t-elle, *il a beaucoup de pouvoir ce Danioni. Être capable, à force d'intimidation, de faire faire ce qu'il veut à une ville entière…*

Il y avait quelque chose de terrifiant à cette idée, quelque chose qui allait au-delà de l'Hôtel Portofino et de son incapacité à servir le petit déjeuner.

— Qu'y a-t-il, Maman ? demanda Alice.

— À quelle heure est la messe ?

— Dans deux heures, répondit Alice en regardant l'horloge.

— Cela peut sembler étrange, reprit Bella, mais je pense que la solution est à l'église.

Dès son arrivée en Italie, elle avait compris qu'aller à la messe était encore plus important pour les Italiens que pour les Anglais. Certes, les premiers étaient plus dévots et souvent plus croyants que les seconds. Mais qu'on soit à Portofino, à Tonbridge ou à Leeds, la messe dominicale était surtout un événement social où l'on s'échangeait de l'information et des ragots. Qu'on le veuille ou non, l'église, avec ses fêtes et ses processions, assurait la cohésion de la société.

Bella eut l'idée de faire front commun – *de rallier les troupes*, se dit-elle. Elle demanda à Lucian de rédiger, de sa plus belle écriture, un avis priant les clients de l'Hôtel Portofino de l'accompagner à la messe, car il s'agissait pour eux d'une « occasion en or d'observer les Italiens dans leur habitat naturel ». Elle inséra cet avis dans un cadre et le déposa sur le bureau de la réception.

Nish expliqua à Claudine ce qu'il en était. Elle accepta de participer, mais dit à Bella qu'il était inutile de solliciter Jack. Le comte Albani assura Bella de sa présence tout en lui reprochant la formulation de l'invitation. « *Habitat naturel!* souligna-t-il. Sommes-nous des éléphants ? » Alice, Lottie et Melissa furent également de la partie. C'est avec peine que Bella essuya le refus catégorique de Lucian ; il avait apparemment des pinceaux à nettoyer.

Elle ne fut pas autrement surprise de la réponse de Lady Latchmere, que la seule pensée d'assister à une messe catholique rendait malade. *Je n'aurais pas logé à l'Hôtel Portofino si j'avais su que c'était un repaire de papistes!*

Au bout d'un moment, le groupe se mit en route pour l'église San Martino – cortège désorganisé marchant sur des pavés qui n'étaient pas conçus pour des chaussures élégantes. Le perron en mosaïques de l'église était rempli de touristes, de gens du coin et de ceux que le comte Albani qualifiait de « pauvres paysans ».

Au milieu de cette petite foule, Danioni pérorait comme un avocat à la cour. Lorsqu'il aperçut le comte, il retira son chapeau et s'inclina bien bas, ce qui eut l'heur d'enrager Bella et de renforcer sa décision d'en découdre avec lui – quand elle le jugerait opportun. Pour le moment, elle lui servirait simplement un avertissement.

Elle se dirigea droit vers lui, en serrant la main de Lottie tellement fort que la petite fille gémit.

— *Signor* Danioni ! lança-t-elle.

Il se tourna, mettant aussitôt fin à la conversation qu'il avait avec un petit homme chauve que Bella reconnut comme étant le pharmacien de la ville.

— Mrs Ainsworth, dit-il en lui adressant un sourire doucereux. Je ne savais pas que vous étiez croyante.

— Ne vous en faites pas, assura-t-elle. Je ne ferai pas de scène devant tout le monde. À tout le moins, pas avant la messe.

Au moment où il souleva son chapeau, Bella vit son regard s'attarder sur Claudine et Nish qui entraient dans l'église, une franche expression de dégoût sur le visage.

*

— Avez-vous vu cela? demanda Nish à Claudine, tandis qu'ils suivaient Alice vers une série de bancs libres où ils pourraient tous s'entasser.

— Non, quoi? s'enquit Claudine en regardant autour.

— Cet homme. La façon dont il nous a regardés.

— Oh, lui! Vous savez quoi, chéri? Je ne remarque plus ce genre de choses. Sinon, j'y passerais la journée. Et c'est fatigant.

Tel un ouvreur, Nish s'assit au bout de la rangée. Pendant le service, il fut surpris de constater à quel point la mystérieuse et pourtant familière sonorité de la liturgie latine le rassurait. Il avait régulièrement assisté à la messe durant les années qu'il avait passées dans un pensionnat catholique où c'était ce que l'on attendait de lui, indépendamment de sa véritable religion. Toutefois, l'atmosphère de cette église italienne n'avait rien à voir avec celle de la chapelle frigorifiée de Stonyforth. Les enfants se promenaient librement en tenant des jouets ou des cierges, sans se préoccuper des gémissements et des supplications des vieilles femmes au teint terreux réunies à l'arrière.

Lorsqu'ils sortirent, Alice se précipita vers lui.

— Je vous remercie infiniment d'être venu, Nish. Je ne savais pas si l'église serait…

— Ma tasse de thé ?

— Non, répondit-elle en rougissant. C'est seulement que… Lucian est devenu tellement athée.

— Il dit que Dieu est mort dans les tranchées. Beaucoup de gens avec qui j'ai servi dans l'armée ont le même sentiment.

— Êtes-vous allé au front ? demanda Claudine.

— Au Service médical indien, relata-t-il en faisant un bref salut militaire.

— Et pensez-vous aussi que Dieu n'est pas revenu de la guerre ?

— Le Dieu de l'Angleterre, peut-être, affirma-t-il après avoir réfléchi un moment. Pas le mien.

Alors qu'Alice et Claudine le devançaient, Nish remarqua un petit garçon qui le fixait du regard. Pour le faire rire, il lui tira la langue en louchant. Terrifié, le garçon enfouit son visage dans la jupe de sa mère. Se sentant coupable, Nish détourna rapidement la tête avant que la femme le prenne en flagrant délit et le réprimande.

Sur le perron de l'église, il attendit Bella en compagnie d'Alice, de Melissa et de Claudine. Une élégante femme à l'air aristocratique sortit de l'église, accompagnée d'une amie.

— Lady Caroline ! lança Alice pour attirer son attention.

Mais la femme lui jeta à peine un regard avant de s'éloigner.

— Que sont ces manières ! fit Alice, en colère.

— Peut-être qu'elle ne vous a pas vue, suggéra Melissa.

— Ou qu'elle a choisi de ne pas vous voir, précisa Claudine.

— Que se passe-t-il ? demanda Bella en s'approchant du groupe, son chapeau à la main.

— Je crois que je viens de me faire snober, constata Alice.

— Par nulle autre que Lady Caroline Haig ! ajouta Melissa.

— Devrais-je savoir de qui il s'agit ? demanda Claudine.

— C'est la fille du comte d'Harborne, expliqua Melissa. La famille loue une villa dans les collines.

— Nous les avons rencontrés lorsque nous sommes arrivés, poursuivit Alice. Ils avaient été parfaitement civils.

— J'espère que ce n'est pas à cause de moi qu'elle vous a ignorée, interrogea Claudine, en fronçant les sourcils.

— Je suis sûre que non, fit Bella avec un peu trop d'empressement. Il doit y avoir une explication parfaitement logique à son comportement.

À l'autre bout du perron, Lady Caroline s'entretenait avec le comte Albani. Lorsque celui-ci revint vers les gens de l'hôtel, il remarqua qu'ils le regardaient avec insistance.

— Ai-je raté quelque chose ? demanda le comte.

— Nous parlions des Haig, annonça Bella.

— Il semble que vous connaissiez Lady Caroline, dit Alice.

— Son oncle et moi avons étudié ensemble à Oxford.

Nish nota alors que Bella semblait distraite. En suivant son regard, il vit qu'elle observait l'homme au visage de fouine qui les avait toisés dédaigneusement, Claudine et lui, avant le service.

— Je vous prie de m'excuser, fit Bella en laissant le petit groupe en plan, avant de se frayer un chemin à travers la foule jusqu'à l'Italien.

*

C'est fou comme les choses changent. Un jour, on ne veut pas vous parler, et le lendemain, c'est tout le contraire. Ce fut la réflexion que se fit Cecil lorsqu'il vit Jack arriver dans la bibliothèque, alors qu'il lisait le journal. L'Américain le salua chaleureusement, sans nulle trace de la méfiance qu'il avait eue à son endroit les jours précédents. Tout le monde était parti à la messe. Cecil ne s'était pas donné cette peine et, à l'évidence, Jack non plus.

— Je ne voue un culte qu'à Mammon[3], lui dit-il en guise d'explication.

Croyance que Cecil partageait entièrement.

— Je me demandais si vous aimeriez faire un tour ? fit Jack, sourire aux lèvres, en montrant la clé de sa Bugatti.

— Voilà une excellente idée, répondit Cecil en repliant son journal.

La voiture se comportait admirablement bien dans les virages, malgré l'étroitesse de la route. Bien que terrifié à l'idée de ce qui se produirait si jamais ils rencontraient un autre véhicule, Cecil affichait un air calme. Après tout, Jack semblait savoir ce qu'il faisait.

Ils se garèrent au bord d'une falaise entre Rapallo et Camogli, et contemplèrent en contrebas la multitude de toits en terre cuite et le château laissé à l'abandon plus bas.

---

3. Dans le Nouveau Testament, Mammon est une divinité qui représente la richesse matérielle.

— Il y a des courts de tennis de premier ordre à Rapallo, observa Cecil, qui n'y avait jamais mis les pieds et n'avait fait croire à Bella qu'il aimait ce sport que pour l'impressionner durant leur lune de miel. Et apparemment, il y a une bibliothèque anglaise.

— Vous, les Anglais, vous vous immiscez vraiment partout, s'exclama Jack en souriant. Cela dit, nous aussi

Appuyé contre le capot de sa voiture, Jack alluma une cigarette, tandis que Cecil passait un doigt sur le métal brûlant de la carrosserie.

— Elle a dû vous coûter un bras, déclara-t-il.

— Une telle beauté est une source de joie éternelle.

— C'est ce qu'on dit.

— C'est un modèle Type 35, précisa Jack. Ses roues sont en alliage et ses ressorts sont rattachés à l'essieu avant. Bugatti a remporté le Targa Florio grâce à cette voiture l'an passé. Ce type est un génie.

— Un génie plus fort que Walter Bentley ? rétorqua Cecil qui ne connaissait rien aux automobiles, mais eut soudain un élan de patriotisme.

— Bentley ? fit Jack en riant. Savez-vous comment Bugatti décrit les Bentley ? Les camions les plus rapides du monde.

— Dommage que les Ritals n'en aient pas eu durant la guerre, fit Cecil. Ils se seraient peut-être mieux débrouillés.

— Vous y étiez ?

— Pas à celle-là, répondit-il en songeant à sa brève et peu brillante carrière militaire. La dernière fois que j'ai combattu, c'était à quelques kilomètres de Ladysmith, à la fin du siècle dernier. Et vous, vous avez servi ?

Jack secoua la tête avant de baisser le regard. Cecil sentit un malaise dont Jack n'avait pas envie de parler – pas cette fois du moins.

Cecil vint rejoindre l'Américain contre le capot de la voiture. Il fouilla dans la poche intérieure de sa veste et en sortit une feuille de papier chiffonné.

— À propos du tableau, commença-t-il en lissant le papier.

— Ça ne peut pas être ça, trancha Jack en plissant les yeux.

— Bien sûr que non, dit-il. Ça vient d'un des livres de Lucian.

Jack prit la reproduction et l'étudia attentivement.

— Vénus au miroir, établit-il.

— C'est elle. J'ai mis un moment avant de la retrouver.

— C'est un thème assez commun dans l'art de la Renaissance, affirma Jack.

— Si vous le dites, s'inclina Cecil qui n'aimait pas que les gens fassent étalage d'une expertise qu'il ne possédait pas.

— Donc, relança Jack en reniflant. Votre Rubens n'a pas de titre ?

— Non, et il n'est pas signé, non plus. Malheureusement.

— Hum.

— Est-ce un problème ?

— Ce n'est pas inhabituel pour cette période, affirma Jack en haussant légèrement les épaules.

— Voilà pourquoi on a recours à des gens comme vous, n'est-ce pas ? fit Cecil qui devenait impatient et voulait des réponses plutôt que des sous-entendus.

— Vous savez, lâcha Jack en rendant la feuille de papier à Cecil, il faudrait que mon homme puisse y jeter un coup d'œil pour l'authentifier.

— Naturellement. Je comprends cela. C'est d'ailleurs la raison pour laquelle le tableau est actuellement en route pour l'Italie.

Cette information eut l'effet attendu.

— Vous êtes vraiment sérieux à propos de ce tableau? s'enquit Jack en se tournant vers Cecil.

— Je suis toujours sérieux lorsqu'il est question de gagner de l'argent. Pas vous?

— J'espère, pour vous et pour moi, que vous ne vous donnez pas tout ce mal pour rien, précisa Jack après un moment de silence.

— Ne vous en faites pas mon vieux, répondit Cecil, qui sortit une flasque de sa poche et but une gorgée avant de la tendre à Jack. Je suis sûr que nous trouverons un moyen de profiter de cette affaire.

*

Rêvait-elle ou Danioni se recroquevillait alors qu'elle s'approchait de lui? Comme tous les tyrans, au fond, c'était un lâche qui détestait la confrontation.

— *Signore*, dit Bella, puis-je vous parler?

Comme tout cela se passait en public, au beau milieu de la foule, elle n'avait pas peur et se sentait en pleine possession de ses moyens.

Il s'inclina en signe d'assentiment et s'excusa auprès de ses deux compagnons, qui échangèrent un regard entendu.

— Je dois vous remercier pour la merveilleuse surprise que vous m'avez faite ce matin, poursuivit Bella.

— Je ne comprends pas, *Signora*.

— Oh, je crois que vous comprenez parfaitement bien, au contraire. Vous m'avez dit vous-même que rien ne se passe dans cette ville sans que vous soyez au courant.

— C'est possible, lâcha-t-il en penchant la tête.

— Alors, peut-être que vous me direz ce que je dois faire pour régler ce problème. Je ne peux pas diriger mon hôtel sans approvisionnement.

Il détourna la tête. Bella suivit son regard et vit une femme en robe bleue qui les observait attentivement depuis les marches de l'église. Danioni lui fit un signe de la main auquel elle répondit de la même manière.

— Mon épouse, dit-il.

— Sait-elle que vous me faites chanter ?

— Quelle horrible expression ! s'exclama-t-il en grimaçant. Nous ne croyons pas au chantage en Italie, *Signora*.

— À quoi croyez-vous donc, alors ?

— À la *furbizia*.

— Je ne connais pas ce mot.

— Débrouillardise. C'est ce qui nous permet de nous nourrir. D'acheter des robes pour nos femmes. (Il jeta un coup d'œil à sa femme.) De jolies robes. Et des bijoux. Comme les *zaffiri*.

— Des saphirs ?

Il ne dit rien, mais posa les yeux sur la main de Bella où une bague sertie d'un saphir brillait au soleil.

— *Si. Zaffiri*. Ma femme les adore.

*

Devant l'évier, Constance faisait rire Betty aux éclats en manipulant les mâchoires d'un poisson comme si elle le faisait parler. Elles interrompirent leur petit jeu dès qu'elles virent Bella entrer dans la cuisine, mais leurs visages trop solennels portaient encore les marques de leur joie.

— Je suis heureuse de voir que vous allez mieux, Betty.

— Merci, Mrs Ainsworth. Je me sens à nouveau moi-même.

Constance trouvait que Bella avait l'air tracassé. Elle était à la fois agitée et absente, et ne cessait de tripoter le majeur de sa main droite. *Cette femme a des soucis*, pensa-t-elle. *Ces problèmes de livraison lui pèsent, c'est certain* – comme si diriger un hôtel n'était pas déjà assez difficile en soi.

Sa patronne sembla toutefois se rasséréner lorsqu'elle remarqua le tas de poissons frais et luisants sur la table.

— Quelqu'un a travaillé fort, déclara Bella.

— C'est Billy, m'dame, dit Constance.

— Seigneur ! A-t-il attrapé tout cela tout seul ?

— Non, m'dame. Il connaît des types au port. Ils s'entraident.

— Remerciez-le pour moi. Ça va être délicieux pour le souper.

— Je n'y manquerai pas, m'dame.

— Merci, Constance. Et Betty, on m'assure que les livraisons reprendront demain matin.

— Je suis très heureuse d'entendre cela, m'dame.

Bella était sur le point de quitter la cuisine lorsqu'elle remarqua le poisson qui avait tant fait rire ses domestiques.

— Mon Dieu ! Qu'il est laid celui-là !

— Il ressemble comme deux gouttes d'eau à mon oncle Albert, qui était très laid, lui aussi, fit Constance.

— Espérons qu'il soit meilleur au goût qu'il n'en a l'air.

— Je me creusais justement les méninges pour savoir comment le cuisiner, admit Betty. J'allais jeter un coup d'œil dans ce livre…

— Artusi ?

— Exactement.

Sur ces entrefaites, Paola, qui était entrée dans la cuisine pour chercher brosses et balais, et allait ressortir, s'arrêta net.

— Artusi ? Bof ! dit-elle en gonflant les joues et en secouant la tête.

Clairement, elle avait une opinion sur la question.

Bella lui demanda en italien ce qu'elle pensait du chef italien, et il s'avéra qu'elle le détestait.

— Apparemment, traduisit Bella à l'intention des deux autres, c'est un vieux fou qui n'y connaît rien. Paola me dit aussi que le poisson pêché par Billy et ses amis est du grondin et que c'est délicieux, surtout en ragoût. Et Betty, si vous n'y voyez pas d'inconvénient, elle aimerait essayer quelque chose.

— Pas du tout, répondit Betty en montrant du bras le tas de poissons. Elle est la bienvenue.

Paola déposa ce qu'elle transportait et se mit à examiner les poissons l'un après l'autre, à la recherche de défauts et de parties gâtées. Mais ses grognements et ses hochements de tête indiquèrent qu'elle était satisfaite. Elle ne rejeta que quelques spécimens gluants.

Bella et Betty échangèrent un regard.

— Peut-être qu'un sous-chef vous serait utile ce soir ? suggéra Bella.

— C'était justement ce que je me disais, m'dame.

— Est-ce que je lui demande ?

— Je pense qu'elle ne se fera pas prier.

— Merveilleux, s'exclama Bella en tapant des mains, l'air ravi. Ce sera un repas spécial, sur le thème « Goûts d'Italie ».

Depuis son arrivée chez les Ainsworth, Constance aidait les autres domestiques à faire le service au souper, une fois Lottie au lit. Elle avait appris le service à la française[4] chez son ancien employeur, mais Bella préférait un service plus simple. Il fut donc convenu que Betty préparerait les assiettes dans la cuisine, et que Constance et Billy les apporteraient dans la salle à manger.

Lottie, qui avait entendu parler du ragoût de poisson, se mit en colère lorsqu'elle comprit qu'on ne lui permettrait pas de rester debout pour en manger.

— Les enfants italiens ne sont pas obligés d'aller se coucher aussi tôt que moi, se plaignit-elle à Constance.

— Mais tu n'es pas italienne, souligna Constance. Nous faisons les choses autrement. De plus, ta mère ne serait pas contente de te voir courir partout pendant le service.

— Je ne courrai pas partout, promit Lottie, dont les yeux s'emplirent de larmes.

En fin de compte, Bella accepta que Lottie participe à la préparation de la salle à manger. La petite fille était adorable dans sa robe de lin bleu ciel, ornée d'un col en liseré blanc.

---

4. Méthode selon laquelle, pour chaque service, les domestiques apportent la nourriture dans des plats de service et servent chaque convive selon ce qu'il souhaite, par opposition à une méthode de service de plats individuels.

Alice, Constance et elle étendirent les nappes fraîchement amidonnées, mirent les couverts et déposèrent des bols remplis de fleurs au centre de chaque table. Alice montra aussi à Lottie comment plier des serviettes de table.

Pendant qu'elles s'affairaient ainsi, quelqu'un mit un disque sur le gramophone, et la musique emplit doucement toute la maison. C'était de l'opéra. Constance avait toujours trouvé que c'était de la musique de riches à laquelle elle ne comprenait rien. Elle en avait entendu à l'occasion sur la TSF et ne croyait pas qu'on pouvait en écouter délibérément. Mais pour la première fois de sa vie et malgré la barrière de la langue, elle eut l'impression de saisir la mélancolie, les émotions tumultueuses et le désir ardent exprimés dans le morceau. Elle sentit son cœur se serrer à la pensée de tout ce qu'elle avait laissé derrière elle, et elle dut fournir un effort pour ne pas se laisser envahir par la tristesse.

Paola avait cuisiné tout l'après-midi. En retrait pour ne pas la gêner, Betty l'avait observée et avait pris des notes.

— Elle est douée, répétait-elle. Elle est très douée. Elle met du paprika dans tout.

Il était rare que tous les clients soient présents au souper. Il y en avait toujours un ou deux qui décidaient d'aller dans un des nombreux restaurants de Portofino. Mais ce soir, tous voulaient expérimenter les « Goûts d'Italie ».

Ils s'installèrent dans la salle à manger vers vingt heures, après avoir pris l'apéritif, excités et impatients. De délicieux arômes s'étaient échappés de la cuisine tout l'après-midi.

Paola versa de généreuses louches de ragoût dans de grands bols peu profonds que Constance et Billy transportèrent précautionneusement jusqu'à la salle à manger. Constance servit d'abord Roberto et le comte Albani, qui inhala le fumet se dégageant de son bol.

— Ma chère, dit-il à Constance en posant une main légère sur son bras, dites-moi ce que c'est.

— C'est un ragoût de poisson ligure à base de grondin, de rouget et de pétoncles, répondit-elle.

Elle avait bien appris sa leçon, car elle s'attendait à ce genre de question. Elle omit cependant de mentionner les langoustines, car elle ne savait pas comment prononcer ce mot.

— Excellent ! commenta le comte. Et est-ce que je me trompe en disant qu'il y a aussi du fenouil ?

— Vous ne vous trompez pas, monsieur.

— Et dites-moi, ajouta-t-il en lui faisant signe de s'approcher pour qu'il lui puisse parler à l'oreille. Est-ce une préparation de Betty ou de la *signora* Paola ?

— Disons que c'est une œuvre conjointe, monsieur.

Le comte éclata de rire.

— Quelle diplomate ! Un atout précieux dans un établissement comme celui-ci.

Comme Billy avait perdu à la courte paille, ce fut lui qui servit Julia et Rose. Les deux femmes semblèrent trouver le repas à leur goût. Constance vit Rose cueillir une langoustine entière dans son bol et la montrer à sa mère qui ouvrit de grands yeux.

À l'autre bout de la pièce, Lady Latchmere contemplait son bol d'un air très perplexe, mais une expression de ravissement apparut sur son visage lorsqu'elle prit sa première cuillérée.

Lorsque, vers la fin du service, Constance alla à la cuisine changer de tablier, elle vit Billy sortir. Il allait sans doute rejoindre ses nouveaux amis. Pourvu qu'ils ne lui fassent pas faire de bêtises. Billy était très jeune. Elle avait connu des garçons comme lui au village, toujours à la recherche d'aventures, mais jamais assez avisés pour savoir quand arrêter.

Tout compte fait, on avait probablement dit la même chose d'elle.

Même si elle avait pratiquement préparé tout le repas, Paola aida généreusement Betty et Constance à laver la vaisselle et à ranger. Les trois femmes étaient fatiguées, mais elles travaillèrent dans un silence serein. Lorsqu'elles eurent fini, Betty enleva son tablier en souhaitant bonne nuit aux deux autres.

— *Buona notte*, Elizabetta, dit Paola.

— Tu nous as rendu un fier service ce soir, mon petit, déclara une Betty rayonnante.

Il était évident que Paola n'avait pas tout compris, mais elle serra Betty dans ses bras.

Une fois la cuisinière partie, l'atmosphère se refroidit. Manifestement, Paola pensait qu'il y avait quelque chose entre Constance et Lucian. Mais c'était un malentendu, car il n'y avait rien entre eux. N'est-ce pas ?

— *Buona notte*, Paola, lança Constance avant de quitter la cuisine.

Mais Paola ne dit rien.

Dans sa chambre, Constance mit sa chemise de nuit et s'assit à sa coiffeuse. Dans le miroir, elle étudia son visage avec une sévérité que d'autres auraient jugée injustifiée. Elle avait toujours détecté ses défauts plus facilement que ses qualités. Ou alors peut-être que cela lui convenait d'être brutale – comme si elle ne méritait pas mieux. C'était sans doute le cas après ce qui lui était arrivé. Et pourtant, ce n'était pas elle la fautive. Ah ça non, vraiment pas !

En prenant bien soin de ne pas briser le fermoir, elle retira la chaîne qu'elle portait toujours à son cou et au bout de laquelle pendait un médaillon. Elle l'ouvrit pour regarder la minuscule photo de Tommy, prise quand il avait six mois. Ils avaient dû aller jusqu'à Keighley pour ce portrait, et le petit chenapan avait pleuré durant tout le trajet. Elle sourit en embrassant la photo puis, malgré la fatigue qu'elle ressentait jusque dans ses os, elle entreprit d'écrire la lettre à laquelle elle avait pensé toute la journée.

Très chère maman, j'ai
tellement de choses à te raconter…

*

Dans sa salle de bains, Bella passait un coton sur son visage pour se démaquiller. Cecil était sorti. Il était le seul à avoir raté le ragoût de poisson. À une certaine époque, il aurait pourtant aimé participer à ce genre d'événement. Cela aurait été un plaisir qu'ils auraient partagé.

Tout cela appartenait au passé. Bella n'avait nulle envie de partager ses plaisirs actuels : poker et brandy. Mais ce qui l'exaspérait plus que tout, c'était la façon dont le comportement de son mari lui donnait le mauvais rôle – celui de l'antipathique dame Abstinence qui le sermonnait sur les méfaits de l'alcool.

Elle sursauta violemment lorsqu'elle entendit un grand fracas venant de quelque part près de la cuisine.

Elle pensa immédiatement à Cecil. Qu'était-il encore en train de manigancer ? Lorsqu'elle ne le vit pas apparaître dans la pièce au bout de quelques minutes, elle enfila une robe de chambre et descendit voir de quoi il retournait.

L'obscurité était totale dans la cuisine. Elle ouvrit la lumière et constata que la pièce était d'une propreté irréprochable, résultat de l'excellent travail de ses employées. Elle était sur le point d'éteindre et de remonter se coucher lorsqu'elle entendit à nouveau un bruit.

Un grognement.

Elle sentit son cœur s'arrêter, puis se remettre à battre tellement fort qu'elle en eut la nausée.

— Qui est là ?

S'armant d'une grosse louche en métal, elle fit quelques pas dans la pièce.

— C'est toi, Cecil ?

Elle avança résolument, tenant la louche comme une arme, prête à frapper s'il le fallait, lorsqu'elle vit quelqu'un se recroqueviller sous la table. Elle se pencha, vit deux personnes qui tentaient de se cacher et en reconnut une.

— Billy !

— Je suis désolé, m'dame.

Il avait une ecchymose sur la joue et ses vêtements étaient déchirés. Sur ses genoux, il soutenait la tête ensanglantée d'un garçon d'environ son âge. Celui-ci avait le visage tuméfié et les cheveux gluants à cause du sang. Ses yeux n'étaient plus que deux fentes.

— Qu'est-ce qui se passe ? demanda Bella, sous le choc.

— Je vous en prie, m'dame, ne vous fâchez pas, la supplia Billy. Je ne savais pas quoi faire.

— Qu'est-ce qu'il fait ici, Billy ? Que lui est-il arrivé ?

— Oh, Mrs Ainsworth, dit-il, sa voix se brisant. Ce sont les fascistes. Ils l'ont battu sans raison.

Chapitre 6

Un violent orage éclata cette nuit-là. Le vent secoua les palmiers et la pluie fit déborder les gouttières. Niché dans les collines et illuminé par de longs filaments d'éclairs, l'hôtel Castle Brown avait l'air en feu.

Constance n'avait jamais vécu de tels orages. Elle n'avait pas peur, mais n'arrivait pas à dormir. Chaque coup de tonnerre faisait trembler les fenêtres.. Alors qu'elle se retournait pour tenter une nouvelle fois de s'endormir, on cogna à sa porte.

C'était Billy. Il était encore tout habillé, et la chandelle qu'il tenait à la main éclairait son visage blessé.

— Mon Dieu ! Billy ! Que se passe-t-il ?

— Mrs Ainsworth demande que tu descendes à l'écurie, dit-il d'une voix monocorde à force d'être maîtrisée. Apporte une bassine d'eau chaude et des serviettes.

Il tourna les talons et s'en fut avant qu'elle ait pu lui poser d'autres questions.

Constance attacha ses cheveux et enfila une robe de chambre. Elle traversa la cour sous la pluie, dans l'air humide et brumeux. À travers les nuages, la lune projetait une lumière tremblotante sur les pavés. Elle faillit se heurter à Nish, qui répondait à la même sommation. D'une main, il tenait une sacoche de médecin en cuir brun et, de l'autre, il attachait un bouton récalcitrant d'une chemise qu'il avait apparemment revêtue à la hâte.

— Que se passe-t-il, Mr Sengupta ? lui demanda-t-elle.

— Je n'en sais rien, répondit-il, l'air fatigué. Je dois avouer que je rêve d'une nuit de sommeil complète.

— Que voulez-vous dire ?

— On dirait que je suis passé de client à médecin de l'hôtel, précisa-t-il, avant d'ajouter rapidement : Pas que je veuille me plaindre…

Billy vint à leur rencontre et les guida vers la vieille écurie où on logeait les chevaux à calèches. Un nouveau coup de tonnerre se fit entendre, immédiatement suivi d'un sourd cri de terreur.

— C'est Lucian ? fit Nish, en s'arrêtant.

Constance et lui se tournèrent en même temps vers les logements des domestiques, à l'autre bout de la cour, là d'où semblait provenir le cri.

— Il déteste le tonnerre, reprit Nish, soudain gêné. Ça lui rappelle la France.

Oui, pensa Constance. *Ça doit être terrible, intolérable. Mais que fait Lucian dans cette partie du domaine, alors que sa chambre est dans l'immeuble principal ?*

Elle faillit poser la question à Nish, mais se rendit compte qu'elle connaissait parfaitement bien la réponse. La vérité lui avait pendu au bout du nez, mais elle avait été trop idiote et naïve – et probablement trop crédule – pour la voir. Pas étonnant que Paola la déteste !

Ce n'était pas le moment de réfléchir à ce genre de choses. À la porte de l'écurie, Bella les exhortait tout bas à se dépêcher.

Dans une des stalles, ils découvrirent un garçon de l'âge de Billy, étendu sur un lit de paille improvisé.

Il gémissait de douleur. En s'efforçant de demeurer calme, Constance s'agenouilla à côté de lui. Les vêtements usés du garçon étaient tachés de sang. Son visage pâle était tellement enflé qu'on avait peine à distinguer ses traits. Il était totalement immobile, comme si le moindre mouvement le mettait à l'agonie. Constance trempa un linge dans la bassine et tenta de lui nettoyer doucement le visage. Il gémissait chaque fois qu'elle le touchait. Elle en avait le cœur brisé. Qui avait bien pu faire cela à ce garçon ?

— Attendez, la pria Nish en s'accroupissant à côté d'elle. Je vais lui donner quelque chose pour atténuer la douleur.

Il fouilla dans sa sacoche et en sortit une seringue qu'il emplit à partir d'une petite bouteille.

— Remontez sa manche et tenez-lui bien le bras, demanda-t-il à Constance, avant de se tourner vers Bella pour lui expliquer qu'il faisait une injection d'un quart d'once de morphine, comme s'il lui demandait son autorisation.

— Faites le nécessaire.

Le bras du garçon se tendit lorsque l'aiguille transperça la peau, mais en quelques minutes, il cessa de gémir et

Constance put finir de lui laver la figure. En passant une main apaisante dans ses cheveux foncés, elle eut l'impression qu'elle caressait la fourrure d'un chat.

Elle resta auprès de lui environ une heure, avant que Bella l'appelle.

— Vous en avez assez fait, ma petite, lui chuchota-t-elle.

La tempête était terminée. Les oiseaux commençaient à chanter dans les collines. Nish, Constance et Bella se réunirent à la porte de l'écurie. Billy était parti en ville avertir la famille du garçon.

— Comment va-t-il ? demanda Bella à Nish.

— Il est stable, mais toujours faible. Il a perdu beaucoup de sang.

— Va-t-il s'en sortir ?

— Il est jeune et solide. Je crains en revanche que sa vue soit affectée.

C'est à ce moment que Billy revint, suivi par deux Italiens d'âge moyen. Ils poussaient une charrette à bras qui faisait un bruit de crécelle sur les pavés. Ils touchèrent leur chapeau en passant devant Bella, puis ils entrèrent dans l'écurie.

— Qui sont-ils ? questionna Bella.

— Il vaut mieux que vous ne le sachiez pas, Mrs Ainsworth.

Constance suivit les hommes qui discutaient vivement en italien. Ils soulevèrent le garçon endormi en le prenant par les pieds et les épaules, et le déposèrent sans ménagement dans la charrette rouillée, ce qui le fit crier de douleur.

— Faites attention ! s'écria Constance, mais ils l'ignorèrent et couvrirent le corps du garçon d'une bâche, comme s'il était déjà mort.

Cette scène troubla Nish également.

— Il doit absolument voir un médecin, dit-il à Bella. Dites-leur, je vous en prie !

Elle s'exécuta. L'un des deux hochait la tête, l'air de comprendre, ce qui était encourageant. Puis, ils repartirent comme ils étaient venus, en poussant la charrette sans cérémonie.

— Va te laver, ordonna Bella à Billy.

— Oui, m'dame.

— Ensuite, je veux te voir avec Constance dans mon bureau. Tu as des explications à me donner, jeune homme.

Billy s'éloigna. Constance ramassa les bols et les serviettes dont elle s'était servie, en tendant l'oreille vers Nish et Bella qui parlaient tout bas. Elle se sentait nerveuse. Pourquoi Bella voulait-elle la voir ? Qu'avait-elle fait de mal ? Elle avait simplement voulu se rendre utile... Peut-être qu'elle n'avait pas fait les choses assez rapidement.

— Billy vous a-t-il dit autre chose ? demandait Nish. Sur ce qui s'est passé ?

— Seulement ce que je vous ai dit. Ce sont les brutes de Mussolini qui l'ont tabassé.

— Dans cette petite ville endormie !

— Oh, Nish ! souffla Bella, exaspérée. Ne voyez-vous pas ? Ils sont partout !

*

Une atmosphère de tribunal régnait dans le bureau de Bella. Avec ses murs vert délavé et son étroit meuble à tiroirs, la pièce typiquement anglaise rappelait à Constance tous les bureaux de gouvernante par où elle était passée. L'univers italien s'arrêtait au seuil de cette pièce, qui représentait vaguement les règles, l'argent et les émotions réfrénées, et où le soleil peinait à entrer à travers la petite fenêtre à battant.

Bella n'est pas heureuse dans ce bureau, réalisa Constance. Puis, elle se dit que c'était présomptueux de sa part de juger de l'humeur et de sentiments de Bella, d'imaginer ce qu'elle ressentait par rapport à sa famille, à l'hôtel et à l'Italie.

Constance se remémora leur premier contact dans la cuisine, quand Bella lui avait fait goûter la tapenade. Elle se rendit compte qu'en réalité, elle souhaitait ardemment que toute formalité disparaisse entre elles, que Bella s'ouvre à elle.

Comme si elle était son égale, non sa domestique.

Constance et Betty se tenaient en retrait, alors que Billy et Bella étaient assis de part et d'autre du bureau. Bella faisait preuve d'une patience plus effrayante qu'une colère exprimée.

— Pourquoi l'as-tu amené ici, Billy ? demanda-t-elle.

— Je pense que j'ai paniqué, m'dame.

— Est-ce qu'on vous poursuivait ?

— Oui.

— Qui ?

— Trois ou quatre types.

— Savent-ils que tu travailles ici ?

— Non, m'dame.

— C'est déjà ça, fit Bella.

Elle resta ainsi à réfléchir silencieusement pendant quelques instants.

— Je sais que tu avais de bonnes intentions en faisant ce que tu as fait, Billy, reprit-elle enfin. Mais ça ne doit plus se reproduire.

— Je vous le promets, m'dame.

— La situation est très compliquée en Italie et nous ne devons pas avoir l'air de prendre parti. Tu comprends ?

Il hocha la tête.

— C'est bon, tu peux y aller.

Avant de sortir, il jeta un coup d'œil à sa mère.

— Je suis désolé, m'man, balbutia-t-il.

— Je ne suis pas capable de te regarder, trancha Betty, froide et impassible.

Constance sentit son cœur se serrer pour la mère et le fils, mais surtout pour Billy. Il était si jeune, jeune comme elle-même se sentait certains matins, ces matins où elle n'avait qu'une seule envie : courir, danser, lancer quelque chose dans les airs. Pour oublier qu'elle avait vingt ans et qu'elle était déjà mère.

Une mère absente, en plus.

— Je ne sais pas quoi dire, m'dame, poursuivit Betty, une fois Billy parti.

— Vous n'avez rien à dire, Betty. Ce n'est pas votre faute.

— Ses frères avaient l'habitude de le ramener à l'ordre quand il dépassait les bornes. Mais maintenant... Eh bien, c'est difficile pour une femme seule de gérer un garçon de cet âge.

— Billy vous fait honneur, Betty, assura Bella en radoucissant le ton. Il est avide d'aventures, c'est tout.

Lorsque Betty quitta la pièce, Constance se prépara à se faire tancer à son tour. Elle y était habituée. Mais cette fois, elle avait honte d'avoir déçu Bella sans s'en apercevoir.

À moins qu'elle se soit trompée… Le sourire – car c'en était bel et bien un – que lui adressait sa patronne était chaleureux.

— Je veux vous exprimer toute ma gratitude, Constance, énonça Bella.

Bella se serait-elle dénudée devant elle que Constance n'aurait pas été plus surprise.

— Ce n'est rien, Mrs Ainsworth, réussit-elle à énoncer.

— Et je souhaite que vous fassiez preuve de discrétion sur ce qui s'est passé.

— Vous pouvez compter sur moi, m'dame.

— Bien entendu, je ne supporte pas l'injustice, reprit Bella en jetant un coup d'œil par la fenêtre. Surtout quand elle est pratiquée à coup de pied ou de poing.

— Je comprends, m'dame. Moi non plus je ne supporte pas l'injustice, déclara Constance en se demandant où cette étrange conversation les menait.

— En toute autre circonstance, j'irais sur-le-champ demander des comptes à Mr Danioni. Et je lui mettrais de la pression.

— J'en suis convaincue, Mrs Ainsworth.

— Mais j'ai tout investi dans cet hôtel. Pour en faire une réussite. Et je ne sais pas ce que je ferais si j'échouais.

— Je comprends, m'dame.

— Mon Dieu, s'exclama Bella, embarrassée. Que devez-vous penser de moi ? Je suis là à vous confier mes ennuis, alors que nous sommes pratiquement des étrangères !

— Pas du tout, m'dame.

En fait, Constance était ravie de voir à quel point les formalités s'érodaient entre elles.

— Merci, Constance, ajouta Bella en se levant et en indiquant qu'elle passait à quelque chose de plus léger et frivole. Allons nous occuper de ce thé. Le comte Albani insiste pour que nous l'organisions et que nous fassions admirer nos gâteaux aux gens du coin.

*

Elles retrouvèrent Betty et Alice dans la cuisine, en train de discuter du menu et de la répartition des rôles. Constance espéra qu'on l'enverrait en ville faire quelques courses. Elle aimait qu'on lui confie ce genre de mission et, de plus, elle avait besoin de se retrouver seule, pour réfléchir aux paroles de Bella qui résonnaient dans sa tête.

— Où est Lottie ? demanda Alice lorsqu'elle aperçut Constance.

— Je ne sais pas. J'ai…

— Vous êtes sa nounou, non ? Pourquoi êtes-vous ici ? s'enquit-elle en la regardant des pieds à la tête. Dans votre robe de chambre, en plus ?

— Elle m'aide, Alice. Elle m'aide beaucoup en fait, expliqua Bella en venant à la rescousse de Constance.

— Bon, fit Alice qui se dégonfla, donnant ainsi à Constance une idée de l'enfant morose et insatisfaite qu'elle avait dû être. Le fait est que je me demande si ce thé est une bonne idée.

— Ça ajoute une corde à notre arc, assura Bella.

— Mais Betty est un peu bousculée !

— Je suis ravie de tenter le coup, insista Betty, un peu vexée. Vous savez à quel point j'aime faire de la pâtisserie.

— Vous n'aviez pas l'air contente l'autre jour, pourtant, rétorqua Alice en faisant la tête.

— Je peux vous aider, offrit rapidement Constance. Évidemment, je n'ai pas les compétences de Betty, mais je peux faire des biscuits ou même un Parkin[5] si on insiste.

— Merci Constance, mais je ne crois pas que les bonnes gens de Portofino soient prêtes pour le Parkin, fit Bella en souriant de façon encourageante, tandis qu'Alice ne pipait mot.

— Je prendrai toute l'aide qu'on m'offrira, mon petit, insista Betty.

— Alors, tu vas t'en occuper? demanda Bella à Alice.

— Oui, mère.

— Et tu vas parler au comte Albani ? Il a des idées précises sur ce que nous devrions servir.

— Est-ce vraiment nécessaire? osa Alice en soupirant. J'aimerais mieux décider toute seule.

— Il s'est vraiment montré insistant.

— J'ai de la difficulté à croire qu'il soit intéressé à ce point aux gâteaux...

— Eh bien, reprit Bella, ce ne sont peut-être pas les gâteaux qui l'intéressent.

Un interminable silence suivit. Il fut brisé par Betty qui tentait de réprimer un fou rire. Constance, qui ne savait pas où se mettre, se concentrait sur ses doigts qui avaient conservé des traces du sang du jeune Italien.

---

5. Sorte de pain d'épices originaire du Yorkshire, populaire en Angleterre.

Le visage cramoisi, Alice se détacha du groupe et finit par s'appuyer contre la table enfarinée où Betty avait tenté de fabriquer des gnocchis.

On avait l'impression que Bella avait oublié qu'elles étaient en présence de domestiques. Ou peut-être, comme le pensa Constance avec un frisson de joie, qu'elle n'en avait cure.

*

Lucian et le cocher attendaient les Drummond-Ward depuis une bonne demi-heure. Elles émergèrent enfin de l'hôtel, croulant sous les sacs et les parasols, se reprochant mutuellement leur retard.

C'est Rose qui n'en finissait plus de se coiffer…

Non, non, c'était parce que Maman avait apporté les mauvaises chaussures…

Lucian se demandait s'il était sage pour les Drummond-Ward de se lancer dans une visite touristique de Gênes avec Baedeker pour seul guide. Il leur avait bien proposé ses services, mais elles avaient décliné son offre, sous prétexte qu'elles souhaitaient découvrir elles-mêmes la « vraie Italie » – probablement, une Italie de boutiques et de salons, plutôt que la sienne, faite de galeries d'art et de musées.

Qu'à cela ne tienne, il les avait attendues pour les saluer, comme le consciencieux gendre que ses parents voulaient qu'il devienne.

— Si le temps vous le permet, dit-il à Julia en l'aidant à grimper dans la calèche, je vous recommande d'aller au *Palazzo Bianco*. Vous pourrez y admirer un extraordinaire tableau du Caravage.

— Nous avons beaucoup de courses à faire, rétorqua Julia, qui masquait mal son ennui. Rose n'a rien de convenable à porter pour ce thé dont tout le monde parle.

— Le Palais des Doges vaut aussi une visite, insista Lucian, persévérant. L'extérieur, du moins.

— Qu'est-ce qu'un Doge ? demanda Rose en fronçant les sourcils, ce qui lui faisait plisser le nez de manière adorable.

— Une sorte de roi élu.

— Gênes avait son propre roi ? fit-elle en ouvrant grand les yeux.

— À une époque, commença Lucian, ravi de provoquer ce minimum d'intérêt, Gênes était la république la plus redoutée de la région méditerranéenne. Si ma mémoire est bonne, le vieux Joe Green a même écrit un opéra sur l'un des fameux Doges de Gênes.

— Mon mari a une loge à Covent Garden, Mr Ainsworth, répliqua Julia, sceptique, et je n'ai *jamais* entendu parler d'un dénommé Joe Green, jeune ou vieux.

— Giuseppe Verdi ?

La blague tomba à plat.

— Ah, fit platement Julia. Vous faites de l'humour.

— Je ne comprends pas, dit Rose.

La calèche s'en fut, laissant Lucian à son irritation vaguement paniquée.

Il s'accommodait de ses tête-à-tête avec Rose, car il pouvait toujours la regarder s'il s'embêtait.

Il pouvait aussi tolérer Julia seule, car il avait connu beaucoup de femmes dans son genre et, en quelque sorte, était immunisé contre elles.

Toutefois, les deux, ensemble, l'exténuaient.

En rentrant à l'hôtel, il vit Plum en sortir. Son idole se dirigeait tout droit vers lui, ce qui, à n'importe quel autre moment, lui aurait fait immensément plaisir.

— Ainsworth ! appela Plum. L'homme que je cherchais. Pourriez-vous m'organiser une sortie ?

— À cheval ?

— Grands dieux ! Non ! À bicyclette ! J'étais dans l'infanterie, pas avec les âniers !

— Excusez-moi, dit Lucian, sidéré par l'emportement de Plum.

— Ce serait une façon de m'entraîner. De muscler ces vieilles jambes, en vue de mon prochain match.

— Je vais voir ce que je peux faire.

— Brave homme !

— En échange, est-ce que vous me prêteriez deux raquettes ? demanda Lucian, pris d'une inspiration subite.

— Avec joie, mon vieux. J'en transporte toujours plusieurs lorsque je suis en déplacement.

Ils rentrèrent ensemble à l'hôtel. Les espoirs de Plum furent déçus lorsqu'il comprit que Lucian n'avait pas joué au tennis depuis longtemps. Celui-ci n'entra pas dans les détails, car il lui aurait fallu parler d'os en mille morceaux et de chirurgie plastique expérimentale. Les gens voulaient rarement en savoir autant.

— Je voudrais battre ma nièce, déclara Lucian.

Puis l'attention de Plum fut détournée par Bella qui, à la réception, faisait le tri du courrier qu'elle venait d'apporter de son bureau.

— Rien pour moi ? lui demanda-t-il.

— Je crains que non, constate-t-elle en souriant. Vous attendez quelque chose ?

— Une lettre d'Angleterre.

— Je suis sûre qu'elle finira par arriver, quoique la poste ici ne soit pas la plus fiable qui soit. C'est le moins qu'on puisse dire.

Plum avait l'étrange habitude de regarder les gens avec insistance quand il leur parlait, comme s'il cherchait à percer leur mystère. Lucian remarqua qu'il observait ainsi Bella tandis qu'elle rangeait la clé de son bureau dans un tiroir de la réception.

— Ce n'est pas grave, assura-t-il. Peut-être qu'elle arrivera demain.

— J'en suis certaine.

Une fois Plum parti, Bella tendit une enveloppe à Lucian.

— Une pour toi, reprit-elle en continuant de passer les autres en revue. Et une… deux… trois pour ton père.

Mère et fils échangèrent un regard entendu lorsqu'ils virent que l'une d'elles provenait du *Casino di Sanremo*.

— Permets-moi de les lui apporter, trancha Lucian en lui prenant les enveloppes des mains.

— Ne te dispute pas avec lui.

— Pourquoi est-ce que je ferais ça ?

Il découvrit son père dans la bibliothèque, en train de lire le journal.

— Qu'y a-t-il ? fit Cecil en fronçant les sourcils.

— Maman m'a demandé de te donner cela.

Lucian, qui avait mis la lettre du casino sur le dessus, prit plaisir à voir Cecil se rendre compte que son fils l'avait sans doute remarquée.

Mais Cecil prit le parti de faire comme si de rien n'était. Il glissa les enveloppes dans la poche intérieure de sa veste.

— Merci, conclut-il. Je m'en voudrais de te retenir.

*

Bella distribua le reste du courrier elle-même, gardant l'enveloppe la plus intrigante pour la fin. Elle était adressée à Alice et son cachet indiquait que l'expéditeur était de la région. C'était une grosse enveloppe couleur crème admirablement calligraphiée.

Elle retrouva sa fille dans le salon, en compagnie de Melissa et de Lady Latchmere. Elles formaient un curieux trio, leurs mines sombres rappelant à Bella une sculpture funéraire qu'elle avait vue à la cathédrale Saint-Paul.

Le visage d'Alice s'éclaira cependant à la vue de cette enveloppe.

— Mon Dieu ! s'exclama-t-elle en la tenant comme si c'était un objet sacré, pendant ce qui sembla une éternité à Bella.

— Tu ne l'ouvres pas ?

— Ne me bouscule pas ! rétorqua Alice.

Elle l'ouvrit lentement, ravie de l'attention qu'elle attirait ainsi – même le comte Albani se tenait dans l'embrasure de la porte et l'observait de son regard intense. L'épais papier était recouvert d'une écriture minuscule et compacte.

— C'est de Lady Caroline ! s'écria Alice, peinant à contenir sa surprise et son enthousiasme.

— Que dit-elle ? s'enthousiasma Melissa à son tour. Oh, Alice ! Ne nous faites pas languir !

— Chère Mrs Mays-Smith, veuillez me pardonner de ne pas vous avoir écrit avant aujourd'hui. Je souhaitais vous remercier de nous avoir appelés à la Villa Franchesi l'avant-dernière semaine…

— Tu n'as pas besoin de nous la lire au complet, ma chérie, l'interrompit Bella.

Alice survola le reste de la lettre en silence.

— Sa mère nous invite pour un souper léger, finit-elle par dire.

— Nous tous ? demanda Melissa.

— Vous, ma chère Melissa. Et votre tante…

— Ah bon ? s'étonna Lady Latchmere, incertaine.

— Et Maman et Papa, et le comte Albani. Et les Drummond-Ward.

— Est-ce que je connais ces gens ? demanda Lady Latchmere.

Melissa lui expliqua patiemment que Lady Caroline était la fille du comte d'Harborne.

— La comtesse souhaite faire votre connaissance, Lady Latchmere, expliqua Alice.

— Humm, fit Lady Latchmere. Est-ce loin d'ici ?

— Une courte balade en calèche, précisa Bella.

— Mais je ne sors pas après la tombée de la nuit.

— Oh, je vous en prie, ma tante ! fit Melissa, sans pouvoir complètement cacher son exaspération.

— Si je puis me permettre, lâcha le comte Albani en avançant dans la pièce. Je pourrais m'y rendre dans la même calèche que vous, Lady Latchmere, et vous offrir ma protection.

— Votre protection ? répéta Lady Latchmere, en faisant un léger grognement. Eh bien…

— Et quand ce grand événement aura-t-il lieu ? demanda Bella.

Alice poussa un petit cri après avoir jeté un nouveau coup d'œil à la lettre.

— Le 21, annonça-t-elle. C'est jeudi !

— Eh bien ! fit Bella qui n'avait pas vu Alice aussi animée depuis fort longtemps. Tu ferais mieux d'aller avertir Betty pour qu'elle ne cuisine pas trop ce soir-là.

— Et choisir une tenue, ajouta Alice.

Cette lettre a vraiment produit un effet extraordinaire, pensa Bella en regardant Alice et Melissa se précipiter hors de la pièce bras dessus, bras dessous. Elles faillirent même renverser le comte Albani, qui sourit en se caressant le menton de ses longs doigts effilés. Comprenant soudain de quoi il retournait, Bella lui lança un regard amusé.

— Devons-nous vous remercier pour cette invitation, Mr le comte ? lui demanda-t-elle

— C'est Lady Caroline que vous devez remercier.

Elle soutint son regard en s'attendant à ce qu'il avoue. En vain.

— Eh bien ! dit-elle. Voilà une initiative qui a rendu ma fille heureuse.

— J'en suis ravi, répliqua-t-il en souriant.

Il s'inclina avant de quitter la pièce où il ne restait plus maintenant que Bella et Lady Latchmere.

— Devrais-je lui faire confiance ? demanda Lady Latchmere, toujours préoccupée par sa sécurité. Vous savez ce qu'on dit des Italiens…

— Non, je ne sais pas, Lady Latchmere, répondit Bella en se disant que vraiment cette femme avait de drôles d'opinions.

— Ils sont réputés pour « cela », à ce qu'on me dit.

— Réputés pour quoi, chère madame ?

— Allons, Mrs Ainsworth ! Dois-je vous mettre les points sur les i ?

— Le comte Albani est certainement très attentionné, assura Bella en réfrénant un sourire. Mais j'ai pu observer que ses manières étaient parfaitement convenables.

— Et y a-t-il une comtesse Albani ?

— Le comte est veuf.

— Ah ! s'écria Lady Latchmere d'un air sombre. Voilà qui explique tout.

*

Une fois changée, Constance retourna à la cuisine où elle se rendit compte qu'elle était épuisée par sa nuit, mais elle décida de ne pas y penser. Une domestique ne devait jamais se laisser aller. Comme sa mère disait : « On ne vous paie pas pour être fatigués. »

Ce matin, elle était au service de Lottie, comme elle se plaisait à dire. C'était la partie de son travail qu'elle préférait.

Par la fenêtre, elle vit Lucian dans le jardin. Il était en train d'installer une espèce de long filet entre deux poteaux plantés dans le sol. À côté de lui, Lottie faisait rebondir une balle sur une sorte de petit cerceau à manche, rempli d'un cordage tissé serré. La fillette était plutôt adroite.

Constance sortit et lui demanda où elle avait déniché cette chose.

— Ça vient de Mr Plum, expliqua la petite fille.

— Elle veut dire Mr Wingfield, reprit Lucian en riant. Il m'a prêté deux raquettes pour me remercier de lui avoir trouvé une bicyclette.

Constance, qui remarqua la présence de cernes révélateurs sous les yeux de Lucian, n'était pas certaine de savoir qui était Mr Wingfield. Elle n'avait pas vu tous les derniers arrivants.

— Et qu'est-ce que vous faites, là ?

— Eh bien, j'installe le filet, répondit-il en le nouant au poteau.

— Le filet ?

— Vous savez, pour jouer au tennis.

— Au tennis ? répéta-t-elle, comme si elle n'avait jamais entendu ce mot auparavant.

— Ne me dites pas que vous ne savez pas ce qu'est le tennis ? s'exclama Lucian, aussi déconcerté qu'elle.

— Pas vraiment. Pas du tout, en fait.

— Et Wimbledon ?

Elle secoua la tête.

— Vous me faites marcher, Miss March ? fit Lucian en plissant les yeux. Comme avec la lecture ?

— Je vous jure que non.

— Eh bien alors, dit-il en s'animant, voilà quelque chose que je peux vraiment vous enseigner.

Il montra à Constance comment tenir la raquette et comment servir. Il lui expliqua pourquoi elle devait avoir le bras détendu et les genoux légèrement pliés. Il ne cessait de modifier sa posture, et elle se surprit à aimer la sensation de ces doigts qui touchaient délicatement et respectueusement son bras nu.

C'était une joie d'entendre les cris et les exclamations de Lottie. Constance s'approcha de la petite fille et repoussa une mèche de cheveux sur son front en sueur. Comme elle aimait être dehors, sous ce chaud et éclatant soleil – comme elle aimait son travail !

Ils continuèrent à s'échanger la balle, comme Constance apprit à le dire. À un moment donné, sa balle vint heurter le front de Lucian, au plus grand amusement de Lottie.

— Faute ! s'écria la petite fille en enfonçant son doigt dans le bras de Constance, qui ne comprenait pas ce qui se passait. Faute ! Faute !

Constance commençait à se faire la main. Elle tenta même un revers que Lucian venait de lui expliquer. Or, la balle passa au-dessus de la tête du jeune homme et se dirigea vers la fenêtre de la cuisine… qu'elle fracassa.

— Oh non ! fit Constance, paniquée.

Elle lâcha sa raquette et se précipita vers la cuisine.

— Ne vous en faites pas, lui dit Lucian en la rattrapant. Et ne vous excusez pas. Je dirai que c'était ma faute.

Lorsqu'ils entrèrent dans la cuisine, Betty était déjà en train de ramasser les morceaux de verre à l'aide d'un balai, tandis qu'Alice la regardait faire.

— Eh bien, lâcha-t-elle, les bras croisés. Ce n'était pas brillant, ça.

— Fais attention, demanda Constance en attrapant la main de Lottie qui, pieds nus, s'apprêtait à traverser la pièce.

Ils restèrent ainsi en silence, comme étonnés, à regarder le balai faire son œuvre. Puis, Bella apparut, le souffle court, suivie d'Alice qui était allée la chercher.

— Que se passe-t-il ici ? demanda Bella en les dévisageant tour à tour.

— Nous avons brisé une fenêtre, expliqua Lucian.

— Je vois cela ! dit-elle en lui tendant la balle coupable.

— Nous étions en train de jouer au tennis, poursuivit Lucian.

— Qui ça, « nous » ?

— Lottie et moi, précisa-t-il, avant de faire une pause. Et Miss March.

Il jeta un coup d'œil à Constance qui aurait voulu disparaître sous terre.

— C'était un accident, conclut-il.

— Un accident coûteux et qui aurait pu être évité.

— Ce n'était pas moi, Nana Bella ! fit Lottie en se mettant à pleurer.

— Non, c'était moi ! trancha Lucian.

— Non, c'était Constance, affirma Alice en même temps.

Constance se mit à trembler. Alice avait-elle vu ce qui s'était réellement passé ?

— C'est ma faute, répéta Lucian d'une voix ferme cette fois. Je faisais l'idiot. J'ai un peu perdu le contrôle.

— Comme si je n'en avais pas assez sur les épaules, se plaignit Bella en portant une main à sa bouche.

Constance crut même voir des larmes au coin des yeux fatigués de sa patronne.

— Je suis désolé, Maman. Je vais la réparer, assura Lucian.

— J'y compte bien, dit Bella.

Elle tourna les talons et sortit de la pièce. Constance tenta d'exprimer muettement sa gratitude à Lucian, mais il s'élança à la poursuite de sa mère, attrapant la porte recouverte de feutrine verte avant qu'elle se referme. Puis Alice lui jeta un regard noir, et Constance eut l'impression qu'elle lui aurait dit des choses terribles et impardonnables si Lottie n'avait pas été là. Elle réussit quand même à faire passer son message de façon à ne pas attirer l'attention de la fillette : « N'oubliez pas quelle est votre place. »

*

Un désordre inhabituel régnait dans le bureau de Bella. Les factures étaient éparpillées sur le bureau en acajou et le tapis était plissé par endroits. Lucian sentit sa colère céder la place à une sourde inquiétude pour sa mère.

— Quelque chose ne va pas ?

— Tout va bien, assura-t-elle en ramassant les factures pour en faire des piles bien nettes.

— On ne dirait pas.

— Tout va bien, Lucian ! répéta-t-elle, tout en ayant l'air bouleversée.

— Est-ce à cause de l'argent ?

— Qu'est-ce qui te fait dire cela ? fit-elle en levant le visage vers lui.

— Tu fais toute une histoire pour une fenêtre brisée qui va coûter quelques lires à réparer.

Bella ne dit rien.

— Et je n'ai pu m'empêcher de remarquer que tu n'avais pas ta bague, reprit-il. J'ai pensé que tu t'étais peut-être sentie obligée de la vendre.

Instinctivement, Bella couvrit sa main droite de sa main gauche, mais beaucoup trop tard.

— Tu ne manques pas d'imagination ! Mes doigts enflent quand il fait chaud. Comme je ne voulais pas que ma bague reste coincée, je l'ai enlevée.

La force de ce mensonge frappa Lucian.

— C'est toi qui m'as tendu la lettre venant du casino, ce matin, reprit-il. Je n'ai pas pu m'empêcher de penser que tu voulais que je la voie.

— Nous manquons un peu de liquidités, c'est tout, admit sa mère, le visage pincé. Nous avons eu beaucoup de dépenses, dont une que je n'avais pas prévue.

— Est-ce que ça va aller ? demanda-t-il en baissant le ton, alarmé.

— Je pense que oui, si nous arrivons à la fin de la saison.

— Grand-père ne pourrait-il pas nous aider ?

— Oh, Lucian. Ne t'y mets pas, toi aussi. Tu sais que je ne supporte pas les pique-assiettes.

— Oublie ce que j'ai dit, se reprit-il, gêné d'avoir fait cette suggestion.

— Je t'ai dit que cet hôtel me permettrait de m'épanouir. Mais ce ne sera vrai que si je réussis à le rendre rentable.

Lucian s'assit et se rembrunit.

— C'est peut-être père qui a raison, poursuivit-il. Peut-être qu'il est effectivement temps que je rentre et que je cherche un emploi. Et que je fasse tout le reste.

Mais Bella secoua la tête. Elle tendit la main, qu'il saisit au-dessus du bureau.

— Non, non ! Personne ne te forcera à faire quoi que ce soit avant que tu te sentes prêt.

— Peut-être que je ne me sentirai jamais plus prêt qu'en ce moment.

— Laisse-moi juger de cela, proposa Bella, son ton et son visage soudain radoucis. Après tout, je suis ta mère.

*

La plage de Paraggi s'était remplie de touristes pendant la matinée. Les hommes bavardaient entre eux, tandis que les femmes coinçaient leurs chapeaux de paille à franges sous les rochers, enlevaient leurs robes légères et se précipitaient dans la mer en riant. L'air était chaud et immobile, le sable brûlant et le ciel sans nuages.

Installée sur une chaise longue, Claudine écoutait le clapotis paresseux des vagues. Lizzie était étendue à côté d'elle. Les deux femmes s'étaient rencontrées par hasard dans le hall, et Lizzie avait demandé à Claudine si elle pouvait se joindre à elle.

— Avec joie, avait répondu Claudine, effectivement ravie d'avoir de la compagnie en l'absence de Jack, qui était resté à l'hôtel.

Claudine était une des seules personnes de l'hôtel à savoir qui était Plum Whitfield. Et comme n'importe qui, elle était avide de potins. Toutefois, Lizzie avait paru anxieuse, mécontente, comme si la chaleur la surprenait. En réalité, elle n'était pas tellement agréable.

— Je vais ressembler à un homard si je ne fais pas attention, lança Lizzie.

Claudine fouilla dans son sac et en sortit un châle en soie qu'elle déposa sur les épaules de sa voisine.

— Voilà ! dit-elle.

— Vous ne le sentez pas ? demanda Lizzie.

— Quoi ?

— Le soleil.

— Si, bien sûr.

— Mais est-ce que vous… vous savez…

— Est-ce que je deviens plus foncée ? compléta Claudine.

Lizzie hocha la tête.

— Nous changeons *tous* de couleur sous le soleil, ma chérie.

— Ça ne vous dérange pas que je vous aie posé la question ?

— Pas du tout. On m'en a posé de bien pires !

Et beaucoup moins poliment, pensa Claudine. D'ailleurs, elle avait passé outre la naïveté de la question de l'Anglaise en raison de son attitude respectueuse.

Lizzie se mit à rire, avant de cesser brusquement. Elle passa tranquillement et délibérément en revue le corps et le visage de Claudine.

— Ça doit être difficile, reprit-elle.

— Parfois, convint Claudine. Et parfois, non.

Lizzie absorba cette réponse. Claudine espéra qu'elle en comprenait la complexité, sous l'apparente simplicité.

— Je vais aller faire un tour, annonça Lizzie. Et peut-être prendre un verre.

— Allez-y, l'encouragea Claudine. Je vous retrouverai plus tard.

Elle venait d'apercevoir Roberto. L'amas de gros rochers sur lesquels il se tenait lui faisaient penser, d'une façon toute puérile, à des dinosaures en train de s'abreuver à un étang.

Lorsque Lizzie fut assez loin pour ne pas la voir, Claudine abaissa ses lunettes de soleil pour mieux examiner le prodigieux corps de Roberto.

Dans la partie la plus simple et la plus téméraire de son cerveau se forma alors une idée qui lui assécha la bouche et accéléra son pouls.

Elle attendit qu'il replonge, puis elle se leva, courut vers la mer et s'enfonça dans les vagues avant qu'il ne la voie. Après le premier choc de l'immersion, elle se sentit merveilleusement bien, sereine, en sécurité. *Ce que les gens trouvent dans la religion,* se dit-elle, *je l'obtiens dans la mer, ce sens de l'apesanteur dans quelque chose de plus grand et merveilleux que soi.*

Bonne nageuse, elle atteignit rapidement les rochers. Elle s'y hissa et se tint debout avant que Roberto réapparaisse. Elle le regarda s'approcher, confiante, irrésistible, parfaitement consciente de son pouvoir de séduction et de ce qu'il provoquait chez les hommes.

— *Ciao !* lança-t-il en souriant avant de la rejoindre.

— *Ciao !*

— *Signora* Turner ?

— *Si*, je vous ai vu à l'hôtel.

— Roberto, dit-il en se désignant du doigt. Roberto Albani.

— Enchantée, Roberto Albani, répéta-t-elle en lui tendant une main mouillée qu'il baisa.

— Mon anglais est… petit, tenta-t-il.

— Parlez-vous français* ?

Il la regarda sans comprendre.

— Ce n'est pas grave, chéri, nous n'avons pas besoin de parler.

Ils restèrent là, à s'évaluer l'un l'autre.

— Vous aimez ? fit Roberto en mimant une plongée.

— Oui, j'aime.

Joignant le geste à la parole, elle plongea. Elle nagea longtemps sous l'eau. Assez longtemps pour qu'il s'inquiète et décide de la suivre pour la sauver.

Elle remonta à la surface, fit du surplace et vit que Roberto n'était plus sur les rochers.

Au moment où elle se demandait où il était passé, il émergea à quelques mètres d'elle. Il s'essuya le visage, la repéra et sourit largement.

Claudine repartit à la nage, certaine qu'il la suivrait. Elle savait que non loin de là, il y avait une petite crique sablonneuse, bien cachée. Elle s'y dirigea, passant du crawl à la brasse, avant de se laisser simplement flotter jusqu'au rivage où les vagues la déposèrent.

Affalée sur le dos, elle s'accouda pour voir Roberto sortir de l'eau bleu azur. Il s'arrêta devant elle, le visage en contre-jour, puis il s'agenouilla. Elle se coucha de tout son long sur le sable, l'invitant silencieusement à venir s'allonger sur elle.

Il s'exécuta, la serra dans ses bras musclés, sa large poitrine glabre tout près de ses seins. Une chaleur enivrante semblait émaner de chaque pore de sa peau. Elle l'attira en passant un bras autour de son cou. Ils s'embrassèrent si intensément que c'en était désemparé. La douceur des lèvres de Roberto et le goût de sa langue étaient exactement comme elle les avait imaginés. C'était tout ce qu'elle voulait.

Ils se détachèrent l'un de l'autre, haletants. Claudine lui caressa le dos avant de glisser la main sous la bande lâche de son maillot.

Elle le regarda en souriant, sa peau fourmillant d'anticipation.

— *Bene*, susurra-t-elle. *Molto bene*.

Chapitre 7

Lorsqu'ils arrivèrent à Portofino, Lucian et Nish passèrent d'abord au *tabaccaio* sur la Via Roma pour que Nish puisse s'acheter des cigarettes, des Caporal, ses préférées.

Ils avaient décidé de marcher jusqu'en ville, histoire de se vider la tête. En fait, c'était l'idée de Lucian, et Nish y avait adhéré avec enthousiasme.

Lucian craignait parfois de ne pas accorder assez d'attention à son vieil ami. Ces derniers temps, il n'avait eu d'autre choix que de se concentrer sur Rose, sur lui-même, sur ce qu'il attendait de la vie. Tout cela nécessitait une certaine dose d'égoïsme. *Par ailleurs*, se dit Lucian, *avec ses livres et son intérêt pour la politique, Nish est indépendant.* Il n'avait pas besoin que Lucian s'en fasse pour lui.

En chemin, les deux jeunes hommes avaient dépassé une fillette anglaise aux longues jambes, qui logeait dans l'un des hôtels situés sur la colline. Elle lisait en marchant et avait ignoré le salut de Lucian – ou alors ne l'avait tout simplement pas entendu. Il avait constaté avec malaise qu'il enviait la liberté qu'elle avait de s'absorber complètement dans un livre, dans une histoire.

On n'exigeait encore rien d'elle, mais elle ne perdait rien pour attendre. C'était ainsi que ça fonctionnait chez les Anglais. Lucian ignorait si Nish comprenait à quel point il était coincé par les attentes de sa famille, par la multitude de postulats qui pesaient sur lui à propos de la femme qu'il devait épouser et du travail qu'il devrait exercer pour gagner sa vie. En réalité, leurs situations étaient assez semblables.

Ils avaient beaucoup parlé de leurs familles respectives durant la convalescence de Lucian. Le père de Nish souhaitait que son fils rentre en Inde, épouse une fille bien et exerce le métier de médecin selon la tradition britannique.

Ce n'était pas ce que voulait Nish. En fait, s'il avait aimé faire partie du service médical indien, il trouvait aussi que c'était un instrument de l'Empire britannique. « Non, mais qu'est-ce que les gens comme moi font ici ? s'était-il demandé tout haut, en changeant les pansements de Lucian. Ils participent à une guerre européenne dans un contexte géopolitique européen. »

Nish voulait devenir écrivain – autant que Lucian voulait devenir peintre. Ce point qu'ils avaient en commun leur avait permis de sympathiser. Ou à tout le moins, c'est ainsi que Lucian voyait les choses.

Une odeur d'égout flottait dans l'air brûlant. Telle une ombre, un chien passa près d'eux en jappant après quelque chose qu'il avait vu. Une vieille femme balayait lentement et méthodiquement les marches de la *drogheria*.

Une moto approcha. À en juger par le cambouis sur ses mains et sa figure, le conducteur était mécanicien. Sortie de nulle part, une Chemise noire descendit dans la rue, forçant le motocycliste à freiner.

Lucian et Nish en profitèrent pour traverser. Toujours poli, Nish fit un signe de tête à la Chemise noire. L'homme ne lui répondit pas, mais marmonna quelque chose à l'intention de ses compagnons, qui se mirent à rire moqueusement.

— *Cosa stai fissando?* Que regardez-vous? fit l'un des hommes, un costaud aux cheveux noirs gominés.

Lucian se tourna, prêt à lui régler son compte, mais Nish le retint.

— Laisse tomber, Lucian.

— Mais il nous a insultés.

— Ça ne vaut pas la peine, crois-moi.

— *Ehi! Negretto!* Hé, le noiraud! lança l'un des autres hommes.

Lucian et Nish accélérèrent le pas, espérant que leur panique passerait pour de l'empressement. Chaque fois qu'ils se retournaient, ils constataient que les hommes les suivaient, un sourire malfaisant aux lèvres.

— *Venite qui, bei ragazzi!* Venez par ici, jolis garçons!

— Ils n'abandonnent jamais, grogna Lucian.

Nish secoua la tête.

Ils dépassèrent d'autres piétons en s'excusant, puis se mirent à courir lorsqu'ils eurent le champ libre.

Ils gagnèrent plusieurs précieuses secondes sur leurs poursuivants lorsqu'un vendeur de *gelato* à charrette sortit d'une rue transversale, forçant les Italiens à attendre qu'il passe son chemin. Les deux amis en profitèrent pour s'engouffrer dans une ruelle. Aplatis contre le mur, ils virent ensuite les Chemises noires poursuivre leur route en parlant fort et en riant. Apparemment, ils avaient oublié leurs proies.

Nish, haletant, s'accroupit lentement. Il sortit un mouchoir pour s'essuyer le visage.

— Je me demande si tout cela cessera un jour.

Tout aussi exténué, Lucian resta appuyé au mur, les mains sur les genoux.

Puis, sortant de l'ombre, un homme âgé d'une vingtaine d'années s'approcha d'eux.

— *Signori ?* Puis-je vous aider ? s'enquit-il de son fort accent italien.

— Tout va bien, assura Lucian en prenant Nish par le bras, comme pour le protéger. Nous n'avons besoin de rien.

— Ne vous en faites pas, ils ne vous feront aucun mal en plein jour, poursuivit l'homme en levant les mains. Ils se contenteront de vous humilier.

— Qui êtes-vous ? demanda Lucian en le regardant avec méfiance.

— Je m'appelle Gianluca, se présenta-t-il avant de les inviter à le suivre d'un geste de la main. Je vous en prie, venez par ici, vous serez en sécurité.

Ils le suivirent en silence, longeant des ruelles qui ne leur étaient pas familières, passant devant des balcons où séchaient des vêtements, et des fenêtres d'où on entendait le bruit de bébés qui pleuraient et de couples qui se disputaient. Au bout de quelques minutes, ils sortirent de ce dédale et se retrouvèrent sur le front de mer, au milieu de chics touristes. Lucian se sentait sale et avait l'impression que tout le monde le regardait.

— L'hôtel est par là, fit Gianluca en pointant la direction du doigt.

— Comment savez-vous où nous habitons ?

— Tout le monde sait où habitent les Anglais, répondit-il en riant.

— Je ne suis pas Anglais, précisa Nish.

— Mais vous vous comportez comme eux ! répliqua Gianluca, avant d'ajouter, lorsqu'il vit qu'il avait vexé Nish : Mes amis vous ont vus à l'hôtel ce matin. Personne d'autre que vous ne correspond à la description qu'ils m'ont faite de l'homme qui les avait aidés.

Les hommes qui étaient venus chercher le garçon.

— Comment va-t-il ? demanda Nish, dont la compassion et la curiosité prirent le dessus.

Gianluca fit une mimique qui signifiait « pas très bien ».

— Un médecin l'a-t-il examiné ?

— Les médecins… Ce n'est pas pour les gens comme nous.

— Et qui sont les « gens comme vous » ? ne put s'empêcher de demander Lucian.

— Ceux qui se battent.

De la poche de son pantalon, Gianluca sortit un petit tract orné d'une tête de mort et le remit à Nish. Sur le dessin, le crâne était remplacé par le visage de Mussolini. Lucian prit le papier des mains de son ami pour le regarder avant de le lui rendre.

— Nous avons tous les deux vu les horreurs qui se produisent quand les hommes se battent, confirma Nish.

— Et alors, répliqua Gianluca, guère impressionné par cette sortie, que ferez-vous quand ils s'en prendront à vous ?

— Il n'y a pas de *Fascisti* en Angleterre, déclara Lucian, confiant.

— Mais si, il y en a, mon ami. C'est juste qu'ils n'ont pas encore mis de chemise noire.

Gianluca les dévisagea sans ciller, un éclair passant dans son franc regard bleu acier.

*

Lorsqu'ils rentrèrent à l'hôtel, Nish monta immédiatement à sa chambre. Il alla se laver dans la salle de bains commune du deuxième étage qui, pour une fois, était inoccupée, puis se permit une courte sieste.

À son réveil, il se mit à écrire dans son journal. Il se sentait plus en colère et politisé que la dernière fois où il avait pris la plume. Moins enclin à laisser l'Italie ou les touristes anglais s'en tirer.

> *Plusieurs années se sont écoulées depuis la marche sur Rome[6]. Et les visiteurs anglais, en sécurité dans leurs hôtels de luxe, sont convaincus que le fascisme ne les regarde pas. Ils ont tort. Le fascisme s'est immiscé dans toutes les sphères de la vie en Italie.*

---

6. Célèbre marche des partisans de Mussolini organisée en 1922 pour faire pression sur le gouvernement en place.

La violence du squadrismo[7] continue de se manifester dans tout le pays : les Chemises noires de Mussolini s'en prennent à quiconque a des opinions socialistes ou n'a pas la peau blanche. Je le sais parce que j'ai fait les frais de cette violence.

Il pensa à Gianluca. Au poing fermé qu'il avait brandi en guise de salut. À ses yeux bleus et à son nez aquilin. Aux muscles de ses bras noueux. À ce dont il aurait l'air nu.

Arrête, arrête. C'est ridicule. Inutile.

Sur son bureau, le tract le narguait. Il le prit, se laissa envoûter par le séduisant danger de son message, apprécia le grain du papier bon marché, papier qui avait été touché par Gianluca.

Nish tenta de le lire, mais il comprenait mal l'italien. Il saisissait le sens d'un mot ici et là, et ne cessait de chercher dans son dictionnaire bilingue.

Il ferait mieux de consulter quelqu'un qui maîtrisait la langue, qui avait passé du temps en Italie.

Il referma son journal et enfila sa veste.

Lucian n'était pas dans sa chambre comme prévu, mais Nish n'eut qu'à se laisser guider par la voix sonore de son ami jusqu'à la bibliothèque.

Il tendit l'oreille à la porte. Constance lisait à voix haute, en hésitant. Apparemment, Lucian lui donnait une quelconque leçon.

7. Le squadrisme réunit les mouvements paramilitaires qui, en Italie, ont précédé le fascisme.

— La belle Hélène choisit alors un prince qui s'appelait Mén… Mén…

— Ménélas, souffla gentiment Lucian.

— Le frère d'Aga… memnon, roi de… Argh !

— Mycènes. Continuez. Vous vous en tirez très bien.

Nish frappa doucement à la porte.

— Désolé de vous interrompre, commença-t-il.

— Pas du tout, dit Lucian en levant les yeux vers lui. Nous sommes en train de lire Homère.

— La version pour enfants, ajouta Constance, l'air penaud.

— Je peux faire quelque chose pour toi ? demanda Lucian.

— Ça peut attendre.

— Il me semble avoir vu ça quelque part, fit Lucian en désignant le tract que son ami tenait à la main.

— Je pensais que tu pourrais me le traduire, quémanda Nish en avançant dans la pièce.

— Allez, donne-moi ça, s'exclama Lucian en claquant des doigts.

Il plissa les yeux sur les petits caractères.

— *À tous les amoureux de la justice et de la liberté !* lut-il à voix haute. *Nous rejetons toute solidarité avec le fascisme et ses crimes…*

Il poursuivit sa lecture silencieusement avant de la résumer :

— Il y a une réunion demain soir. Dans un atelier. Quelque part sur la route de Rapallo.

Il retourna la feuille de papier.

— Un peu enfantin, tu ne trouves pas ? dit-il en faisant référence à la caricature de Mussolini.

Nish lui reprit le tract des mains sans rien dire.

— Ne me dis pas que tu comptes y aller, interrogea Lucian en fronçant les sourcils.

— Tu te moques de moi parce que je souhaite m'informer ?

— Pas du tout. Ne sois pas si soupe au lait.

— Tu ne crois pas qu'il faille prendre Mussolini au sérieux ?

— Je crois que tous les politiciens sont méprisables, quelle que soit leur allégeance.

Réponse typique de Lucian. Assurée mais non engagée, vague. Ils se toisèrent. Nish eut l'impression que la pièce rétrécissait, que les meubles étaient repoussés dans les coins, qu'il était un étranger importun, qu'il était seul.

— Je suis désolé, dit-il en cédant le premier. Je pensais que ça ne me ferait pas de mal d'en savoir un peu plus sur ce qui se passe ici. C'est tout. Ça ne vaut pas la peine de se disputer pour ça.

— Non, non, le coupa Lucian en secouant la tête. C'est moi qui devrais m'excuser. Je ne suis qu'un dilettante.

Il se leva, étreignit Nish en lui tapotant le dos. Constance bougea sur sa chaise. Nish avait pratiquement oublié qu'elle était là.

— Pardonnez-moi. J'ai gâché votre leçon.

— Pas du tout, nous avions presque terminé, répondit-elle en rassemblant ses affaires, nullement gênée, ce qui rassura Nish.

— Ne partez pas à cause de moi.

— Il faut que j'y aille. Je dois m'occuper de Lottie, Alice doit m'attendre. Et il y a le repas à préparer.

— Vous devez nous trouver bien futiles ! déclara Lucian. À nous disputer pour rien.

— Ce n'est certainement pas « rien ». Mon frère Arthur dit qu'il y a un fasciste au fond de chacun de nous.

— Voilà un homme sage, obtempéra Nish.

— Pas tant que ça. Il a émigré au Canada et il ne supporte pas le froid !

Ils éclatèrent de rire.

— Vous avez encore beaucoup de frères et sœurs à la maison ? demanda Lucian.

— Plus maintenant. Il ne reste plus que ma mère. Et le petit Tommy, dit-elle sans pouvoir empêcher sa voix de se briser.

— Ça a dû être difficile pour elle, reconnut Nish. De vous laisser partir.

— Et pour vous, Mr Sengupta ? répondit-elle avec un franc-parler qui surprit Nish.

— Moi ?

— Oui, vous.

— Je n'ai pas vu ma famille depuis près de dix ans.

— Dix ans ! fit-elle, le souffle coupé.

— Son père l'a mis en pension à l'âge de douze ans, expliqua Lucian. Pour qu'il soit éduqué comme un Anglais.

— Combien de temps cela prend-il ? demanda Constance.

— Je vous le dirai lorsque je le saurai, s'exclama Nish en riant.

*

— Où étiez-vous ? lui demanda sèchement Alice. Je vous ai sonnée. Une fois sans réponse, c'est comme mille fois sans réponse.

— Je suis désolée. J'étais avec Mr Lucian. La leçon a duré plus longtemps que prévu.

— Je vois ça.

Alice sortait de la cuisine avec Francesco. Ils transportaient une table pliante, une bassine et une cruche d'eau chaude.

— Tenez, dit Alice en lui tendant la table. Prenez cela et suivez Francesco jusqu'à la suite des Turner. Apparemment, la salle de bains commune est occupée, et Mrs Turner veut se laver. Franchement, nous ne sommes pas le Savoy. Toutes les suites n'ont pas leur salle de bains privée.

À l'étage, la porte s'ouvrit aussitôt qu'ils frappèrent. Claudine ne portait qu'une combinaison très ajustée, qui ne cachait pas grand-chose.

— Merveilleux ! s'exclama-t-elle en les apercevant. Mettez ça ici, et la table près de la coiffeuse, s'il vous plaît.

Évitant de regarder Claudine, Francesco alla poser la cruche d'eau sur la commode. Il disparut avant même que Constance ait eu la chance d'installer la bassine sur la table.

— Il est pressé, remarqua Claudine.

Elle alla s'asseoir sur un tabouret recouvert de velours devant sa coiffeuse et prit une éponge qu'elle tendit à Constance.

— Pouvez-vous m'aider ? lui demanda Claudine en faisant un signe vers son dos. J'ai du sable partout. Je me suis un peu excitée sur la plage.

Claudine baissa la tête et resta immobile, tandis que Constance lui lavait lentement le cou, en observant sa silhouette sous la mince combinaison par miroir interposé. En penchant la tête sur le côté, Claudine leva les yeux et surprit le regard de Constance. Celle-ci rougit et baissa les yeux.

— C'est bon, la rassura Claudine. Il n'y a pas de mal à regarder.

— Je ne voulais pas être impolie, assura Constance en souriant timidement et en reprenant sa tâche.

— Vous n'avez jamais vu une peau de couleur comme la mienne, n'est-ce pas ?

— Non, admit Constance en secouant la tête. Mais j'imagine qu'Hélène de Troie vous ressemblait.

— Qui est Hélène de Troie ?

— Un personnage du livre que je lis. Les Grecs et les Troyens se sont battus pour elle.

Claudine éclata de rire.

— Je ferai de mon mieux pour ne pas déclencher de guerre. C'est mauvais pour les affaires !

Constance tira doucement sur la combinaison pour dégager le dos de Claudine, et passa doucement l'éponge entre les omoplates, le long de la colonne vertébrale. Elle se détendit – Claudine était facile d'approche.

— Puis-je vous poser une question, Mrs Turner ?

— Bien sûr, mais d'abord, oubliez-moi ce « madame » et puis mon nom n'est pas Turner.

— Oh, je croyais…

— Bien sûr, poursuivit-elle en souriant. Je m'appelle Claudine Pascal. Du moins, c'était mon nom à Paris.

— Et maintenant ?

— Je suis toujours Claudine. La plupart du temps.

Eh bien, voilà qui n'est pas très clair, pensa Constance. Elle essora l'éponge, prit une serviette avec laquelle elle tapota le dos de Claudine pour l'assécher.

— Vous semblez mener une existence spectaculaire, fit-elle.

— C'est vrai, mais on surestime le spectacle, répondit Claudine, tandis qu'une ombre de tristesse passait sur son visage.

Voyant cela, Constance décida de ne pas insister. Elle ramassa la cruche et la bassine, pendant que Claudine fouillait dans son placard à la recherche d'une tenue.

— J'enverrai Francesco plus tard pour qu'il vienne chercher la table, Miss Pascal, annonça Constance.

— Attendez, dit Claudine en sortant de son sac une poignée de pièces de monnaie qu'elle tendit à Constance.

— Ce n'est pas nécessaire, réagit Constance en secouant la tête.

— Allons, ma petite, prenez-les.

— Je ne peux pas accepter.

Claudine avait sans doute remarqué le coup d'œil que Constance avait jeté sur la rangée de rouges à lèvres sur la coiffeuse.

— Vous préférez cela ? demanda-t-elle en se dirigeant vers le meuble.

Elle choisit un tube doré sur lequel étaient gravés un motif de feuille et les lettres P&T encerclées d'une couronne de laurier.

— C'est un rouge à lèvres de la marque Park&Tilford, expliqua Claudine. C'est américain.

— Je ne saurais même pas quoi en faire, avoua Constance en tenant le tube nerveusement.

— C'est facile. Laissez-moi vous montrer.

Elle avança les lèvres pour que Constance fasse comme elle, puis lui intima de se tenir tranquille alors qu'elle lui appliquait une généreuse couche de rouge à lèvres rose foncé. Elle lui mit également un soupçon de fard sur les pommettes.

— Et maintenant, les yeux, annonça Claudine. Vous savez ce qu'on dit des yeux, n'est-ce pas ?

— Quoi donc ?

— Qu'ils sont le miroir de l'âme.

Constance sourit en s'efforçant de rester immobile, tandis que Claudine testait différentes teintes d'ombre à paupières.

— Êtes-vous d'accord avec cela ? demanda-t-elle.

— Non, répondit Claudine, attentive à sa tâche. Les yeux peuvent être trompeurs. Je sais que vous avez une bonne âme en me fiant à vos paroles et à votre comportement.

Elle prit Constance par les épaules pour la faire pivoter. La domestique ne reconnut pas la personne qu'elle vit dans le miroir, mais elle semblait plaire à Claudine.

— Je ne sais pas si on va se battre pour moi, poursuivit-elle, mais vous, vous avez tout ce qu'il faut pour déclencher votre propre guerre.

Constance se sentit rougir.

— Personne ne fait attention à moi, murmura-t-elle en détournant le regard.

— C'est parce que vous êtes timide ! Vous ne devez pas cacher ce que vous avez. Ou ce que vous voulez.

Elle poussa doucement Constance pour la faire asseoir, et entreprit de défaire ses cheveux. Ils étaient châtains, et blonds là où ils avaient été exposés au soleil.

— Vous êtes certaine ? fit Constance qui avait aimé se faire dorloter ainsi, mais qui craignait que les choses deviennent hors de contrôle. Mrs Mays-Smith n'aimera pas ça.

Claudine se mit à rire comme si elle n'en croyait pas ses oreilles et lui serra gentiment les épaules.

— Ma chérie, ce n'est pas à Mrs Mays-Smith que nous cherchons à plaire.

*

— Qu'est-ce que vous manigancez ? demanda Bella en passant la tête par la porte de la bibliothèque où Lucian et Nish examinaient une pile de disques. Faites attention, c'est fragile, vous savez.

— Nous nous remémorons notre jeunesse perdue, lança Lucian.

— Celui-là ! dit Nish en retirant le disque de son enveloppe de papier. Mets celui-là !

— Nom de Dieu, Nish ! s'exclama Lucian en regardant l'étiquette.

— Lucian ! fit Bella comme si elle était outrée. Surveille ton langage !

Elle les laissa. Il commençait à faire sombre et il était temps qu'elle allume les lampes. Au moment où elle entra dans le salon, elle entendit le grésillement de l'aiguille sur le disque, puis les premières mesures de *For He Is An Englishman* de l'opéra *HMS Pinafore*.

Elle se mit à fredonner tout en commençant sa tournée. Comme la plupart de ses concurrents, l'Hôtel Portofino était alimenté en électricité, mais Bella préférait l'atmosphère créée par la lueur chaude et diffuse des lampes à huile, et elle était certaine qu'il en allait de même de ses hôtes.

Elle s'attardait sur une mèche particulièrement récalcitrante lorsqu'elle sursauta en voyant quelque chose bouger du coin de l'œil.

C'était Lady Latchmere. Assise dans le fauteuil vert près de la fenêtre, elle avait l'air désorientée, comme si elle venait de se réveiller au terme d'un sommeil agité.

— Je suis désolée, Lady Latchmere. Je ne vous avais pas vue.

— J'étais sur le point d'aller m'habiller pour souper, lâcha la femme d'une voix inhabituellement monocorde.

— Je ne peux m'empêcher de sourire quand j'entends cette chanson, reprit Bella.

— En effet.

— Les Italiens nous ont fait connaître l'opéra, et voilà ce que nous en avons fait. Quel drôle de peuple que les Anglais ! Au moins, nous avons Elgar.

Elle allait sortir du salon lorsque Lady Latchmere déclara :

— J'ai vu cet opéra.

— Pardon ? dit Bella en se tournant vers elle.

— *HMS Pinafore*, au Savoy. Avant la guerre. Avec Ernest.

Elle sortit un médaillon des profondeurs de sa robe, l'ouvrit, fit signe à Bella d'approcher et le lui tendit. À peine consciente que la musique avait cessé de jouer, Bella observa la photo d'un beau jeune homme en uniforme d'officier.

— C'était mon aîné, confia Lady Latchmere. Il a marché sur une mine. À un endroit appelé Mont Sorrel. Cela fera neuf ans demain. Il n'aura été à la guerre que cinq minutes.

Bella lui remit le médaillon et se surprit à sortir celui qu'elle portait au bout d'une chaîne autour de son cou. Elle ne l'avait jamais montré à personne auparavant, et certainement pas à quelqu'un comme Lady Latchmere. Mais elle sentait que c'était la chose à faire. En fait, son envie de le faire était tellement puissante que c'en était un besoin.

Son propre médaillon contenait la photo d'un garçon vêtu d'un uniforme de marin.

— Laurence, mon fils cadet, l'informa Bella. Il aurait eu quatorze ans le mois prochain.

Lady Latchmere scruta la photo.

— La grippe l'a emporté, poursuivit Bella. Il est l'une des raisons pour lesquelles nous sommes venus ici.

— Pour repartir à neuf?

— Dans un endroit sans souvenirs.

L'apaisant tic-tac de l'horloge lui rappela qu'elle sonnerait bientôt la demie de l'heure.

Lady Latchmere referma le médaillon et le déposa dans la main de Bella qu'elle enferma dans les siennes.

— J'aimerais avoir votre courage, ma chère, admit-elle.

C'est alors que Bella comprit que Lady Latchmere n'était pas si vieille, qu'elle avait peut-être cinq ans de plus qu'elle, peut-être moins.

Mais cette femme s'était figée dans le temps. Ou plus exactement, elle avait laissé le passé s'installer en elle, se forçant ainsi à le revivre chaque jour, du matin au soir, sans jamais aller au-delà.

Bella ne pouvait imaginer plus terrible torture.

*

Ce soir-là, on servit un autre classique régional : du poulet braisé au vin blanc, assaisonné de romarin, de noix de pin et de tomates, accompagné d'épinards sautés.

— C'était vraiment très bon, commenta Betty, tandis que Constance déposait une pile d'assiettes sales à côté de l'évier. Et pas compliqué à préparer.

Constance eut envie de lui rétorquer que ce n'était pas compliqué uniquement parce que, encore une fois, Paola l'avait aidée. Mais elle se retint.

Par ailleurs, elle était légèrement irritée de voir que ni Betty ni personne d'autre n'avait remarqué la subtile, mais réelle transformation que Claudine avait fait subir à son visage.

Betty lui tendit un plateau rempli de bols en verre contenant une épaisse mixture crémeuse brun pâle.

— Qu'est-ce que c'est ? demanda Constance.

— Du tiramisu. C'est l'équivalent italien du diplomate. On y met de l'Amaretto à la place du xérès. Tu emportes tout ça dans la salle à manger, ma fille ?

Constance redressa les épaules, inspira profondément et se dirigea vers la salle à manger.

Peut-être cela avait-il à voir avec la façon dont elle se tenait, mais cette fois, elle sentit qu'on la voyait, et cela lui fit l'effet d'un choc d'électricité statique.

Le premier fut Billy qu'elle croisa en sortant de la cuisine. Il émit un petit sifflement d'admiration en passant à côté d'elle. Elle frissonna de plaisir même s'il n'était pas sa cible – si c'était le bon mot. Elle déposa le plateau sur le buffet et attendit que Bella lui donne ses instructions.

Après avoir vérifié les bols, Bella lui dit qu'elle pouvait y aller. Constance ne fut pas vraiment surprise de l'absence de réaction de sa patronne. Parfois, celle-ci semblait vivre dans son propre monde.

Constance commença par la table des Turner. Claudine lui fit un clin d'œil lorsqu'elle déposa le bol devant elle.

Quant à Mr Turner, il la regarda d'un air perplexe, comme s'il la reconnaissait et en même temps ne la reconnaissait pas. C'était compréhensible, car elle n'avait pas souvent affaire à lui.

Roberto Albani avait l'air de s'embêter entre son père et Cecil, qui conversaient en anglais. Cet amateur de femmes se redressa sur sa chaise lorsque Constance s'approcha et il lui sourit lascivement. Elle lui fit un discret signe de tête et un petit sourire, et se dépêcha d'aller à la table de Nish. Elle ne voulait pas encourager Roberto, même s'il avait de beaux yeux.

Seul à sa table, Nish regardait Lucian, qui était assis avec Julia et Rose.

— Il vous a encore abandonné ? lui dit-elle.

— On dirait, répondit-il en la regardant attentivement tandis qu'elle déposait le tiramisu devant lui. Vous avez quelque chose de différent.

Elle sourit, mais tourna les talons sans rien dire.

Son prochain service, celui de la table de Lucian, était le plus important.

Serrés l'un contre l'autre, Lucian et Rose regardaient une sélection de cartes postales qu'elle avait rapportées de Gênes. Des bouts de conversation – des commentaires de Lucian, en fait – lui parvinrent.

— Il est facile de lever le nez sur l'école génoise, mais Strozzi est tout simplement fascinant…

Rose hochait la tête, captivée. Ou simplement ennuyée ? Difficile à dire.

Constance déposa les bols sur la table, hésitant à repartir, espérant que Lucian la voie, mais seule Julia la remarqua.

Alors que Lucian continuait de parler et de parler, comme s'il craignait d'arrêter, la mère de Rose fixa Constance d'un regard empreint d'une malice effrayante.

C'était un regard qui disait « Oh, pour l'amour de Dieu ! ».

En Angleterre, cette sorte de traitement aurait instinctivement déclenché un mécanisme de défense chez Constance, mais en Italie, elle se sentait ridicule et démunie. Elle s'enfuit avant qu'on voie les larmes dans ses yeux. Puis, une fois hors de la pièce, elle essuya rudement son rouge à lèvres du revers de la main.

*

Le lendemain matin, Cecil se réveilla tôt, conscient d'avoir plus à faire que d'habitude. Après un léger petit déjeuner fait d'œufs et de plusieurs tasses de ce café fort et amer qu'il avait appris à aimer, il écrivit quelques lettres, dont une au responsable du casino pour le remercier de lui avoir fait parvenir sa facture et l'assurer de son règlement imminent.

Pour l'heure, il voulait surtout éviter les ennuyeux drames domestiques impliquant Bella ou le personnel. Il sortit donc faire un tour.

Il se dirigea vers l'Albergo Delfino, un hôtel concurrent situé au bout d'un long sentier étroit et abrupt au bord duquel étaient installées de vieilles Italiennes qui confectionnaient de la dentelle. Il les ignora bien évidemment.

Située dans une maison ancienne et biscornue assez semblable à l'Hôtel Portofino, et agrémentée d'une terrasse qui surplombait le quai, l'auberge Delfino était populaire auprès des Allemands. Bien que Cecil fût sceptique à l'égard de l'Allemagne, il ne pouvait nier la beauté des jeunes femmes qui logeaient dans cet établissement. Du reste, on disait que certaines prenaient des bains de soleil dans le plus simple appareil – *O tempora, o mores!* Par ailleurs, l'auberge offrait une vue à couper le souffle de Chiavari et Sestri Levante, plus loin sur la côte, au-delà de la baie.

Il envisagea de marcher jusqu'au Faro di Portofino, avant d'y renoncer. Depuis que Bella et lui étaient venus à Portofino pour leur lune de miel, l'attrait qu'exerçait ce phare auprès des touristes ne s'était jamais démenti. Cecil n'avait jamais compris pourquoi. Il trouvait qu'il gâchait le paysage, même s'il était utile pour les bateaux.

Personne ne lui avait demandé de contribuer à la préparation du thé, mais comme c'était son idée, il supposa que ses conseils seraient appréciés.

Lorsqu'il revint, il n'y avait plus grand-chose à faire. N'était-ce pas toujours ainsi? Francesco avait tondu la pelouse et, avec l'aide de Billy, était maintenant en train de monter une immense tente blanche en donnant de petits coups de marteau sur les pieux pour les enfoncer dans le sol.

Cecil descendit au sous-sol pour choisir quelque chose à servir à ceux qui ne se contenteraient pas de thé. Il était fier de sa cave, qui comportait quelques bouteilles de Petrus, cuvée 1915, et un Château Margaux, cuvée 1900.

Danioni et ses amis voudraient probablement du vin italien, ce qui faisait son affaire. Il dénicha quelques caisses d'un quelconque pinard piémontais – bon marché, mais acceptable – et demanda à Billy de les monter à la cuisine.

L'hôtel bourdonnait d'activité. Curieusement, plus les préparatifs avançaient, plus Cecil se sentait nerveux. Les foules le rendaient mal à l'aise. À cela s'ajoutait son inquiétude à propos du tableau, lequel était censé arriver le jour même. Raterait-il la livraison ? On pouvait même se demander si elle aurait lieu. On n'était jamais sûr de rien dans un endroit comme l'Italie.

Tandis que Paola passait le balai sur les marches de la terrasse, et que les domestiques déposaient des plats de sandwichs et des pichets de limonade sur les tables installées sous les parasols, les clients disparurent les uns après les autres pour aller se changer. Se disant qu'il devrait en faire autant, Cecil monta dans sa chambre. Il enfila son costume favori en lin ivoire, ainsi qu'une nouvelle chemise et un nouveau col. Il tailla sa moustache avant d'y appliquer un peu de teinture à l'aide d'une brosse à dents, comme il le faisait un jour sur deux.

Une faible brise provenait de la mer. Depuis sa fenêtre, Cecil jeta un coup d'œil sur la pelouse baignée de soleil et ornée de massifs de roses et d'agapanthes. Dans de tels moments, il ressentait à la fois de la fierté pour les réalisations de Bella et de la colère pour sa propre réticence à se montrer plus admiratif.

Il se résolut de fournir des efforts pour être un meilleur époux ; non pas qu'il en fût un mauvais, mais il savait à quel point les hommes pouvaient être cruels – tous les hommes le savaient. C'était un savoir honteux et secret qu'ils se passaient de génération en génération. En fin de compte, lui n'était pas *si* mal.

La température resta fort clémente. Il entendit Bella remarquer que, l'eussent-ils commandée, ils n'auraient pas pu avoir une plus belle journée pour cet événement.

Les invités commencèrent à arriver vers quinze heures.

Il était en train de passer un peigne dans ses cheveux lorsqu'il entendit les Drummond-Ward à travers le couloir. D'une voix paniquée, Rose se demandait quel chapeau elle devait porter. Dans un registre beaucoup plus bas, Julia lui répondit qu'elle n'avait qu'à prendre celui qu'elle avait porté le dimanche précédent. « Impossible, répliqua la fille, il est déformé. »

Vraiment !

Cecil attendit le plus longtemps possible avant de descendre. Puis, s'armant de courage, il alla rejoindre le comte Albani, qui semblait avoir pris les choses en main et présentait Alice et Lucian à un groupe de dignitaires italiens, dirigé par… Danioni.

Tels les coucous d'une horloge, Betty et Constance sortaient de la maison à tour de rôle, chargées de théières et de plateaux de gâteaux et de scones. Le comte Albani avait insisté pour qu'on serve aussi des pâtisseries italiennes, mais Cecil s'en balançait.

Il se versa un verre du vin piémontais et en prit une gorgée. L'acidité de l'alcool le fit tousser et il jeta le reste de son verre.

Les groupes se dissociaient et se reformaient au gré des conversations. Cecil avisa Bella à l'autre bout du jardin. Magnifique dans la *robe de style** pastel de Jeanne Lanvin qu'il l'avait encouragée à acheter l'an passé, elle était entourée de Danioni, de son adjoint et d'un homme de la commission d'électricité. Le Directeur des pots-de-vin, probablement.

Satanés Ritals. Toujours à l'affût.

Nish bavardait avec Alice. Rose, flanquée de sa mère, avec Lucian. Apparemment, elle n'avait jamais vu de sandwichs aussi adorables.

— Ils sont décoratifs, expliqua Julia. On n'est pas censé les manger.

Cette réplique fit sourire Cecil, mais le cœur n'y était pas. Il ne profitait pas de cet événement même s'il en avait été l'instigateur. Il se tenait en retrait, accroché à son verre vide comme à un accessoire.

Il jeta un coup d'œil à sa montre à gousset. Quinze heures trente. Le tableau devrait être arrivé maintenant. *Allons, allons.*

Cinq minutes plus tard, il entendit le ronronnement d'un moteur par-dessus le bruissement des conversations polies.

— Si vous voulez bien m'excuser, lança-t-il à la cantonade.

Mais personne ne faisait attention à lui.

Il arriva dans l'entrée juste à temps pour voir deux Italiens costauds descendre d'un camion à plateau découvert.

— Ah! fit-il, soudain ragaillardi. *Buongiorno, amici miei.*

Les deux hommes enlevèrent sans précaution la bâche qui recouvrait une large caisse plate et entreprirent de la transporter à l'intérieur. Frissonnant d'anticipation, Cecil les guida jusqu'à la bibliothèque et leur dit d'appuyer la caisse contre le mur.

Il raccompagnait les hommes à l'extérieur lorsqu'il vit Jack descendre l'escalier. Ça ne pouvait pas tomber mieux!

— Ah! s'exclama Cecil. Voilà mon homme.

— J'ai vu le camion arriver, l'informa Jack en se frottant les mains. Rien de brisé?

— Il semble que non.

— Vous permettez que je lui jette un coup d'œil?

— Si ça ne vous dérange pas, je préférerais reporter ce grand dévoilement, dit Cecil en s'efforçant de minimiser son enthousiasme. Je ne voudrais pas m'absenter trop longtemps du thé.

— Bien sûr, allez-y.

— Je suis sûr que ça vaudra la peine d'attendre.

Au même moment, Plum descendit l'escalier en trombe. Manifestement, il avait oublié l'événement du jour, remarqua Cecil, car il n'était pas habillé pour les circonstances. Mais peut-être y assisterait-il de toute façon. Après tout, il portait le costume de la célébrité.

— Pardon, les amis, lâcha Plum. Je suis un peu pressé !

Jack se déplaça pour le laisser passer.

— Pensez-vous qu'il nous a entendus ? demanda-t-il lorsque Plum fut assez loin.

— Qui ? Plum ? Non. Et même si c'était le cas, il est préoccupé par autre chose que l'art. Comme gagner des matchs de tennis.

— Je suppose, concéda Jack, guère convaincu.

Cecil ferma la porte de la bibliothèque. En se dirigeant vers le jardin, il vit que Danioni parlait à l'un des livreurs. *Qu'est-ce qu'il manigance encore ce sale type ?* se demanda-t-il.

— Vous avez eu une livraison, à ce qu'on me dit, lui lança l'Italien.

— En effet.

— D'Angleterre.

— Je ne suis pas sûr que ce soient vos affaires, articula Cecil en se raidissant.

— Tout ce qui se passe ici concerne le *Consiglio Comunale*, *Signore* Ainsworth, dit Danioni en souriant. Police. Permis. Impôts… Importations.

— Je comprends, mais je peux vous assurer que cela n'a rien à voir avec vous dans ce cas.

Il fouilla dans la poche de sa veste pour en sortir sa boîte de cigares en tentant d'ignorer la sueur qui lui picotait les aisselles.

— Je vous propose un cigare ?

*

Betty sortait une plaque de scones du four au moment où Constance entra dans la cuisine, deux plateaux de sandwichs vides dans les mains.

— Il ne reste plus de sandwichs ? s'enquit Betty.

— Ils ont tous disparu.

— Ça n'a pas été long.

— Ils les ont dévorés !

— J'ai dû utiliser tous les concombres disponibles dans un rayon de deux kilomètres pour ceux-là.

— Le comte Albani les a pratiquement tous mangés. J'ai cessé de compter après sept.

— J'aime qu'un homme ait de l'appétit. Ça fait de la chair à quoi s'accrocher !

— Betty !

Elles éclatèrent de rire.

— J'ai de la difficulté à l'imaginer avec ce petit bout de femme.

Constance ne sembla pas comprendre.

— Tu n'as pas remarqué ? reprit Betty.

— Quoi ?

— Il fait les yeux doux à Mrs Mays-Smith.

— Mais il est deux fois plus âgé qu'Alice !

— Elle pourrait plus mal tomber. Je gage qu'il réussirait à faire sourire cette grincheuse.

Constance aimait bien quand Betty parlait ainsi. Elle disait tout haut ce qu'elle-même pensait tout bas.

— Ça me fait penser... Qu'est-il arrivé au père de Lottie ?

— La même chose qu'aux autres.

L'humeur des deux femmes s'assombrit aussitôt. Elles restèrent silencieuses un moment.

— Allons, reprit Betty en se secouant. Mettons ça sur les plateaux. Il n'y a rien de plus triste qu'un scone froid !

*

Le thé tirait à sa fin. Les invités se dispersaient en petits groupes, admirant la gracieuse solennité du jardin et la mer qui brillait de mille feux.

Bella, qui avait chaud dans sa robe légère, mais habillée, s'apprêtait à rentrer. C'est alors qu'elle vit Danioni, une main en coupe contre la fenêtre de la bibliothèque pour mieux voir à l'intérieur.

— Êtes-vous en train de vérifier le joint, Mr Danioni ?

— *Non capisco*, répondit-il en s'éloignant de la fenêtre.

— Cherchez-vous autre chose à voler ? répliqua-t-elle, en colère, en lui montrant son doigt nu, dont la peau était plus pâle là où il y avait eu jadis une bague sertie d'un saphir.

— Je vous en prie, dit Danioni, faussement peiné. Nous devons être amis.

— Les amis ne se font pas chanter.

— Encore ce mot ! fit-il, offensé. Vous m'avez donné un cadeau pour mon épouse. Et je vous ai donné le droit d'exploiter votre hôtel. C'est ainsi que ça fonctionne entre amis.

— Donnant, donnant, lâcha-t-elle, glaciale.

— Oui, donnant, donnant. Mais n'oublions pas, ajouta-t-il en faisant un geste vers l'hôtel, que certains ont plus à donner que d'autres.

Il souleva son chapeau avant de s'engager dans l'allée de gravier.

En le regardant partir, Bella se dit qu'il n'avait pas tort. Certains avaient effectivement plus à donner que d'autres.

Et pourtant, elle ferait n'importe quoi pour se débarrasser de lui.

*

Plum n'avait cessé de se demander ce qui pouvait bien être caché dans la bibliothèque – ça lui avait gâché son après-midi. D'ailleurs, Lizzie l'avait trouvé agité.

Il la raccompagna dans leur suite et la laissa se reposer, car elle avait mal à la tête. Elle avait trop bu, même si l'événement auquel ils avaient participé était un simple thé.

— Demande qu'on m'apporte de l'aspirine, exigea-t-elle.

Il le lui promit, mais avant tout, il se rendit à la bibliothèque dont il referma doucement la porte derrière lui.

Quelque chose se tramait.

Il n'était pas arrivé là où il en était aujourd'hui en faisant fi des détails.

Il traversa la pièce, testa les tiroirs du bureau. Il avait remarqué que Cecil utilisait la bibliothèque comme bureau, alors que Bella avait sa pièce à elle, ce qui en disait long sur la répartition du pouvoir dans le couple.

Les tiroirs étaient verrouillés sauf celui du bas. Il y trouva une lettre provenant du casino de San Remo. Il sourit, en devinant de ce dont il s'agissait.

Les mains tremblantes – une fâcheuse nouveauté –, il sortit la facture de l'enveloppe, et vérifia le montant de la dette : *Totale dovuto : 20 530 lira.*

Eh bien, eh bien, Cecil. On a été mauvais garçon. Ça mérite une petite tape sur les doigts !

Son cœur se serra lorsqu'il entendit des voix dans le couloir. Mais les gens ne firent que passer. Il poursuivit son inspection.

Qu'est-ce qui lui échappait ?

Puis, il découvrit ce qu'il cherchait. Un colis appuyé contre le mur, enveloppé dans une bâche et en partie caché par une chaise. C'était assez petit, en vérité. Pourtant, il sentit son pouls s'accélérer. Il allait soulever un coin de la bâche lorsqu'il entendit la voix de Jack retentir.

Merde !

Il eut tout juste le temps de s'accroupir sous le bureau avant que Jack et Cecil entrent dans la pièce. Son cœur battait la chamade.

— Désolé, dit Cecil, qui transportait un chevalet. Ce thé, vraiment. C'était horrible.

Plum vit Cecil traverser la pièce et prendre le colis. Il retint son souffle en espérant que les deux autres n'auraient pas l'idée de baisser les yeux. Il vit ensuite la bâche tomber par terre et entendit qu'on déposait quelque chose sur le chevalet. À tout le moins, c'est ce qu'il supposa, car tout ce qu'il voyait, c'était une paire de chaussures, des Oxfords marron, légèrement éraflés.

— Première impression ? demanda Cecil.

— Elle est plus petite que ce à quoi je m'attendais, répondit Jack au bout d'un moment.

— Est-ce un problème? poursuivit Cecil d'une voix plus haut perchée.

La curiosité de Plum était de plus en plus piquée.

— On ne vend pas l'art au mètre.

Sentant le début d'une crampe dans sa jambe gauche, Plum bougea imperceptiblement sous le bureau.

— Hummm, fit Jack en reculant.

— Eh bien? relança Cecil, impatient.

— Je ne suis pas expert.

— Que dit votre instinct?

— C'est certainement son style.

Cecil tapa des mains, comme un enfant qui assiste à un tour de magie.

— Attention, reprit Jack. Rubens avait un atelier d'où il sortait des centaines de tableaux comme celui-là. Certains étaient de lui, certains étaient en partie de lui, certains étaient supervisés par lui. C'est probablement davantage une œuvre de « l'école de Rubens » qu'un pur Rubens.

— Mais ça pourrait passer pour un Rubens?

— Oui.

— Et combien pour l'authentifier?

— Peut-être quelques centaines de dollars.

— Non, je veux dire, combien pour qu'on s'*assure* que c'est authentique?

La tension était montée d'un cran.

— Oh… s'exclama Jack, qui mit quelques secondes avant de poursuivre. Quarante pour cent s'il est évalué à plus de cent mille. Un pour cent de moins pour chaque tranche de deux mille en deçà de ce montant.

— Vingt-cinq pour cent?

— Trente?

— Marché conclu. Et il va sans dire que je devrai avoir la lettre d'authentification et un acompte avant que je vous le remette.

— Naturellement.

Il y eut un silence. Plum osa jeter un œil. Comme il l'avait deviné, les deux hommes se serraient la main. Puis, ils quittèrent la bibliothèque en laissant la peinture sur le chevalet comme s'ils voulaient qu'on la vole.

Lorsqu'il fut certain qu'ils étaient partis, Plum s'extirpa de sa cachette. Il s'étira, puis se mit à faire les cent pas, comme si de rien n'était, juste au cas où quelqu'un entrerait soudain dans la pièce.

Il avait peine à quitter cette peinture des yeux.

Une grosse blonde qui se regardait dans un miroir.

Plum ne connaissait rien à l'art, mais il trouvait inconcevable que cette œuvre vaille autant d'argent. Elle valait plus que lui-même, un sportif professionnel à son sommet.

Il épousseta ses vêtements.

Cecil pouvait revenir d'une minute à l'autre pour emporter le tableau.

Il était temps pour Plum de se préparer à filer à l'anglaise, comme il en avait le secret.

*

Les Turner n'avaient pas été conviés au souper de la villa des Harborne, mais Jack reçut une invitation de dernière minute de la part de Cecil. Il remplacerait Rose Drummond-Ward, qui restait à l'hôtel. Elle avait la migraine.

Probablement qu'elle avait pris trop de soleil et ne s'était pas suffisamment hydratée. Quoi qu'il en soit, Nish lui avait donné une quelconque poudre et recommandé de se reposer – ce qu'elle faisait, une compresse d'eau froide sur le front.

Cecil et Jack étaient devenus les meilleurs amis du monde, ce qui ne surprenait guère Claudine. Ces deux opportunistes se ressemblaient beaucoup. Lorsque Cecil avait lancé son invitation à Jack, il lui avait cependant précisé qu'une seule place s'était libérée…

— Tellement dommage, avait-il dit, si elle se fiait à Jack. Je suis convaincu que Lady Caroline aurait adoré faire la connaissance de… Mrs Turner.

Claudine ne tenait pas à assister à ce souper, mais l'idée que Jack s'y rende sans elle la perturbait. Le bon terme pour traduire ce qui se passait ici était probablement – non, certainement – « racisme ». Y être confrontée chaque jour était épuisant. Les Blancs ne s'en rendaient absolument pas compte.

La situation était différente à Paris, car un plus grand nombre de Noirs y vivaient : des peintres, des danseurs, des musiciens. Des écrivains aussi, comme son bon ami Langston. Des créateurs. Au Grand Duc, elle avait fait la fête avec Ada « Bricktop » Smith et Florence Jones, et s'était vraiment sentie chez elle. Ici, eh bien… c'était autre chose.

— Tu es sûre que ça ne te dérange pas ? demanda Jack en nouant sa cravate devant le miroir.

— Combien de fois devrai-je te le dire ? Non, ça ne me dérange pas.

— Selon Ainsworth, ce Harborne est plein aux as. Sa maison de Londres est remplie d'œuvres d'art.

— Vraiment un beau parti.

Son ton involontairement sarcastique n'échappa pas à Jack, qui s'approcha d'elle pour la consoler d'une façon qui lui convenait davantage à lui qu'à elle. Elle détourna la tête lorsqu'il tenta de l'embrasser.

— Allons, bébé… Ne te fâche pas. Tu sais bien que je préférerais rester ici avec toi.

— Ah oui ? Pourtant je t'ai à peine vu depuis que nous sommes ici.

La force de son ressentiment la surprit elle-même.

— Tu sais que je dois m'occuper de mes affaires, expliqua-t-il.

— Non, Jack ! rétorqua-t-elle en haussant le ton. C'est de *moi* que tu dois t'occuper. Tu ne veux pas qu'on te voie avec moi, c'est ça ?

— Je te l'ai dit, fit-il, exaspéré. Il n'y a de la place que pour une personne.

Elle se tut, mais son regard sceptique disait qu'elle n'était pas convaincue.

— Je t'ai amenée ici, non ? tenta-t-il.

— Bien sûr, chéri, confirma-t-elle en se redressant sur ses coudes. Mais je commence à me demander pourquoi.

*

Rose entrouvrit les yeux et constata que la douleur qui lui avait martelé le crâne avait disparu. Qui plus est, elle avait été remplacée par une merveilleuse sensation de légèreté, de celle qu'elle éprouvait enfant, quand elle était réellement libre. Elle se sentait l'esprit parfaitement alerte.

De la musique provenait du rez-de-chaussée. C'était quelque chose de métallique et de rauque, et en même temps de magique.

Elle se leva et, mal assurée sur ses jambes, alla ouvrir la porte de la suite. À travers la musique, elle entendit des rires et des conversations. Ça se passait au salon.

Puis, elle reconnut *Sweet Georgia Brown*, interprétée par Django Reinhardt. Elle adorait cette chanson !

Elle descendit en s'accrochant à la rampe. Par la porte ouverte du salon, elle vit Lizzie, la femme du joueur de tennis, Claudine et Roberto. L'atmosphère était inhabituelle. Ils avaient roulé le tapis dans un coin pour danser et ils sirotaient du Prosecco.

Elle resta à les observer depuis le couloir.

— Mon Dieu ! Je voudrais danser comme vous ! lâcha Lizzie.

— C'est parce que c'est mon métier, répondit Claudine.

— Vous dansez pour gagner votre vie ? fit Lizzie, incrédule.

— Entre autres, dit Claudine en virevoltant.

Les mains dans les airs, évoquant la marquise d'un théâtre, elle ajouta :

— Je suis Claudine… Pascal !

— Quel nom fabuleux ! C'est tellement français !

— Eh bien, je n'allais tout de même pas utiliser Louella-Mae Dobbs, s'exclama Claudine en éclatant de rire. Surtout pas à Paris !

Roberto l'entraîna sur la piste de danse. Et Lizzie fit signe à Lucian – il était là, lui aussi ! – pour qu'il danse avec elle.

— Où est votre mari ? demanda Lucian à Lizzie.

— Au lit. Il est terriblement ennuyeux lorsqu'il prépare un tournoi.

Enfin, Lucian remarqua Rose dans l'embrasure de la porte. Il se précipita vers elle.

— Rose ! Ta mère m'a dit que tu avais une migraine…

— Je vais beaucoup mieux.

— Tu es sûre ?

— Tout à fait !

— Eh bien, alors, joignez-vous à nous, lui lança Claudine. Personne, ici, ne va vous dire « non ».

Lucian lui tendit la main. Elle hésita un moment avant de décider de faire fi de la prudence. Tout le monde s'amusait, pourquoi pas elle ?

Comme elle aima sa soirée ! Elle s'amusa comme elle n'aurait jamais imaginé le faire. Dans son univers précieux et feutré, personne ne se comportait de la sorte. Jamais. Elle éprouva des sensations inédites en entendant des airs qu'elle ne connaissait pas. Des chansons la firent sortir d'elle-même et lui permirent de se réintégrer, énergisée. Elle se sentait délicieusement déstabilisée. Peut-être que c'était à cause du Prosecco.

— Qu'est-ce que c'est ? demanda-t-elle à Claudine.

— Le *Boogie-Woogie* de Pine Top. Nous avons dansé sur cet air à Paris. C'était déjanté !

— C'est fabuleux ! s'écria Rose.

Roberto versa le reste du Prosecco dans le verre de Claudine et, avec force gestes, fit comprendre à Lucian qu'il devrait aller chercher d'autres bouteilles. L'Italien se mit ensuite à danser sauvagement, en prenant des poses, en se la jouant un peu devant Claudine et Lizzie qui se poussaient du coude en gloussant.

Rose avala son Prosecco d'un trait et hocha la tête quand Lucian lui demanda si elle se sentait bien. De fait, elle riait, s'amusait, s'animait de plus en plus.

C'était tellement mieux qu'un stupide souper dans une villa ennuyeuse.

Puis, Nish apparut. À son tour, il sautilla dans la pièce, tournoya, fit des cabrioles.

Tous ceux que Rose appréciait étaient là. Tous ceux qui étaient gentils, aimables.

Quelqu'un changea de disque et mit *The Charleston*.

— Celle-là, je la connais, s'écria-t-elle en se levant, accueillie par des vivats.

Quelqu'un monta le volume. Rose accéléra la cadence. Elle sentait le regard de Lucian posé sur elle. Puis, il vint la rejoindre. Elle aima la façon dont il la tint dans ses bras, comme si elle était faite d'argile et qu'il pouvait la façonner, en faire une meilleure personne, une personne plus sérieuse, qui connaissait des choses. Elle souhaita qu'il l'embrasse. En réalité, elle ne se souvenait pas avoir voulu quelque chose d'une manière aussi intense.

Plus tard, elle imaginerait ce qui aurait pu se passer si, à ce moment précis, Mr Turner n'avait pas coupé le moteur de sa Bugatti devant l'hôtel.

Si sa mère n'avait pas été assise sur la banquette arrière à côté de Bella.

Si Julia n'avait pas entendu la musique et les rires et, après avoir échangé un regard alarmé avec Bella, ne s'était pas précipitée à l'intérieur.

Si elle, Rose, n'avait pas été la seule à danser, transportée, extatique, pleine de vie !

Si la musique ne s'était pas arrêtée.

— Que se passe-t-il ? demanda-t-elle à Lucian qui avait soulevé l'aiguille du phonographe et regardait quelque terrible apparition derrière elle.

Elle se retourna, essoufflée, le visage empourpré, sa jolie robe trempée de sueur.

Sa mère se tenait dans la porte, Bella derrière elle.

— Peux-tu m'expliquer ce que tu fais ? lui demanda Julia, glaciale.

*

Nish retrouva Lucian dans le jardin. Il avait l'air abasourdi et un peu ivre.

— Quelle malheureuse coïncidence !

À travers les fenêtres illuminées du salon, ils pouvaient voir Bella, Alice et Constance qui s'affairaient à faire du rangement.

— As-tu vu Rose ? demanda Lucian.

— Oh oui, fit Nish. Je crois qu'elle est en train de recevoir une réprimande. Plusieurs réprimandes, en fait.

— Et ma mère ? questionna Lucian en grimaçant. A-t-elle dit quelque chose ?

— Elle m'a simplement suggéré d'aller au lit lorsque je lui ai offert mon aide pour ranger.

— Suggéré ?

— Ouais, bon… plutôt ordonné, rectifia Nish en riant.

— Je serais incapable de dormir, avoua Lucian. J'ai trop… d'énergie.

— Moi non plus, répliqua Nish en sortant le tract que Gianluca lui avait remis. Qu'en penses-tu ?

— La réunion ? C'est un peu loin pour s'y rendre à pied, non ?

— Qui te parle de marcher alors que nous avons une bicyclette à notre disposition ?

Il montra du doigt le vieux vélo que Billy avait déniché pour Plum. Il était appuyé contre un mur, une serviette de l'hôtel attachée au porte-bagages arrière par deux élastiques.

— Allons ! décida Lucian. S'il le faut.

Nish assis sur la selle et Lucian perché sur le guidon, ils se rendirent à Rapallo en bringuebalant sur la route sinueuse et obscure, en chantant l'hymne socialiste dans un mauvais italien.

Ils dérapèrent un peu lorsqu'une quinzaine de minutes plus tard, Nish freina dans la cour du seul édifice qui ressemblait à un atelier : une grange revêtue de stuc de la taille d'une nef d'église. Ils surent qu'ils étaient au bon endroit en entendant les voix assourdies qui en sortaient.

Un guetteur les laissa entrer après qu'ils eurent frappé à la porte. Ils restèrent à l'arrière de la salle, observant Gianluca sur une plateforme devant un vaste auditoire attentif. Il parlait avec passion en italien, le dos d'une main frappant la paume de l'autre. Il jeta un coup d'œil aux nouveaux arrivants et leur adressa un petit sourire.

Puis, ce qui devait arriver arriva. L'événement que tous les participants appréhendaient, tout en sachant, au fond de leur cœur, qu'il était inévitable. C'était un risque calculé qu'ils avaient décidé de prendre en assistant à la réunion.

Ils entendirent d'abord le sourd grondement des moteurs, qui s'amplifia petit à petit pour devenir un rugissement. Il était trop tard pour s'échapper. La lumière jaune des phares des voitures traversait déjà les stores de toile de la salle. Les portières des voitures claquaient.

— *Carabinieri !* cria le guetteur.

Ce fut la cohue. On éteignit précipitamment les lumières et les participants se dispersèrent comme ils purent. Certains réussirent à fuir, d'autres se cachèrent sous les meubles, d'autres encore grimpèrent sur le toit par l'escalier de secours. Plusieurs s'agglutinèrent à la porte arrière.

Lucian se figea sur place, ne sachant pas quoi faire. Il se dirigeait à son tour vers la porte arrière lorsque Gianluca l'attrapa par le bras et le poussa avec Nish dans une petite pièce.

— *Andiamo, andiamo,* lança-t-il.

Quelqu'un repoussa du pied une toile de jute, ainsi que les dalles et les morceaux de bois qui cachaient une trappe.

Gianluca l'ouvrit en tirant la poignée. Un nuage de poussière s'éleva dans les airs en même temps qu'une odeur terreuse. Une échelle en corde menait à une cave.

— Entrez là-dedans. Vite !

Chapitre 8

Nish essayait de ne pas se laisser distancer par Lucian et Gianluca, mais il trébuchait sans cesse. La tête l'élançait et il était épuisé de sa longue marche depuis l'atelier.

Ils avaient progressé par à-coups, s'arrêtant à tout bout de champ pour s'assurer qu'ils n'étaient pas suivis. Ils avaient réussi à s'éloigner de la route principale, ce qui était le plus important.

Nish mentionna la bicyclette, qu'ils avaient dû abandonner.

— Quelqu'un va la récupérer, dit Lucian en haussant les épaules.

Ils descendirent le long d'une colline rocailleuse et abrupte, traversèrent un ruisseau et atteignirent une petite forêt de chênes. À partir de là, uniquement guidés par le clair de lune, ils passèrent de terrasse en terrasse, d'oliveraie en oliveraie jusqu'à ce qu'ils arrivent à une petite maison blanche isolée, entourée d'un verger.

Le trio y retrouva un couple âgé, des amis de Gianluca. Malgré l'heure tardive – il était près de deux heures du matin –, ils n'étaient pas couchés. C'étaient des alliés, et ils s'étaient attendus à ce que Gianluca passe par là. Celui-ci s'entretint avec l'homme, qui était de très petite taille, avait un nez minuscule, mais était pourvu d'une épaisse tignasse de cheveux blancs. Nish saisit le mot *cantina,* qui fit sourire l'homme. Il connaissait l'endroit où Lucian, Nish et Gianluca, terrifiés, avaient dû rester accroupis pendant plus de deux heures. Finalement, le guetteur était venu les avertir que les *carabinieri* étaient partis.

— Il nous conseille d'attendre, prononça Gianluca à Nish et à Lucian. Son épouse va aller vérifier si la route pour se rendre en ville est sûre.

La femme, qui ressemblait à un oiseau avec ses cheveux noir corbeau, leur fit signe d'entrer dans la maison. Ils se retrouvèrent dans un *salotto* bas de plafond, d'une propreté impeccable. Sur ses murs blanc rosé étaient accrochés des assiettes et des paniers en osier, et on avait déposé un vase rempli de fleurs de couleurs vives sur la commode. Sur le manteau de la cheminée, Nish remarqua la lithographie d'un homme barbu qu'il reconnut comme étant l'anarchiste révolutionnaire russe Mikhail Bakunin.

Une fois que la femme eut quitté la maison en claudiquant légèrement, l'homme sortit des verres qui ressemblaient à des dés à coudre et les remplit de grappa en éclaboussant la table. Puis il leva son verre.

— *Alla nostra*, clama-t-il.

Nish, Gianluca et Lucian lui firent écho et, comme lui, vidèrent leur verre d'un trait.

— Tu vas bien ? demanda Lucian à Nish.

— Ça va.

— Et ton pied ?

— Ce n'est rien, vraiment.

— Et ta tête ?

— Ça m'élance un peu. La grappa va me détendre.

Nish trouvait étrange que Lucian s'en fasse pour lui plutôt que l'inverse. Lorsqu'ils avaient quitté l'atelier, Nish avait bien tenu le coup. Il était jeune et en forme, après tout, mais au bout d'une heure, ses chaussures, qui ne convenaient pas à ce genre d'aventure, lui avaient fait de douloureuses ampoules.

Il avait alors craint – il craignait encore – de ralentir les autres, d'être le maillon faible, le fardeau qui les ferait prendre. Ce qui aurait été enrageant vu qu'ils avaient échappé au raid. Ce souci l'avait rendu anxieux, et l'anxiété lui avait donné la migraine, comme ça avait été le cas en France lorsqu'il avait dû prendre des décisions difficiles. Amputer ou non. Tenter de réparer ou laisser mourir.

La femme revint et murmura quelques mots à l'oreille de son mari.

— Elle dit que c'est bon, leur répéta Gianluca.

Ils prirent la route, fatigués, mais excités.

Or, ils se rendirent vite compte que la femme s'était trompée. Dès qu'ils atteignirent la périphérie de Portofino, là où la Via del Fondaco débouchait sur la Piazza della Libertà, ils entendirent un coup de sifflet.

La rue qui, jusque-là, avait été plongée dans un silence presque surnaturel, s'anima soudain. On alluma des lampes, on ouvrit des volets, on se mit aux fenêtres pour voir ce qui se passait. Quelque part, un chien se mit à japper.

La terreur figea les trois hommes sur place, chacun pesant le pour et le contre de leurs options.

— On se cache ou on court ? demanda Lucian.

— On se cache, je ne peux pas courir, se désola Nish.

— Moi non plus, mais il le faut.

— Je dis qu'il faut courir, insista Gianluca.

Ils détalèrent, suivis par leur ombre sautillante dans la faible lumière projetée par les lampadaires. Les rues étaient tellement étroites qu'ils pouvaient toucher les murs des immeubles de part et d'autre, en écartant simplement les bras.

Nish était en nage, il avait mal au cœur. Courir sur les pavés le mettait à l'agonie. Désorienté à cause de la migraine, il avait de la difficulté à se diriger dans la pénombre. Il peinait à rester à la hauteur de Lucian qui pourtant n'arrivait plus vraiment à courir depuis la guerre.

Gianluca fut le premier à voir que Nish tirait de l'arrière. Plus tard, Nish se demanderait, avec un soupçon de culpabilité, si l'Italien l'avait attendu uniquement pour être près de lui. Il entendit Gianluca appeler Lucian devant eux.

— Ne t'arrête pas ! Continue !

Lucian dut avoir l'air déchiré, car Gianluca ajouta :

— S'ils t'attrapent, ils vont te déporter.

Gianluca attendit que Nish le rejoigne.

— Allez, viens !

— Je n'en suis pas capable, soupira Nish qui avait mal à la poitrine tellement son cœur battait fort.

— Il le faut.

Le nouveau coup de sifflet qu'ils entendirent leur indiqua que les policiers se rapprochaient dangereusement d'eux. Gianluca força Nish à avancer dans le labyrinthe des rues en le prenant à bras-le-corps. Ils finirent par déboucher sur le port.

L'immensité de la mer et le potentiel d'évasion qu'elle offrait en toutes circonstances ragaillardirent Nish. Dans l'obscurité, les maisons pastel pleines de charme en plein jour avaient l'air menaçantes, comme si elles montaient la garde. Les yachts amarrés au quai brillaient d'un blanc fantomatique au clair de lune.

— Lucian ? fit Nish, anxieux.

— Lucian est en sécurité, répondit Gianluca en serrant le bras de Nish. Reprends-toi ! Aide-moi à trouver une cachette.

— Là, s'exclama Nish en pointant du doigt une rangée de bateaux de pêche renversés sur la plage de galets. Sous *le barche*.

Ils rampèrent sous le bateau et s'allongèrent sur le dos, haletants. Une odeur de bois mouillé, de sel, de poisson flottait dans l'air. Gianluca plaça sa main sur la bouche de Nish pour atténuer le sifflement de sa respiration. Pendant un merveilleux moment, dans la pénombre rassurante, il n'y eut plus que le bruit des galets qui s'entrechoquaient quand les vagues atteignaient le rivage.

Cette tranquillité fut brisée par un nouveau coup de sifflet. Ils virent une torche électrique balayer la plage par les interstices du plat-bord du bateau.

Ils étaient trois. Deux des hommes se dirigèrent à l'autre bout de la plage, mais celui qui tenait la torche s'approcha des bateaux.

Danioni.

Il avança de sa démarche assurée, torche dans une main, cigarette dans l'autre. Il s'arrêta pour prendre une bouffée. Il était tellement près que Nish put noter, avec satisfaction, que son pantalon avait été déchiré, probablement par des ronces.

Lorsque Danioni fit un pas de plus, quelque chose changea sous le bateau. La peur que les deux hommes avaient réussi à contrôler jusque-là se répandit comme de la vapeur. À tel point que Nish se dit que Danioni la verrait. La main de Gianluca se resserra sur sa bouche.

Danioni resta là, à écouter et à surveiller les environs, pendant une trentaine de secondes. Puis, un autre coup de sifflet retentit et une voix cria : « *Da questa parte! Hanno trovato qualcosa.* » Par ici !

Danioni tourna aussitôt les talons. Un peu plus loin, il jeta un coup d'œil par-dessus son épaule. Ce qui l'avait troublé n'avait pas dû le perturber davantage, car il poursuivit son chemin.

Nish et Gianluca ne bougèrent pas d'un iota tant qu'ils perçurent des éclats de voix. Gianluca finit par retirer sa main de la bouche de Nish, qui, par réaction nerveuse, se mit à rire. Pas de façon bruyante, mais sans doute assez fort pour inquiéter Gianluca, car il mit son doigt sur sa bouche.

— Chut !

— Mais ils sont partis, chuchota Nish.

— Pour le moment.

Ils se fixèrent du regard. Un courant passa entre eux, urgent, indicible. Gianluca se pencha et embrassa Nish sur la bouche. La douceur de ses lèvres surprit Nish qui, instinctivement, eut envie de lui rendre la pareille.

Mais il en fut incapable.

Il détourna la tête et les lèvres de Gianluca glissèrent sur sa joue.

— Pas maintenant, chuchota Nish.

Peu de temps après, ils se retrouvèrent sur le chemin de l'hôtel. Ils marchaient en silence. Nish avait maintenant les idées claires. La douleur qu'il avait aux pieds le faisait grimacer, mais le souvenir de ce qui venait de se passer sur la plage était un analgésique plus fort que l'opium. Il ouvrit la bouche pour s'expliquer, mais Gianluca le devança.

— Je comprends, lança-t-il en souriant avec regret et en tendant la main à Nish, comme pour la serrer.

— Mais non.

Il fit un pas vers Gianluca et prit son visage entre ses mains. Il l'embrassa passionnément, enfonçant sa langue dans sa bouche, laissant aller toutes ses inhibitions. Gianluca lui rendit son baiser en lui empoignant les fesses, avant de diriger une main vers sa braguette.

Nish sentait son cœur battre. Un changement subit venait de se produire, un changement qu'il avait attendu toute sa vie. Il n'avait jamais fait ce qu'il était en train de faire, n'en avait jamais parlé, ne l'avait jamais vu. Malgré tout, cela lui semblait la chose la plus naturelle du monde.

*

Plum se redressa dans son lit. Écoutant le silence, il fut envahi par le sentiment de supériorité qu'on peut ressentir lorsqu'on est le seul à ne pas dormir. Des bruits extérieurs l'avaient tiré du sommeil – des pas, des cris, une poursuite. Puis le tapage s'était estompé. Il aurait pu se rendormir, mais il était content d'être éveillé.

Il avait des choses à faire, un plan à mettre en œuvre. Le hasard faisait bien les choses. Aurait-il soigneusement planifié son affaire qu'il n'aurait pu choisir un meilleur moment pour l'entamer.

C'était comme au tennis. Les gens avaient tendance à minimiser l'importance des aléas de la vie lorsqu'un joueur remportait un match. Ceux qui pariaient sur les vedettes tenaient compte de variables concrètes comme la fréquence de leurs as et de leurs bris de service, leur nombre d'erreurs.

Or, parfois, il y avait des imprévus. Des choses n'ayant rien à voir avec le tennis pouvaient faire mentir les pronostics.

En février, Plum et Lizzie, qui se trouvaient à Cannes, avaient été parmi les quelques chanceux à obtenir des billets pour assister au soi-disant match du siècle entre les deux championnes de l'heure : la Française Suzanne Lenglen et l'Américaine Helen Wills.

On donnait Lenglen gagnante, car elle avait plus d'expérience. Mais Wills joua exceptionnellement bien, et la plupart des observateurs furent d'avis que cette jeune Californienne de vingt ans était en mesure de battre la Divine – grande amatrice de cognac, au demeurant – aux Internationaux de France ainsi qu'à Wimbledon.

Puis, ce fut le désastre. Wills fut victime d'une crise d'appendicite qui la força à renoncer à ces deux tournois. Lenglen remporta le match de Cannes, mais quelque chose d'étrange se passa à Wimbledon. Influencé par la presse britannique qui avait rapporté que la joueuse française avait vexé la famille royale, le public se montra glacial à son égard, ce qui nuisit à sa concentration durant le match. Elle décida donc d'elle-même de se retirer au troisième tour. D'autre part, sa famille n'avait plus d'argent pour la soutenir.

Plum gloussa à ce souvenir. Il ne ferait jamais l'erreur de compter uniquement sur le tennis. Après tout, il y avait des façons beaucoup plus faciles de s'enrichir.

Après s'être assuré que Lizzie dormait toujours, il enfila des chaussettes et une robe de chambre sur son pyjama de soie, et sortit de la suite. Il s'arrêta dans le couloir pour s'assurer que tout était silencieux, avant de descendre au rez-de-chaussée.

Il se dirigea vers la réception. Dans certains hôtels, elle était gardée vingt-quatre heures sur vingt-quatre. Pas à l'Hôtel Portofino, entreprise familiale gérée en dilettante, malgré ce qu'on voulait faire croire. Le tiroir dans lequel il avait vu Bella glisser la clé de son propre bureau n'était même pas verrouillé. Il ne mit que quelques secondes à la trouver, accompagnée d'une multitude d'autres clés.

Il déverrouilla doucement la porte du bureau. En s'éclairant de son briquet, il fouilla tous les tiroirs de la table de travail de Bella avant de trouver la petite caisse. La première clé qu'il testa pour l'ouvrir fonctionna. Il eut peine à croire à sa chance. C'était trop facile !

La caisse était remplie de billets. Il en saisit une poignée qu'il mit dans sa poche, puis remit tout en place.

Il rangea les clés dans le tiroir de la réception et s'apprêtait à remonter lorsqu'il entendit quelqu'un sortir de la cuisine.

— Nish ? fit une voix.

— C'est moi, Wingfield, chuchota Plum, d'un ton surpris. Qui est là ?

Il alluma son briquet pour faire de la lumière.

— Ainsworth, répondit la voix qu'il reconnut alors comme celle de Lucian.

— Drôle d'endroit pour se rencontrer, observa Plum. Vous aviez soif ?

— On peut dire ça. Et vous ?

— On peut dire ça, répéta Plum en refermant son briquet. Eh bien, alors, bonne nuit.

— Bonne nuit.

Il s'engagea dans l'escalier en sentant le regard de Lucian dans son dos. Il s'en voulut de ne pas avoir fait preuve de plus de prudence. Seule l'apparence débraillée et sale de Lucian le consola. Peu importe d'où il venait, c'était manifestement un endroit où il n'aurait pas dû aller. Et pourquoi avait-il cru qu'il était Nish ? C'était très mystérieux.

Quelque chose s'était produit ce soir, après la petite fête illicite, tout à fait insipide, qui avait tant énervé certains clients…

Qu'est-ce que ça pouvait bien être ?

*

Le lendemain matin, Bella se réveilla tôt et alla cueillir des roses et des camélias dans le jardin. Elle en fit un joli bouquet qu'elle déposa dans un vase de cristal. Puis, elle prit une carte vierge sur laquelle elle inscrivit « Pour Ernest ». Elle déposa le tout sur la table de Lady Latchmere.

À huit heures, il faisait déjà assez chaud pour qu'on ouvre les portes donnant sur la terrasse. Bella demanda à Paola d'y passer le balai pour enlever les feuilles et les autres détritus, puis elle supervisa Constance, qui faisait le service du petit déjeuner. Une immense cafetière Bialetti à la main, la domestique se dirigea vers la table des Drummond-Ward. Droite comme un i, Julia mettait au défi quiconque oserait jeter un simple coup d'œil dans leur direction. Quant à Rose, elle fixait son assiette.

Bella ne put s'empêcher de sourire.

À l'autre bout de la pièce, Lizzie se cachait derrière une paire de lunettes de soleil, l'air malade, tandis que Plum se gavait d'œufs brouillés. D'un simple signe de tête, elle refusa le petit pain que Paola lui offrit.

Contrairement à son habitude, Lady Latchmere arriva seule, sans Melissa. Elle prit place à sa table avec sa raideur coutumière, mais son visage s'éclaira lorsqu'elle vit les fleurs et la carte.

Elle chercha Bella des yeux, la trouva facilement et souleva imperceptiblement la main en guise de remerciement secret. Bella hocha la tête avant de porter son attention ailleurs.

Elle regarda Lucian étaler de la marmelade sur une tranche de pain grillé. Il avait l'air épuisé. Lorsque Paola vint débarrasser sa table, il leva les yeux vers elle, mais elle l'ignora. L'étincelle entre eux et le lien qui les unissait avaient manifestement disparu.

Nish, pour sa part, avait l'air content, même si, comme toujours, il était seul. Quel drôle de garçon ! Un mélange de force et de faiblesse, de dépendance et d'indépendance.

Après le déjeuner, Bella se rendit à la réception. Elle faisait le tri dans sa boîte de clés lorsque Lady Latchmere apparut devant elle.

Bella sentit que quelque chose avait changé – non, cédé – en Lady Latchmere. La dureté et la férocité avaient complètement disparu.

Au moment où Bella la saluait d'un signe de tête, elles entendirent des bruits de pas saccadés. Il s'agissait de Julia qui emmenait promptement Rose à l'étage. Bella et Lady Latchmere les suivirent des yeux.

— J'espère que vous n'avez pas été trop ennuyée par les malheureux incidents d'hier soir, lança Bella après s'être éclairci la gorge.

— Ils semblent avoir eu une soirée bien plus gaie que la nôtre, rétorqua Lady Latchmere en souriant. J'aurais bien aimé que Melissa y participe.

Devant l'air interloqué de Bella, elle poursuivit :

— En souvenir d'Ernest, j'ai décidé de suivre votre exemple et de me moderniser un peu. D'être un peu moins critique.

Ce fut ensuite au tour de Lucian de quitter la salle à manger et de monter sous le regard des deux femmes.

— Puisque nous leur avons rendu la vie impossible avec cette guerre, reprit Lady Latchmere, nous ne pouvons reprocher aux jeunes de vivre le plus intensément possible. Qui sait combien de temps ils pourront en profiter ?

— *Ce qui ne reviendra pas est ce qui rend la vie si douce*[8].

— Shakespeare ? demanda Lady Latchmere.

— Emily Dickinson.

— Mon pauvre garçon. Il n'a certainement pas assez goûté la douceur de la vie.

Bella constata alors que Lady Latchmere transportait son vase à fleurs à deux mains, ce qui n'avait rien d'étonnant, car il était assez volumineux. Cela signifiait aussi qu'elle marchait sans canne.

— Je suis très touchée, ma chère, que vous ayez pensé à Ernest.

— À partir de maintenant, je n'y manquerai jamais, Lady Latchmere.

— Je vous en prie, lâcha-t-elle, le regard implorant. Mes amis m'appellent Gertrude.

*

Après être tombé sur Plum la veille au soir, Lucian était monté s'assurer que Nish était en sécurité dans sa chambre. Puis, il s'était effondré sur son lit et avait sombré dans un profond sommeil sans rêves. Il s'était toutefois réveillé agité, préoccupé par Paola.

Lorsqu'il était enfin arrivé à l'hôtel, il s'était tout de suite rendu dans les quartiers des domestiques italiens. Il voulait raconter sa soirée à Paola. Il voulait susciter

8. Traduction libre d'un vers célèbre en anglais : *That it will never come again is what makes life so sweet.*

la sympathie et la compassion dont lui-même avait fait preuve aux premiers jours de leur relation, lorsqu'elle lui avait parlé avec autant d'hésitation que d'intensité de son mari décédé. Il voulait qu'elle le réconforte comme elle le faisait chaque fois qu'un orage le faisait trembler, se tordre et hurler dans la nuit.

Il savait qu'elle était dans sa chambre, car il y avait de la lumière. Il avait frappé et l'avait appelée à plusieurs reprises, mais elle n'avait pas ouvert et, pour toute réponse, avait éteint. Et au petit déjeuner, elle l'avait ignoré, évitant son regard, se dépêchant d'aller à d'autres tables, alors qu'elle avait l'habitude de traîner à la sienne, osant même prendre furtivement une bouchée de son pain grillé.

Que se passait-il ?

À l'étage, il passa devant la salle de bains commune au moment même où Rose en sortait.

— Je croyais que votre suite avait sa propre salle de bains, dit-il, tout en pensant que cette remarque était vraiment stupide.

— Maman l'occupe en ce moment, expliqua Rose. Et je me suis sentie nauséeuse soudain…

Elle était en effet très pâle. Elle allait ajouter autre chose lorsqu'ils entendirent une porte s'ouvrir plus loin dans le couloir.

— Rose ? appela la voix de Julia.

Lucian entra dans la salle de bains en y repoussant Rose, puis il verrouilla la porte derrière eux. Rose le regarda avec de grands yeux. Jamais elle n'avait été dans une salle de bains avec un homme !

Lucian mit un doigt sur ses lèvres. Ils entendirent des pas vifs dans le couloir. Puis, on sonda la poignée.

— Rose ? Es-tu là ?

— Il y a quelqu'un, répondit Lucian en tentant de déguiser sa voix.

— Toutes mes excuses, répliqua Julia.

Mais Lucian l'entendait encore respirer de l'autre de la porte.

*

Bella arriva à l'étage sur ces entrefaites. En voyant Julia devant la porte fermée de la salle de bains, elle ne put s'empêcher de remarquer à quel point celle-ci réussissait à avoir l'air calme et posée – et froide – en toutes circonstances. *Tout est dans la posture*, se dit-elle en se souvenant avec dégoût qu'à l'école, on lui avait appris à elle aussi à se tenir bien droite.

— Quelque chose ne va pas dans la salle de bains de votre suite ? demanda Bella, inquiète.

— Non, non, tout fonctionne adéquatement, répondit Julia en prenant bien soin de ne pas faire de compliment par accident. Je cherche Rose. L'avez-vous vue ?

— Pas depuis le petit déjeuner. Mais puisque nous sommes là, j'aimerais vous dire un mot.

— Un mot ? fit Julia, sur ses gardes.

— Oui. Peut-être pourrions-nous… poursuivit Bella en faisant un geste vers la suite.

— Si vous le jugez nécessaire.

Aussitôt entrée, Julia se dirigea vers la fenêtre, comme pour aller contempler la mer, évitant ainsi de regarder Bella.

— Je voudrais vous présenter mes excuses, commença-t-elle.

— Et pourquoi donc ?

— Pour le spectacle peu édifiant dont vous avez été témoin hier soir.

— C'était juste un peu d'exaltation, fit Bella en haussant les épaules.

— De l'ébriété, vous voulez dire.

— J'ai été contente de voir Rose s'amuser, répliqua Bella. Je commençais à craindre qu'elle s'ennuie.

— Est-ce la raison pour laquelle vous souhaitiez me voir ? s'étonna Julia en se tournant, l'air offensé.

— Je pensais qu'il était temps que nous ayons une petite discussion entre femmes. À propos de Rose et de Lucian.

— Nous avons déjà réglé les choses, avec Cecil.

— Oui, les aspects financiers, mais il y en a d'autres à envisager.

— Les affaires du cœur ? s'enquit Julia en lui adressant un sourire froid et condescendant.

— Bien sûr. Pourquoi pas ?

— Vous êtes une grande sentimentale.

— C'est sentimental de vouloir que son enfant soit heureux ?

— Non, c'est de faire passer le bonheur avant le statut social et la sécurité.

Bella ne dit rien. Elle ouvrit la porte donnant sur le balcon pour sortir.

— Est-ce que je vous ai vexée ? s'interrogea Julia en la suivant.

— Pas du tout, affirma Bella en regardant droit devant elle. Je me demande si Rose est prête. C'est tout.

— Elle a un an de plus que moi lorsque je me suis mariée.

— Et pourtant, elle me paraît très jeune.

— Pourquoi attendre ? demanda Julia au bout d'un moment. Qu'aurions-nous à y gagner ?

— Un peu de perspective, peut-être. Pour voir s'ils sont assortis.

— Y a-t-il vraiment des couples assortis parmi nous ? Vous et moi, Bella, serions bien mal placées pour prétendre que l'amour l'emporte sur l'argent quand il s'agit de mariage.

Cette remarque blessante fit mouche. *D'où venait ce besoin de rabaisser et de dominer les autres ?* se demanda Bella. *Quelle sorte d'enfance a connue cette femme ?* On avait l'impression qu'elle avait sédimenté en elle un millier d'affronts, de rancunes et de déceptions.

Bella rentra dans la suite et en sortit sans un mot. Elle avait fait de son mieux, mais cette femme l'accablait.

*

Rose s'assit sur le rabat en bois des toilettes, rougissante et inquiète. Lucian se percha sur le rebord de la baignoire, en face d'elle.

— Tu vas bien ? demanda-t-il. Tu es un peu pâlotte.

— Non, je ne me vais pas bien du tout.

— Mais quand même assez bien pour sortir en bateau, j'espère !

— Comment ? fit-elle en fronçant les sourcils.

— Nous en avons parlé hier soir.

Rose prit un air horrifié. Elle ne se souvenait pas de ce projet. *D'accord,* pensa Lucian. *Il est possible qu'elle ait oublié. Elle avait un peu perdu la tête.*

— Oh, Lucian ! Je ne peux pas.

— Tu ne peux pas ou tu ne veux pas ?

— Quelle différence ?

Elle se leva, agitée. Il tendit le bras vers elle, mais elle recula, les mains nouées derrière le dos.

— Écoute, reprit-il. Je sais ce que c'est que de craindre la désapprobation de ses parents.

Rose fut soudain attentive.

— Mon père me trouve constamment des défauts, poursuivit-il. Depuis que je suis… endommagé, j'ai l'impression qu'il ne supporte pas de poser les yeux sur moi. Ma mère dit que je devrais cesser de vouloir le satisfaire et me préoccuper plutôt de ce qui *me* satisfait.

Rose hocha la tête.

— Je ne peux pas croire que la Rose que j'ai vue hier soir – celle qui dansait avec un tel abandon – est trop craintive pour dire à sa mère qu'elle veut aller faire un tour de bateau avec ses amis.

— Je pourrais lui demander, admit Rose en souriant timidement.

— Ce serait merveilleux.

Lucian déverrouilla la porte, et ils se mirent à rire bêtement en l'ouvrant.

Ils n'auraient pu choisir pire moment. Bella passa devant eux sans les voir et, deux secondes plus tard, Julia, qui avait l'air de la poursuivre, faillit foncer sur eux.

Rose poussa un petit cri. Julia jeta un regard noir à Lucian et attrapa sa fille par le poignet avant de rebrousser chemin et l'entraîner vers leur suite.

Lucian resta dans le couloir à se masser les tempes. Tout cela était ridicule. Un vrai vaudeville.

Tôt ou tard, il faudrait bien que quelque chose se passe.

*

On dira ce qu'on voudra, pensa Plum en entrant dans la suite Epsom, *la cuisinière de cet hôtel sait vraiment faire les œufs brouillés.*

Lizzie était enfouie sous un édredon à motifs de fleurs et d'oiseaux. Les lunettes de soleil qu'elle portait encore lui faisaient un tout petit visage. Plum se dirigea vers la fenêtre pour ouvrir les rideaux qui étaient tirés.

— Tu es obligé ? fit-elle d'une voix assourdie.

— Au moins maintenant je sais pourquoi tu te sens aussi moche.

— Quoi ? Les gens parlent ?

— Pas besoin, je n'ai eu qu'à consulter la facture du bar, rétorqua-t-il, avant de faire une pause. Écoute, Lizzie… Il n'y a pas trente-six façons de te dire cela…

Lizzie se redressa sur les oreillers, abaissa ses lunettes.

— Quoi ? Qu'y a-t-il ?

— Nous sommes dans le pétrin.

— Oh, Pelham, s'écria-t-elle en se détendant, habituée à ce genre de déclaration. Tu dis toujours cela.

— Cette fois, c'est sérieux.

— D'accord, reprit-elle en voyant qu'effectivement il ne blaguait pas. Quel genre de pétrin ?

— Du genre qui m'empêche de régler la note.

— De notre séjour ici ?

— Toutes les notes.

Elle eut l'air confuse.

— Mais ton père t'a donné cinq cents livres il n'y a pas si longtemps. Où est cet argent ?

— Je l'ai perdu.

— Comment ça, perdu ? s'étonna Lizzie, désormais inquiète.

— J'ai misé sur moi-même à Monte-Carlo. Une somme considérable, je le crains.

— Ne peux-tu pas lui en redemander ? suggéra-t-elle en ayant l'élégance de ne pas se montrer surprise.

— Je lui ai déjà écrit. Il y a dix jours. Je n'ai rien reçu.

— Il va finir par céder, non ?

— Pas cette fois, je pense, répondit-il en fixant le parquet.

— Qu'allons-nous faire ? sonda-t-elle en se mordant la lèvre.

Tel un magicien, Plum sortit de sa poche de pantalon les billets qu'il avait volés.

— J'ai un plan, déclara-t-il en agitant les billets.

Il plongea ses yeux dans ceux de Lizzie pour qu'elle saisisse bien le sérieux de la situation.

— Mais pour qu'il fonctionne, il faudra que tu sois prête à partir, sans vraiment de préavis.

*

Betty était une femme merveilleuse, la bonté même. Elle était attentionnée et prévenante. Constance lui devait tout et n'aurait pas toléré qu'on dise du mal d'elle, mais grands dieux qu'elle était fouineuse !

Elles préparaient le pique-nique en vue de l'excursion en bateau. Le soleil entrait à flots par la porte ouverte de la cuisine, et la chatte, que Betty avait baptisée Victoria – « parce qu'elle pense qu'elle est une reine » – se promenait partout, à la recherche de restes.

Betty avait sans doute trébuché contre le sac de gros coton que Constance avait déposé sur le sol, et vu ce qu'il contenait parce que Constance l'avait laissé malencontreusement ouvert. Avant que la jeune femme ait le temps de faire quoi que ce soit, Betty se pencha et sortit un maillot de bain du sac. Celui-là même qui avait suscité tant de questionnements chez Constance quant à sa convenance.

L'air perplexe, Betty le tint dans les airs. Constance fit deux pas et le lui arracha des mains.

— Mrs Turner me l'a prêté, affirma-t-elle en guise d'explication.

Non pas qu'elle en devait à Betty. Elle le rangea dans son sac avant de se remettre à emballer des sandwichs.

— Quoi ? fit-elle en sentant le regard de Betty dans son dos.

— J'espère que tu sais ce que tu fais, avança prudemment l'amie de sa mère.

— Que voulez-vous dire? rétorqua Constance, plus sèchement qu'elle ne l'aurait voulu.

— Je veux dire, fais attention ! Il me semble que tu es bien placée pour savoir que porter une petite chose comme ça peut être dangereux.

Constance n'en crut pas ses oreilles. Ce genre de jugement ne l'étonnait pas de la part des gens de son patelin, mais venant de Betty…

— Qu'est-ce que vous insinuez ?

— Je n'insinue rien.

— Vous êtes en train de dire que ce qui m'est arrivé est ma faute ?

— Ce n'est pas ce que j'ai dit, fit Betty, d'un air de reproche.

— Mais c'est ce que vous pensez. Comme tous les autres.

— Non, trancha Betty en secouant énergiquement la tête. Simplement, je ne veux pas qu'on te fasse mal encore une fois.

Constance était furieuse.

— J'en ai marre, Betty. J'en ai assez de me morfondre. De me taire. De vivre dans la peur de ce qu'on peut penser de moi, de ce que je fais, de ce que je dis ou de l'air que j'ai. Je veux juste… me laisser aller.

— Ce sont les règles.

— Pas pour Mrs Turner !

— Oh, celle-là ! Ils vont la réduire en miettes, ce ne sera pas long. Tu verras bien.

Betty se radoucit en voyant l'air démoralisé de Constance. Elle lui tendit les bras.

— Ne m'écoute pas, mon petit. Je suis une vieille folle qui a oublié ce que c'est d'être jeune.

Constance se laissa étreindre par Betty, puis lui mit les mains sur les épaules.

— Au contraire, Betty, vous êtes la femme la plus sage que je connaisse.

Et elle le pensait. Elle savait qu'elle aurait été perdue sans elle.

Betty leva les yeux au ciel.

— Allez, vas-y. Amuse-toi !

Constance emballa le dernier sandwich, mit son sac sur son épaule et prit le panier à pique-nique. Elle lança un sourire à Betty avant de sortir de la cuisine pour se diriger vers l'entrée de l'hôtel. C'était le point de ralliement de ceux qui participaient à l'excursion en mer.

Lorsqu'elle déposa son sac dans le porte-bagages de la calèche, elle ne put s'empêcher d'entendre l'échange entre Bella et Lucian.

— Est-ce que Rose se joint à vous ?

— On dirait que non, répondit Lucian d'un ton indifférent.

— Mrs Drummond-Ward doit penser que tu as une mauvaise influence sur elle.

— Moi et tout le monde, rétorqua-t-il en observant Claudine et Lizzie sortir de l'hôtel.

— Eh bien, ça te laisse libre de t'occuper de nos autres clients.

En soupirant, il aida Claudine et Lizzie à monter dans la calèche, puis tendit leurs sacs à Constance pour qu'elle les range dans le porte-bagages.

— Votre mari se joindra-t-il à nous, Mrs Wingfield ? demanda-t-il à Lizzie.

— Il se repose. Il doit préserver ses forces pour le grand match.

— Et Mr Turner ?

— Jack ne mettrait jamais le pied sur un bateau, s'esclaffa Claudine.

— Eh bien, alors, Mr Albani et moi vous aurons pour nous tout seuls.

C'est à ce moment que Roberto sortit en trombe de l'hôtel. Il monta dans la calèche et s'installa à côté de Claudine, ce qui, remarqua Constance, n'eut pas l'air de lui plaire.

*

Postée à la fenêtre du salon, Alice regardait le petit groupe partir en se rongeant les sangs et l'ongle du pouce.

— Pourquoi n'es-tu pas avec eux, ma cocotte ? fit derrière elle la voix familière et rassurante de son père.

Qu'il utilise le même terme affectueux que lorsqu'elle était enfant fit plaisir à Alice. Elle avait toujours été la préférée de Cecil, sa petite princesse. Il y avait forcément de la rivalité entre les pères et les fils, mais aucun obstacle de cette nature ne subsistait entre les pères et les filles.

— Ils n'ont pas pensé à m'inviter, papa, admit-elle en prenant un air faussement apitoyé. On ne m'invite jamais nulle part.

— Eh bien, dit-il en s'approchant d'elle et en lui enserrant les épaules. Commence à t'inviter. Impose-toi un peu. Déride-toi, de temps en temps.

— Je suis trop vieille pour partir en vadrouille.

— En vadrouille… Tu as vingt-six ans pour l'amour de Dieu. Tu sais ce qu'on dit : « À trop travailler, on s'abrutit. »

— En tout cas, toi, tu ne risques pas grand-chose…

— Bon, bon. Ne t'y mets pas toi aussi, de grâce. Déjà que j'ai ta mère sur le dos…

— Pauvre vieux papa ! lâcha-t-elle en souriant.

— Pourquoi « pauvre vieux papa » ? demanda Bella, qui entra sans prévenir, s'immisçant sans le savoir dans leur conversation.

— Il ne se sent pas apprécié, avoua Alice au bout d'un moment.

— Je suggérais simplement à notre fille de se permettre de s'amuser à l'occasion, se dépêcha de clarifier Cecil.

— Et je lui répondais que j'ai trop à faire ! précisa Alice, qui ressentit alors un étrange mélange d'émotions fait d'indignation, de peur et de douleur presque physique.

Était-ce *vraiment* ce qu'elle avait dit à son père ? Pas tout à fait. D'ailleurs, était-elle *vraiment* occupée ? Elle en avait l'impression. Mais une personne peu charitable qui l'aurait suivie lors d'une journée typique aurait bientôt constaté qu'Alice passait de longs moments à ne rien faire. Alors, pourquoi se sentait-elle débordée ?

Elle l'ignorait et ne s'en portait pas plus mal. Or, autrefois, elle ne cessait de se poser ce genre de questions.

Plus maintenant.

Nous nous consolons de différentes manières, pensa Alice. *Lucian a son art. J'ai Dieu.*

Peu de temps après la mort de George, alors qu'elle était au plus bas, une amie catholique, Roberta, lui avait prêté un livre écrit par un prêtre. Elle avait promis à Alice qu'elle y trouverait réponse aux milliers de questions qui tournoyaient dans sa tête.

— C'est un homme merveilleux, lui avait-elle dit à propos de l'auteur. Il connaît tout. Son livre est comme du catéchisme. Chaque question ou déclaration est suivie d'une réponse. Et quand on lit les réponses… eh bien, on se rend compte qu'il n'est plus nécessaire de se tourmenter. De penser. Tout est déjà pensé pour nous !

Quel est le but de la vie sur Terre ?

L'homme a été créé pour louer, aimer et servir Dieu afin de pouvoir atteindre la vie éternelle.

Quel âge à la Terre selon vous ?

Nous ne pouvons pas le savoir, car Dieu ne nous l'a pas dit. Lui seul était présent au début de la création.

L'enfant issu d'un mariage entre deux personnes de religions différentes – protestante et catholique – peut-il aller au Ciel ?

Si l'enfant est élevé dans la foi protestante, il a autant de chance que n'importe quel protestant d'y aller. S'il est élevé dans la foi catholique, il a un léger avantage, bien qu'il ait de mauvais exemples sous les yeux : le parent non catholique et la faiblesse de la foi du catholique, qui a décidé d'épouser quelqu'un d'une autre confession.

Ce livre mit du baume sur le cœur d'Alice, mais son ton dur et moralisateur l'effraya aussi. Auparavant, elle était certaine que George était au Ciel, et qu'elle et Lottie, qui n'avait jamais connu son père, l'y retrouveraient un jour.

Mais à partir de ce moment, elle avait craint de ne pas être assez bonne pour aller au Ciel. Après tout, elle avait commis un terrible péché.

Avant la première mission militaire de George, alors qu'ils n'étaient que fiancés, ils avaient passé une nuit ensemble. Alice s'était toujours sentie coupable de cet écart de conduite, mais désormais elle craignait qu'il l'ait perdue.

Toujours d'après le livre, le châtiment pour ce genre de comportement était sans équivoque : le purgatoire. Lottie et elle devraient y transiter pour qu'elle puisse expier son péché. Elles y seraient avec une multitude d'autres âmes, car cet « état intermédiaire de purification » était beaucoup plus vaste que le ciel, où relativement peu de gens étaient admis.

Peut-être qu'elle y errerait des semaines, voire des années durant, avant de trouver George. Pendant tout ce temps, Lottie serait pendue à elle, en pleurs. « Où est papa ? lui demanderait-elle. Tu m'avais dit que papa serait ici ! »

Quelque temps après le décès de George, Lucian était venu en permission à la maison. Lorsqu'il avait appris qu'Alice était prostrée, qu'elle refusait de parler et de manger, il était entré dans sa chambre et l'avait trouvée en pleurs, le livre de Roberta dans les mains.

Il s'était d'abord montré doux et compatissant avec sa sœur, mais il avait rapidement changé de ton lorsqu'il avait lu quelques passages du livre. Furieux, il lui avait crié que ce livre donnait des « réponses sans aucun sens à des questions tout aussi absurdes » et qu'elle gaspillait bêtement son temps.

— Si Dieu existe, avait-il insisté, le visage empourpré, pourquoi n'est-il pas en France et en Belgique ? Pourquoi n'a-t-il pas empêché George de mourir ?

La colère de Lucian n'avait cependant pas eu l'effet souhaité sur Alice. Au contraire, elle avait renforcé son fanatisme. Alice s'était éloignée de Lucian, même lorsqu'elle avait appris qu'il s'était fait blesser, même après son retour du centre de convalescence en France.

Comme elle trouvait pénible d'être témoin de l'athéisme de son frère, elle avait décidé de l'ignorer et de ne montrer pas plus d'émotion que nécessaire. Elle en était arrivée à la conclusion qu'une personne qui faisait preuve de sentiment se rendait vulnérable, pouvait se laisser convaincre par les arguments des autres. Ce qu'elle ne voulait absolument pas.

Ainsi, dans le salon, elle avait eu envie de pleurer, mais elle aurait été incapable de se donner ainsi en spectacle devant ses parents. Elle était donc partie en coup de vent, laissant Bella et Cecil se regarder en chiens de faïence.

Elle resta quand même dans le couloir, à écouter ce qu'ils allaient dire.

— Quelle est l'origine de tout cela ? demanda Bella.

— Elle trouve qu'on la néglige.

— Peut-être qu'elle a raison. Peut-être que c'est à Alice que tu devrais trouver un mari, plutôt qu'une épouse à Lucian.

Il y eut un silence. Alice crut entendre fonctionner les rouages du cerveau de son père.

— Peut-être, admit-il finalement en soupirant.

Alice connaissait trop bien ce genre de soupir. Il était signe de regret et de désespoir.

*

Le reste de la matinée ne se déroula pas très bien pour Bella.

En sortant du salon, elle se rendit à son bureau pour prendre de l'argent dans la petite caisse. Elle la déverrouilla, compta les billets et constata qu'il en manquait. C'était toujours la même histoire. Et c'était particulièrement ennuyeux ce matin, étant donné ce qu'elle s'apprêtait à faire.

Elle n'était jamais allée au centre communautaire de Portofino, mais elle le trouva ordinaire et utilitaire, comme elle l'avait imaginé. Ce qu'elle n'avait pas prévu, en revanche, c'était que la place grouillerait de Chemises noires. Ils traînaient, fumaient, bavardaient. Deux d'entre eux boxaient, encouragés par une petite foule de gens qui s'était attroupée autour d'eux. Bella dut les contourner pour entrer dans l'immeuble.

Elle n'eut pas à chercher longtemps. La première porte qu'elle vit portait le nom de Danioni. Elle frappa en se préparant mentalement.

— *Signora* Ainsworth ! s'écria-t-il, comme pour avertir une quelconque personne de son arrivée, avant de l'inviter à entrer. Quel honneur ! Prendriez-vous un café ?

— Je ne resterai pas assez longtemps.

Elle sortit une enveloppe de son sac et la déposa sur le bureau. Danioni la regarda, puis leva les yeux vers Bella.

— C'est un cadeau amical, monsieur Danioni.

Il sourit et inclina la tête, avant de prendre l'enveloppe et de la glisser dans la poche intérieure de sa veste.

— *Grazie*.

— Je crains que ce soit le dernier, reprit-elle en éprouvant un immense sentiment de satisfaction.

— Je suis désolé d'apprendre cela, fit-il, toute trace de sourire disparue.

— Vous imaginez que je suis riche, mais chaque sou que je possède est englouti dans notre hôtel. Je ne peux tout simplement pas me permettre de continuer à vous payer.

Danioni digéra cette information en silence. Puis il se pencha en s'appuyant sur ses coudes.

— N'essayez pas de jouer au plus fin avec moi, *Signora*, trancha-t-il d'un ton sec et malveillant. Vous êtes pleine de ressources. Vous trouverez bien une solution.

— Vous aussi, *Signore*, êtes plein de ressources, relança-t-elle en tremblant, car ce n'était pas la réponse qu'elle attendait. Vous aussi, vous trouverez une solution.

*

Il était environ onze heures trente lorsque Nish vit Bella sortir du centre communautaire. Assis depuis plus d'une heure au bar de la place, il avait bu deux expressos, fumé quatre Caporal et lu deux chapitres de *Route des Indes* d'E.M. Foster. Le brillant pastiche que l'auteur avait fait des récits de voyage à la Baedeker l'avait fait sourire.

En fait, il avait aussi vu Bella entrer dans le centre communautaire en contournant les Chemises noires. Heureusement, elle ne l'avait pas vu. Mais il l'avait regardée attentivement en se demandant ce qu'il penserait d'elle s'il ne la connaissait pas. C'était une jolie femme aux pommettes hautes et à la voix sonore et chantante, reconnaissable entre toutes.

Lorsqu'elle disparut au coin de la rue, il reporta son attention sur les Chemises noires. Achetaient-ils leurs uniformes dans la même boutique ?

— Votre note, monsieur, lança une voix derrière lui.

Il prit le bout de papier sans regarder le serveur. Mais lorsqu'il le déplia, il constata que ce n'était pas du tout une facture, mais bien un message : « SUIS-MOI ».

En levant la tête, Nish vit Gianluca à quelques mètres de lui. Ils échangèrent un sourire, tandis que le cœur de Nish se mit à battre plus rapidement. Gianluca se dirigea vers une intersection où il y avait un kiosque à journaux.

Nish jeta quelques pièces de monnaie sur la table, fourra ses affaires dans son sac et suivit son ami.

Depuis la Via Roma, ils prirent à droite, traversèrent la Piazza Martiri dell'Olivetta, empruntèrent la Salita San Giorgio. Nish, qui avait l'impression d'avoir arpenté toute la ville, s'efforça d'avoir l'air détendu, comme un touriste.

Enfin, à quelques mètres devant lui, Gianluca bifurqua dans une ruelle. Nish s'attendit à y retrouver son ami, mais il ne vit qu'un prêtre qui réparait sa bicyclette et quelques enfants, pieds nus, qui remplissaient de vieilles boîtes de conserve de tomates à une borne d'incendie.

Il continua de marcher, interdit, lorsqu'une main lui saisit le bras et l'attira dans une entrée.

Ils s'étreignirent aussitôt et s'embrassèrent goulûment. Puis, ils se déshabillèrent l'un et l'autre dans l'urgence d'un désir qu'ils éprouvaient depuis longtemps.

Plus tard, ils se retrouvèrent étendus sur un lit improvisé, fait d'énormes sacs de pommes de terre, la tête de Gianluca reposant sur la poitrine de Nish.

Celui-ci prit alors conscience de son environnement. Ils étaient dans un vaste local au haut plafond et aux murs tapissés d'étagères remplies de dames-jeannes de vin, de sacs de céréales, de caisses de fruits et de légumes. La lumière entrait de façon diffuse par une seule fenêtre poussiéreuse.

— Où sommes-nous ?

— Dans un entrepôt qui appartient à mon père.

— Il est agriculteur ?

— Non, lança Gianluca en riant. Il est avocat et propriétaire terrien.

— Il fait pousser tout ça ?

— Il loue la terre à des agriculteurs qui lui envoient la moitié de ce qu'ils récoltent.

Nish alluma une cigarette en considérant cette information.

— Un peu bourgeois, non ?

Gianluca leva la tête et regarda Nish, les yeux brillants, honnêtes.

— Mon grand-père a acheté la terre à l'église au siècle dernier. Je l'ai supplié de la donner aux villageois.

— Et qu'a-t-il dit ?

— Il m'a traité d'anarchiste. C'est pourquoi je m'en vais.

— Tu t'en vas ?

— Mon père et moi, nous ne sommes pas… *simpatico*.

— Il voudrait que tu te ranges, affirma Nish, ce qui les fit rire. Où iras-tu ?

— Turin. On a besoin de moi là-bas.

— On a besoin de toi ici.

— Pas autant, dit Gianluca en se mettant à caresser la main de Nish. Nous devons inciter les villes à se battre contre Mussolini.

Il prit le menton de Nish dans sa main.

— Peut-être que tu devrais venir.

— Qu'est-ce que je ferais à Turin ?

— Facile, souffla Gianluca en s'approchant pour l'embrasser. Tu apprendrais à résister.

Chapitre 9

Installée sur sa chaise longue, Claudine songea qu'elle était encore en train de s'acclimater à Portofino.

Certes, l'endroit était magnifique, et elle était heureuse d'y être après en avoir tant entendu parler.

Cela dit, la réjouissante soirée de la veille – une anomalie pour ses compagnons anglais – lui avait fait réaliser à quel point le Lido de Venise lui manquait. Le côté extraverti de Claudine se languissait des rituels bizarres de la Sérénissime – comme rester en pyjama toute la journée – ainsi que des cafés-terrasses et des salles de danse où les excès étaient permis sans qu'on n'ait jamais à se sentir coupable du plaisir qu'on prenait, tout extrême soit-il.

Pour obtenir une place ou même une cabine sur la plage privée de l'hôtel Excelsior Palace, elle avait dû faire des pieds et des mains, et se lier d'amitié avec des gens importants.

Elle y était parvenue en se montrant divertissante, ce qu'elle préférait faire dans la vie.

Un soir, sur la piste de danse de Chez Vous, la boîte de nuit de l'Excelsior, elle s'était éclatée en faisant une démonstration de charleston qui lui avait valu des applaudissements frénétiques. Une autre fois, sur le *gallegiante* de Cole Porter, un vaste radeau qui allait et venait sur les canaux, elle avait chanté *I'm a Little Old Lido Lady,* accompagnée par l'orchestre jazz de son vieil ami Leslie Hutchinson.

Ce soir-là, Lady Diana Cooper – déguisée en légionnaire italien, avec cape blanche et *bersagliere* à plumes de coq – lui avait offert un verre de champagne. « C'était fantastique ! s'était-elle écriée. Venez nous voir, je vous en prie. Duff et moi avons une petite *casa* Via dei Catecumeni. »

Puis, Greta Garbo l'avait abordée. Garbo en personne ! Elle portait un pantalon et une simple chemise blanche. Ses cheveux sans tenue semblaient emmêlés et sales.

— Vous me plaisez, lui avait avoué l'actrice.

— Eh bien, vous me plaisez aussi, chérie, avait dit Claudine avant de désigner du menton un homme à l'air triste dans son costume de Pierrot, qui se tenait près d'elles. Qui est-ce ?

— Oh, avait-elle répondu, ennuyée, après avoir vérifié. C'est Cecil Beaton.

— Le photographe ?

— Oui, il veut baiser avec moi.

— Ah bon ! Je croyais…

— … qu'il était homosexuel ? Il l'est. Mais il veut quand même baiser avec moi.

Elle avait haussé les épaules, l'air de dire : « Qu'est-ce que je peux y faire ? »

Claudine était à cent lieues de cet univers sur cette plage italienne. Elle inclina la tête pour mieux observer ses compagnons.

Il y avait Constance, qui préparait le pique-nique en disposant d'exquis petits sandwichs sur des assiettes d'un blanc éclatant. Avant cela, elle s'était échinée pendant une demi-heure sur le parasol pour le faire tenir droit. Grands dieux que cette fille travaillait dur ! En ce moment, elle suait à grosses gouttes et avait l'air engoncée dans sa lourde robe anglaise. Aurait-elle le courage de la troquer contre le maillot de bain que Claudine lui avait prêté ? Elle était tellement mignonne, mais elle l'ignorait complètement.

Un peu plus loin, Lucian et Lizzie plongeaient à tour de rôle pour aller ramasser des coquillages et des pierres au fond de la mer. Claudine n'avait pas eu beaucoup d'échanges avec Lucian, mais il lui semblait quelqu'un de bien. Lizzie aussi, quoiqu'elle ait un problème d'alcool. La mère de Claudine avait raison de dire : « Peu importe la question, la réponse n'est jamais au fond d'une bouteille. »

Quant à Roberto… Il était paresseusement allongé sur le bateau qui était ancré à une dizaine de mètres de la rive. Claudine ignorait pourquoi il ne s'était pas joint aux autres. Elle abaissa ses lunettes de soleil et l'observa plus attentivement. Il avait un beau corps, c'était indéniable, mais il avait désormais perdu tout intérêt pour elle.

C'est ainsi que les choses se passaient parfois. Une fois que vous aviez couché avec quelqu'un, tout ce qui vous avait attiré en lui disparaissait. Même si vous aviez passé un bon moment au lit avec lui – ce qui d'ailleurs avait été le cas.

Elle ferma les yeux et repensa à l'année qui venait de s'écouler. Au début, elle avait aussi aimé faire l'amour avec Jack. Elle avait un excellent souvenir de ces chaudes soirées d'été à l'Hôtel Apollinaire de la rue Delambre. Ensuite, ils allaient manger un morceau au Dôme, puis se promener au bord de la Seine, en passant devant les bouquinistes* qui avaient fermé boutique. Ils discutaient de leurs projets – ou plutôt de ceux de Jack. Ce qu'il espérait vendre, à qui et à quel prix.

Elle avait l'impression que cela faisait une éternité.

Et pourtant, ils étaient toujours ensemble.

Claudine se leva, lissa les plis de son maillot de bain vert à col en V et se dirigea vers la mer. Bonne nageuse, elle dépassa bientôt le bateau qui se balançait lentement sur les vagues. Elle remarqua que Roberto l'avait vue, mais n'en fit pas de cas.

Propulsée par ses muscles tonifiés et délicieusement douloureux, elle longea le promontoire pour se rendre à la grotte qu'elle avait repérée plus tôt lors de leur sortie en bateau.

Elle y pénétra prudemment, en faisant bien attention de ne pas frôler d'invisibles rochers qui abîmeraient le vernis sur ses orteils. Elle se laissa ensuite flotter sur le dos, bercée par le rythme régulier des vagues et subjuguée par la façon dont la lumière du soleil se reflétait sur le plafond de la grotte.

Au bout de quelques minutes, elle sentit une présence. Quelqu'un nageait à côté d'elle.

Elle leva la tête.

C'était Roberto. Il souriait comme si le fait de pénétrer ainsi en douce dans son intimité était une blague formidable.

Cette attitude insouciante rendit Claudine furieuse.

— Laisse-moi tranquille, tu veux bien ? lui lança-t-elle.

Elle nagea jusqu'à l'entrée de la grotte où elle se hissa sur une vaste roche plate. Roberto crut sans doute qu'elle ne faisait que tester la force de ses ardeurs, car il se dirigea vers elle et tenta de grimper lui aussi sur la roche.

D'un coup de pied, Claudine le repoussa dans l'eau.

Apparemment convaincu que cela faisait partie du jeu, il attira Claudine dans l'eau en la tirant par les jambes. Puis, il essaya de l'embrasser en frottant son menton mal rasé sur sa joue, en enfonçant son nez dans son oreille.

Encore une fois Claudine le repoussa de toutes ses forces.

— Je t'ai dit de me laisser tranquille !

Roberto cessa, l'air interdit.

— *Cosa c'è ?* fit-il. Que se passe-t-il ?

— Tu ne comprends pas ? C'était seulement une fois, expliqua-t-elle en levant son index. Une fois.

Avant qu'il ait le temps de réagir, elle s'enfonça sous l'eau et passa à toute vitesse devant lui.

Elle fut soulagée de voir qu'il ne la suivait pas. Il était monté sur la roche et regardait la mer.

Claudine n'eut donc pas à se dépêcher pour retourner à la plage. Elle prit son temps en faisant régulièrement du surplace pour admirer le paysage, pensant à Greta Garbo et à Cecil Beaton, et en se disant que ce serait vraiment bien si, une seule fois, les hommes cessaient de vouloir des choses.

*

Apparemment, c'était la domestique italienne qui servait le café aujourd'hui. Directement de la machine à expresso, comme c'était la coutume dans ce pays, plutôt que dans une cafetière en porcelaine. Cela avait toujours dérangé Julia. C'était tellement… inélégant. Ça avait un côté bohème inutile. Elle en toucherait un mot à Bella.

Cecil et elle avaient eu un dîner agréable. Au moins, on pouvait se fier à la nourriture servie à l'hôtel. Cela, elle l'admettait. Ils avaient pris plaisir à échanger des nouvelles l'un de l'autre, mais avaient fini par parler des événements de la veille au soir, en se taisant chaque fois que quelqu'un entrait dans la pièce.

Tout le monde savait que la servante, Paola, ne parlait pas anglais. Il était même possible qu'elle n'ait jamais fréquenté l'école, la pauvre. Pourtant, Cecil attendit qu'ils soient seuls pour reprendre le fil de leur conversation.

— Tu ne crois pas que tu es un peu sévère avec Rose ?

Il jeta un coup d'œil à la jeune fille qui faisait distraitement une patience sur la terrasse. En la regardant à son tour, Julia se dit qu'elle était bien chanceuse d'avoir une fille aussi belle. Parfois, elle sentait que cette beauté lui appartenait davantage qu'à Rose. C'était un atout qui nécessitait de l'entretien et de la protection. Or, Dieu savait que Rose n'était pas assez intelligente pour s'en occuper seule.

— Elle s'est comportée de façon honteuse, poursuivit Julia.

— Mais je croyais qu'il s'agissait de les rapprocher.

— Pas au prix de sa réputation, précisa-t-elle en sirotant son café. Par ailleurs, rien n'est encore conclu.

— Ah non ?

— Tout d'abord, nous n'avons pas parlé d'argent.

— Qu'avais-tu en tête ? demanda Cecil, mal à l'aise.

— Eh bien, la mère d'Ivor demeure à Bayswater. Je pensais qu'ils pourraient habiter les deux derniers étages. Et prendre possession de tout le reste avec le temps.

— C'est très généreux de ta part.

— Il reste encore les frais du mariage. Et les dépenses courantes.

— J'espère que Lucian va obtenir un bon emploi.

— On ne peut pas faire vivre toute une maisonnée avec de l'espoir, s'exclama Julia en levant les yeux au ciel.

— Bien sûr que non, rétorqua Cecil en desserrant un peu sa cravate. C'est pourquoi je serai heureux de leur fournir une rente. Jusqu'à ce qu'ils puissent voler de leurs propres ailes.

— Splendide ! As-tu décidé d'un montant ?

— Pas encore. Je… J'attends que certaines choses se placent.

— Tu veux dire que tu attends d'avoir assez de courage pour demander à ton beau-père, dit-elle en riant tristement.

— Je ne m'abaisserais pas à cela.

— Pourquoi pas ? Il faut bien qu'il y ait des avantages à ouvrir sa lignée au plus offrant.

— J'ai d'autres façons de recueillir des fonds.

Julia vida sa tasse et se leva de table.

— Eh bien, n'attends pas trop longtemps.

Elle regarda Rose qui avait abandonné ses cartes et contemplait la mer – et probablement son avenir.

— Il ne faudrait pas que les choses aillent trop loin, reprit Julia, sans savoir combien ça nous coûtera à toi et à moi.

*

Alice était toujours penchée sur le livre des comptes de l'hôtel quand Bella rentra. Se fiant à la tenue plutôt formelle de sa mère, elle supposa que celle-ci était allée en ville.

En général, Alice ne s'occupait pas des comptes, surtout quand elle devait prendre soin de Lottie, ce qui était le cas aujourd'hui, car on avait réquisitionné Constance pour l'excursion à la plage. Or, le thé avait été son projet, pour ainsi dire, et Lottie jouait tranquillement à la poupée sur la terrasse.

— Nous avons réalisé un bénéfice, annonça-t-elle fièrement à Bella, qui sortait de son bureau où elle était allée changer de chaussures et trier le courrier. Je parle du thé. Je me disais que tu serais heureuse de le savoir.

— Tant mieux, lâcha Bella d'un ton plutôt détaché, compte tenu des circonstances.

— Nous ferons encore mieux la prochaine fois.

— Tu as reçu cela, annonça Bella en déposant devant elle un colis dont le papier avait été déchiré.

— Qu'est-il arrivé ? demanda Alice.

— Je suis désolée, c'est moi qui l'ai ouvert avant de me rendre compte qu'il t'était adressé.

Alice prit le colis, le déballa complètement et resta bouche bée en découvrant un écrin.

— Écoute, ma chérie, ne le prends pas mal, mais…

Alice se tourna vers sa mère, interdite, presque alarmée.

— … comme nous sommes très serrés financièrement, poursuivit Bella, s'il te reste quoi que ce soit de ta pension ou de la rente que George t'avait laissée, et bien… tu devrais l'investir dans l'hôtel plutôt que d'acheter des bijoux chez Bulgari.

— Je n'ai rien fait de tel, assura Alice.

Elle ouvrit l'écrin. Sur un coussin de velours jaune reposait un magnifique bracelet en or. Elle le prit dans ses mains, perplexe.

— Je te jure, ce n'est pas moi qui ai acheté cela.

— Le comte Albani, comprit soudain Bella.

— Oh non ! s'exclama Alice, cramoisie, horrifiée. Je ne peux pas l'accepter.

— Si, tu *peux,* la reprit Bella. La question est de savoir si tu *dois.*

— J'aurais dû me rendre compte de ce qui se passait.

— Que veux-tu dire ?

— Il est très... insistant.

Elles restèrent sans dire un mot pendant un moment, chacune réfléchissant à la manière de procéder. Ce fut Bella qui brisa le silence.

— Tu dois lui parler. Maintenant. Pour tirer les choses au clair.

— Sais-tu où il est ?

— Dans le jardin, répondit-elle. Il y fait sa sieste d'après-midi, je crois.

Alice se sentait mal tellement elle était énervée. Ou peut-être qu'elle était exaspérée. Elle en avait assez d'elle-même, de ne pas savoir ce qu'elle voulait – pour elle ou pour Lottie. Elle traîna des pieds jusqu'au banc où le comte Albani était allongé, le bord de son panama abaissé sur les yeux.

Dormait-il ? Dans ce cas, elle n'oserait pas le réveiller. Accrochée à l'écrin, elle attendit un moment. Elle fut soulagée de voir que le comte ne bougeait pas, car ce n'était vraiment pas une conversation qu'elle voulait avoir. Elle allait rebrousser chemin lorsqu'il se mit à parler de son habituel ton un peu pompeux.

— Ne vous en faites pas pour moi, je ne fais que reposer mes yeux, dit-il en soulevant le bord de son chapeau pour lui adresser son plus charmant sourire, un sourire qui lui permettait probablement d'obtenir ce qu'il voulait. Chère Mrs Mays-Smith. Toujours un plaisir.

— Monsieur le comte, commença-t-elle, la voix hésitante.

— Puis-je vous aider ?

— Je… je ne peux pas accepter cela, lâcha-t-elle en jetant pratiquement l'écrin sur lui. C'est vraiment adorable, magnifique même. Mais inapproprié.

— Je suis désolé que vous pensiez cela, rétorqua-t-il lentement, gravement, comme s'il s'était attendu à cette réaction.

— Je l'accepterais sous des prétextes fallacieux.

— Je comprends vos scrupules, assura-t-il en hochant la tête. J'en ferai part à Roberto.

— Roberto ? fit Alice, secouée.

— *Si,* dit le comte Albani en ouvrant l'écrin pour regarder le bracelet avec tendresse. C'est lui qui l'a commandé pour vous. En signe de notre… de *son* admiration. Pour vous et votre famille.

Il le referma et le glissa dans sa poche.

— Je vous en serais très reconnaissante, affirma-t-elle.

— Très bien, conclut le comte.

Il souleva son chapeau en guise de salut avant de le rabaisser sur ses yeux.

*

Comme le voulait la convention, Constance mangea ses sandwichs après tout le monde, à l'écart de ceux qu'elle avait servis. Elle s'installa derrière les paniers où elle avait rangé les restes, ainsi que la vaisselle et les couverts sales. Il y avait un moment que les autres avaient avalé leur dernière bouchée.

Au moins, ces gens étaient gentils. Elle se sentait à l'aise avec eux – assez pour verser un doigt de vin blanc dans son verre d'eau.

Lizzie était encore en train d'en écluser un. Claudine prenait un bain de soleil. Roberto, qui était venu manger avec les autres, était retourné au bord de l'eau. L'air morose, il lançait maintenant des galets dans les vagues. Quelque chose s'était passé entre Claudine et lui, là-bas, sur les rochers. Sans savoir exactement de quoi il s'agissait, Constance pouvait deviner. Quant à Lucian, il dessinait, vêtu d'un maillot de bain à rayures bleues et blanches qui couvrait complètement son torse musclé.

Constance l'observa en avalant d'un trait le reste de son vin à l'eau. *Joli!* pensa-t-elle.

Elle prit le maillot de bain que lui avait prêté Claudine et disparut derrière les rochers pour se changer.

C'était un maillot en jersey extensible jaune et vert de la marque Jantzen. Un petit logo rouge représentant une plongeuse ornait le bas de la jupette. Constance n'avait jamais porté un tel vêtement. La façon dont il épousait son corps en soulignant la moindre de ses courbes avait quelque chose de déroutant. Une fois changée, elle resta sur place, complètement inhibée.

— Vous allez être ravissante là-dedans, avait promis Claudine. Il faut juste que vous ayez confiance en vous. Faites de grandes enjambées, ne traînez pas des pieds.

Constance n'était pas exactement du genre à avancer à grandes enjambées, mais elle pouvait avoir une démarche assurée, comme si elle avait l'habitude d'être en maillot de bain. Mais peut-être en croisant les bras devant sa poitrine…

Allons, allons ! Le but de toute l'affaire était d'attirer l'attention, non ?

Le dos droit et les bras ballants, elle sortit de sa cachette et alla se planter devant Claudine, qui avait les yeux fermés.

— Mrs Turner ?

Claudine ouvrit les yeux, se redressa.

— Oh là, là ! s'exclama-t-elle. Mesdames et messieurs, voici Constance Marsh !

Elle tapa des mains, allant même jusqu'à pousser un petit cri de joie.

— Je me sens ridicule, avoua Constance.

— Vous êtes superbe, la contredit Claudine. Et maintenant, profitez-en !

Encouragée par ces paroles, Constance se mit à déambuler sur la plage. Elle sentit le regard de Roberto sur elle quand elle passa près de lui. Mais elle l'ignora et alla tout droit vers Lucian qui, un crayon entre les dents, étudiait son dessin.

— Ça vous dit de venir nager avec moi ? proposa Constance en se tenant devant lui.

— Han, han ! fit-il sans lever les yeux.

Elle attendit un long moment avant que Lucian daigne lever la tête vers elle. Les yeux du jeune homme glissèrent alors sur son dessin pour revenir aussitôt sur elle. Bouche bée et le regard éberlué comme s'il n'avait jamais vu de femmes de sa vie, il avait une expression digne de Charlie Chaplin dans une comédie. Constance réprima un fou rire.

— Pensez-vous que vous pourriez me montrer la grotte ? suggéra-t-elle.

Il hocha la tête silencieusement.

Constance savait où était la grotte. Claudine le lui avait dit. Elle nagea rapidement, puissamment, appréciant le travail de ses muscles dans l'eau cristalline. De temps en temps, elle arrêtait pour regarder si Lucian la suivait, puis elle continuait. Elle eut juste le temps de grimper sur les rochers à l'entrée de la grotte et de prendre une posture avantageuse avant qu'il la rejoigne.

— Où avez-vous appris à nager ? lui demanda-t-il.

— À Scarborough, répondit-elle en regardant la mer d'huile et les parasols colorés sur la plage au loin. Ça n'avait rien à voir avec ce paysage. Et vous ?

Il se hissa sur la roche et s'assit un peu à l'écart d'elle.

— À l'école. Dans un lac horrible.

— Est-ce aussi à l'école que vous avez appris à dessiner ?

— Non, j'ai toujours su dessiner.

Il suivit le regard de Constance, qui admirait le jeu de lumière sur le plafond de la grotte.

— C'est beau, n'est-ce pas ?

— C'est magnifique. Comment appelleriez-vous cela ?

— Je dirais *luminescence.*

Ils restèrent silencieux, tous les deux fascinés ; elle, par ce chatoiement et lui, par l'effet que ce spectacle provoquait chez elle.

Puis, elle le surprit à l'observer. Elle lui adressa un sourire réservé et timide. C'était aussi un sourire de reconnaissance, qui ne demandait rien en retour. Il sembla pourtant que c'en était trop pour Lucian.

— Nous devrions retourner à la plage, dit-il, rompant le charme.

— Voyons voir si j'y arrive avant vous, s'exclama-t-elle en sautant à l'eau avant même qu'il ait eu le temps de réagir.

Tout en nageant, elle imagina l'expression du visage de Lucian tandis qu'il la regardait s'éloigner.

*

Lizzie était en train de vider ce qui restait de vin dans son verre lorsqu'elle entendit Claudine s'exclamer :

— Voilà qui est intéressant !

— Quoi ?

— Lucian. Et Constance. Qui reviennent ensemble à la nage.

— Mon Dieu, s'écria Lizzie, plus surprise que scandalisée, car plus rien ne la scandalisait. Je n'aime pas le mot « inconvenant »…

— Mais vous l'utiliseriez quand même, n'est-ce pas ? Allons, Lizzie, il faut bien que cette fille vive un peu.

Sentant la désapprobation de Claudine, Lizzie eut honte. Claudine avait raison. Constance ne pouvait s'empêcher d'être belle. D'être désirable.

Craignant d'avoir été un peu dure, Claudine se tourna vers Lizzie.

— Que me disiez-vous à propos de Pelham ?

— Oh, fit Lizzie en baissant les yeux. Je disais simplement que j'essaie de le convaincre depuis des années d'abandonner le tennis. Perdre nuit énormément à son estime.

— Les hommes et leur ego…

C'était tellement facile de parler avec Claudine. Elle comprenait toujours parfaitement ce qu'on voulait dire, même quand on ne le savait pas soi-même.

— De vrais enfants ! fit Lizzie en prenant une lampée de vin. Pelham peut faire la tête pendant des jours – voire des semaines – quand il a perdu un stupide match.

— Ils sont tous pareils, soupira Claudine en secouant la tête.

— Pour être honnête, j'ai cessé de m'en faire pour lui. En fait, je le laisserais bien mariner dans son apitoiement sur lui-même. Si seulement il se ressaisissait assez longtemps pour me donner ce que je veux.

— Et qu'est-ce que vous voulez ?

— Un foutu bébé ! s'écria-t-elle avec plus de passion que prévu.

Elle se mit à rire et à pleurer en même temps. Elle n'avait pas réalisé qu'elle avait autant de colère en elle.

— Oh, mon petit ! fit Claudine. Est-ce que vous essayez depuis longtemps ?

— Nous n'essayons pas du tout, c'est bien ça le problème. Il n'est absolument pas intéressé.

Deux larmes coulèrent sur les joues de Lizzie. Étrangement, elles lui firent du bien et elle les laissa descendre jusqu'à son menton avant de les essuyer. Claudine se leva pour l'entourer de ses bras.

— Vous avez raison, reprit-elle. Les hommes sont des enfants. Mais cela veut dire qu'avec un peu de chouchoutage et de tyrannie, on peut leur apprendre à se comporter comme nous le voulons.

*

Il faisait de plus en plus chaud. Constance était fatiguée et avait soif. Il ne leur restait plus d'eau potable, mais personne, sauf elle, ne s'en était rendu compte.

Elle avait remis sa robe et rangé ce qui subsistait encore de leur pique-nique. Ils étaient prêts à rentrer, et elle espérait que la calèche ne tarderait pas.

Elle retourna vers les rochers où elle avait laissé sa serviette et son sac de coton.

Mais elle figea sur place. Lui faisant dos, Lucian était en train de retirer son maillot de bain, comme s'il s'agissait d'une pelure, lui révélant non seulement un corps sculptural, doré et laiteux là où la peau n'avait pas été exposée au soleil, mais aussi une épaisse cicatrice violacée qui montait de la taille jusqu'au cou.

Elle étouffa un petit cri de surprise, mais il l'entendit, car il se tourna aussitôt. Elle n'oublierait jamais la honte qui imprégna alors son visage, tandis qu'il tentait maladroitement de se couvrir de ses mains.

— Je suis vraiment désolée, bafouilla-t-elle avant de prendre ses jambes à son cou.

*

Bella quittait le salon lorsqu'elle tomba sur Cecil qui sortait de la bibliothèque, l'air inhabituellement affairé.

— Bella, ma chérie, l'interpela-t-il. Avons-nous d'autres caisses de Prosecco quelque part ? Il n'y en a plus dans la cave.

— J'en ai une caisse ou deux en réserve. Pourquoi me demandes-tu cela ?

— Eh bien, sois gentille et donne-m'en deux ou trois bouteilles.

— Je te l'ai déjà dit, Cecil. Nous ne pouvons nous permettre de le boire.

— Même pas quand nous avons quelque chose à célébrer ?

— Et qu'avons-nous à célébrer ?

— Je vais te montrer, proposa-t-il en souriant.

Deux heures plus tard, toujours sous le choc et un peu dans les vapes, Bella se retrouva dans le salon à accueillir les clients. À côté d'elle, Paola, Constance et Francesco remplissaient les verres à mesure que les gens arrivaient.

— Que se passe-t-il ? lui demanda Lucian.

— Ton père va faire une annonce.

— À propos de quoi ?

— Tu verras bien. Comment était votre excursion ?

— Pleine de révélations, lâcha-t-il en se mordant la lèvre.

Une fois tout le monde arrivé, Cecil tinta son verre pour attirer l'attention. Les gens se turent docilement, y compris Lottie, à qui on avait permis de rester debout plus tard pour l'occasion. Cecil se tenait à côté d'un chevalet sur lequel un objet rectangulaire, recouvert d'un drap blanc, était posé. Bella se demanda si tout cela n'était pas un rêve.

— Je vous remercie de vous joindre à nous, commença Cecil en se balançant sur ses talons. Je vous promets que je ne vous garderai pas longtemps et que vous pourrez souper tranquillement dans quelques minutes.

Il fit une pause, les yeux brillants de joie.

— Je dois vous faire un aveu, reprit-il. Lorsqu'il est question d'art, je suis un tantinet ignorant.

Parmi les gens qui rirent poliment, Bella vit Lucian qui avait l'air embarrassé. Il lança à sa mère un regard dans lequel elle put lire : « Comment peut-il déclarer une telle chose avec autant de fierté ? »

— Je suis capable de reconnaître une bonne caricature dans *Punch*[9], poursuivit Cecil, mais c'est à peu près tout. Quand il est question de choses plus raffinées, je me fie à ma femme et à mon fils.

Il désigna Bella et Lucian, en souriant.

— Les autres membres du clan Ainsworth, je le crains, sont dépourvus de tout sens esthétique. Vous ne serez donc pas étonnés d'apprendre que nous possédions une œuvre assez extraordinaire depuis plus de cinquante ans sans en avoir la moindre idée.

Il étudia la salle, savoura le moment. En dépit de tout, Bella fut contente pour lui. Le bien-être de Cecil lui importait. Voilà ce que c'était que d'être mariée.

— Heureusement, j'ai récemment fait la connaissance de quelqu'un qui s'y connaît en affaires artistiques. Mon ami Jack.

Cecil pointa l'Américain, qui leva son verre à la ronde.

— Non seulement Jack est un fin connaisseur, mais c'est aussi un homme d'action. Il nous a fallu une éternité à mon frère et à moi pour réaliser que nous avions un chef-d'œuvre sous notre toit. Mais Jack a fait venir la personne qui l'a authentifié en un rien de temps.

Il y eut alors du mouvement au fond de la pièce. La porte s'ouvrit sur Danioni. *Qui l'a invité ?* se demanda Bella, irritée.

9. Magazine satirique londonien qui fut publié du milieu des années 1800 jusqu'au début des années 2000.

Elle reporta son attention sur Cecil, qui sortait quelque chose dans sa poche.

— Fort de cette lettre d'authentification, poursuivit Cecil, j'ai l'immense plaisir de vous présenter l'œuvre, jusqu'à maintenant inconnue, d'un grand maître. (Il retira le drap d'un geste théâtral.) Un tableau de Pierre Paul Rubens.

Il y eut quelques applaudissements, mais aussi des cris étouffés et des exclamations. Tout un chacun se tordit le cou pour mieux voir le tableau.

De là où elle était, Bella put entendre Julia dire tout bas à Cecil :

— C'est donc ça qui t'évite d'aller quémander de l'argent au vieux Livesey ?

— Selon Jack, nous devrions en obtenir au moins cent mille, répondit-il.

Pour l'amour du ciel, pensa Bella. *Ne le dis pas à tout le monde.*

Plum avait l'air interdit. Elle lut sur ses lèvres qu'il disait « Cent mille livres ! » à Lizzie. Devant eux se tenaient Melissa et Lady Latchmere.

— On peut dire qu'elle est voluptueuse, affirma Melissa.

— En effet, rétorqua Lady Latchmere en reniflant.

— Elle n'est pas à votre goût, ma tante ?

— Je crains que la nudité soit quelque chose avec lequel je ne serai jamais à l'aise.

Bella étouffa un petit rire dans sa main.

Elle ne fut pas surprise de voir Lucian examiner le tableau de près. Rose était à côté de lui, mais elle finit par s'éloigner, apparemment ennuyée. Lucian, qui n'avait pas remarqué qu'elle avait disparu, continuait de discourir :

— Il y a une telle énergie dans les coups de pinceau, mais en même temps de la délicatesse. Regarde la couleur de la peau. Elle est presque…

Il se tourna, s'attendant à voir Rose. Mais à la place se tenait Constance, dans son uniforme de domestique, son plateau à la main.

— … luminescente ? tenta-t-elle pour terminer sa phrase.

Ils échangèrent un sourire.

Bella fut impressionnée de voir qu'une jeune fille comme Constance connaissait un tel terme. Où pouvait-elle bien l'avoir entendu ? Cela prouvait seulement qu'il ne fallait jamais sous-estimer autrui.

Danioni se tenait dans un coin et parlait avec Roberto en souriant d'un air suffisant. Lorsque Roberto s'éloigna, Danioni se tourna et échangea un regard avec Francesco. Francesco, vraiment ? Un courant passa entre eux. Bella se demanda si son imagination lui jouait des tours. Danioni avait-il réellement fait un signe de tête à leur employé, comme s'il donnait ou recevait une instruction ?

Elle était sur le point d'aller féliciter Cecil pour son discours, lorsque Danioni se matérialisa à côté de lui, une mallette à la main.

Elle frissonna. L'Italien avait traversé la pièce à une telle vitesse qu'on pouvait être tenté de croire qu'il avait été propulsé par des esprits malins.

*

Danioni toussota pour s'annoncer.

— Puis-je vous parler en privé, *Signore* Ainsworth ?

Cecil se tourna.

— Oh. Encore vous. Bien sûr. Dans un endroit plus tranquille, peut-être ?

Exaspéré, il guida Danioni jusqu'à la bibliothèque dont il referma la porte. Il adressa un sourire froid à l'Italien.

— Quelle coïncidence, Danioni, que vous soyez là juste pour le dévoilement.

— C'est une chance, en effet.

— Qu'est-ce qui vous amène ici ?

Danioni déposa sa mallette sur le bureau de Cecil, l'ouvrit et en sortit une serviette blanche. Lentement, en se donnant un peu en spectacle, il la déplia de manière à révéler le monogramme de l'hôtel brodé dans le coin inférieur droit. Il la remit entre les mains de Cecil pour qu'il l'examine de plus près.

— Où l'avez-vous trouvée ? demanda Cecil en frottant le tissu de son pouce.

— Elle était sur une bicyclette qui a été abandonnée sur le site d'un rassemblement illégal, organisé par des ennemis de l'État italien.

— Mon Dieu ! Comme c'est bizarre ! Vous savez comment elle s'est retrouvée là ?

Danioni prit un cahier qu'il prétendit consulter.

— L'un des individus peu recommandables que nous avons arrêtés a admis qu'il avait volé la bicyclette. À la demande d'un certain… William Scanlon.

— Billy ? s'exclama Cecil sans pouvoir cacher sa surprise. Ce petit jeunot ?

— Je crains qu'il soit tombé dans les griffes de criminels, ajouta Danioni.

Cecil absorba cette information aussi malvenue que peu plausible.

— Et que comptez-vous faire à ce propos ?

— Je laisse cela entre vos mains. C'est vous le maître de cette maison.

— C'est très généreux de votre part, affirma Cecil, avant de se taper dans les mains, impatient de retourner à sa petite fête. Bien, s'il n'y a rien d'autre…

— C'est tout, *Signore* Ainsworth.

Danioni fit mine de partir, mais s'arrêta en se tapant le côté de la tête, comme s'il avait oublié quelque chose.

— *Che stupido che sono !*

— Qu'y a-t-il ? demanda Cecil, ne cachant plus son impatience.

En faisant un grand geste, Danioni sortit une enveloppe de la poche intérieure de sa veste.

— Il y a également ceci.

Cecil prit l'enveloppe de la main de Danioni en remarquant à quel point celui-ci avait les doigts jaunis par la nicotine. Il reconnut aussitôt la papeterie Smythson, la préférée de Bella. L'enveloppe était adressée à un dénommé Henry Bowater Esq, au 12 Lyndhurst Gardens, Harrogate.

— Où avez-vous trouvé cela? demanda Cecil

— Par terre, dans la rue, répondit Danioni.

Cecil la tourna dans sa main et découvrit qu'elle avait été ouverte.

— C'est la correspondance privée de mon épouse.

— Je le crains, oui.

— Ce Bowater est le comptable de son père. Je n'ai pas la bosse des mathématiques. C'est elle qui s'occupe des chiffres.

— Très bien, *Signore* Ainsworth.

Danioni s'inclina avant de se retirer, avec plus d'emphase cette fois. Puis, il s'arrêta à la porte, ménageant son effet.

— Un homme devrait toujours être au fait des affaires de sa femme.

Cecil regarda à nouveau l'enveloppe, mal à l'aise, légèrement nauséeux. Il était sur le point de l'ouvrir lorsque Jack apparut à son tour dans l'embrasure de la porte.

— Vous voici ! Je vous cherchais partout !

— Jack ! dit Cecil en réussissant à afficher une expression de plaisir. Désolé, on m'a mis le grappin dessus.

— C'est ce que je vois. Étrange type, n'est-ce pas ?

— Ils le sont tous, lâcha Cecil en glissant l'enveloppe dans la poche de sa veste. Je ne sais pas pour vous, mais moi je boirais bien un autre verre de Prosecco.

Chapitre 10

Nish ne voulut pas se mêler à la cohue devant le tableau. Cela lui rappelait trop une visite éprouvante qu'il avait faite quelques mois auparavant aux Offices, à Florence, par une journée particulièrement chaude. Il attendit donc en retrait que la foule se dissipe.

Il vécut alors une expérience fort différente de celle de la galerie florentine. Jamais il n'avait vu une toile d'aussi près. Et il put s'en repaître aussi longtemps qu'il voulut. Il n'y avait personne pour lui dire : « Veuillez m'excuser, mon épouse souhaite voir le tableau et vous lui bloquez la vue » ou « Vous êtes Indien, monsieur ? Je ne savais pas que les Indiens étaient admis dans ce lieu… »

L'élément le plus intrigant de ce tableau était la servante noire, à moitié cachée dans le coin supérieur droit. Partant de sa tempe gauche, une tresse était ramenée par-dessus son bonnet blanc, lequel emprisonnait sa masse de cheveux crépus. On imaginait que cette mèche était fixée d'une quelconque façon sur l'autre tempe de manière à maintenir le bonnet en place. D'après son expression, la servante admirait la longue cascade de cheveux blonds qui tombait sur les épaules de Vénus.

Et si Rubens avait interverti les rôles ; s'il avait représenté Vénus en femme noire ? Nish se dit qu'il en parlerait avec Claudine la prochaine fois qu'il la verrait. D'ailleurs avait-elle assisté au petit discours de Cecil ? Il ne croyait pas l'avoir vue…

Nish était tellement absorbé par le tableau qu'il ne se rendit pas compte tout de suite de la présence de Billy à ses côtés. Celui-ci tenait devant lui un plateau pour ramasser les verres vides ; Nish y déposa distraitement le sien, mais Billy ne bougea pas, comme s'il attendait quelque chose.

— Qu'y a-t-il, Billy ?

Le garçon ne dit rien, mais il baissa les yeux pour attirer l'attention de Nish sur le coin d'une enveloppe qui dépassait de sous son plateau.

Il lui avait apporté un message.

En vérifiant qu'il n'y avait personne aux alentours, Nish saisit l'enveloppe et l'ouvrit. Elle ne contenait qu'un bout de papier sur lequel était inscrite une adresse.

VIA GIOVANNI PACINI, 41, TURIN. G

Lorsqu'il leva les yeux, Billy sortait de la pièce.

Nish le suivit en s'efforçant de ne pas avoir l'air de lui courir après, même si c'était le cas. Il attendit que Billy ressorte de la cuisine et lui emboîta le pas dans le couloir jusqu'à un escalier de métal en colimaçon menant à la cave. L'endroit était faiblement éclairé et sentait le renfermé, mais il y faisait agréablement frais, sensation bienvenue après la touffeur du salon.

— Qui vous a donné cela ? s'enquit Nish en brandissant le bout de papier.

— Un ami. On m'a demandé de vous le remettre.

— C'est tout ?

— Non, y a autre chose.

Il sortit une pile de tracts maintenus ensemble par ruban en lin.

— On m'a dit de vous dire d'apporter ceci lorsque vous irez au lieu de rendez-vous.

Nish prit le paquet des mains de Billy, défit le ruban et ouvrit précautionneusement un des tracts. On y annonçait une réunion antifasciste sous une caricature grotesque de Mussolini assis sur un âne.

— Vous a-t-on dit où je devais aller ? demanda-t-il à Billy.

Billy secoua la tête.

— J'imagine que vous ne lisez pas l'italien.

— Pas un mot. Mais je sais qu'on ne parle pas en bien du vieux Musso dans ces tracts.

Nish refit le paquet et le cacha derrière un fût de vin sur une étagère chargée de contenants de toutes sortes. Il fit mine de quitter la cave.

— Vous n'allez pas les laisser là ? s'écria Billy, terrorisé. Vous risquez la prison si vous vous faites prendre.

— Qu'est-ce que je suis censé en faire alors ?

— Je pourrais les cacher pour vous. Si vous y mettez le prix, proposa Billy en reprenant les tracts.

Nish ouvrit la bouche pour parler, mais n'en fit rien, car au même moment ils entendirent du bruit dans l'escalier. C'était Constance qui transportait quatre bouteilles vides. Elle fut tellement surprise de voir Nish et Billy qu'elle faillit laisser tomber son chargement.

— Je suis terriblement désolée, Mr Sengupta…

C'en était trop pour Nish. Paniqué, il passa près d'elle sans rien dire et grimpa l'escalier quatre à quatre, ses guêtres claquant sur les marches de métal.

La porte avant de l'hôtel était grande ouverte.

Ça tombait bien, il avait besoin d'air.

*

Constance s'apprêtait à descendre à la cave lorsqu'elle avait croisé Francesco qui en remontait.

Ce n'était pas inhabituel ; Francesco avait souvent affaire à la cave.

La plupart du temps, cependant, il lui faisait un petit signe de tête ou lui souriait.

Cette fois, il ne lui avait rien dit, l'avait à peine regardée. À bien y réfléchir, elle avait eu l'impression qu'il attendait au milieu de l'escalier. Celui-ci comptait seize marches, or, elle l'avait entendu en grimper seulement six ou sept dans ses lourdes chaussures.

Que se passait-il ?

Elle crut comprendre lorsqu'elle vit Billy et Nish en bas, mais ce n'était pas clair. Est-ce que Francesco était avec eux ou est-ce qu'il les épiait ?

D'ailleurs, Nish et Billy avaient l'air coupables, comme s'ils manigançaient quelque chose. Elle avait été tellement surprise qu'elle avait failli jurer et laisser tomber les bouteilles qu'elle transportait. Elle s'était reprise juste à temps et s'était excusée auprès de Nish pour l'avoir dérangé.

Celui-ci était parti sans un mot. Plus exactement, il s'était précipité dans l'escalier. Ce qui ne lui ressemblait pas du tout.

Elle se tourna vers Billy.

— Qu'est-ce que tu fais à rôder ici ?

Il cachait quelque chose dans son dos.

— Qu'est-ce que tu as là ?

— Rien qui te regarde.

Elle déposa les bouteilles par terre et tendit la main. À contrecœur, Billy lui remit les tracts. Elle en prit un, le regarda rapidement. C'était écrit en italien, mais le sens était évident en raison de la caricature.

— Je ne sais pas en quoi cela concerne Mr Sengupta. Ce que je sais, cependant, c'est que tu vas t'attirer des ennuis.

— Pas si tu ne dis rien, dit-il en remettant le paquet de tracts derrière le fût.

— Tu ne peux pas les laisser là? s'écria Constance. Mrs Ainsworth… Mr Ainsworth… Ils viennent ici tous les jours !

— D'accord, acquiesça Billy en reprenant les tracts. Je vais les cacher sous le lit de Lady Latchmere quand ils seront tous en train de souper.

— Quoi ?! fit Constance en n'en croyant pas ses oreilles.

— Arrête de t'énerver. Justement, personne n'aura l'idée de les chercher là.

*

Constance joua avec Lottie une partie de l'après-midi. La petite fille avait une panoplie de jouets – des jouets que Constance avait rêvé d'avoir quand elle était enfant. Un yoyo, une toupie, plusieurs sacs de billes… Mais Lottie était enfant unique. Ses jouets étaient des substituts de frères, de sœurs, d'amis. Que cette petite fille tellement sensible ne se plaigne pas davantage tenait du miracle.

— Tu es triste, aujourd'hui, lança Lottie. Je le vois bien.

— Tais-toi, je ne suis pas triste du tout.

— S'est-il passé quelque chose ?

— Pas du tout.

Parfois, Constance était dévorée par l'envie de parler de Tommy à Lottie. Elle sentait que la petite comprendrait, l'écouterait, serait intéressée, mais ça n'avait pas de sens : Lottie était la fille d'Alice. Constance savait bien, au fond, que cette envie n'était qu'un symptôme de son désir de faire partie du clan Ainsworth en tant qu'égale – pour se rapprocher de Lucian.

Elle servit le souper – des pâtes et un fromage au nom bizarre, gorgonzilia ou gorginzolla – dans un état second. Elle ne pouvait s'empêcher de penser à ce qu'elle avait vu dans la cave.

Nish et Billy. De quoi avaient-ils bien pu discuter de si intéressant pour Francesco ? Et comment pouvait-il avoir compris ce qu'ils disaient ? Depuis qu'elle était arrivée à l'Hôtel Portofino, tout le monde disait toujours la même chose du domestique italien.

« Ah, Francesco, il ne parle pas anglais. »

Et si tout le monde avait tort ?

Elle se sentait comme une machine. Si on appuie ici, je sers des repas. Si on appuie là, je dis de quelle région vient le vin. Abrutie à cause de la migraine, elle se rendit sur la terrasse pour ramasser d'autres verres lorsqu'elle vit Lucian.

Chaque fois que Constance avait entendu quelqu'un dire que son cœur s'était arrêté de battre, elle avait cru que ce n'était qu'une façon de parler.

Elle venait de découvrir que ce n'était pas le cas.

Accoudé à la balustrade, Lucian regardait la nuit étoilée.

— Je surveille les étoiles filantes, expliqua-t-il. Mais c'est un peu tôt dans la saison. Le meilleur moment, c'est en août, autour de la fête de San Lorenzo. Le ciel en est rempli, et toute l'Italie a le nez en l'air.

— Est-ce que ce sont vraiment des étoiles ? demanda Constance en appuyant son plateau contre la balustrade.

— Non, fit-il en riant, mais gentiment, sans aucune condescendance. Ce sont des pluies de météorites. Les catholiques pensent que ce sont les étincelles des flammes qui ont tué San Lorenzo. Il a été brûlé vif par les Romains.

— J'aimerais avoir autant de connaissances que vous.

— Vous en avez. Vous savez comment gérer une maisonnée. Comment vous occuper d'un enfant.

— Des connaissances de femmes, vous voulez dire, répliqua-t-elle en souriant amèrement.

— Des connaissances pratiques. Les miennes sont… inutiles, argumenta-t-il en tirant sur sa cigarette. Vous avez aimé le tableau ?

— Le tableau ? Oh, oui ! Dire que Rubens a peint cette femme il y a plus de trois cents ans. Et pourtant, c'est tellement original.

— Tellement sensuel.

— Tellement tendre.

— Vous avez l'œil, vous savez? affirma Lucian au bout d'un moment.

— Et pourtant, je n'ai jamais vraiment vu de tableau comme ça de ma vie, dit-elle en haussant les épaules. En tout cas, pas d'aussi près.

— Ce n'est pas la seule chose que vous avez vue de près aujourd'hui…

Constance se sentit rougir. Elle regarda autour s'il n'y avait pas d'autres verres à ramasser.

— Je suis désolé que vous ayez eu à voir ça, poursuivit-il.

— Vous n'avez pas à vous excuser.

— Ça a dû vous répugner.

— Comment pouvez-vous dire une chose pareille? Ça m'a surtout donné envie de savoir ce que vous avez traversé pour avoir cette blessure. Et ce que cela vous fait encore aujourd'hui…

— … d'être marqué à vie?

— La vie nous laisse tous des marques, confia-t-elle, après un moment d'hésitation.

— Je n'en ai vu aucune sur vous aujourd'hui, rétorqua-t-il en se rapprochant d'elle. Ce n'est pas faute d'avoir regardé. Il n'y avait aucune imperfection.

— Mr Ainsworth…

— Je vous en prie; appelez-moi Lucian.

Habituellement, lorsque Constance regardait Lucian, elle se sentait rassurée. Mais ce n'était plus le cas. L'attirance entre eux était désormais indéniable. Ce dont il semblait heureux – autant qu'elle. Après tout, n'avait-elle pas fait tout ce qu'il fallait pour que cela se produise ?

Toutefois, cette situation n'était pas dénuée de dangers.

Constance fut soudain prise de vertiges, comme si elle s'était levée trop rapidement. Elle se sentait oppressée, avait le souffle court. Elle était terrorisée, mais elle ne pouvait pas le montrer. Il fallait qu'elle conserve son masque.

Elle travaillait pour Lucian. Socialement, il lui était supérieur. Lui n'avait pas besoin de masque.

— Je dois y aller, s'entendit-elle dire.

Elle prit son plateau et le rapporta vide à la cuisine.

*

Alice et Melissa jouaient aux cartes dans le salon lorsque Roberto y entra en hésitant, comme s'il n'était pas certain des raisons qui l'y avaient mené.

— Mr Albani, lança Alice en levant les yeux de son jeu.

— *Buona sera*, dit-il en s'inclinant légèrement.

— Cherchez-vous votre père ?

— *Scusi ?*

— *Tuo… padre ?*

— *Si.*

— Il est monté se coucher, je crois.

— *Grazie mille.*

Il tourna les talons, mais avant qu'il quitte la pièce, Alice déposa son jeu sur la table, se leva et s'éclaircit la voix avant de dire :

— Je voulais vous remercier.

— *Si ?* fit Roberto en se tournant vers elle.

— Vous dire *grazie* pour le bracelet, poursuivit-elle en montrant son poignet. Il était magnifique. C'était très généreux de votre part. Une charmante attention.

Il sourit et hocha la tête. Melissa qui assistait à la scène était convaincue qu'il ne comprenait pas un traître mot de ce qu'Alice disait.

— J'espère que vous comprenez pourquoi j'ai dû le refuser, continua Alice. Cela dit, je vous suis reconnaissante de l'intérêt que vous me témoignez.

Elle tendit une main sur laquelle Roberto se pencha pour déposer un baiser. Puis il s'en fut d'un pas léger.

— Vous avez refusé un cadeau qu'il vous a offert, s'exclama Melissa, éberluée, quand Alice se rassit.

— Je ne pouvais pas l'accepter, expliqua Alice, le visage cramoisi.

— Parce qu'il est italien ?

— Parce que je pensais qu'il venait de son père !

Melissa réfléchit à la question avant de se remettre à jouer.

— Pauvre homme. Il ne parle pas un mot d'anglais. Peut-être qu'il a besoin du comte pour parler en son nom ?

*

Jack entra dans la bibliothèque. Comme prévu, Cecil et Francesco étaient en train de remettre le Rubens dans sa caisse de bois.

— Pouvons-nous parler ? demanda-t-il à Cecil en lorgnant Francesco.

Le domestique était occupé à fermer la caisse à l'aide d'un marteau et de clous.

— Bien sûr, répondit Cecil en levant les yeux au ciel, comme si la question était insensée. Il ne comprend pas ce qu'on dit.

— Bon, si vous le dites, fit Jack en sortant un chèque de sa poche. Voici cinquante mille dollars. Cela suffit-il pour le moment ?

— Amplement, confirma Cecil en souriant. Espérons qu'il se vendra.

— Ne vous en faites pas pour ça. La seule question est : à quel prix ?

— Devrais-je le conserver ici, sous clé ?

— Je préférerais le prendre, si vous n'y voyez pas d'inconvénient.

— Sera-t-il en sécurité ?

— Il le sera, dit Jack en ouvrant un pan de sa veste pour lui montrer un colt.

— Très bien, prenez-le, conclut Cecil en faisant moult gestes à Francesco pour qu'il aide Jack à monter la caisse dans sa suite. Revenez ensuite fumer un cigare et prendre un verre avec moi. J'ai horreur de boire seul.

*

Comme il le lui avait ordonné, Claudine attendait Jack dans leur chambre, et elle ouvrit la porte aussitôt qu'elle l'entendit frapper. Elle se tint à côté du lit pendant que Francesco et lui transportaient la caisse jusqu'au fond de la chambre.

— Voilà la chose, annonça-t-elle en regardant la boîte appuyée contre le mur.

— Voilà la chose, répéta Jack.

— D'après moi, c'est mieux que le sabre de Napoléon.

Claudine faisait référence à une vieille épée à la provenance douteuse que Jack était parvenu à vendre à fort prix à un collectionneur américain. C'était devenu une blague entre eux.

Jack regarda la caisse, puis Claudine. Il avait les yeux brillants d'excitation.

— Crois-moi, bébé ; comparé à cette toile, le sabre de Napoléon, c'était un vulgaire canif !

Une fois Francesco parti, Jack prit son revolver et le déposa avec précaution sur le lit.

— Ne laisse personne entrer, commanda-t-il, le regard intense. Et ne bouge pas d'ici. Je reviens bientôt.

— Où vas-tu ?

— Il vaut mieux que tu ne le saches pas.

Claudine verrouilla la porte derrière lui. Elle prit le pistolet, vérifia s'il était chargé – ce qui lui sembla le cas – et le rangea dans le tiroir de la table de chevet.

Elle resta un moment immobile à contempler la caisse, peinant à croire qu'elle contenait un objet de très grande valeur. Cette boîte aurait dû être entourée d'une aura, il aurait dû en émaner de la lumière ou de la chaleur. À tout le moins, un quelconque indice aurait dû donner à penser qu'elle était spéciale. Mais non, c'était une caisse en bois ordinaire.

Elle continua à réfléchir, puis convint un plan d'action. Elle alla à la commode et en sortit un déshabillé de soie qu'elle fourra dans une petite valise.

Elle jeta un coup d'œil dans le couloir pour voir si le champ était libre ; elle sortit de sa chambre en verrouillant la porte derrière elle.

Dans l'obscurité, elle se dirigea à pas feutrés jusqu'à la salle de bains commune et frappa doucement à la porte.

Lizzie l'entrouvrit. Lorsqu'elle vit qu'il s'agissait bien de Claudine, elle la prit par le poignet et l'attira silencieusement à l'intérieur.

*

Bella n'avait pas l'habitude d'être debout avant les domestiques. Mais à cinq heures du matin, elle s'agitait dans son lit. N'arrivant pas à se rendormir, elle s'était levée.

Elle n'attacha pas ses cheveux et enfila une robe de coton fleuri sans manches, qui révélait ses jolis bras bien galbés et dans laquelle elle se sentait jeune. Elle descendit à la cuisine.

Elle aimait cette pièce, car elle était au centre de la maison. Si l'Hôtel Portofino avait été un bateau, la cuisine en aurait été la cabine de pilotage. Quant aux couteaux dans leur bloc et aux casseroles rutilantes suspendues au plafond, ils en auraient été les leviers et les cadrans.

Elle passa un doigt sur la surface lisse et cirée de la table. Cecil et elle l'avaient achetée à Lucca, lors d'une vente aux enchères. Il pleuvait des trombes d'eau ce jour-là. Étrange qu'elle se souvienne de ce détail.

Dans un bol de porcelaine, elle prit une figue qui était tellement mûre qu'elle faillit lui exploser dans les mains. Elle goba le fruit, puis alluma le gaz pour se faire une tasse de thé.

Elle ouvrit la porte qui donnait sur le jardin. Elle se tint sur le seuil à admirer la mer et les vertes collines au loin. Le paysage était toujours aussi attrayant. Le soleil était déjà chaud. Elle se débarrassa de ses chaussures et fit quelques pas pieds nus sur le sol agréablement tiède.

C'est ce que tu as toujours voulu, se dit-elle. *Chéris-le. Souviens-t'en les jours où tu te sentiras accablée par la vie.*

Soudain, elle repensa au pauvre garçon impuissant, allongé sur le sol. Elle demanderait à Billy comment il allait. Mais peut-être que Billy n'était au courant de rien – ou qu'il lui ferait croire qu'il n'en avait aucune idée, car elle l'avait prévenu du danger de s'acoquiner avec le jeune Italien.

Elle sirotait son thé en réfléchissant à ces questions lorsqu'elle entendit un faible bruit. Le genre de bruit qu'on fait par inadvertance lorsqu'on veut justement être silencieux.

Comme il n'y avait personne dans la cuisine, elle alla voir dans le hall d'entrée. C'est alors qu'elle aperçut Plum. Vêtu d'un costume de voyage ivoire, il descendait doucement l'escalier, portant un sac imposant en bandoulière.

— Vous filez sans nous dire au revoir ?

— Mrs Ainsworth ! Je suis terriblement désolé, s'excusa-t-il, réussissant passablement bien à cacher sa surprise de la voir. Je pensais que tout le monde dormait.

— Voulez-vous petit déjeuner ?

— J'aimerais mieux pas.

— Oh, allons ! insista Bella en faisant un effort pour garder son habituel ton amical. Betty m'en voudrait terriblement si je vous laissais partir sans même vous offrir une tasse de thé.

— Il faut vraiment que je parte.

— Vous aurez besoin d'une calèche pour vous rendre à la gare.

— Tout est arrangé, Mrs Ainsworth. J'en ai parlé avec Francesco hier soir. Je suis parvenu à me faire comprendre.

Je n'en ai aucun doute, pensa-t-elle.

Plum poursuivit son chemin, en accélérant le pas.

— Attendez un instant, je vous prie, l'interrompit Bella qui venait d'avoir une idée.

— Bien sûr, acquiesça-t-il en consultant sa montre.

Elle courut jusqu'à son bureau et prit une lettre qu'elle voulait envoyer à Henry, ainsi que quelques pièces de monnaie.

— Auriez-vous l'extrême amabilité de mettre ceci à la poste pour moi ? demanda-t-elle en lui tendant l'enveloppe et la monnaie. Lorsque vous serez à Milan.

— Harrogate, hein ? fit-il en jetant un coup d'œil à l'adresse. Jolie ville.

— En effet.

— Bien, reprit-il en redressant les épaules. Souhaitez-moi bonne chance.

— Faites-nous honneur ! lança-t-elle en lui tendant la main.

Il lui adressa un large sourire, en lui serrant la main.

Quelle performance ! songea Bella. *Que se passe-t-il au juste ? Et où est Lizzie ?*

Lorsqu'elle ouvrit la porte pour laisser sortir Plum, Bella vit Francesco qui vérifiait les sabots des chevaux. Leurs regards se croisèrent. Rêvait-elle ou elle avait vu un soupçon d'appréhension dans les yeux du domestique ?

La calèche s'éloigna. Perdue dans ses pensées, elle ne vit pas de suite Danioni qui remontait l'allée vers elle, accompagné d'un homme en complet noir. Elle l'attendit, les bras croisés, incapable de cacher son irritation.

— Seigneur ! Encore vous ! Ne pouvez-vous pas nous laisser tranquilles ?

— Bien le bonjour à vous, *Signora* Ainsworth.

— Qu'y a-t-il ?

— Je vous présente le *Signore* Ricci. Du Bureau d'inspection du ministère de l'Industrie et du Travail.

Ricci était un grand homme voûté, affublé d'une moustache broussailleuse. Il souleva son chapeau.

— Voici la lettre qui l'autorise à faire une inspection des conditions de travail de votre hôtel, déclara Danioni en sortant le papier en question.

— À cette heure de la matinée ? s'exclama Bella qui n'en croyait pas ses oreilles.

— Comment dites-vous, déjà ? répliqua Danioni. L'avenir appartient à ceux qui se lèvent tôt, c'est bien ça ?

Elle les conduisit à la cuisine et, sans les inviter à s'asseoir, les força à attendre l'arrivée de Betty, car celle-ci devait démarrer la préparation du déjeuner.

La cuisinière eut d'ailleurs une réaction tout à fait prévisible lorsque Bella lui expliqua la raison de la présence des deux hommes.

— Qu'est-ce que c'est que ces idioties ? s'écria-t-elle.

— Une simple formalité, précisa Bella pour la rassurer. Nous devons nous montrer coopératifs. Serrons les dents, c'est juste un mauvais moment à passer.

— Je n'ai plus de dents à serrer ! protesta Betty en ouvrant suffisamment la bouche pour que Bella voie qu'elle disait vrai.

Bella regarda le dénommé Ricci pendant qu'il faisait sa pénible tournée de la cuisine, Betty sur les talons. À un moment donné, il mit son nez au-dessus d'un bol sur le comptoir, fit une petite grimace et inscrivit quelque chose sur son bloc-notes.

— C'est de la pâte à frire, lui expliqua sèchement Betty. Il n'y a rien de bizarre là-dedans.

Betty n'arrêtait pas de regarder Bella comme si sa patronne avait le pouvoir de faire cesser cette mascarade. Bella était au supplice. Elle craignait d'empirer les choses en intervenant. Non sans honte, elle réalisa que sa peur était plus forte que sa colère. C'était ce qui la paralysait et non le respect des procédures.

Ricci passa les doigts sur la gazinière à la recherche d'éventuelles taches de graisse. Il se pencha pour examiner ce qui cuisait au four. Lorsqu'il fit mine d'ouvrir la porte, Betty explosa.

— Hé ! s'écria-t-elle en lui donnant une tape sur les mains. Personne n'ouvrira cette porte même si c'est le roi d'Italie qui l'ordonne !

Ricci se redressa et croisa les bras. Betty en fit autant en le mettant au défi de lui désobéir.

— Si mes petits pains ne lèvent pas, ça vous coûtera sacrément cher !

Une fois l'inspection finie, ils passèrent au bureau de Bella. Assise à sa table de travail, elle plissa des yeux pour déchiffrer les conclusions du rapport. C'était rédigé en italien et dans une écriture pratiquement illisible. Debout, Danioni l'observait en tambourinant le bureau de ses doigts.

— *Condizioni anti igieniche*, finit par lire Bella en relevant vivement la tête. « Conditions non hygiéniques ? » C'est ridicule. On pourrait manger par terre dans la cuisine de Betty.

— Le rapport, ce n'est pas moi qui l'écris, affirma Danioni.

— Mais votre signature est partout, rétorqua Bella en lui rendant la feuille. Qu'est-ce que ça implique ?

— Vous avez quatorze jours.

— Pour quoi faire ?

— Pour vous conformer. Sinon, nous devrons fermer votre hôtel.

Elle ouvrit la bouche pour lui servir une réplique cinglante, mais fut interrompue par un cri d'angoisse. Une sorte de mugissement, en fait.

Alarmée, elle se tourna vers Betty.

— Voulez-vous bien me dire ce qui se passe ?

— Je ne sais pas, répliqua Betty. Mais je n'aime pas ça, m'dame. Je n'aime pas ça du tout.

*

Lorsque Cecil se réveilla, il était seul dans sa chambre. Il resta allongé quelques instants, à écouter les cloches de l'église sonner, à regarder une piqûre de moustique sur son bras. Puis, il se leva pour allumer sa première cigarette de la journée.

Il croyait qu'il avait des allumettes dans la poche de sa veste, mais il n'y trouva que la lettre que Danioni lui avait donnée – la lettre que Bella avait envoyée au comptable de son père et que Danioni avait été particulièrement pressé de porter à son attention. Pourquoi donc ?

Au fond, il savait pourquoi.

Allons, mon vieux, fais face à la réalité.

Il sentit la colère lui gonfler la poitrine à mesure qu'il lisait. Une colère très profonde, près de la honte. Depuis combien de temps cela durait-il ? Et qui était au courant ? Danioni avait-il fait lire cette lettre à tout le personnel de son bureau ? Bien sûr que oui. La ville entière était donc au courant. Tout le monde savait maintenant que non seulement Bella avait la cuisse légère, mais que lui, Cecil, ne la satisfaisait pas. Il passerait dès lors pour… une chiffe molle.

Il se sentit aiguillonné – électrifié – par sa colère. Il allait lui montrer à cette satanée femme ; il allait lui montrer qui était aux commandes.

Il s'habilla dans un état second. Pour une fois, il ne se préoccupa pas de son apparence, de la rigueur de son col ou de la raie dans ses cheveux. Ce qui lui importait, c'était la confrontation à venir.

Il sortit de la suite en claquant la porte, longea le couloir, la lettre à la main. Il ne tolérerait pas ce comportement. Cette… humiliation.

Il s'arrêta en haut de l'escalier.

Il y avait de l'agitation dans le hall d'entrée. Panique ou altercation, c'était difficile à dire. Il vit Bella se précipiter hors de la cuisine, suivie par Betty et, allez savoir pourquoi, par Danioni. Que se passait-il pour l'amour de Dieu ?

C'était nul autre que Jack qui créait ce ramdam.

— Où est-il ? s'écria-t-il, au pied de l'escalier.

— Où est quoi ? demanda Bella.

Cecil descendit rapidement, oubliant momentanément la lettre.

— Jack ! Que se passe-t-il ?

Jack arpentait le rez-de-chaussée comme un enragé, ouvrant les portes, regardant dans toutes les pièces.

— Bande d'escrocs ! Où est-il ?

Il finit par éveiller l'hôtel au complet. Un par un, les clients endormis apparurent.

— Jack ! fit Cecil en se dirigeant vers lui. Je vous en prie !

— Vous, éloignez-vous de moi, grogna Jack en le repoussant.

— Mr Turner, reprit Bella. S'il vous plaît, calmez-vous. Dites-nous ce qui se passe.

Jack passa une main sur son menton mal rasé. Il avait le regard dément et le visage d'une pâleur cadavérique.

— Le tableau, lâcha-t-il. Il a disparu !

Chapitre 11

Quelque chose sonnait faux dans cette situation. Bella avait l'impression d'être dans un roman d'Agatha Christie où les personnages sont confinés dans une pièce – très semblable au salon de l'Hôtel Portofino, d'ailleurs – et doivent rendre compte de leurs faits et gestes à une certaine heure d'une certaine soirée.

Et puis, il y avait du ressentiment dans l'air. Bella se désola lorsqu'elle observa la petite assemblée qu'ils formaient tous. Dans leurs vêtements de nuit, prudemment éloignés les uns des autres, avec leur visage blafard et leur mine fatiguée, ils avaient l'air vulnérables.

Danioni, qui avait pris la situation en main, interrogeait Jack avec une joie mal dissimulée. *Quel horrible petit homme*, songea-t-elle. *Il incarne le pire de l'Italie moderne.*

— Vous êtes certain que le tableau, il a été volé, *Signore* Turner ?

— Bien sûr que j'en suis certain. Vous me prenez pour un crétin ?

— Vous avez fouillé partout dans votre chambre ?

— Si je vous dis qu'il a disparu, c'est qu'il a disparu.

— Comment un objet de cette taille a-t-il bien pu disparaître ? fit Cecil en soupirant avec exaspération. Juste sous notre nez ?

— Comment voulez-vous que je le sache, bon Dieu ? Le type qui l'a volé, ce n'est pas moi.

— Mais vous êtes le type qui était censé le garder en sécurité.

— Que voulez-vous dire, Mr Ainsworth ?

— Ce que vous voulez bien comprendre, Mr Turner.

Au grand soulagement de Bella, le comte Albani, l'air imposant dans sa robe de chambre à motifs cachemire rouges, intervint.

— Nous devrions garder notre calme.

— Que suggérez-vous, comte Albani ? lui demanda Bella.

— D'avertir la police comme Mr Turner l'a demandé. *Pronto !*

— Et leur demander de fouiller les moindres recoins de ce satané endroit, poursuivit Jack en hochant frénétiquement la tête.

— Peut-être que Lucian devrait y aller ?

— Absolument, confirma Lucian en sautant sur ses pieds. Je vais m'habiller.

— Non, non, s'opposa Danioni en levant les mains. Il vaut mieux que tout le monde… que personne ne quitte le salon, *Signore*. Pour un petit bout de temps.

Cette consigne ne fut pas bien reçue. Surtout par Lady Latchmere et Julia, qui protestèrent. Il n'était pas question qu'elles attendent plus longtemps en petite tenue.

— Danioni a raison, objecta Cecil. Ainsi, nous serons certains que personne ne manigance quoi que ce soit.

— Qu'insinuez-vous exactement ? demanda Lady Latchmere.

— Rien du tout, se hâta de dire Bella pour la rassurer.

— Est-ce que tout le monde est présent ? vérifia Cecil.

— Il manque les Wingfield, répondit Alice en regardant aux alentours.

— Mr Wingfield est parti tôt ce matin, annonça Bella.

— Ah, vraiment ? fit Jack, sceptique.

— Il devait participer à un tournoi, expliqua Bella. Il sera de retour dans une semaine, tout au plus.

— Peut-être qu'il ne reviendra pas, dit Jack.

— Mais son épouse est toujours ici, souligna Alice.

— En êtes-vous certaine ? lui demanda Jack.

— Je l'ai vue hier soir, Jack, assura une voix qui s'avéra être celle de Claudine. Tout juste avant d'aller me coucher.

Jack la regarda, l'air mécontent. Bella se demanda alors comment il se faisait qu'il ignorait cela. Pourquoi Claudine ne lui en avait pas fait mention avant ? N'étaient-ils pas ensemble la veille au soir ? Avait-elle oublié ?

— Alice va aller vérifier si Mrs Wingfield est dans sa chambre, précisa Bella. Constance, dites à Billy de venir me voir. Entretemps, peut-être que tout le monde aimerait petit déjeuner ?

*

Betty n'était pas ravie de devoir servir autant de petits déjeuners aussi rapidement. Et Constance fut encore moins ravie de voir Billy entrer furtivement par la porte de la cuisine, tout débraillé et crasseux.

— D'où sors-tu ? lui demanda-t-elle.

— De nulle part, répondit-il, l'air coupable.

— On te demande.

— Qui ça ?

— Mrs Ainsworth. Elle veut appeler la police.

Billy sursauta.

— La police ? Pourquoi ?

— Le tableau a disparu, déclara Betty.

— Je n'ai rien à y voir.

— Personne ne dit cela, Billy. Mais les Ainsworth veulent que la police fouille l'hôtel.

Le visage de Billy devint livide.

— T'en fais pas, petit, le rassura Betty en lui ébouriffant les cheveux. Tu dois aller chercher les policiers, pas te rendre !

Constance conduisit Billy dans le salon. Presque tous les occupants de l'hôtel s'y trouvaient. Certains faisaient les cent pas, d'autres, assis, regardaient dans le vide, l'air ennuyé et renfrogné. Debout, dans un coin, Bella, Cecil, Lucian et Jack, l'air sérieux, discutaient tout bas avec cet Italien obséquieux – Danioni ou quelque chose du genre.

— Ah, Billy ! fit Bella lorsqu'elle l'aperçut. Je veux que tu ailles en ville. *Signore* Danioni va te donner l'adresse.

— C'est William Scanlon ? demanda Danioni en posant sur Billy un regard d'une intensité inhabituelle pour lui.

— Oui, c'est Billy, confirma Cecil.

— Le garçon qui a volé la bicyclette ?

— Nous n'avons fait que l'emprunter… se justifia Billy en regardant désespérément autour de lui, à la recherche de soutien.

— Nous savons qu'il fait partie d'une association de malfaiteurs, continua Danioni.

— Sottises ! lâcha Constance en levant les yeux au ciel.

Mais avant qu'elle ait pu ajouter quoi que ce soit d'autre à la défense de Billy, celui-ci prit les jambes à son cou. Jack le rattrapa.

— Non, non, petit, dit-il en le tenant fermement par les bras.

— Laissez-moi !

— Arrête de gigoter.

— Vous me faites mal !

Betty avait dû entendre les cris de son fils, car elle apparut dans le salon, furieuse, en essuyant ses mains sur son tablier.

— Que se passe-t-il, Billy ?

Ignorant la cuisinière, Cecil se tourna vers Lucian.

— Va chercher la clé de la remise. Nous l'enfermerons là.

— Je t'en prie, Cecil, supplia Bella. Est-ce nécessaire ?

— « Le méchant prend la fuite sans qu'on le poursuive », répliqua Cecil, citant la Bible. Francesco ira en ville à sa place.

Billy continua de se débattre, tandis que Cecil et Jack l'emmenaient de force, suivis par Lucian. Constance s'approcha de Betty pour la prendre dans ses bras.

Sous le choc, Betty était livide et avait le souffle court.

— Billy ! s'écria-t-elle. Billy !

— M'man ! entendit-on au loin.

Puis, ce fut le silence.

*

La remise était une petite construction en pierres, cachée au bout d'un sentier plein d'ornières derrière l'hôtel. Francesco s'en servait pour ranger divers outils – *et Dieu sait quoi d'autre*, pensa Billy. *Des livres osés ? Des animaux morts ?* Il avait toujours trouvé que cet Italien avait l'air bizarre.

Une fois enfermé, Billy secoua la porte de toutes ses forces en s'agrippant au grillage de la fenêtre dont elle était pourvue. Il lui donna de violents coups de pied, mais la porte résista. Elle était vieille, épaisse et son bois n'était pas pourri.

— Laissez-moi sortir ! cria-t-il.

Il avait mal là où ce salaud de Mr Ainsworth l'avait frappé à l'abri des regards.

Comment se faisait-il que tous les braves hommes étaient morts à la guerre ? Lui-même y avait perdu ses deux frères ! Pendant ce temps-là, des gens comme Mr Ainsworth s'en étaient tirés indemnes. Tout le monde voyait bien que c'était un parasite. Qu'est-ce qu'il faisait dans la vie, nom de Dieu ! À part se pavaner dans des vêtements chics et lancer des ordres aux autres ? Un tyran, un lâche.

Ils étaient tous là, à parler de lui. Mr Ainsworth, Mrs Ainsworth, Danioni et l'Américain avec la voiture rutilante. La seule qui avait l'air mal à l'aise était Mrs Ainsworth.

— Ce petit salaud, lâcha Mr Ainsworth. Il a une sacrée paire de poumons !

— Et il rue comme un âne, renchérit l'Américain.

— J'ai besoin d'un médecin ! cria Billy. Je n'arrive plus à respirer !

— Il est bouleversé, souffla Mrs Ainsworth.

— Mais non ! Il panique un peu, répliqua Mr Ainsworth. Ce n'est rien.

— J'ai très mal aux côtes ! tenta à nouveau Billy.

Cela sembla déranger Mrs Ainsworth. Elle se tourna vers son mari.

— Pourrais-je demander à Nish de l'examiner ?

— Ne sois pas si faible, rétorqua-t-il sèchement.

— Je vous en prie, cria Billy. J'ai vraiment mal !

— Cecil, je t'en supplie !

— Oh, pour l'amour du ciel, Bella ! D'accord, mais fais vite.

Nish arriva cinq minutes plus tard, accompagné de Mrs Ainsworth. Quant aux deux autres – Mr Ainsworth et l'Américain – ils avaient disparu. Peut-être qu'ils étaient rentrés à l'hôtel ou qu'ils surveillaient le sentier.

Mrs Ainsworth déverrouilla la porte pour laisser entrer Nish et resta en retrait, se rongeant l'ongle du pouce pendant que le médecin examinait Billy.

Après avoir envisagé de s'enfuir aussitôt que la porte s'ouvrirait, Billy se dit qu'il y avait peut-être un autre moyen de s'en sortir. De plus, il ne voulait pas attirer d'ennuis à Mrs Ainsworth ; ce n'était pas contre elle qu'il en avait. Elle, c'était quelqu'un de bien.

Il croisa le regard de Nish lorsque celui-ci s'accroupit près de lui. Nish saisit le message silencieux de Billy.

— Il a effectivement de la difficulté à respirer, affirma Nish.

— Pouvez-vous lui donner quelque chose ? demanda Bella.

— Peut-être un sédatif. Ça le calmerait. Sa poitrine serait moins comprimée.

— Je ne prendrai rien de tel, protesta Billy.

— Quelque chose contre la douleur, alors, suggéra Nish. Ma sacoche est dans ma chambre.

— Danioni ne vous laissera pas monter là-haut, s'opposa Bella. J'ai de l'aspirine dans mon bureau. Je vais aller vous en chercher.

Aussitôt Bella partie, Billy saisit Nish par le bras.

— Ils sont dans la chambre de Lady Latchmere, chuchota-t-il.

— Les tracts ?

— Sous le lit, fit Billy en hochant la tête.

— Bon sang ! Billy ! Tu es fou ?

— J'étais sûr que personne ne penserait à aller les chercher là !

— Les policiers vont les trouver. Ils vont fouiller partout.

— Les clés sont dans ma chambre. Je n'ai pas eu l'occasion de les remettre à leur place.

— Quelles clés ?

— Les passes. Je les ai pris dans le bureau.

Ils échangèrent un regard de complicité désespérée.

*

Cecil faisait la sentinelle au pied du sentier qui menait à la remise. Bella dut le contourner pour rejoindre l'hôtel.

Il avait été vraiment désagréable avec elle, mais elle savait qu'elle avait tendance à être paranoïaque, à trop interpréter. Cecil ne cessait de le lui rappeler. Et c'était probablement ce qu'elle faisait en ce moment. Elle n'avait donc aucune raison d'être nerveuse lorsqu'elle l'aborda.

Apparemment fasciné par une procession de fourmis, il ne daigna pas lever les yeux sur elle.

— Espérons que la police pourra éclaircir ce mystère, lâcha-t-elle.

Il ne réagit pas.

— J'ai dit : espérons… recommença-t-elle.

— Je t'ai entendue, l'interrompit-il, avant de se diriger vers un bosquet d'azalées au bord du sentier.

— Que se passe-t-il ? s'enquit-elle en le suivant et en essayant de lui prendre la main. Cecil ?

Il retira sa main d'un mouvement brusque et se tourna vers elle, rouge de colère.

— Ne t'approche pas de moi.

— Mon chéri, reprit-elle du ton qu'on prend avec un enfant grognon. Ne t'en prends pas à moi. Tu l'as dit toi-même : vous ne saviez même pas que le tableau pouvait valoir autant jusqu'à tout récemment.

Elle tendit la main vers lui, mais il resta inatteignable et baissa délibérément les yeux.

— Vraiment, Cecil ! fit Bella, incapable de se retenir plus longtemps. S'il y a quelqu'un qui a des raisons d'être en colère ici, c'est bien moi. Ce genre d'incident… Ça pourrait nuire grandement à la réputation de l'hôtel.

— Tu n'as pas la moindre idée, n'est-ce pas ? lança-t-il en la regardant cette fois.

— La moindre idée de quoi ? fit-elle, complètement perdue.

*

Le salon ressemblait à un café de gare rempli de passagers mécontents à cause d'un train très en retard. Personne ne parlait. Tout le monde était fatigué et à cran.

Claudine n'avait certainement pas envie de faire la conversation. Elle n'avait envie de rien, en fait.

Comme c'est étrange, se dit-elle. Lorsqu'elle était arrivée à l'Hôtel Portofino, elle avait été ravie par le charme désuet de sa décoration intérieure typiquement anglaise, caractéristique des riches maisons de campagne. Maintenant, elle commençait à ronger son frein.

Son humeur découlait du drame qui se déroulait. Ce genre d'événement pouvait avoir cet effet sur elle, même quand elle en était en partie responsable. Ce qui était le cas en ce moment, elle devait l'admettre.

Il n'en demeurait pas moins qu'elle se sentait impatiente dans ce salon aux fauteuils à dossier bas, aux plantes d'intérieur impeccables, au vaste manteau de cheminée orné de livres et de statues d'angelots.

Les murs étaient remplis de tableaux. La plupart représentaient de riches femmes blanches en crinoline, peintes en France dans un style vieux de trente ans. Certaines œuvres étaient de Lucian. Claudine n'aurait su dire si elles lui plaisaient. Certes, il avait du talent, mais il devait faire un effort pour être plus de son temps. Plus audacieux. S'inspirer de ses amis artistes parisiens.

Claudine était en train d'étudier le portrait d'une femme qui ressemblait à s'y méprendre à Rose lorsque Jack se matérialisa à ses côtés. Il l'attira dans un coin.

— Que voulais-tu dire quand tu as mentionné que tu avais vu la Wingfield juste avant d'aller te coucher ? lui demanda-t-il en lui soufflant son haleine avinée au visage.

— Exactement cela, siffla-t-elle en s'écartant de lui.

— Mais je t'avais dit de ne pas bouger.

— Tu sais bien que je n'aime pas qu'on me dise quoi faire.

— Oh, arrête avec tes conneries !

— Quelles conneries, Jack ?

— Ton numéro de la reine de Saba. Toi et moi, nous savons que tu vivais dans la misère.

Claudine digéra l'insulte sans rien dire. Elle fit mine de partir, mais Jack la rattrapa par le bras.

— Tu as intérêt à m'écouter quand je te parle, reprit-il.

— Sinon ? fit-elle en figeant sur place.

— Sinon… répondit-il en lui tordant le poignet.

— Enlève tes sales pattes d'ici !

— Contente-toi de dire comme moi. Peu importe ce que je dis. OK ?

Claudine analysa ses options et choisit la plus simple.

— Oui, Jack, peu importe ce que tu dis.

*

Stupéfait par l'impudence de Bella, Cecil revint à l'hôtel comme dans un rêve. Elle avait tout nié en bloc. Pensait-elle vraiment qu'il allait la croire ? Il regarda les massifs de fleurs, l'impeccable pelouse, le soigneux aménagement paysager, et fut à nouveau envahi par le ressentiment. Tout cela était le fait de Bella. Il n'avait jamais vraiment été partie prenante de ce projet. Et maintenant, il commençait à se demander ce qu'il faisait dans cet endroit. Dans ce mariage.

Lorsque son ami Horace avait appris que lui et sa famille déménageaient en Italie, il lui avait dit que diriger un hôtel, c'était gérer des clients. À l'époque, ce commentaire lui avait paru d'une grande banalité. Mais diable qu'il avait raison !

Lorsqu'il arriva au salon, il vit que Claudine et Jack se disputaient tout bas, observés par Lizzie appuyée contre le cadre de porte. Cecil alla la rejoindre.

— Querelle d'amoureux ?

— On dirait, répondit Lizzie sans le regarder.

— Ou alors ils essaient de mettre leur histoire au point.

— Si vous le dites, souffla-t-elle en essayant de s'éloigner de Cecil, qui ne l'entendit pas ainsi.

— Avez-vous parlé à Mrs Turner ?

— Pas encore. Je viens juste de me lever.

— Mais vous l'avez vue hier soir ? Avant d'aller vous coucher ?

— Je ne m'en souviens pas.

— Mrs Wingfield, reprit Cecil en s'approchant d'elle pour l'intimider. Je ne veux pas vous inquiéter, mais le départ de votre mari coïncide avec la disparition du tableau, et cela n'est pas passé inaperçu.

— Que voulez-vous insinuer ? questionna Lizzie en gardant son calme.

— Rien, chère madame. Mais si jamais vous détenez une information qui nous aiderait à recréer la séquence des événements, vous seriez bien avisée de nous en faire part.

Il fit une pause pour ménager son effet.

— Il serait dommage que l'un de nos plus célèbres athlètes soit traîné dans la boue.

Lizzie ouvrit la bouche pour répondre, mais fut interrompue par Bella qui annonça joyeusement à la ronde que le petit déjeuner était servi.

— Excellent ! lança Cecil en s'éloignant de Lizzie.

— Je n'ai pas besoin de vous dire où se trouve la salle à manger, poursuivit Bella, qui ne semblait pas avoir remarqué quoi que ce soit d'anormal.

— Allons-y, insista Cecil. Je suis sûr que Mrs Wingfield est affamée.

Lizzie passa devant lui, et il se retrouva à marcher à côté de Bella. Ils longèrent le couloir, sans prononcer une parole. Julia les attendait à la porte de la salle à manger. À n'importe quel autre moment, Cecil aurait profité de l'occasion pour flirter avec elle, mais là, ça tombait mal.

— Quelle horrible affaire, s'exclama Julia.

— En effet, répliqua Bella, d'un ton monocorde.

— Tu sembles étonnamment calme, dit Julia à Cecil.

— Il ne sert à rien de s'énerver.

— Croyez-vous vraiment que le tableau a été volé ?

— Je pense que personne ne sait quoi croire, Julia.

— Ou qui croire, rectifia Cecil en regardant Jack se frayer un chemin jusqu'à sa table.

— Cette remarque m'est-elle destinée ? demanda Jack en se tournant vers Cecil.

— En effet, confirma Cecil, satisfait.

— Vous me traitez de menteur ?

— Je dirais que vous ne nous avez pas dit pas toute la vérité.

— Cecil ! s'écria Bella.

Le silence se fit dans la pièce, alors que les deux hommes se toisaient. Cecil avait l'avantage d'être habillé, alors que la robe de chambre ouverte de Jack révélait un pyjama en flanelle.

— Allez, dites ce que vous avez à dire, insista Jack.

— C'est plutôt à vous, mon vieux, de nous dire ce que vous savez, rétorqua Cecil, un sourire suffisant aux lèvres.

Jack regarda autour de lui. Tous attendaient ses explications.

— Le tableau était bel et bien dans sa caisse lorsque vous me l'avez remise. Je vous ai vu, de mes yeux vu, l'y insérer.

Voulant épater la galerie, Cecil rétorqua :

— Je ne peux m'empêcher de me demander pourquoi vous étiez si pressé de procéder à l'échange, hier soir.

— Comme vous aviez insisté pour montrer le tableau à tout le monde, j'ai pensé que j'étais… mieux équipé que vous pour le conserver en sécurité.

— Et je suis sûre que vous avez fait pour le mieux, Mr Turner.

Jack regarda Claudine qui était assise à leur table, un verre de jus d'orange devant elle.

— J'ai confié le tableau à Claudine, ainsi que les moyens de le conserver en sécurité pendant que je revenais conclure l'affaire avec vous. Et je suis retourné dans ma chambre vers onze heures. Le tableau a été sous la garde de Claudine ou la mienne en tout temps. Jusqu'à ce que je découvre ce matin qu'il avait disparu.

— Disparu, répéta Cecil, en mimant un geste de prestidigitateur. Comme par magie ?

— Je ne crois pas à la magie, fit Jack.

— Moi non plus, répliqua sèchement Cecil.

— Alors, comment expliquez-vous qu'il ne soit plus là ? demanda Julia.

— Je crois que Mr Turner nous cache quelque chose, présuma Cecil. En fait, il essaie de cacher l'étendue de sa négligence.

Toute l'assemblée était suspendue aux lèvres des deux hommes.

— Chéri, dit Bella. Est-ce le bon moment ? Le bon endroit ?

— Avez-vous des preuves de ce que vous avancez, mon vieux ? poursuivit Jack, les mains sur ses hanches.

— Oh, je suis sûr que votre épouse m'aidera à les trouver. N'est-ce pas Mrs Turner ?

Claudine ne pipa mot.

— Ou peut-être que je devrais demander à Mrs Wingfield ? Après tout, je vous ai bel et bien entendu dire que vous lui aviez parlé. Juste avant d'aller au lit.

Les deux femmes échangèrent un coup d'œil.

— Il est possible que j'aie quitté ma chambre, admit Claudine. Mais très brièvement.

— Claudine ! s'écria Jack.

— Quoi ? C'est la vérité.

— Enfin, nous nous en approchons, reprit Cecil.

— Je ne laisse jamais tomber une amie.

— Je lui ai demandé de me rejoindre dans la salle de bains, ajouta Lizzie.

Julia eut l'air franchement dégoûtée.

— Mais pourquoi donc ? lâcha-t-elle.

— Pour l'aider à se préparer à aller au lit.

— Et combien de temps a duré ce rendez-vous ? demanda Cecil.

— Une vingtaine de minutes.

— Période pendant laquelle Mrs Turner n'avait pas le tableau sous les yeux et vous, Mrs Wingfield, n'aviez pas votre mari sous les yeux.

— Je ne nie pas m'être éloignée du tableau, admit Claudine. Mais si on l'a pris pendant mon absence, on devait avoir une clé, car – je le jure sur ma vie – j'ai verrouillé la porte quand j'ai quitté ma chambre.

*

Nish serait bientôt à court de cigarettes. Assis sur la terrasse, face à la mer, il alluma son avant-dernier Caporal en soupirant. Il détestait ce qui lui arrivait – être l'élément central d'une nuée de catastrophes.

Un yacht se dirigea vers le port, laissant derrière lui un sillage blanc, mince comme un ruban. Nish l'observa pendant un moment. On pouvait aisément être hypnotisé par ce paysage fait de collines qui n'en finissaient plus et de ciel sans nuages, et croire qu'on était à l'abri des vicissitudes de la vie. Que l'Italie était comme la plupart des Anglais la voulaient : la somme ensoleillée de ses peintures, sculptures et constructions médiévales.

Cependant, l'Italie était un pays brisé. Et c'était en partie à cause des Alliés français, russes et britanniques. Pour que l'Italie signe le Pacte de Londres et se range de leur côté durant la guerre, ils lui avaient promis des territoires qu'ils n'étaient pas en mesure de lui accorder. Quand tout fut terminé, le président de l'époque, Vittorio Orlando, fut humilié lors de la Conférence de la paix de Paris et démissionna.

En réalité, l'Italie avait gagné quelques territoires – l'Istrie, Trieste, le Tyrol méridional –, mais perdu la plus grande partie de la Dalmatie. Cela avait été suffisant pour enrager les nationalistes et les fascistes, qui suscitèrent alors l'indignation populaire, accusant Orlando d'être à l'origine d'une « victoire mutilée ».

C'est à ce moment que Mussolini était entré en scène.

Nish était tellement perdu dans ses pensées qu'il n'entendit pas qu'on s'approchait de lui.

— Est-ce que je peux me joindre à toi ? dit une voix qu'il reconnut comme étant celle de Lucian. L'atmosphère est assez tendue là-dedans.

— Fais comme chez toi, répondit Nish sans même le regarder.

— Qu'est-ce que tu fais ?

— Pas grand-chose, affirma Nish en souriant. Si tu veux savoir, je réfléchissais.

— Oh oui ? lança Lucian, d'un ton amusé.

— Je pensais au fait qu'on pourrait détruire le fascisme uniquement en comprenant d'où il vient et pourquoi il séduit tant de gens. La haine n'explique pas tout.

— C'est du lourd, continua Lucian en s'asseyant à côté de lui.

— J'aimerais que ce soit moins pertinent, souffla Nish en lui offrant sa dernière cigarette.

— Ça va ? demanda Lucian, qui remarqua le tremblement des mains de son ami.

Nish le regarda, incapable de prononcer une parole.

— Qu'y a-t-il ? insista Lucian. Dis-moi.

Nish secoua la tête.

— Pour l'amour de Dieu, Nish, je te dois la vie. Il ne peut pas y avoir de secrets entre nous.

— Disons que j'ai été vachement stupide.

— Plus que d'habitude ? fit Lucian en riant.

— Ce n'est pas une blague. Je suis dans le pétrin.

— Eh bien, laisse-moi t'aider.

— Je ne pense pas que tu puisses faire quoi que ce soit.

Il finit par lui raconter – pas tout, mais suffisamment pour qu'il comprenne. Nish lui parla de Gianluca, de Billy et des tracts. Lucian écouta sans manifester le moindre jugement.

— Ce n'est pas fameux, constata-t-il à la fin. Nous ne pouvons pas garder ça pour nous.

Puis, voyant le visage de Nish, il ajouta :

— Tu n'as pas à craindre d'avoir une conversation honnête avec ma mère.

— Ce n'est pas ta mère qui m'inquiète, répondit Nish en écrasant sa cigarette.

*

Nish et Lucian constatèrent que l'atmosphère de la salle à manger s'était nettement améliorée – les petits pains de Betty avaient fait leur œuvre. Mais ils n'eurent pas le temps de se détendre, car un nouvel ami de Danioni arriva en même temps qu'eux. C'était un personnage louche, maigre comme un clou, vêtu de tout l'attirail de la police : veste à épaulettes argentées, ceinture blanche croisée sur sa poitrine.

— Enfin ! lança Bella, avant de taper dans ses mains pour attirer l'attention des hôtes. Je vous demanderais un moment de silence s'il vous plaît.

L'homme se mit à parler en italien, et le comte Albani à traduire ses propos au fur et à mesure. Il se présenta – sergent Ottonello, de la *Polizia Municipale* – et expliqua qu'il était là pour fouiller les lieux.

— Je vous demande la permission de procéder, dit-il, avec un sourire qui ne laissa aucun doute quant au fait qu'il s'agissait plutôt d'une exigence.

— Je suis sûr que vous, gens de qualité, n'avez rien à craindre, intervint Danioni, avant de tourner les talons pour sortir.

Bella était sur le point de le suivre lorsque Lucian l'intercepta.

— Il faut que nous parlions – en privé.

— Quoi ? Là ? Maintenant ?

— Tout de suite, je le crains.

— Allons dans la cuisine, alors.

Nish constata que la définition d'une conversation privée était relative. Ainsi, pour Bella, elle incluait Alice – ou n'importe quel membre de sa famille.

Nish n'avait jamais aimé Alice, bien qu'il ne l'eût jamais mentionné à Lucian. Ronchonneuse et amère, elle était du genre à toujours penser au pire. L'histoire qu'il s'apprêtait à raconter allait probablement la mettre plus en colère que sa mère.

— Comment avez-vous pu être aussi stupides ? fit-elle quand il eut terminé, le visage cramoisi.

— Allons, Alice ! s'écria Lucian en se portant à la défense de son ami. Nish ne savait pas que Billy cacherait les tracts sous le lit de Lady Latchmere.

— Je m'adressais à vous deux ! lança Alice. À quoi pensiez-vous ? Aller participer à une grand-messe socialiste…

— Je voulais m'éduquer, plaida Lucian avec emphase. En savoir plus sur la politique. Au cas où ce serait quelque chose qui me passionnerait.

— Pourquoi est-il si important de se passionner pour quelque chose ?

— Si tu ne le sais pas, alors je ne vois pas l'utilité de te l'expliquer.

Il regarda sa mère dans l'espoir qu'elle l'appuierait, mais elle avait la tête entre les mains.

— Oh Lucian ! fit-elle.

— Je vous en prie, Mrs Ainsworth, continua Nish. Lucian ne savait rien à propos des tracts. C'est entièrement ma faute.

— Ne l'écoute pas, la supplia Lucian.

— Je vous demande pardon, poursuivit Nish, pour les difficultés que je vous cause. Après tout ce que vous avez fait pour moi.

Lucian fut sur le point d'intervenir, mais Bella le devança.

— Ça ne sert à rien de se chamailler pour savoir à qui incombe la faute. Ce que nous devons faire, c'est trouver un moyen de nous sortir de ce pétrin.

— Nous n'avons qu'à aller chercher ces stupides tracts, non ? suggéra Alice.

— Non, trancha Bella en secouant la tête. Ils ont déjà commencé à fouiller.

— Il y a des policiers partout, ajouta Lucian.

— Y a-t-il la moindre chance qu'ils découvrent le tableau et oublient le reste ? demanda Nish.

— Je parie que le voleur s'est enfui, tenta Lucian. L'autre soir, j'ai vu Wingfield qui rôdait au rez-de-chaussée. Il avait l'air louche.

— Pourquoi ne pas simplement dire la vérité ? s'enquit Alice.

— Parce que Danioni cherche le moindre prétexte pour fermer l'hôtel, affirma Bella.

— Je vais me rendre, lâcha Nish en courbant l'échine. Je leur dirai que j'ai agi seul.

— Tu ne peux pas faire ça, s'opposa Lucian en secouant la tête. Au mieux, on va te déporter. Au pire, on va te mettre en prison.

Ils restèrent à ruminer en silence pendant un moment.

— Il n'y a pas trente-six solutions, reprit Alice. Billy devra porter le chapeau.

— Alice ! s'écria Lucian, sous le choc.

— Quoi ? dit Alice, qui ne voyait pas en quoi cela causait un problème. C'est bel et bien lui qui a eu l'idée de planquer les tracts là.

Comme ils le faisaient toujours lorsqu'ils étaient enfants, Lucian et Alice se tournèrent vers Bella pour qu'elle tranche. Mais pour une rare fois, leur mère ne leur donna pas son avis.

— Il faut que j'avertisse Lady Latchmere, finit-elle par dire. Que son nom soit associé à cette affaire va certainement lui déplaire.

*

Bella sortit de la cuisine, Alice sur les talons.

— Tu sais que c'est ce qu'il faut faire. À propos de Billy.

— Betty ne nous le pardonnerait jamais, répliqua Bella en continuant de marcher rapidement, dans l'espoir de se débarrasser de sa fille.

— Il est mineur. Il n'aura pas une peine trop sévère, j'en suis sûre.

— Ça, nous n'en savons rien, rétorqua Bella d'une voix amère.

— Quoi qu'il en soit, il mérite probablement une punition. Nish a dit qu'il avait un double des clés de toutes les chambres de l'hôtel.

— Nous ne pouvons pas le jeter ainsi en pâture aux lions, Alice.

— Je ne pense pas que nous ayons le choix.

— Nous pourrions au moins embaucher un avocat pour le défendre, proposa Bella en soupirant.

— Je vais en parler à papa, fit Alice, ragaillardie, en faisant mine de rebrousser chemin.

— Attends, Alice ! T'a-t-il dit quoi que ce soit ?

— Qui ? Billy ?

— Non, répondit Bella en hésitant. Ton père.

— C'est à peine si je lui ai adressé la parole, aujourd'hui. Pourquoi tu me demandes ça ?

— Il se comporte étrangement, c'est tout.

— Il n'y a rien d'inhabituel, là.

— J'imagine que tu as raison.

*

Lady Latchmere était assise dans le salon, près de la fenêtre, un exemplaire de *Country Life* ouvert sur ses genoux. De profil, son visage avait l'air tellement jeune que Bella dut s'y prendre à deux fois pour s'assurer qu'il s'agissait bien de Lady Latchmere, cette femme grincheuse lorsqu'elle était arrivée à l'hôtel, celle qui, même pas une semaine plus tôt, aurait fait toute une histoire de la tasse de thé froid restée sur la table à côté d'elle et exigé qu'on l'enlève immédiatement.

On peut donc changer, pensa Bella. *Même à l'âge mûr, on peut se montrer à la hauteur de la jeunesse.*

— Lady Latchmere, commença-t-elle.

Celle-ci tourna son regard bleu clair vers Bella.

— Gertrude, s'il vous plaît. Je dois vous parler d'une affaire assez délicate.

— Eh bien, il vaut mieux ne pas y aller par quatre chemins, ma chère, affirma Lady Latchmere qui, sentant la nervosité de Bella, prit sa main entre les siennes.

— J'ai appris que la fouille à laquelle procèdent actuellement les policiers permettra probablement de découvrir des documents de nature résolument politique, relata Bella, le souffle inhabituellement court. Sous votre lit.

— Sous mon lit ? répéta Lady Latchmere, qui n'y comprenait rien.

— Je le crains.

— Quelle sorte de documents ?

— Des tracts.

— Quelles sortes de tracts ?

— On m'a dit qu'ils contenaient des propos désobligeants à l'endroit de *Signore* Mussolini.

Lady Latchmere éclata d'un rire d'une telle sonorité que Bella regarda autour d'elles pour s'assurer que personne n'écoutait aux portes.

— C'est formidable ! s'écria Lady Latchmere.

— Gertrude ? fit Bella, décontenancée.

— Et puis-je savoir qui est le révolutionnaire parmi nous ?

— Je ne peux pas vous le dire. Pour ne pas l'incriminer.

— Eh bien, alors, je dirai qu'ils m'appartiennent.

— Je vous demande pardon ? s'exclama Bella qui n'était pas certaine d'avoir bien entendu.

— Les tracts, chuchota Lady Latchmere. Je dirai qu'ils sont à moi.

— Est-ce sage, Gertrude ? interrogea Bella qui ne put s'empêcher de sourire.

— Laissez-les faire leur sale boulot, assura Lady Latchmere en levant le menton. Il suffit de jeter un seul regard à cet affreux paon pour savoir que c'est un voyou. Je ne supporte pas les tyrans.

— Je ne saurais pas mieux dire, fit Bella, soulagée.

— Herbert – Lord Latchmere – a persécuté mon pauvre Ernest. Il l'a menacé de le déshériter s'il ne s'engageait pas dans l'armée pour « faire son devoir ».

— Je suis vraiment désolée de l'apprendre, répondit Bella, sincère. Je sais que Lucian s'est senti obligé lui aussi de se porter volontaire. Par son père.

— Je regrette seulement de ne pas m'être davantage portée à la défense de mon cher Ernest.

— Ces pauvres garçons, lâcha Bella, constatant qu'elles étaient à nouveau complices dans le chagrin.

— J'arrive à peine à parler à mon mari depuis ce temps, lui confia Lady Latchmere. Je crains que les choses ne se rétablissent jamais entre nous.

*

Il y avait longtemps que Danioni avait envie de fouiner à l'intérieur de l'Hôtel Portofino. Depuis son ouverture en fait.

Les suites, équipées de leur propre salle de bains, lui plurent particulièrement. C'était le summum du luxe. Il passa la main sur les robinets chromés, s'imaginant prendre un bain moussant et parfumé à la lueur des chandelles.

Sa propre salle de bains était minuscule. Et les toilettes étaient à l'extérieur. La veille, il avait trouvé un rat mort au fond de la cuvette.

On ne verrait jamais de rat mort ici – quoique... pensa-t-il, avec un sourire sardonique. *On pourrait peut-être en infiltrer un dans une armoire de la cuisine. La paysanne qui faisait à manger pousserait un tel cri !*

Il entra dans la suite de Lady Latchmere. Elle aussi avait sa salle de bains privée. Quant à la chambre, Danioni ne trouvait pas qu'il y avait de quoi se pâmer. Certes, elle était vaste, mais il trouvait que ce papier peint à motif floral effacé et ces vieux meubles étaient fort laids.

Les Anglais aimaient bien les vieilleries. Ils étaient attachés à leur passé. Par conséquent, ils craignaient l'avenir. Tout le contraire des Italiens. Tout le contraire du Duce.

Danioni tambourina sur son pantalon, tandis que le sergent Ottonello se penchait pour regarder sous le lit.

Pourquoi était-ce si long ?

Lorsque Ottonello se redressa, Danioni haussa les sourcils en signe d'interrogation.

— *Trovato qualcosa ?* demanda-t-il. Alors ?

Ottonello secoua la tête.

— *Sei sicuro ?* insista Danioni. Vous êtes certain ?

Ottonello lui suggéra poliment, mais fermement de vérifier lui-même. Danioni s'agenouilla donc sur le sol pour scruter le plancher poussiéreux.

Ottonello avait raison. Il n'y avait rien. Ce n'était guère étonnant.

Mr Ainsworth entra dans la pièce juste comme il se relevait.

— Vous avez trouvé quelque chose ?

— On a découvert ceci dans la chambre de William Scanlon, déclara Danioni en montrant un trousseau de clés qu'il secoua pour le faire tinter.

— D'accord, acquiesça Mr Ainsworth en se tournant vers Ottonello. Mais qu'en est-il du tableau ?

Ottonello avait le regard vide.

— *Il dipinto ?* traduisit Danioni.

Le sergent secoua la tête.

— C'est très regrettable, répondit Mr Ainsworth.

*

La lessive avait été l'une des premières tâches que Constance avait appris à exécuter en tant que domestique. C'était plus compliqué qu'il n'y paraissait. Il y avait toutes sortes de règles et de rituels à respecter. Par exemple, il fallait mettre les bas et les chaussettes à tremper la veille et ne pas oublier d'adoucir l'eau en y ajoutant de la potasse.

Elle avait toujours détesté faire la lessive mais au moins, en Italie, le linge séchait plus vite au soleil et l'adoucissant était inutile, car l'eau de la Ligurie était naturellement douce.

Même si Constance avait travaillé dans de grandes demeures, elle n'avait jamais vu de cuve à laver aussi grosse que celle en fonte de l'hôtel. Elle occupait tout l'espace de l'arrière-cuisine, et la jeune fille avait l'impression d'être une magicienne quand elle agitait le linge à l'aide du battoir à lessive.

Aujourd'hui, elle devait laver les draps. Ils se salissaient plus rapidement ici qu'en Angleterre pour toutes sortes de raisons, mais surtout à cause des nuits extrêmement chaudes. Une fois sa tâche accomplie, elle sortit les draps de la cuve et les essora avant de les mettre dans le panier pour les apporter dehors.

Elle passa par la cuisine pour sortir et découvrit que Danioni avait posté un policier près de la porte. Il l'arrêta lorsqu'elle fit mine de le contourner pour poursuivre son chemin.

— *Scusi, Signora!*

Elle lui montra son paquet de draps mouillés et mima le geste de les suspendre pour les faire sécher.

— Ah! fit le policier en la laissant aller avec un sourire et un geste de la main.

La corde à linge était tendue entre deux arbres au-dessus d'une parcelle de gazon sablonneux, au fond de l'arrière-cour, juste avant le sentier menant à la remise. Même si ce n'était pas loin de la maison, Constance avait les bras et le dos douloureux lorsqu'elle y arriva, car son panier était très lourd.

En le déposant par terre, elle remarqua une procession de fourmis. Elles traversaient le gazon brûlé, certaines chargées de nourriture, pour se rendre à leur nid situé quelques mètres plus loin.

Constance aurait aimé en savoir plus sur l'univers de la nature, posséder de véritables connaissances scientifiques. Par exemple, comment les fourmis faisaient-elles pour se suivre ? Se fiaient-elles à leur vue, à leur odorat ou à leur ouïe ; avaient-elles des oreilles ?

Les êtres humains ressemblaient plus aux fourmis qu'ils voulaient bien l'admettre. Ils étaient nombreux à se suivre les uns les autres, à obéir aveuglément aux règles. Bien entendu, c'est ce qu'il fallait faire lorsque la rébellion était sévèrement punie.

La vie des domestiques était remplie de règles. Portez ce tablier. Lavez ces casseroles. Levez-vous à telle heure. Révoltez-vous et perdez votre emploi.

La solution : se rebeller par des gestes discrets et modestes.

Elle souleva le tas de draps humides. Comme prévu, au fond du panier, elle trouva une pile de draps secs soigneusement pliés et repassés. Elle passa la main dessus et sourit lorsqu'elle sentit une petite bosse.

Parfait, pensa-t-elle. Les tracts étaient toujours là.

Chapitre 12

S'il n'avait tenu qu'à Cecil, Billy serait mort de faim dans la remise, mais Betty ne l'entendait pas ainsi. Elle prépara un plateau de sandwichs et de restes de charcuteries qu'elle alla porter elle-même à son fils, en empruntant le sentier rocailleux et abrupt qui mit ses mollets à l'épreuve.

Danioni avait posté l'un de ses policiers à la porte. L'homme, qui n'avait rien d'hostile, sourit à Betty et lui fit un clin d'œil avant de la laisser entrer. Puis, il attendit à côté de l'entrée.

L'air était lourd et étouffant à l'intérieur de la remise. Et il y faisait sombre, car seule une fenêtre à battant, sur le mur du fond, laissait entrer la lumière du jour. Dans la pénombre, Betty distingua une table en bois sur laquelle était fixé un serre-joint et où étaient accrochées des scies de différentes tailles ; des vis et des mèches de perceuse jonchaient le sol.

Billy était assis sur un tas de sacs. Il cilla lorsque la porte s'ouvrit, puis se leva.

Betty posa bruyamment son plateau de sandwichs sur la table et courut vers lui pour le prendre dans ses bras.

— Oh, Billy ! Qu'as-tu fait ?

— Rien, répliqua-t-il, sur la défensive.

— Tiens, dit-elle en lui tendant un sandwich. Mets-toi quelque chose dans le ventre.

— Je n'ai pas faim, bouda-t-il, en repoussant la main de sa mère.

— Il faut que tu reprennes des forces.

— M'man, je t'ai dit que je n'avais pas faim.

— Au moins, bois ça, fit-elle en lui tendant une bouteille remplie d'eau.

Il but avidement, puis s'essuya la bouche sur sa manche.

— Pendant combien de temps je vais rester enfermé ici ?

— Je ne sais pas, Billy.

— C'était juste un vélo, pour l'amour du ciel. Et j'allais le rendre.

— Ils s'en foutent de cette stupide bicyclette.

— Pourquoi on me garde ici, alors ?

— À cause du tableau.

— J'ai rien à voir là-dedans !

— Ils disent que quelqu'un l'a probablement pris dans la chambre de Mr Turner.

— Et ?

— Ils ont trouvé un double des clés dans ta chambre.

Billy secoua la tête sans rien dire, mais sans rien nier pour autant.

— Oh, mon fils, balbutia-t-elle d'une petite voix.

— C'est pas ce que tu crois, m'man. Je sais rien à propos du tableau. Je le jure sur la tombe de mes frères.

— Je te crois, affirma-t-elle en se rapprochant de lui. Mais les clés…

— Je faisais une faveur à quelqu'un, lui confia-t-il en la regardant en face. J'ai juste oublié de les remettre à leur place.

— Quelle faveur ? Et à qui ?

Billy ne répondit pas.

*

Malgré la présence policière, la journée avait fini par se dérouler à peu près normalement. Ce qu'Alice préférait dans la vie d'hôtel, c'était qu'elle lui donnait l'impression d'être en mer, sur un vaste paquebot. Et cela – autant que le fait de jouer un rôle bien défini – lui procurait un sentiment de sécurité.

Alice était douée pour donner des ordres. Et ceux qui voyaient l'exercice de son autorité comme un défaut comprenaient bien peu de choses aux exigences de la gestion d'un hôtel.

Enfant, elle avait adoré *Le Grand Hôtel Babylon* d'Arnold Bennett, un roman sur les hauts et les bas d'un chic établissement hôtelier situé au bord de la Tamise. Elle avait particulièrement aimé la manière dont Jules, le maître d'hôtel, dirigeait les serveurs qui se « déplaçaient discrètement sur les tapis d'Orient, maintenant leurs plateaux en équilibre avec une dextérité de jongleurs, et recevant et exécutant les ordres avec cet air de profonde suffisance dont seuls les serveurs de première classe ont le secret ».[10]

10. Traduction de Lise Capitan dans l'édition française du livre paru en 2021, aux Éditions 10/18.

Le but d'Alice était de transmettre à Constance et à Paola ce secret.

Parfois, elle faisait mouche, mais la plupart du temps, la bataille était ardue au point où Alice se demandait si Paola et Constance avaient le moindre respect pour elle.

En ce moment, par exemple, Paola servait des rafraîchissements dans le salon en se tenant comme si elle avait vingt ans de moins, et en affichant la mine renfrognée qu'elle avait en permanence ces derniers temps.

— Allons Paola! lui avait dit Alice la veille même, en tapant dans ses mains. Souriez un peu. *Siate felici!*

Constance, pour sa part, suivait les instructions qu'on lui donnait. Elle avait le dos droit, les épaules redressées, le ventre rentré.

Bien, songea Alice. *On va en tirer quelque chose.*

Elle sourit aux Albani en passant devant leur table. Après tout, il n'y avait plus aucune raison d'être mal à l'aise. L'embarras ne ferait qu'engendrer plus d'embarras. Elle poursuivait son chemin lorsqu'elle entendit Roberto dire: « *È una donna bellissima.* » C'est une très belle femme.

Alice sourit malgré elle. Belle? L'était-elle vraiment?

Elle aperçut son reflet dans la porte vitrée du salon. Sa silhouette gracieuse et toujours jeune lui parut étrangère – comme si elle ne lui appartenait pas. Avant la guerre, on aurait pu dire qu'elle ne ressemblait pas à une veuve. Mais le monde avait changé, et désormais, n'importe quelle femme pouvait ressembler à une veuve.

Elle sollicita toute son assurance, s'y enveloppa comme dans un manteau protecteur et rebroussa chemin. Le comte

Albani et Roberto discutaient tout bas, intensément, comme le faisaient toujours les Italiens. Ils se turent aussitôt qu'elle s'éclaircit la voix, et elle eut l'agréable impression que père et fils fondaient.

— Il y a un moment que je souhaite vous parler, Comte Albani, commença-t-elle. J'espère que vous nous pardonnerez les inconvénients de ce matin.

Elle fut flattée de constater que le comte la regardait comme si elle incarnait la vérité.

— C'est moi qui dois vous demander pardon, assura-t-il. Pour le comportement de mes compatriotes. Et leurs manières rudes et criminelles.

— Nous vous sommes très reconnaissants de votre aide. Et de l'excellence de votre anglais.

Le comte inclina légèrement la tête.

— À ce propos, il est étrange que Roberto parle si peu notre langue, reprit Alice en riant légèrement.

Le principal intéressé lui adressa un sourire sibyllin. Elle devina qu'il savait qu'elle parlait de lui, mais n'avait pas la moindre idée de ce qu'elle disait.

— Mon fils est jeune et arrogant, Mrs Mays-Smith, affirma le comte. Il pense qu'il ne peut rien apprendre de moi.

— Vraiment, fit Alice. Peut-être pourrais-je essayer, alors.

— De lui apprendre l'anglais ? rétorqua-t-il en haussant un sourcil. Quelle excellente idée !

— La base, à tout le moins. Assez pour qu'il puisse parler en son nom.

— Nous sommes à votre disposition.

Alice s'en fut, très contente d'elle-même et de son esprit d'initiative. Elle décida de fêter cela en réaffirmant son autorité. Elle repéra Constance qui circulait parmi les clients, un plateau de petits gâteaux à la main, et lui fit signe d'aller en offrir au comte Albani et à Roberto.

Constance opina docilement et se dirigea vers leur table en arborant la posture que sa patronne lui avait enseignée. Au moment où elle tendit le plateau aux deux hommes, Alice vit que Roberto jetait à la jeune servante un regard différent de celui dont il l'avait gratifiée quelques minutes plutôt.

Elle n'eut même pas d'effort à faire pour l'entendre souffler qu'elle était *bellissima*.

Alice sentit son visage tomber. Si Roberto avait vu le regard qu'elle lui lançait, il y aurait discerné une sorte de perplexité malheureuse. Elle tourna les yeux vers Constance, qui semblait tout aussi perturbée qu'elle, mais pour une tout autre raison. Manifestement, elle n'était pas contente d'attirer l'attention de Roberto. Constance ! Cette petite bonne à tout faire du Yorkshire !

Alice l'avait vue flirter avec Lucian. Ils se croyaient subtils avec leurs petites œillades, mais elle voyait bien de quoi il retournait. Elle savait ce que cette prétentieuse de Constance voulait.

Tout le ressentiment d'Alice refit surface et elle craignit de se donner en spectacle en se mettant à pleurer.

Apparemment, c'était son destin d'être abandonnée par la vie. C'était injuste. Tout ce qu'elle voulait, tout ce à quoi elle aspirait, c'était de mener une vie d'adulte ordinaire – et non une vie d'artiste à la mode, comme Lucian. Une existence faite de conventions, de piété, de respect des lois, avec un mari qui l'accompagnerait et pourrait… non pas la façonner, mais la *modifier.* L'améliorer. Arrondir ses angles pour qu'elle soit moins amère et critique.

Elle avait trouvé cet homme quand elle était jeune. Puis, la vie le lui avait pris sans la prévenir ni s'excuser.

Le cerveau en ébullition, Alice quitta le salon pour aller s'enfermer dans le vestiaire adjacent au bureau de sa mère.

Si elle tenait son mouchoir contre son visage, personne ne pourrait entendre ses sanglots.

*

Dans le hall d'entrée, Bella croisa Danioni et trois policiers qui sortaient faire une pause et fumer une cigarette au soleil. Aussi poliment que possible, elle demanda à Danioni s'il y avait du nouveau.

— Je suis désolé, *Signora*. Un peu plus de temps.

— Il semble ravi de diriger les opérations, lui dit tout bas le comte Albani, qui s'était faufilé jusqu'à elle.

— De semer le trouble, vous voulez dire.

— Je sens beaucoup de colère en vous.

— Je déteste les gens qui profitent des malheurs d'autrui.

— Essaie-t-il de profiter de vous ?

Bella se mordit les lèvres et secoua légèrement la tête.

— Ma chère Mrs Ainsworth, n'insultez pas notre amitié en refusant de vous confier à moi.

Elle le regarda en se demandant quelle information il cherchait à obtenir.

— Il menace de fermer l'hôtel, lâcha-t-elle.

Le comte Albani émit un petit rire avant de comprendre qu'elle parlait sérieusement.

— Il l'a fait inspecter ce matin, à sept heures, poursuivit Bella. Et apparemment, nos conditions de préparation et de service de la nourriture sont insalubres.

— Mais c'est absurde.

— C'est exactement ce que je lui ai dit, répliqua-t-elle avant de mettre sa main sur sa bouche, bouleversée.

— Je vous en prie, fit le comte Albani. Ne vous découragez pas. Il y a une solution à tout problème.

— Comment résoudre un problème inexistant ?

— Manifestement, ce n'est pas ce problème qu'il souhaite vous voir régler.

Il continuait de tâter le terrain.

— En Italie, poursuivit-il, un énorme mensonge comme celui-ci sert à cacher une grande vérité. Il existe entre vous et Mr Danioni un autre problème, dont vous ne voulez pas parler.

Bella ne dit rien.

— Je lui parlerai, proposa-t-il en abattant sa cartc maîtrcssc.

— Oh, comte Albani. Vous feriez cela ?

— Il n'y a aucune limite, émit-il en s'inclinant, à ce que je ferais pour vous.

*

Lizzie apparut sur la terrasse, fort tourmentée. Elle vint se blottir contre Claudine.

— J'espère que je ne vous ai pas mise dans le pétrin, dit-elle en lorgnant Jack, qui sirotait un brandy un peu plus loin, le visage de marbre.

— Ne vous en faites pas pour moi, ma chérie.

— Je ne voudrais pas être une source de discorde entre vous deux, alors que vous avez tant fait pour améliorer ma propre relation conjugale.

— Cela a marché, donc? demanda Claudine.

— Oh, oui! Plutôt deux fois qu'une, fit-elle en gloussant. Je suis désolée. Je ne sais pas ce que j'ai.

— Moi, je le sais: le feu au derrière.

— Claudine! s'écria Lizzie en voulant la faire taire. Lady Latchmere pourrait nous entendre!

— Vous n'avez rien à craindre de Lady Latchmere, assura Claudine. Ne vous y méprenez pas, c'est une femme du monde.

Le pouvoir transformateur du déshabillé de Claudine et d'un savant maquillage – lèvres rouge sang, épaisse couche de khôl – avait dépassé les attentes les plus folles de Lizzie. Non pas que ces attentes fussent *si* folles. Elle voulait essentiellement que Plum réussisse à rester éveillé plus que cinq minutes. En réalité, toute la nuit y avait passé, une nuit fort instructive, au demeurant. Plus d'une fois, Lizzie s'était demandé où son mari avait appris à *faire ça,* avant de décider qu'elle ne voulait pas vraiment le savoir.

— Vous avez l'air d'une autre femme, constata Claudine en souriant.

— Je me sens autre, confirma Lizzie.

Mais était-ce suffisant?

*

Bella se serait bien passée de ces ultimes palabres avec Danioni et Ottonello, mais ils voulaient leur rendre compte, à elle et à Cecil, des résultats de leur fouille. Elle les invita donc à passer au salon en espérant que Cecil se montrerait agréable.

Ce ne fut pas le cas.

L'absence de progrès dans l'enquête le rendit encore plus de mauvaise humeur.

— Donc, la fouille n'a rien donné? demanda-t-il.

Danioni regarda Ottonello, qui répondit:

— *Niente.*

— Rien du tout? insista Bella qui ne pouvait en croire ses oreilles.

— Pas de surprise, *Signora*, la rassura Danioni en la regardant d'un air entendu. Vos hôtes, ils vivent… *come si dice*… Ils ne vivent pas dans le péché… ?

— Et vous n'avez aucun indice quant à savoir comment on s'y est pris pour dérober le tableau dans la chambre de Mr Turner? intervint Cecil.

— Ils n'ont pas laissé de trace.

— Pas d'empreintes digitales?

— Ils ont essuyé la poignée de porte.

Un ange passa.

— Que fait-on, maintenant? poursuivit Bella.

— Nous emmenons le garçon pour l'interroger, répliqua Danioni. Nous le forcerons à avouer.

— Le forcer? fit Bella en fronçant les sourcils.

— Mes excuses. Mon anglais n'est pas très bon. Je veux dire l'encourager.

— Doucement.

— *Si.*

— Sans l'intimider.

— Pour l'amour de Dieu ! fit Cecil. Ils peuvent bien faire ce qu'ils veulent pourvu que ça donne des résultats.

— J'insiste pour qu'il y ait un avocat avec lui, lâcha Bella en se tournant vers lui.

— J'ai déjà demandé qu'on aille chercher Bruzzone, assura Cecil.

*

Rose n'avait jamais eu de difficulté à prendre la pose, mais elle ne savait pas qu'il était si ardu de la maintenir. Ainsi que Lucian le lui avait demandé, elle avait appuyé sa tête sur ses bras repliés et regardait au loin. Pendant ce temps, il tentait de faire son portrait au fusain et au crayon.

Réussirait-il ? La beauté était-elle plus difficile à dessiner que le manque de beauté ? Ça ne devrait pas – à tout le moins, pas s'il était aussi bon artiste qu'il le prétendait. Auquel cas, elle avait hâte de voir ce qu'il avait fait de son parfait menton à fossette, de ses petites dents d'un blanc immaculé, de l'ovale absolument symétrique de son visage.

N'empêche, Rose trouvait cette séance de pose vraiment ennuyante. Elle avait dû écouter Lucian raconter des histoires de modèles et de muses. Les romans à l'eau de rose qu'elle dévorait grouillaient de ce genre d'anecdotes. Des Londoniennes et des Parisiennes couraient après des artistes de génie, se dévouaient à eux et les inspiraient avant de mourir de tuberculose dans des chambres d'hôtel miteuses. Ce dont ces livres ne parlaient pas, c'étaient des interminables séances de pose.

De toute façon, il n'y avait rien d'autre à faire aujourd'hui à l'Hôtel Portofino. On avait fait un tas d'histoires autour de ce stupide tableau. Qui avait bien pu voler quelque chose d'aussi laid ?

— Combien de temps cela va-t-il durer ? demanda-t-elle en s'efforçant de ne pas bouger son visage.

— Cela ? fit Lucian en désignant son carnet de croquis de son crayon.

— Non, la situation.

— Je n'en ai pas la moindre idée ! Jusqu'à ce qu'on retrouve le tableau, je suppose. Ou qu'on termine de fouiller les lieux.

— Je suis terriblement lasse. Je vais devoir bouger bientôt.

— Encore une minute ou deux.

— Ah, vous voici ! lança Bella qui arriva sur ces entre-faites.

Prenant l'arrivée de Bella comme l'autorisation de se détendre, Rose se redressa.

— Lucian m'a demandé s'il pouvait faire mon portrait.

— Vraiment ? fit Bella en approchant et en jetant un coup d'œil au dessin par-dessus l'épaule de Lucian. Ce n'est pas ta meilleure œuvre…

— Je sais. Il y a quelque chose en Rose que je n'arrive pas à saisir.

Eh bien, voilà qui répond à la question, se dit Rose. La beauté était plus difficile à reproduire. Évidemment, compte tenu de sa souplesse, de sa fluidité, de son dynamisme, elle était probablement un cauchemar pour un artiste !

D'ailleurs, comme pour prouver sa propre théorie, Rose se sentit agitée.

— Je dois y aller, annonça-t-elle. Maman doit se demander où je suis.

— Bien sûr, acquiesça Bella en souriant. Faites comme vous l'entendez, chère enfant.

*

Bella attendit que Rose fût hors de portée de voix pour parler à Lucian.

— La recherche n'a rien donné. J'ai pensé que tu aimerais le savoir.

— Rien du tout ? insista-t-il, le crayon en l'air, les sourcils froncés.

— Pas le moindre bout de papier.

— Mon Dieu, quel soulagement ! Mais où diable sont-ils ?

— Je n'en sais rien. Pas à l'hôtel, en tout cas.

— Je suis désolé de t'avoir infligé cela, poursuivit Lucian en prenant sa mère par la taille pour l'attirer près de lui.

— Ne sois pas bête, dit-elle en lui caressant les cheveux. Je suis désolée, moi aussi.

— Pour quelle raison ?

— J'ai été impatiente avec toi. Cela prendra le temps que cela prendra.

— De quoi parles-tu ?

— De tout. Ou peut-être de rien.

— Que veux-tu dire ?

— Je ne sais pas, Lucian. Je n'arrive pas à trouver du sens à quoi que ce soit en ce moment.

Elle avait le cœur lourd et se sentait oppressée. Que la police n'ait pas découvert les tracts ne l'avait même pas apaisée. Plus rien n'avait de lustre. Ce n'était pas l'univers remarquable qu'elle avait créé qu'elle voyait autour d'elle, mais bien un terrain sans relief peuplé de… certainement pas de gens. Plutôt d'arbres mobiles.

Lucian avait senti un changement s'opérer en elle, la voyait lutter pour s'adapter à une nouvelle réalité. Il lui prit la main.

— Cela passera, affirma-t-il. Ce que tu ressens, je le ressens souvent. Presque chaque jour, pour être honnête. Ça ne dure pas. Il faut juste continuer à respirer.

Des éclats de voix d'hommes en colère et des cris de femmes en détresse leur parvinrent du hall d'entrée.

— Que se passe-t-il ? demanda Lucian.

— Billy, souffla Bella. Ils sont venus le chercher.

On aurait cru à une exécution publique. Tous les clients de l'hôtel étaient rassemblés devant la porte d'entrée, puis le silence lugubre fut brisé par des murmures excités. Une calèche venait d'apparaître au bout de l'allée. C'était le *Signore* Bruzzone, l'avocat qui défendrait Billy, accompagné par un très beau jeune homme.

Cecil se fraya un chemin parmi la foule.

— *Signore* Bruzzone ? fit-il.

— *Si,* répondit l'homme en s'inclinant et en s'essuyant le front.

Il avait de longues jambes, un long torse, un nez proéminent et des yeux gris perçants.

— Et vous êtes ? demanda Cecil en se tournant vers le jeune homme.

— Je me présente, Gianluca Bruzzone, *Signore.* Mon père m'a demandé de l'accompagner pour que je puisse traduire, si besoin est.

— Nous en aurons certainement besoin, trancha Bella qui s'était approchée. Quelle chance que vous parliez notre langue !

— Pardonnez-moi, reprit Gianluca. Mon anglais est un peu rouillé.

— Je le trouve exceptionnel, l'assura Bella. Où l'avez-vous appris ?

— À l'université, *Signora*.

— Nous devons y aller, fit Cecil.

Le comte Albani s'approcha.

— Je vais vous accompagner, annonça-t-il en enfilant sa veste. Pour faciliter les communications avec *Signore* Bruzzone.

— J'y vais aussi, proposa Nish. Je veux m'assurer que Billy va bien.

Bella posa une main reconnaissante sur son bras. Nish et Gianluca échangèrent un simple regard. Il n'était guère probable qu'ils se connaissent, et pourtant…

— J'y vais aussi pour te tenir compagnie, précisa Lucian en allant rejoindre les deux autres.

Ils attendirent à côté de la calèche que Cecil et Francesco amènent Billy. Bella remarqua que Cecil en faisait trop. Non seulement avait-il noué les mains de Billy derrière son dos, mais il le guidait en le tenant fermement par le bras et par la nuque.

Elle ouvrit la bouche pour protester, puis la referma. Il ne servait à rien de faire enrager Cecil. Pas maintenant.

L'air dévasté, Betty cachait ses pleurs dans ses mains. Constance la tenait par les épaules.

Bella alla les rejoindre.

— Nous allons le ramener en un rien de temps, Betty, affirma-t-elle. Je vous le promets. Je suis certaine que tout cela est un épouvantable malentendu.

*

Voilà qui est fait, pensa Cecil. *Un souci de moins.*

Une fois le spectacle terminé, les clients se dispersèrent. Cecil suivit la foule, en pensant distraitement au verre qu'il prendrait.

— Quelles conneries ! s'exclama-t-il sans s'adresser à personne en particulier.

— Qu'avez-vous dit ? demanda Jack qui était devant lui.

— Je dis que c'est de la foutaise tout ça.

— Quoi donc ?

— L'idée selon laquelle le petit Billy Scanlon est la tête pensante d'un acte criminel. Lui et ses amis paysans. C'est littéralement incroyable.

— De mon point de vue, trancha Jack, c'est très plausible.

— Je ne suis pas d'accord, mon vieux.

— Vous avez une autre explication ?

— Je pense bien.

— Eh bien, faites-nous-en part, rétorqua Jack en croisant les bras d'un air de défi.

— Je pense que vous avez pris les moyens pour que le tableau se fasse voler, Jack. Je ne sais pas comment, mais je sais pourquoi. Pour conserver ma part du prix de vente.

— Redites ça et je vous tue, cracha Jack en relevant le coin de sa veste pour montrer le revolver accroché à sa ceinture.

— Messieurs, je vous en prie ! s'écria Bella.

— Ne vous attendez pas à revoir un sou de vos cinquante mille dollars, poursuivit Cecil en brandissant le chèque qu'il venait de sortir de sa poche. Appelons cela une assurance.

— Ce tableau ne vaut même pas cinq mille dollars.

— Quoi ? Un véritable Rubens ? s'exclama Cecil. Expliquez-vous.

— Mes avocats entreront en contact avec vous, déclara Jack en roulant des mécaniques.

— Vous entendrez d'abord parler des miens.

— Allez, viens, Claudine ! commanda Jack en cherchant sa compagne des yeux.

Elle se tenait à côté du bureau de la réception et ne bougea pas.

— J'ai dit viens ! répéta-t-il.

— Je n'irai nulle part avec toi, s'opposa-t-elle en secouant la tête.

Il s'avança vers elle et tenta de lui prendre la main, mais elle résista.

— Ne me touche pas !

— Claudine !

— Va retrouver ta femme, Jack.

Il la regarda comme s'il venait juste de réaliser à quel point il la détestait.

— Espèce de pute idiote ! Qui va payer pour toi ?

— J'ai de l'argent.

Il s'approcha encore, menaçant.

— Tu tirais le diable par la queue, sale… murmura-t-il.

Tous retinrent leur souffle.

— Sale quoi, Jack ? questionna Claudine en renâclant. Il te manque un mot, là.

Étrangement, ce commentaire provoqua Jack. Il saisit son revolver et, au milieu des cris étouffés, le pointa sur Claudine.

Quelqu'un hurla. Cecil crut reconnaître Melissa. Son propre cœur battait violemment, comme s'il lui demandait « Que vas-tu faire ? ».

Et tandis qu'il se posait en vain cette question, il vit Bella faire quelque chose d'extraordinaire ; elle alla s'interposer entre Jack et Claudine.

Puis, la vieille – Lady Latchmere – en fit autant.

— C'est le comportement d'une personne qui la définit, Mr Turner, dit-elle en posant son regard d'acier sur Jack. Pas d'où elle vient.

Jack tint bon pendant quelques instants, mais voyant que personne ne le soutenait, il finit par abandonner la partie. Il glissa son revolver dans sa ceinture et, rassemblant ce qui lui restait de dignité, tourna les talons et monta dans sa suite.

Francesco regardait la scène depuis l'embrasure de la porte. Cecil lui fit signe et, dans son italien approximatif, lui dit d'aller aider Mr Turner à plier bagage et de veiller à ce qu'il quitte les lieux.

*

Danioni voyait Albani pour ce qu'il était. Un membre de la vieille élite, l'ancienne noblesse papale.

Les gens comme lui étaient prisonniers du passé.

Ils ne comprenaient pas que l'Italie avait besoin d'un homme fort pour y ramener l'ordre et la loi – ou ce qui y ressemblait. En cette période d'après-guerre était née une nouvelle aristocratie :

la *trincerocrazia* ou l'aristocratie des tranchées. Albani n'avait certainement rien sacrifié d'équivalent.

Les liens du sang, la tradition, l'héritage : tout cela était important, certes. Mais Albani et ses semblables n'avaient aucun intérêt pour la lutte révolutionnaire. C'était la raison pour laquelle Mussolini avait voulu mettre fin à l'usage abusif de titres comme « comte », abolir tous les titres papaux accordés depuis 1870. Il avait donc mandaté une commission pour qu'elle examine la question. En fin de compte, aucune mesure concrète n'avait été mise en place. C'était seulement parce que le Duce avait avantage à garder l'église de son côté.

Cela dit, Albani conservait quelque pouvoir et une certaine influence. Ce fut la raison pour laquelle Danioni eut des papillons dans le ventre lorsqu'il le vit entrer dans le centre communautaire pour lui faire une petite visite non sollicitée et, franchement, inattendue.

Danioni rangea rapidement ce qui traînait sur son bureau et repositionna ses plantes en pot pour qu'elles soient également espacées l'une de l'autre.

Le comte le salua avec une politesse excessive et lui offrit un cigare, un bon cigare cubain, que Danioni accepta avec reconnaissance.

Ils bavardèrent un moment, Danioni s'efforçant d'atténuer son fort accent régional pour avoir l'air plus raffiné.

Albani observa son interlocuteur couper le bout de son cigare, puis réchauffer le tabac en passant une flamme sous l'autre extrémité afin de favoriser l'allumage. Tel un connaisseur, il accomplissait tous les rituels qu'il fallait.

— Je vois que vous appréciez les plaisirs subtils de la vie, *Signore* Danioni.

— Mais j'ai rarement l'occasion d'en profiter, répondit Danioni.

Il tira une bonne bouffée de son cigare, puis l'examina.

— Où les avez-vous achetés ?

— À Londres.

— Vous êtes un grand amateur de tout ce qui est anglais.

— Comme vous.

Danioni secoua énergiquement la tête.

— Et pourtant, fit Albani, vous avez fait l'effort d'apprendre l'anglais.

Danioni le regarda et décida de dire la vérité.

— J'ai déjà pensé émigrer en Amérique.

— Si j'étais vous, je perfectionnerais mon anglais. Au rythme où vont les choses ici…

Danioni ne releva pas cette remarque. Albani cherchait à le provoquer. Il ne se ferait pas avoir.

— Pensez-vous que j'aimerais l'Angleterre ? s'enquit-il.

Albani se mit à rire. Il se leva et alla à la fenêtre, aperçut le *barbiere* de l'autre côté de la rue.

— Les gens, le climat… Ils sont trop froids pour un homme de votre sensibilité. Quoique les femmes puissent être plus chaleureuses, relata-t-il en souriant de façon complice. Il existe plusieurs aspects de leur culture que nous, Italiens, pouvons admirer. Par exemple, ils ne sont pas aussi superstitieux que nous.

— Ah oui, l'*Empirismo Inglese*.

— Et ils aiment l'Italie. Plus que beaucoup d'Italiens du sud.

— Satanés paysans !

Albani se tourna vers Danioni, s'approcha de son bureau et resta debout à le toiser.

— Pourquoi voulez-vous expulser les Anglais de Portofino ? demanda-t-il soudain sur un ton nettement plus acéré.

La question prit Danioni par surprise.

— Qui a dit cela ?

— Vous avez menacé de fermer l'Hôtel.

— Pas moi.

— Je suis soulagé d'entendre cela, car j'ai recommandé au Senator Cavanna d'y séjourner.

— Cavanna ? répéta Danioni en se tortillant sur sa chaise, clairement mal à l'aise. Il y a peut-être eu… un malentendu.

— Tant mieux. Il existe un rapport à ce que je sache, non ?

Danioni se dirigea vers un meuble de rangement en métal dans le coin de la pièce. Il ne mit que quelques secondes à dénicher le rapport sur la salubrité de l'Hôtel Portofino. Il le tint comme s'il voulait à peine y toucher.

— Ce n'est qu'une ébauche, bégaya-t-il. Veuillez assurer *Signora* Ainsworth que cette… aberration a été traitée comme elle se devait.

Il déchira le rapport de façon ostentatoire et en jeta les morceaux dans la corbeille à côté de son bureau.

Albani l'observa attentivement.

— Pourquoi ne venez-vous pas le lui dire vous-même, Danioni ? suggéra-t-il pendant qu'il mettait son chapeau et ses gants. Je suis sûr qu'elle sera ravie de l'apprendre.

— Naturellement, lâcha Danioni, soudain moins sûr. Avec plaisir.

*

— Regarde, lâcha Lucian en donnant un coup de coude à Nish.

Lucian et Nish étaient assis sur un banc de bois d'où ils avaient une vue imprenable sur le centre communautaire de Portofino et sur la bande de Chemises noires qui traînaient autour en jacassant. Nish leva les yeux de son livre.

— Eh bien, je n'aurais jamais cru voir ces deux-là ensemble, admit-il, surpris.

Danioni et le comte Albani quittèrent le centre et traversèrent la place.

— Je n'ai pas confiance en ce comte Albani, reconnut Nish.

— Tu n'as confiance en personne.

— Je te fais confiance. N'est-ce pas suffisant ?

— Sans doute pas, s'exclama Lucian en riant.

— Je pensais que je pouvais faire confiance à Gianluca, mais maintenant, je ne sais plus quoi penser.

Quelle coïncidence, pensa Lucian, lorsqu'il vit Gianluca sortir du centre communautaire au même moment. Nish et Lucian se levèrent lentement à son approche.

— Comment va Billy ? demanda Lucian.

— Il a peur, répondit Gianluca. Mais mon père fera de son mieux pour le protéger. Je dois vous demander pardon. Je vous ai mis en danger.

— C'est vrai, lâcha Nish avec une férocité qui surprit Lucian. Pas seulement nous. Les gens qui nous tiennent à cœur.

— Je ne pouvais pas savoir que l'hôtel… commença Gianluca, l'air contrit.

— … ferait l'objet d'une fouille en bonne et due forme ? proposa Lucian pour terminer sa phrase.

— Oui, rétorqua Gianluca en hochant la tête. Ne vous en faites pas. J'irai reprendre les tracts dès ce soir.

— Il y a un hic, fit Nish en grimaçant. Je ne les ai plus.

— Comment ça ? rétorqua Gianluca dont le visage se ferma. Qui les a, alors ?

— Nous ne savons pas, avoua Lucian. Je suis justement venu ici pour dire à Billy qu'ils ne sont pas là où ils étaient censés être.

— Mon père lui transmettra le message, conclut Gianluca. Allez-y, il est à l'intérieur.

*

Nish et Gianluca restèrent dehors, tandis que Lucian alla retrouver Bruzzone. Il ne subsistait plus de malaise entre eux, mais le pragmatisme avait remplacé la passion. *C'est peut-être mieux ainsi,* pensa Nish. Pour eux deux.

— Tu as toujours l'intention de partir ? demanda-t-il à Gianluca.

— Oui, demain ou après-demain. Il le faut.

— Eh bien, alors, *addio,* dit-il en souriant tristement et en serrant la main que Gianluca lui tendait.

— *Arrivederci.*

— Au revoir, alors ?

Gianluca hocha la tête. Il voulut s'éloigner, mais Nish ne lâcha pas sa main. Il fit un signe de tête vers les Chemises noires, qui ne semblaient pas les avoir remarqués.

— Est-ce qu'ils en valent la peine ? s'enquit-il. Est-ce qu'ils valent la peine que tu quittes ta famille ? Tes amis ? Que tu te mettes en danger ?

— Tu ne les prends pas au sérieux, n'est-ce pas, à les voir se pavaner comme des coqs dans leur uniforme ridicule ?

Nish ne dit rien, mais Gianluca comprit à son expression qu'il voyait juste.

— Ne te fais pas d'illusions, reprit-il en fixant Nish de ses yeux fatigués. Ces gens cherchent à exploiter le pire en nous – notre avidité, notre égoïsme, notre capacité à haïr. Ils n'ont rien à faire de ce qui nous rend uniques, différents, humains, aimables. Ils ont une mentalité de criminels, ils fonctionnent selon les règles de la pègre. Il n'y a pas de place pour les gens comme nous dans leur monde.

*

Heureusement qu'il n'existait aucune règle spécifiant que les nouvelles importantes devaient être annoncées lentement, car il fallut moins d'une minute à Danioni pour dire à Bella que le rapport sur la salubrité de l'hôtel était truffé d'erreurs. *Signore* Ricci avait été blâmé et risquait même d'être renvoyé.

— C'est une honte ! s'exclama-t-il, tandis que le comte Albani approuvait de la tête. Et il faut que cela ne se reproduise plus.

Ne sachant pas vraiment quoi dire, Bella se rabattit sur des banalités.

— Je vous suis très reconnaissante, *Signore* Danioni. Je vais enfin pouvoir dormir sur mes deux oreilles.

Danioni s'inclina avec obséquiosité.

— La cuisine est fermée à cette heure, poursuivit Bella. Je ne peux donc pas vous offrir quoi que ce soit à manger. Mais mon époux est sur la terrasse. Il sera ravi de vous servir quelque chose à boire.

Danioni fila.

Bella se tourna vers le comte Albani.

— Je ne sais comment vous remercier, lui dit-elle avec un sourire fatigué.

— Revoir votre sourire est tout ce que je demande.

— Vous m'avez enlevé un énorme poids des épaules.

— J'en suis très content. Cela veut dire que j'ai fait ce qu'il fallait.

— Je vais aller annoncer la bonne nouvelle à Betty.

Elle allait sortir de la pièce quand il l'arrêta en posant une main sur son épaule.

— Mrs Ainsworth…

— Bella, je vous en prie.

— Eh bien, belle Bella, reprit-il en riant de sa petite blague. J'ai quelque chose de délicat à vous dire…

Ces mots troublèrent Bella aussitôt.

— Poursuivez, l'encouragea-t-elle. Parlez librement. Comme les amis le font.

— Aujourd'hui, j'ai réussi à régler le problème Vincenzo Danioni pour vous. Mais il pourrait y en avoir d'autres dès demain.

— Pourquoi dites-vous cela ?

— L'été tire bientôt à sa fin, et je vais retourner à Rome incessamment sous peu.

Cette éventualité fit peur à Bella.

— Mais vous reviendrez ? fit-elle en souhaitant ne pas avoir l'air trop désespéré.

— L'an prochain, peut-être, répondit-il en haussant les épaules. Votre mari est là pour vous protéger, non ?

— Naturellement.

— Et pourtant, poursuivit-il en haussant les sourcils, pour une quelconque raison, c'est à moi que vous avez demandé de l'aide. Pas à lui.

— C'est vrai, admit-elle en se mordant les lèvres pour ne pas en dire plus.

— Je connais des milliers d'hommes comme Danioni. Ils croient que quelque chose leur est dû. Et ils sont résolus à le prendre.

— Vous l'en avez dissuadé en ce qui me concerne.

— Cette fois, oui. J'ai prétendu être son ami, je l'ai flatté, je l'ai un peu menacé. Mais il reviendra. À moins que vous vous débarrassiez de l'emprise qu'il a sur vous.

Bella garda le silence.

— Je ne vous demande pas de me dire ce dont il s'agit, poursuivit le comte Albani. En vérité, je préférerais ne pas le savoir. Mais en tant qu'ami…

Elle regarda le comte, convaincue qu'il était prêt à l'aider sans rien demander en retour.

— Ce que vous craignez ne peut pas être pire que cette emprise. Ne laissez pas Danioni vous mordre comme un chien enragé.

— Oui, convint-elle au bout d'un moment. Oui, je vois.

*

Cecil n'avait nulle envie de socialiser avec Danioni. Le voir apparaître sur la terrasse, le nez frémissant comme un castor, le démoralisa.

Il avait essayé de se changer les idées en lisant le journal, mais la lettre de Bella et les désirs sordides qu'elle y exprimait revenaient le hanter. L'infidélité était une chose quand elle était commise par un homme ; c'était une tout autre affaire quand elle l'était par une femme.

Tout ça, c'était la faute de la modernité. Et aussi de ces doctrines malveillantes comme le droit de vote des femmes – sujet à propos duquel l'opinion de Cecil avait toujours été très claire.

Il offrit un cigare à Danioni et lui servit de la grappa. Il était sur le point de se verser un verre de whisky lorsque Danioni lui demanda :

— Où est votre colère, *Signore* ?

— Ma colère ?

— *Si.* Si j'avais perdu quelque chose de valeur, je serais… dit-il en cherchant ses mots. *Avere un diavolo per capello.* Je serais fou de rage, comme vous dites.

Cecil le regarda, impassible.

— C'est vrai que je ne suis pas en train de crier et de m'agiter comme vous, les Italiens, aimez tant le faire. Ça ne veut pas dire que je ne suis pas en colère.

— Ah ! Donc, ça bout en dedans !

— Mon père m'a appris à gérer ma colère. Pour composer avec les gens, très nombreux, qui ne gèrent pas leur stupidité.

— Quand vous découvrirez qui a volé votre tableau, elle explosera comme le Vésuve, non ?

Cecil voyait bien que l'Italien le provoquait.

— Vous savez ce qu'on dit de la vengeance, Danioni.

Danioni rit et tira une longue bouffée de son cigare, la savoura pendant quelques secondes, avant de souffler un épais nuage de fumée.

— Et de qui vous vengerez-vous ? reprit-il. De *Signore* Turner ? Du champion de tennis ? Du pauvre William Scanlon ?

— Le garçon a-t-il dit quelque chose ?

— C'est l'*omerta* de ce côté, déclara Danioni en secouant la tête.

— Mais la police suit les associés dont vous avez fait mention ?

— En effet. Nous sommes aussi aux trousses de Mr Wingfield. Pour voir s'il cache quelque chose à Milan. Au milieu de ses balles et de ses raquettes.

— Et Turner ?

— Son nom a été transmis à la *Guardia di Finanza*.

— Pour qu'on vérifie ses transactions ?

— En effet. Si *Signore* Turner essaie de vendre le tableau, la *guardia* le saura, fit Danioni avant d'opter pour une autre tactique. Mais le sergent Ottonello… Il pense que le tableau vous reviendra.

— J'espère qu'il dit vrai.

— Je n'ai pas le cœur de lui dire qu'il perd son temps à suivre cette piste…

— Que diable voulez-vous dire ?

— Il ne trouvera rien de votre côté.

— J'ai compris ce que vous disiez, espèce d'idiot. Que voulez-vous insinuer ?

— Allons, *Signore* Ainsworth. Nous connaissons tous les deux la vérité.

— Ah bon ? Éclairez-moi.

— Vous souhaitez que je vous dise la vérité ?

— Crachez le morceau !

— Vous savez exactement ce qui est arrivé à votre tableau.

— Espèce de pourriture, explosa Cecil, qui ne put se retenir.

— Vraiment *Signore* Ainsworth… fit Danioni en souriant à l'insulte.

— Comment osez-vous vous présenter ici, profiter de mon hospitalité et m'accuser à mots couverts ? Si vous en savez tant sur le vol, c'est peut-être parce que vous y avez participé. Vous et vos inutiles policiers.

Danioni vida son verre et le déposa brutalement sur la table.

— Je vais vous dénoncer au consulat britannique, ajouta Cecil.

— Vraiment ? cracha Danioni en jetant son cigare par terre avant de l'écraser de son talon. Je suis peut-être une pourriture, *Signore* Ainsworth. Mais il faut en être une pour en reconnaître une autre. Entre pourris, on se comprend.

*

Pour une quelconque raison, Lottie fut difficile à endormir ce soir-là. Tout d'abord, elle se plaignit de la présence d'un moustique dans la chambre, puis elle prétendit que son lapin en peluche avait mal au ventre.

— Tu fais des histoires, affirma affectueusement Constance. Veux-tu que je reste avec toi jusqu'à ce que tu t'endormes ?

Lottie hocha la tête.

Constance s'allongea à côté d'elle, et pendant un long moment, elles se contentèrent d'écouter le lointain bruissement de la houle, ce qui les réconforta toutes les deux.

— Je n'ai pas aimé cette journée, murmura Lottie.

— Moi non plus, répondit Constance en lui caressant les cheveux.

— Est-ce que Billy va revenir ?

— Mais bien sûr. Il n'a rien fait de mal.

Ou à tout le moins, pas grand-chose.

Constance avait été tellement occupée dans la cuisine qu'elle en avait oublié les tracts. Maintenant il fallait qu'elle retrouve Nish le plus tôt possible afin de les lui remettre. Pour aider Lottie à s'endormir plus rapidement, elle se mit donc à lui chanter des ballades du Yorkshire, ce qui la calma elle-même.

Une fois Lottie assoupie, Constance alla dans l'arrière-cuisine pour enfiler l'ample tablier bleu qu'elle mettait lorsqu'elle cuisinait. Elle fourra les tracts dans la poche avant et conclut que Nish devait être dans sa chambre.

Elle frappa en vain à sa porte. Elle allait tenter sa chance une dernière fois lorsque la silhouette éthérée de Melissa se matérialisa au bout du couloir.

— Il est dans le jardin. Avec Mr Ainsworth.

— Mr Ainsworth ?

— Mr Ainsworth, le jeune, clarifia Melissa en s'approchant. Tout va bien ?

— Tout va parfaitement, merci, m'dame.

— Vous êtes toute rouge.

— J'ai couru, dit Constance. Beaucoup d'allées et venues dans les escaliers.

— Oui, acquiesça Melissa. Il y a effectivement beaucoup de marches, n'est-ce pas ?

Son regard glissa sur le renflement du tablier de Constance.

— Vous avez mal au ventre, Constance ?

— Non m'dame. Pourquoi me demandez-vous cela ?

— Vous le retenez, de votre main.

— Oh ! fit Constance, en riant légèrement. Je fais toujours cela. C'est une habitude que j'ai.

— Hum, lança Melissa, incertaine. Bon, eh bien, je vais vous laisser aller.

— Merci, m'dame.

Constance fit une petite révérence et se précipita dans l'escalier sans savoir si elle devait s'amuser ou s'inquiéter de ce que Melissa semblait penser.

Elle longea les lampes-tempête jusqu'au banc où se trouvaient Lucian et Nish. Les deux amis bavardaient en contemplant la mer, un verre de grappa en main.

Ils tournèrent la tête lorsqu'ils entendirent le bruit de ses pas sur le gravier.

— Ce n'est que moi, annonça-t-elle. Je suis désolée de vous déranger, mais je ne savais pas quand j'aurais la chance de retourner ceci à Mr Sengupta.

Elle vérifia qu'il n'y avait personne en vue et sortit le paquet de tracts enveloppé dans un linge. Elle le tendit à Nish.

Il regarda Lucian, puis Constance.

— Est-ce ce que je crois que c'est ?

Elle hocha la tête.

— Mais où les avez-vous trouvés pour l'amour du ciel ?

— Sous le lit de Lady Latchmere.

— Comment saviez-vous qu'ils y étaient ?

— Billy m'a dit qu'il avait l'intention de les cacher à cet endroit, monsieur. Je savais que c'était une mauvaise idée. Je les ai donc mis ailleurs.

— Où ?

— Là où aucun homme ne penserait regarder.

Elle leur parla du panier à linge. Elle leur raconta ensuite comment elle les avait enfouis dans un seau en fer blanc rempli de pinces à linge.

Lucian et Nish éclatèrent de rire. Constance se sentit triomphante. Puis, Lucian mit sa tête entre ses mains.

— Dire que nous avons passé l'après-midi à nous torturer.

— Je suis désolée, Mr Ainsworth. J'aurais parlé plus tôt, mais je ne voulais pas causer davantage d'ennuis à Billy.

— Vous n'avez certainement pas à être désolée, la rassura Lucian.

— Mon ange gardien, déclara Nish en se levant.

Il serra Constance dans ses bras. Dans cette étreinte étroite, mais nullement menaçante, elle apprécia l'agréable parfum floral et délicat que Nish dégageait.

— Si je ne me retenais pas, je vous embrasserais, lança Nish.

— Retiens-toi, répliqua Lucian en souriant.

*

Constance était rentrée pour terminer ses tâches dans la cuisine, bientôt suivie par Nish qui voulait écrire son journal.

Sous le clair de lune, Lucian écoutait le chant des cigales tout en réfléchissant à ses démons, quoique le terme n'était plus tout à fait exact. Ces derniers temps, ils s'étaient assoupis, en grande partie grâce à Paola.

Paola. Il la voulait, il avait besoin d'elle. Mais elle avait pris ses distances. Elle avait remarqué ce que lui s'obstinait à ne pas voir : Constance. Constance, qu'il voulait et dont il avait besoin aussi. Sans parler de Rose…

Quel pétrin, pensa-t-il. *Un pétrin que j'ai créé moi-même.*

Il se leva et se dirigea vers le quartier des domestiques italiens dans l'espoir de parler avec Paola. C'était facile de discuter avec elle, et ce, malgré la barrière linguistique. Il ne fallait pas beaucoup de mots pour se faire comprendre.

Lucian distingua de la lumière à travers les volets de la chambre de Paola. Il frappa à la porte, mais elle ne vint pas ouvrir.

— Paola ! fit-il. Sors, s'il te plaît !

Elle finit par entrouvrir la porte, lui laissant entrevoir son visage fatigué.

— Arrête. Je t'en prie.

— Toi et moi. Nous devons parler.

Elle ferma les yeux.

— Qu'y a-t-il ? Dis-moi.

— Va-t'en ! Ici, tu ne viens plus.

Il reçut ces mots comme une gifle.

— Mais j'ai besoin de toi, Paola, j'ai besoin de toi, répéta-t-il, des larmes de colère dans la voix.

— *Perché mi rendi tutto questo così difficile ?* Pourquoi me rends-tu les choses si difficiles ?

— Je ne comprends pas.

— Tu n'es pas pour moi. Va-t'en ! Maintenant !

Et elle ferma la porte.

*

Assise à sa coiffeuse, Bella tenait un paquet de lettres d'Henry. Elle avait peur, vraiment peur.

Elle avait déjà craint son mari, mais il y avait au moins un an de cela. La plupart du temps, ils réussissaient à vivre en bonne intelligence. Si bien qu'elle disait la vérité lorsqu'elle répondait « Très bien, merci » à la question de savoir comment les choses se passaient entre elle et lui. Lorsque Cecil se montrait particulièrement difficile, elle pouvait nuancer, ajouter qu'aucun mariage n'était « exempt de frictions ». S'ensuivait alors une conversation où *friction* devenait synonyme de *passion*. Et l'amie en question – une femme, invariablement, car Cecil n'approuvait pas que son épouse se lie d'amitié avec des hommes – serrait la main de Bella dans un silence solidaire.

Plus tôt, elle avait vu Cecil et Danioni se disputer violemment, s'insulter sans retenue. Elle s'était réfugiée dans sa chambre et attendait depuis que Danioni parte et que Cecil monte.

Elle avait élaboré un plan – un pari en fait, car elle jouait son va-tout et risquait de tout perdre, mais elle n'avait pas le choix. Le comte Albani avait raison. Elle devait se débarrasser de l'emprise que Danioni avait sur elle. Et pour cela, elle devait être honnête – quelles qu'en soient les conséquences.

Elle entendit les pas de Cecil dans le couloir, puis dans la chambre adjacente à la sienne. Elle prit les lettres et alla à la porte de communication.

Il se tourna vers elle. Elle eut l'impression qu'il regardait à travers elle.

— Je dois te dire quelque chose.

— Ne gaspille pas ta salive, répondit-il, le regard vide et glaçant. Je sais tout.

Il sortit une lettre de sa poche et la lui jeta à la figure. Elle l'attrapa et comprit lorsqu'elle lut l'adresse : « Monsieur Henry Bowater, Esq. »

Elle se figea sur place.

Cecil s'approcha tout près d'elle, assez pour qu'elle sente son haleine avinée. Puis, il leva la main et la frappa.

Chapitre 13

Bella se réveilla dès que les premiers rayons du soleil apparurent à travers les volets.

Combien de temps avait-elle dormi ? Une heure, deux peut-être. Malgré les carillons, le chant des oiseaux et d'autres joyeux sons matinaux, elle ne ressentait que solitude et détresse. Les événements de la veille au soir occupaient toutes ses pensées.

Le coup brutal de Cecil, qui l'avait étourdie au point qu'elle était tombée par terre.

Comme mon existence est étrange, pensa-t-elle. Elle affichait tous les signes extérieurs du bien-être et de la réussite, mais cela n'empêchait pas son mari de la traiter comme il l'avait fait. Et l'avait déjà fait dans le passé, à plusieurs reprises.

Elle, dont la foi n'était pas très profonde ni active, s'était souvent demandé ce qu'on ressentait lorsqu'on se convertissait à une religion. Ce matin, elle comprit que cela devait prendre la forme d'une prise de conscience soudaine – un peu comme celle qu'elle avait en ce moment, à cette différence qu'elle la concernait elle-même et non une quelconque divinité endormie et sourde.

Elle s'assit avec précaution, posa le bout des doigts sur sa bouche éraflée et enflée, et sur l'hématome au-dessus de son œil droit. Ce simple contact lui fit mal.

Son regard glissa sur les fleurs du papier peint. Dans la faible lueur du jour, elles avaient l'air brunâtres et fanées. Elle les imagina pleines d'insectes.

Un souvenir s'imposa à elle : son visage enfoncé dans le matelas, tandis que Cecil pesait de tout son poids sur elle. Elle s'était débattue de toutes ses forces pour tourner la tête afin de respirer. Elle avait supplié Cecil, avait tenté de résister.

Tout d'abord, elle se fit couler un bain. Elle y versa quelques gouttes d'huile parfumée, dans l'espoir qu'elles l'apaiseraient. Elle pénétra dans l'eau, ramena ses genoux contre sa poitrine et observa les motifs argentés qui tourbillonnaient à la surface, trop hébétée pour pleurer. Elle y resta jusqu'à ce qu'elle ait froid.

Hors des murs de l'hôtel, la vie se poursuivait comme si de rien n'était. Des touristes lève-tôt soignaient leur santé en prenant un bain de mer matinal. Les propriétaires de cafés essuyaient leurs tables. Au loin, elle entendit le faible grondement d'un bateau à moteur. Comment tout cela était-il possible ? Elle avait ressenti la même incrédulité au décès de Laurence. Comment la vie pouvait-elle se poursuivre pour les autres alors qu'elle s'était arrêtée pour elle ?

Dans le cas de Laurence, il y avait eu un avant et un après.

Le traumatisme était différent cette fois. Dorénavant, les choses étaient claires et réelles. Irréfutables.

Après s'être habillée, elle s'installa devant le miroir et entreprit de camoufler ses ecchymoses sous le maquillage, ce qui nécessita plusieurs minutes d'étalement et de tapotement. En évaluant le résultat, elle remarqua un vaisseau sanguin éclaté au coin de son œil qu'aucun artifice ne pourrait cacher.

Pour une quelconque raison, ce détail la mit hors d'elle. Elle soupçonna que cette colère, montée en flèche, se dissiperait rapidement et qu'il fallait qu'elle en profite sans tarder.

Elle se leva, se dirigea vers la porte donnant accès à la chambre de Cecil et constata avec étonnement qu'elle était verrouillée. Elle tritura la poignée, attendit qu'il vienne ouvrir.

Rien.

Elle alla chercher sa propre clé dans le tiroir de sa table de chevet, mais ne put l'insérer complètement dans la serrure, car Cecil y avait laissé sa clé de son côté.

Complètement remontée, elle se précipita dans le couloir et tenta en vain d'entrer par la porte principale ; celle-ci aussi était verrouillée.

— Cecil, ouvre-moi ! fit-elle en frappant.

Rien.

Comme prévu, sa colère s'atténua et fut remplacée par une curiosité à la fois insatiable et insensible. Elle allait tout faire pour la satisfaire sans craindre ce qu'il y avait à découvrir.

Si Cecil ne lui ouvrait pas parce qu'il gisait mort dans son lit, eh bien, tant pis.

*

Carnet et crayons à dessin sous le bras, Lucian se dirigea vers le jardin en évitant soigneusement de regarder vers le quartier des domestiques.

C'était un matin glorieux après tout – vert, parfumé, propice à l'expression artistique. Il ne devait pas perdre cela de vue.

Peut-être devrait-il déménager ici de façon permanente. Pas nécessairement à Portofino, mais en Italie. Son ami Keane s'était installé à Pantelleria, une île entre la Sicile et la Tunisie, connue pour ses sources chaudes et ses *dammusi,* de robustes immeubles en pierres. Keane passait son temps à peindre des vignobles. « Tu dois venir ici ! lui avait-il écrit. On peut vivre confortablement pour pas cher. »

Est-ce que Constance s'y plairait ?

Cette question avait surgi dans son esprit sans prévenir.

Certains de ses fantasmes étaient embarrassants tellement ils étaient banals. Constance dans une robe à fleurs en train de faire les vendanges. Constance en train de donner son bain à un petit enfant, la maison résonnant de leurs rires. Constance en train de faire cuire du bacon sur une cuisinière.

D'autres étaient carrément érotiques. Constance au lit à côté de lui, nue. Constance le chevauchant, penchée sur lui pour l'embrasser tandis qu'il lui caressait les seins…

Pour l'amour de Dieu, mon vieux. Ressaisis-toi.

Que se passait-il exactement ?

Constance, Paola et Rose. Elles formaient les trois extrémités d'un triangle au centre duquel se trouvait Lucian – la géométrie brute du désir.

Il commençait à comprendre qu'il avait mal traité Paola. Non pas qu'il ait été violent ou injurieux. Au contraire, ils avaient toujours été tendres et affectueux l'un envers l'autre. Mais il n'avait pas tenu compte de l'inégalité qui était au cœur de leur relation, certain qu'elle n'était pas importante. Or, si c'était effectivement le cas pour lui, cette inégalité comptait beaucoup pour Paola. Celle-ci travaillait pour ses parents, et même si Lucian ne se voyait pas comme son maître – et était convaincu qu'elle ne se voyait pas comme sa servante – , la situation était délicate.

Et puis, il y avait Rose, à propos de qui Lucian avait de plus en plus de difficulté à se forger une opinion.

Une petite brise souffla sur son visage et le tira de sa rêverie.

Il se hissa sur le mur qui s'étendait entre un arbre de Judée et une rangée de cyprès. L'arbre de Judée était magnifique au printemps quand il était couvert de fleurs pourpres. En ce moment, ses feuilles vertes en forme de cœur se préparaient pour l'an prochain en absorbant la lumière du soleil.

Il venait tout juste de commencer à dessiner les collines et le littoral lorsque le cri strident d'un étourneau attira son attention. Il se tourna pour tenter de le repérer et vit Constance qui descendait précautionneusement le sentier menant à la promenade du front de mer. Elle portait le maillot de bain de Claudine et une serviette autour des hanches.

Il attendit, calcula qu'elle avait atteint la promenade, ramassa ses affaires et la suivit. Arrivé à la barrière qui donnait accès au front de mer, il jeta un coup d'œil à la ronde pour la repérer sans en avoir l'air.

Elle était déjà au bord de l'eau, et il la regarda entrer dans la mer. Solide nageuse, elle fit une centaine de mètres en un rien de temps.

Lucian se rendit jusqu'au parapet qui surplombait la plage et s'assit sur un banc d'où il pouvait continuer de la voir, sans être aussi visible que s'il était descendu sur la plage. Et lorsqu'elle opéra un demi-tour, il se cacha en se baissant.

Au bout d'un moment, il se risqua à regarder et vit qu'elle se prélassait au soleil, allongée sur un affleurement rocheux, les yeux fermés, le visage tourné vers le ciel.

Il ouvrit son carnet et se mit à croquer sa silhouette, ses yeux faisant de constants allers-retours entre le modèle et le dessin. Plus le temps passa, plus il regardait Constance et moins il crayonnait.

Bon, bon! pensa-t-il. *Me voilà à la regarder sans vergogne. Qu'y a-t-il de mal à cela?*

Tu le sais très bien, répondit sa conscience. *C'est impoli et salace, et une violation de sa vie privée.*

Soudain, comme si elle savait que Lucian l'avait observée pendant tout ce temps, Constance tourna la tête vers lui. Il sentit son corps traversé par une secousse. Pendant ce qui lui sembla une éternité, ils se fixèrent du regard, réalisant leur attirance mutuelle, jusqu'à ce que Lucian, bouleversé par cette intensité, baisse les yeux.

Il le regretta aussitôt.

Il releva les paupières dans l'espoir de renouer avec elle.

Elle avait détourné la tête et fermé les yeux; même à cette distance, il put voir qu'elle souriait.

*

Cecil quitta l'hôtel de bonne heure. En enfilant ses gants, il remarqua une égratignure sur sa montre. Dans sa tenue autrement impeccable, il marcha jusqu'à Portofino, où il trouverait une calèche qui l'amènerait à la gare. Francesco avait autre chose à faire et il ne voulait pas impliquer Lucian.

En marchant, il réfléchit aux événements de la veille. C'était malheureux, bien sûr, mais c'étaient des choses qui arrivaient. Personne n'aimait les querelles, lui encore moins que quiconque. Toutefois, il en allait des femmes comme des enfants; lorsqu'elles se comportaient mal, il fallait leur donner une leçon.

Lui-même avait eu son lot de coups à l'école, se faisant rosser autant par les instituteurs que par les responsables de la discipline. Parfois, ils le frappaient à l'aide d'une chaussure, ce qui ne faisait pas trop mal, parfois avec un bâton, ce qui était nettement plus douloureux.

Ce que Bella avait fait était inacceptable. Et, en tant que mari, il était de son devoir de l'aider à en assumer la responsabilité.

Il arriva à la gare une vingtaine de minutes avant le départ du train pour Gênes. Il acheta des cigarettes et en fuma deux en buvant un minuscule café au bar. De temps en temps, il vérifiait que le chèque de Jack Turner se trouvait toujours dans la poche intérieure de sa veste.

Le trajet en train lui parut court. Il avait lu les plus récents journaux anglais, et il n'y avait que des journaux italiens à Mezzago. Heureusement, il avait emporté un livre. Lecteur peu assidu, il adorait néanmoins *Trois hommes dans un bateau,* qu'il relisait à l'occasion et qui ne manquait jamais de le faire rire, surtout le passage décrivant Montmorency et le rat d'eau mort.

Une fois arrivé à la gare de Gênes, Cecil se rendit en calèche au lieu de rendez-vous convenu, un *caffè* tout près du consulat britannique, sur la Spianata dell'Acquasola. Il n'était pas encore midi, et déjà la place était envahie par des joueurs de cartes aux cheveux grisonnants.

Cecil enleva son chapeau et commanda un expresso.

Installé au bar, un homme mastiquait une *brioscia.* Il était de petite taille et rondelet, et ses rares cheveux étaient soigneusement ramenés sur le côté de son crâne dégarni.

— Ainsworth ? fit-il en regardant Cecil.

— Mr Godwin. Enchanté de faire votre connaissance.

— Moi de même. C'est bien de mettre un visage sur un nom après avoir uniquement échangé par lettres, dit-il en jetant un coup d'œil à sa montre. Votre homme est en retard.

— Donnez-lui une minute. Il est très fiable.

De fait, Godwin remarqua Francesco avant Cecil.

— Est-ce lui ? demanda-t-il en pointant du doigt la maigre silhouette voûtée du domestique dans l'embrasure de la porte.

— Lui-même, affirma Cecil en faisant signe à Francesco.

Il avait pensé que Francesco pourrait l'emmener à Mezzago et qu'ils prendraient le train ensemble pour Gênes, mais Francesco avait refusé, trouvant qu'il était plus prudent pour eux de voyager séparément.

Il se fraya un chemin parmi les clients en s'excusant, et remit une feuille de papier à Cecil.

— Francesco m'a aidé à emballer le tableau, expliqua Cecil, et a veillé à son expédition. Il s'est aussi occupé de toute la paperasse pour la livraison.

Francesco opina. Cecil avait remarqué qu'il aimait qu'on chante ses louanges. Cela dit, c'était le cas de tout le monde, non ?

Le stratagème qu'il avait mis au point était brillant d'ingéniosité et de simplicité. Comme pour un tour de magie, il avait suffi qu'on détourne l'attention d'une personne afin qu'elle ne regarde pas ce qu'on faisait.

Dans la bibliothèque, Jack Turner avait vu que Francesco s'était mis à fermer la caisse contenant le tableau en se servant d'un marteau et de clous. Mais, trop occupé à parler avec Cecil, il n'avait pas remarqué que le domestique n'utilisait qu'un seul clou et glissait les autres dans sa poche.

Puis, Francesco avait attendu que Claudine quitte la chambre, comme Cecil l'avait prévu. Dès qu'elle avait disparu dans la salle de bains, il était sorti de la grande armoire à linge où il faisait semblant de ranger des draps.

Dans la chambre, il s'était dirigé vers la caisse, avait facilement retiré le panneau qui ne tenait que par un clou, et en avait sorti le tableau. Il avait rapidement coupé le papier derrière, et détaché la toile. Il avait ensuite replacé le cadre dans la caisse et l'avait scellée avant de sortir en prenant bien soin d'essuyer la poignée de porte.

Le tout lui avait pris moins d'une minute.

Plus tard ce soir-là, Francesco avait remis un paquet enveloppé dans un linge à son ami Alessandro, à travers les barreaux de la clôture avant de l'hôtel. À son tour, Alessandro avait donné le paquet à Lorenzo Andretti, l'homme de confiance de Godwin.

— Comme vous pouvez le voir, poursuivit Cecil, toute la paperasse est bien remplie.

Godwin plissa les yeux puis, se tournant vers Francesco, il lui demanda en italien si Andretti lui avait remis un message pour lui.

Francesco sortit un autre document, qu'il remit à Godwin.

— Vous pouvez me parler en anglais, *Signore*, dit-il avec un fort accent italien.

— Parfois, il vaut mieux prétendre qu'il n'en comprend pas un mot, ajouta Cecil en souriant.

— Il n'y en a pas beaucoup qui parlent notre langue, observa Godwin.

— Uniquement ceux qui ont émigré.

— Et qui ont été renvoyés.

Cecil ignora ce commentaire.

— Tout est en ordre? s'enquit-il en désignant le document du menton.

— Andretti garantit que la toile est en parfaite condition.

— Excellent, lâcha Cecil avant de donner congé à Francesco et d'ajouter qu'il irait le voir à son retour.

Il regarda Francesco s'éloigner avant de reporter son attention sur Godwin. Celui-ci sortit une enveloppe de sa mallette.

— Votre reçu.

Cecil l'examina avec intérêt.

— Comme convenu, j'ai inscrit cinquante mille livres comme minimum, précisa Godwin. Mais nous nous attendons à le vendre à un prix beaucoup plus élevé.

— Vous m'en voyez soulagé.

— Et voici votre avance, reprit Godwin en lui tendant une seconde enveloppe. Vingt-cinq pour cent du prix minimum, moins notre commission.

— Tout me semble en règle, convint Cecil, qui glissa le chèque dans sa poche après en avoir vérifié le montant. Et vous m'assurez que la vente se fera en privé ?

— Mr Ainsworth, répliqua Godwin sur un ton empreint de déception. La discrétion est notre mot d'ordre.

Ils se serrèrent la main, puis Cecil se leva, prit son chapeau et fit mine de s'en aller quand Godwin toussota de façon ostentatoire. À l'évidence, la transaction n'était pas complète.

— Ah ! fit Cecil. Où avais-je la tête ?

Il sortit de sa poche intérieure une enveloppe qui contenait le certificat d'authenticité du tableau. Godwin le vérifia et le rangea dans sa mallette.

— Et voilà, poursuivit Cecil. Vous détenez maintenant la preuve que vous avez en votre possession un authentique Rubens !

— Aviez-vous prévu de vous adonner à d'autres activités aujourd'hui dans notre belle ville ? demanda Godwin en lui adressant un mince sourire.

— Je ferai sans doute quelques visites culturelles.

— Je peux vous donner une adresse où vous trouverez une culture particulièrement séduisante, proposa Godwin.

— Vous savez quoi ? fit Cecil après avoir envisagé la proposition. Pas cette fois.

— Comme vous voudrez.

En fait, Cecil avait prévu de consacrer le reste de sa journée à des activités respectables.

Après avoir quitté Godwin, il se dirigea vers la Via Dante. Il entra à la Banca Popolare, où régnait un silence digne d'une cathédrale, et y déposa le chèque de Godwin émis par la British Italian Art Company, d'un montant de douze mille livres, et celui de Jack Turner, de cinquante mille livres. Le commis, un vieux type en sueur affublé d'un monocle, réagit en faisant une drôle de tête et en gonflant ses joues mal rasées – ce qui n'était guère étonnant.

Cecil se rendit ensuite au bureau de poste, en face de la station de police. Il trouva un coin tranquille pour rédiger le télégramme qu'il devait envoyer à son frère.

DÉSOLÉ – stop – ÉCOLE DE RUBENS PAS RUBENS – stop – AVONS ESSAYÉ – stop – VENDU POUR MILLE LIVRES – stop – T'ENVOIE TA PART PAR TÉLÉGRAPHE – stop – CECIL – stop.

Il relut son message. Ça irait.

Et maintenant, un peu de tourisme.

Davantage pour impressionner Bella que pour se faire plaisir, il passa sous la Porta Soprano, la porte ceinte de tours jumelles du centre historique de Gênes. Il longea la Via di Ravecca jusqu'à l'ancienne église gothique de Sant'Agostino. Il envisagea d'y entrer, mais y renonça ; toutes ces chandelles, fresques et statues de saints en plâtre l'ennuyaient à mourir. À la place, il explora la Piazza Sarzano, qui était remplie de détritus et de pigeons.

Il déambula devant les étals de fruits et légumes, et les petites boutiques de maroquinerie et de dentelle – encore de la foutue dentelle ! Une jeune fille aux yeux perçants et aux boucles noires lui sourit lorsqu'il passa devant son kiosque de fleurs à moitié fanées.

Il acheta un bouquet de roses – à tout le moins, il croyait que c'en était. À voir l'air ravi de la jeune fille, ce serait sans doute le fait saillant de sa journée.

Cecil était toujours étonné de voir à quel point certaines personnes menaient des existences monotones.

Tandis que la jeune fille enveloppait les fleurs dans du papier, il observa la forme de ses seins sous sa robe marron trop étroite et se demanda si elle embrassait bien.

*

Alice se coiffait devant la fenêtre de sa chambre lorsqu'elle vit Constance se diriger vers le front de mer, son ridicule maillot recouvert seulement d'un drap de bain.

Elle suivit la domestique des yeux en se tordant le cou jusqu'à ce qu'elle disparaisse de son champ de vision. Elle allait s'éloigner de la fenêtre, mais quelque chose attira son attention dehors : Lucian qui empruntait le même sentier menant à la plage.

Il ne fallait pas être un génie pour comprendre ce qui se tramait.

Plus tard, au déjeuner, Alice garda Constance à l'œil tandis qu'elle circulait entre les tables. Chaque fois qu'elle s'approchait de celle où Lucian et Nish mangeaient, Nish levait les yeux et lui souriait, mais Lucian évitait délibérément de la regarder. Il ne lui lança même pas un coup d'œil.

Alice n'avait pas besoin d'en savoir plus.

Un peu plus tard, elle se rendit comme d'habitude au salon pour y remettre de l'ordre. En prenant une pile de livres sur l'une des tables d'appoint pour les ranger, elle remarqua le carnet de Lucian.

Il ne laissait jamais traîner son carnet. Manifestement, il l'avait oublié sur l'accoudoir du canapé. Peut-être qu'il était venu ici avec Constance avant le déjeuner, avant qu'elle aille se changer.

Peut-être qu'ils avaient… Non, non. Alice se sentit gênée à cette seule pensée. Gênée pour Lucian.

Après s'être assurée qu'il n'y avait personne dans la pièce, elle ouvrit le carnet.

Elle feuilleta les épaisses pages jaunâtres et tomba sur une esquisse de Constance, car c'était elle, à l'évidence, au bord de la mer.

Un éclat de rire enfantin parvint aux oreilles d'Alice, signe que Lottie – et, donc, Constance – n'était pas très loin. Elle referma aussitôt le carnet, mais le rouvrit quand elle vit que personne ne semblait vouloir venir dans le salon.

Il y avait quelque chose dans le dessin de Lucian qui dérangeait Alice. Ce n'était pas seulement qu'il en émanait de la beauté et de la sensualité. Elle avait vu suffisamment d'œuvres de son frère pour savoir que c'était le genre d'effets qu'il recherchait, surtout quand son sujet était une silhouette féminine. Dans ce cas-ci, on sentait qu'il était obsédé – voire subjugué – par sa muse.

Elle entendit à nouveau le rire de Lottie. Cette fois, Alice calcula que la petite était dehors. Elle sortit sur la terrasse et, en jetant un coup d'œil par-dessus la balustrade, aperçut en contrebas sa fille et Constance se courir l'une après l'autre, tandis que Lucian dessinait.

Alice resta ainsi à les observer jusqu'à ce qu'elle ne puisse plus endurer la chaleur écrasante. Elle rentra et alla à la réception pour prendre le trousseau de clés.

Vraiment, Lucian ne lui laissait pas le choix. Constance était la nounou de sa fille après tout, ce que tout le monde semblait oublier.

Alice monta à la chambre de la domestique et y entra. Elle referma la porte derrière elle et s'y adossa, à l'écoute d'éventuels bruits. Puis, elle se détendit et considéra la minuscule pièce. Même si la fenêtre était ouverte, il y faisait extrêmement chaud. Par ailleurs, ce n'était pas mal comme chambre. Certes, le papier peint n'était pas aussi chic que celui des suites des clients et le tapis sur le sol de céramique était usé jusqu'à la corde, mais c'était propre et rangé, un bon point pour Constance.

Alice s'approcha d'abord de la vieille commode en pin. Elle ouvrit tous les tiroirs, fit rapidement le tour des maigres possessions de la domestique. Comment vivait-elle avec si peu ? Elle ne trouva rien d'intéressant hormis le soutien-gorge coûteux de Claudine, qui tranchait parmi les autres sous-vêtements usés et banals.

Le seul autre objet notable était sur la table de chevet : un tube de rouge à lèvres brillant, qui devait aussi provenir de Claudine. Alice fronça les sourcils en pensant à la relation entre les deux femmes. Est-ce que, là encore, Constance oubliait sa place ? Cela dit, Claudine n'était pas exactement de la haute. D'où venait-elle en fait ?

Alice jeta un coup d'œil à la ronde. Elle avait l'impression tenace que quelque chose lui échappait. Où les gens cachaient-ils leurs affaires privées ? Où Alice cachait-elle ses propres affaires ? Elle passa la main sous l'oreiller, puis sous le matelas.

Et c'est là qu'elle les découvrit. Une pile de lettres adressées à Constance.

Le cœur d'Alice se mit à battre plus rapidement, plus par excitation que par nervosité. Elle avait les mains moites et les essuya sur sa robe avant d'ouvrir une première enveloppe. Elle en sortit avec précaution une lettre et un médaillon en argent bon marché. Elle parcourut rapidement la lettre dont l'écriture était à peine lisible et vit, par la signature, qu'elle provenait de la mère de Constance.

« *À toi pour toujours, Maman* »

Alice avait la bouche sèche et le souffle court.

Elle ouvrit ensuite le médaillon en se servant de l'ongle de son pouce.

Ce qu'il contenait la cloua sur place : la photo d'un petit garçon et une mèche de cheveux bruns retenus ensemble par une ficelle en coton, qu'elle toucha du bout du doigt pour s'assurer qu'ils étaient vrais.

*

Lottie servait le thé à ses jouets.

Constance s'efforçait de se concentrer sur la petite fille, mais elle était distraite par Lucian qui la détaillait des pieds à la tête. Au fond d'elle, elle savait qu'elle ne devait pas montrer qu'elle était consciente de ce regard, mais c'était impossible.

Pour sa part, Lottie essayait d'asseoir son ours en peluche devant une tasse et une soucoupe, mais il tombait sans cesse sur le côté. Elle avait besoin d'une autre paire de mains pour le faire tenir.

— Lucian ?

— Oui, Lottie ?

— Veux-tu jouer avec nous ?

— Dans un instant.

Lucian mit la touche finale à son dessin, recula pour en évaluer l'effet, le déposa et se dirigea vers sa nièce.

— À votre service, m'dame ! lança-t-il en faisant un petit salut.

Constance sourit. Lucian savait tellement bien s'y prendre avec sa nièce.

— Tu seras mon ours en peluche, proposa Lottie.

Elle lui montra où s'asseoir, lui mit l'ours dans les mains et lui dit comment faire pour coincer une tasse de thé entre les pattes de la peluche. Elle mit la minuscule théière entre les mains de sa poupée et prétendit qu'elle versait du thé.

— Annabelle plaît à Ourson, fit-elle.

— Et qui est Annabelle ?

Constance lui montra la poupée que Lottie lui avait attribuée.

— Ourson a du goût, constata Lucian en souriant.

— Mais il ne peut pas être son amoureux, réfuta Lottie.

— Pourquoi ? Parce qu'il est un ours ?

— Non, idiot ! fit Lottie, peu impressionnée par la logique de son oncle. Parce que c'est « trop tôt ».

— Et pourquoi est-ce trop tôt ? demanda Lucian en tendant la main pour caresser les cheveux de sa nièce.

— Je ne sais pas. C'est quelque chose que dit maman.

Les regards de Lucian et de Constance se croisèrent rapidement.

— Mais ils peuvent quand même s'asseoir ensemble, reprit Lottie.

Elle ordonna à Constance et à Lucian de rapprocher leurs jouets et, du coup, leurs mains s'effleurèrent. Aussitôt, Lucian se mit à caresser le dos de la main de Constance de son auriculaire.

C'était la première fois qu'il la touchait ainsi et l'effet fut électrique. Incapable de bouger, Constance avait peine à croire ce qui se passait. Elle garda la tête baissée. Mais lorsqu'elle leva les yeux vers lui, elle vit qu'il la regardait en souriant. Elle se sentit devenir écarlate.

Puis, une voix brisa le charme.

— Lucian ! criait Alice.

Constance et Lucian s'éloignèrent l'un de l'autre.

— Lucian ! répéta Alice.

Il se leva tandis qu'elle venait vers eux.

— Te voilà, dit-elle, comme s'il s'était caché d'elle.

— Nous prenions le thé, expliqua-t-il en montrant l'ours en peluche.

Alice regarda la scène en évitant de poser les yeux sur Constance – ce que celle-ci remarqua.

— Puis-je te parler ? demanda-t-elle à Lucian d'un ton sec et péremptoire.

— Bien sûr, je t'écoute.

— En privé, précisa-t-elle.

— Oh, d'accord.

— Ah, fit Lottie, déçue.

— Je reviens tout de suite, Lottie. Promis.

Constance sentit qu'il tentait de la regarder pour s'excuser. Mais elle savait qu'il valait mieux qu'elle l'ignore.

Elle n'aimait pas Alice et ne lui faisait pas confiance.

*

Alice entraîna Lucian jusque dans sa chambre où elle lui remit une des lettres de Constance.

Il la lut en silence.

— Où as-tu pris cela ? lui demanda-t-il lorsqu'il eut fini.

— Ce n'est pas ça qui est important, mais ce que cette lettre dit.

— Et pourquoi me la montres-tu ?

— Oh, Lucian.

— C'est une vraie question, Alice. Pourquoi ?

— Pour t'empêcher de te tourner en ridicule. Et empêcher que ça rejaillisse sur nous tous.

Ils se regardèrent en chiens de faïence pendant un moment. Puis, il laissa tomber la lettre par terre et sortit de la chambre avant qu'elle ait pu prononcer un seul mot.

*

En sortant de la cuisine, Bella aperçut Cecil par la porte du hall d'entrée, qui était grande ouverte. Il se dirigeait vers l'hôtel, le visage luisant de sueur, le pas alerte, un bouquet de fleurs minables à la main.

Elle avait appréhendé ce moment. Leur affrontement était inévitable, mais elle voulait le repousser encore. Elle se précipita dans l'escalier pour échapper à son mari, mais trop tard.

— Bella !

Elle continua sans se retourner ; une fois sur le palier, elle hésita. Il allait la rattraper de toute façon. D'ailleurs, il montait l'escalier quatre à quatre, en s'accrochant à la rampe, qui craquait sous son poids.

Elle recula lorsqu'il s'avança vers elle.

— Pourquoi diable t'échappes-tu ? fit-il à bout de souffle. J'ai de merveilleuses nouvelles à t'annoncer !

*

Claudine allait sortir de sa chambre pour faire une promenade avant le souper lorsqu'elle entendit la voix retentissante de Cecil. Comme la porte de la suite Goodwood donnait sur le palier, elle faillit se trouver nez à nez avec lui.

Puis, elle vit Bella, les bras ballants, reculer, et Cecil, hors d'haleine, s'avancer vers elle, un affreux bouquet de fleurs à la main.

En un coup d'œil, elle devina de quoi il retournait. Elle repoussa donc la porte avant qu'ils la voient, mais sans la refermer complètement, et assista à leur échange par l'entrebâillement.

— J'ai parlé à Heddon, dit Cecil, qui parlait rapidement en se donnant un air bon enfant. Apparemment, le tableau était assuré. Je toucherai donc une somme rondelette. Ce sera suffisant pour contribuer au mariage de Lucian et… effacer des dettes que j'ai accumulées.

Il fit une pause pour laisser le temps à Bella de digérer cette révélation.

— Il me restera même quelques centaines de livres que tu pourras investir dans cet hôtel. Mais seulement si tu me promets de ne pas les utiliser pour rembourser ton père.

Il émit un petit rire auquel Bella ne réagit pas.

— Je pensais que tu serais contente, ajouta-t-il, perplexe.

— Je ne peux pas être contente quand le pauvre Billy est en prison, fit Bella d'une petite voix que Claudine eut peine à entendre.

— Oui. Bon. Peut-être que je vais aller m'occuper de cela. Et quand je reviendrai… dit-il en regardant le malheureux bouquet qu'il avait manifestement renoncé à lui offrir. Peut-être que nous pourrons parler.

Bella le regarda sans rien dire.

— C'est tout un choc que tu m'as causé, là, ma chérie, déclara-t-il d'un ton qu'il voulait enjôleur. Comment veux-tu qu'un homme réagisse quand il se rend compte que sa femme le trompe et que toute la ville est au courant ?

C'est donc ça, pensa Claudine. *Bien fait pour lui.*

— Cela dit, je vois que j'ai eu la main un peu lourde. Plus que nécessaire.

Il baissa les yeux, ne pouvant plus supporter le regard de Bella. Claudine avait assisté à de nombreuses scènes de ce genre. Les hommes comme Cecil ne voulaient jamais admettre ce qu'ils avaient fait ni ce qu'ils étaient.

Elle le vit tourner les talons et dévaler l'escalier, comme un enfant pris à voler des bonbons.

Dès qu'il fut hors de sa vue, Bella s'adossa au mur avant de s'effondrer, telle une marionnette désarticulée. Claudine se précipita hors de la chambre.

— Hé, lança-t-elle tout bas. Venez ici ! Laissez-moi vous aider.

Elle aida Bella à se relever et l'emmena dans sa suite dont elle verrouilla la porte.

Bella s'assit sur le lit, tandis que Claudine examinait ses éraflures et ses bleus.

— Ce n'est pas ce que vous croyez… balbutia nerveusement Bella.

— Taisez-vous, répliqua doucement Claudine. Vous n'avez pas besoin d'inventer des excuses pour moi.

— Je l'ai provoqué.

— Ah non, pas de ça ! s'exclama Claudine. La plupart des hommes n'ont pas besoin de grand-chose pour se sentir provoqués. Et croyez-moi, j'en connais un rayon sur le sujet.

Elle se tut, scruta les marques sur le visage de Bella.

— Voulez-vous que je vous aide à camoufler tout ça ?

— Merci, je peux le faire moi-même.

— Au moins, laissez-moi mettre quelque chose sur cette coupure, suggéra-t-elle en allant chercher sa mallette. Vous savez que vous êtes plus forte que lui, n'est-ce pas ?

— Ce n'est pas ce que dit mon visage…

— Je ne parle pas de ce genre de force. N'importe quel idiot peut utiliser ses poings, affirma-t-elle en appliquant de la crème sur la lèvre de Bella, dont l'enflure la faisait paraître pire qu'elle n'était en réalité. Tout le monde vous estime beaucoup dans cet hôtel. Tout le monde se tourne vers vous pour vous demander conseil, pour profiter de votre sagesse.

Bella se leva et alla à la coiffeuse pour se regarder dans le miroir.

— Merci, madame…

— Je vous en prie, l'interrompit Claudine. Appelez-moi Claudine. Claudine Pascal.

— Merci, Claudine. Pour votre bienveillance.

— Voilà enfin une parole sensée, dit Claudine en souriant.

*

Quand ils étaient enfants, Alice et Lucian avaient une gouvernante irlandaise, Miss Corcoran. Cette femme maigre, qui portait des lunettes ainsi qu'un bonnet et une cape en laine mérinos noire, était plus jeune qu'elle en avait l'air. Elle ne perdait jamais son calme, n'élevait jamais la voix et, ce qui était rare pour une gouvernante, ne recourait jamais à des châtiments corporels, même s'il lui était arrivé d'envoyer les deux enfants au lit sans dîner.

Fait encore plus inhabituel, Miss Corcoran était une excellente enseignante. Mais comme elle était surtout intéressée par l'art, Lucian profita davantage de ses leçons qu'Alice.

Dans la fraîcheur de la bibliothèque, alors qu'elle avait temporairement relégué l'« affaire Constance » dans un coin de son cerveau, Alice ferma les yeux et invoqua les compétences de Miss Corcoran en guise de préparation pour la première leçon d'anglais qu'elle donnerait à Roberto.

Elle avait été surprise qu'il accepte son offre, laquelle, à première vue, n'avait pas eu l'air de l'enthousiasmer. Mais le comte Albani était venu voir Alice dans la cuisine durant l'après-midi et il lui avait demandé si elle était libre pour Roberto durant la soirée.

— Votre première leçon pourrait porter sur la façon de faire les présentations, lui avait-il suggéré.

— C'est une excellente idée, avait répondu Alice.

Lorsque Roberto arriva dans la bibliothèque – tout propre et délicatement parfumé –, il n'avait pas l'air particulièrement ravi. Mais puisqu'il était là et que son père avait tout arrangé, il devait être minimalement intéressé.

Elle lui tendit la main, comme Miss Corcoran l'avait fait jadis.

— Comment allez-vous ? commença-t-elle.

— Comment allez-vous ? répéta Roberto en portant à ses lèvres la main d'Alice.

Celle-ci rougit et sourit. Il lui rendit son sourire et lâcha sa main avec beaucoup de réticence.

— Je m'appelle Alice.

— Je m'appelle Alice, répéta Roberto.

— Non, vous devez me dire comment *vous vous appelez.*

— Ah. *Mi dispiace.* Vous vous appelez Roberto.

— Non, *Je m'appelle* Roberto.

— *Sono confuso.*

— Et moi, donc, soupira Alice.

— *Cosa stai dicendo ?* Que dites-vous ?

— Vous m'avez fait parvenir un cadeau exquis, poursuivit Alice, alors que vous n'êtes même pas capable de vous présenter adéquatement. Je pourrais dire n'importe quoi et vous n'en comprendriez pas le moindre mot, n'est-ce pas ?

Elle secoua la tête. Il l'imita.

— Je pourrais vous dire que vous êtes diablement séduisant, mais complètement immature.

— *Riproviamo,* dit-il en l'invitant à se lever.

— Je ne serais certainement pas en train de perdre mon temps sur cette initiative inutile s'il restait des célibataires anglais à peu près convenables.

— Vous vous appelez Roberto, tenta-t-il en faisant une profonde révérence.

*

Cecil se fit à l'idée que Bella allait lui faire la tête quelque temps. C'était en partie de sa faute à lui.

Il admettait qu'il ne s'était pas comporté correctement. Cela dit, d'autres facteurs entraient en ligne de compte : le stress de diriger l'Hôtel Portofino ; toute l'affaire du tableau ; l'incertitude quant au mariage de Lucian et Rose ; la constante insatisfaction de Julia et, bien entendu, le changement que subissait Bella – comme toutes les femmes de son âge – et qui la rendait irritable et hystérique.

À force d'y penser, Cecil trouva l'hypothèse du changement fort plausible. D'ailleurs, cela expliquait pourquoi Bella ne voulait plus coucher avec lui. Son aventure avec Henry Tartempion était purement romantique, pas sexuelle, même si la lettre suggérait le contraire. Pourquoi voudrait-elle coucher avec cet idiot – qui était probablement homosexuel – et pas avec lui, Cecil, dont les prouesses en tant qu'amant avaient été saluées par toutes les femmes qui en avaient profité ?

En fait, la solution consistait à donner de l'air à Bella – ce qui l'avait décidé à aller chez Luigi, son bar favori à Portofino. Ce n'était pas l'endroit le plus propre en ville – il se trouvait juste derrière le centre communautaire et donnait sur un terrain vague –, mais on y servait des pâtisseries mangeables et une grappa diluée bon marché.

Cecil était sur le point de rentrer à l'hôtel lorsqu'il vit la porte du bar s'ouvrir sur nul autre que Danioni, suivi de Francesco.

Extrêmement surpris, Cecil y regarda à deux fois pour être sûr qu'il avait bien vu. Or, non seulement il ne s'était pas trompé, mais il était évident à voir les deux hommes bavarder de façon détendue qu'ils se connaissaient bien.

— Francesco ?

Le domestique se figea sur place, comme pris en flagrant délit. Il était clair qu'il se demandait : *Qu'est-ce que je fais ?*

— *Signore* ! répondit-il en s'inclinant.

Le regard de Cecil fit plusieurs allers-retours entre Danioni et Francesco.

— Que faites-vous ici, Francesco ? demanda-t-il avant de se tourner vers Danioni. Que signifie tout cela ?

— Nous sommes cousins, *Signore* Ainsworth, expliqua Danioni. Nous nous fréquentons à l'occasion.

Imperturbable, il donna une petite tape sur l'épaule de Francesco, en souriant.

— J'aimerais vous parler – maintenant si vous n'y voyez pas d'inconvénient, dit Cecil avant de donner sèchement son congé à Francesco en lui disant qu'il irait le voir plus tard, à l'hôtel.

Danioni précéda Cecil jusqu'à son bureau.

— Je m'attendais à une visite du consul britannique, mais certainement pas du distingué *Signore* Cecil Ainsworth.

— Bon, ça va, l'ironie.

— Je suis surpris que vous m'adressiez la parole.

— Pas autant que moi de découvrir que nous avons un espion entre nos murs.

— Ah, bien sûr ! s'écria Danioni en pinçant les lèvres. Je comprends que ça vous attriste. Est-ce que nous allons redevenir amis ?

Cecil s'assit. Il n'était pas facile pour lui de présenter ses excuses, mais il était résolu à faire de son mieux.

— Peut-être que le langage que j'ai utilisé la dernière fois que nous nous sommes vus… Écoutez, dans le feu de l'action, je vous ai peut-être accusé…

— À mots couverts, comme vous avez dit ?

— À la lumière de ce que nous savons et ne savons pas, mes accusations ne tiennent pas.

— Vous souhaitez vous excuser ?

— Je peux faire mieux que ça, assura Cecil en sortant une liasse de billets de banque de la poche intérieure de sa veste. Puisque vous êtes au courant de certaines de mes transactions…

Il compta plusieurs billets, puis en ajouta quelques autres qu'il déposa sur le bureau.

— … voilà le prix que je suis prêt à payer pour que l'on mette immédiatement un terme à l'enquête policière.

Danioni tendit la main pour prendre les billets, mais Cecil posa la sienne dessus.

— Et pour qu'on libère William Scanlon, ajouta-t-il avant de retirer sa main. Et pour faire amende honorable.

Danioni ramassa les billets, s'humecta le pouce, les compta soigneusement et les empocha.

— Et comme preuve de ma bonne volonté, acheva Cecil en prenant une autre liasse de billets qu'il jeta sur le bureau, j'ajouterai ceci. Entre pourris, on se comprend.

*

Alice était toujours dans la bibliothèque avec Roberto lorsqu'elle vit passer Bella dans le couloir. Elle s'excusa auprès de l'Italien et courut la rejoindre.

— Qu'y a-t-il, Alice ? lui demanda Bella. Tu as l'air agitée.

— Pouvons-nous parler ? En privé ?

Elles traversèrent la cuisine pour se rendre dans le bureau de Bella. Celle-ci verrouilla la porte, prit place derrière sa table de travail et invita Alice à s'asseoir, qui refusa en secouant la tête.

— Je crois que tu dois prendre connaissance de ceci, dit-elle tout en sortant le paquet de lettres adressées à Constance de son sac à main.

Bella la regarda déposer les lettres sur la table, sans faire mine de les prendre.

— De quoi s'agit-il ? demanda-t-elle.

— Ce sont des lettres adressées à Miss March.

— Tu as intercepté son courrier ? fit Bella d'un ton de reproche.

— Je les ai prises dans sa chambre.

— Que faisais-tu là ?

Alice claqua la langue avec impatience, là n'était pas la question.

— Ça fait des lustres que je sais que quelque chose ne va pas chez cette fille, expliqua-t-elle. Et maintenant, j'en ai la preuve.

Elle croisa les bras avec fierté.

Bella ne dit rien, semblant évaluer la situation.

— Alice, va remettre ces lettres à leur place.

— Quoi ?

— Va les remettre à leur place, répéta Bella d'une voix calme, mais glaciale. Tout de suite.

— Tu ne vas pas les lire ?

— Certainement pas.

Alice fronça les sourcils et se gratta la tempe d'un doigt. Les choses ne se déroulaient pas comme prévu.

— Mais ne veux-tu pas savoir de quel genre de fille il s'agit ? demanda-t-elle.

— Je le sais déjà, affirma Bella d'une voix plus forte. Tout le monde le sait. Elle est honnête, chaleureuse, consciencieuse…

— Et la mère d'un enfant illégitime, l'interrompit Alice. Qu'elle a eu à quinze ans !

Les deux femmes se toisèrent. Alice sentait son cœur battre la chamade, sa poitrine se soulever et s'abaisser au rythme de sa respiration haletante. Elle ne se souvenait pas de la dernière fois où elle avait été à ce point contrariée, à ce point *en colère.*

— Qu'est-ce qui m'a échappé avec toi ? finit par dire Bella d'un air las.

— Avec *moi* ?

— Comment est-ce que j'ai pu élever une fille aussi insensible ? Aussi peu charitable ?

— Peu charitable ? répéta Alice, écarlate. Moi ? Comment peux-tu me dire ça, à moi qui suis si dévote ?

— L'un n'empêche pas l'autre.

— C'est absurde.

Alice avança la main pour ramasser les lettres, mais Bella l'en empêcha.

— Non ! N'y touche pas !

— Mais…

— C'est tout, Alice. Va-t'en maintenant. Et referme la porte derrière toi.

Alice mit un moment à enregistrer l'ordre de Bella. Puis, elle y obéit à la lettre. Elle sortit en trombe du bureau et claqua la porte si violemment que tout l'hôtel en trembla.

Chapitre 14

Comme c'est étrange, pensa Lucian. *Les choses changent selon le regard qu'on porte sur elles. L'état d'esprit d'une personne est le prisme à travers lequel elle voit le monde.* En ce moment, Lucian n'était pas dans un bon état d'esprit. Il se sentait triste et cynique.

Pris au piège. Manipulé.

C'était pour réfléchir tranquillement à sa situation qu'il s'était réfugié dans ce magnifique jardin, sillonné de sentiers bien nets et orné de jolis massifs d'arbustes et de fleurs exotiques. Il n'arrivait toutefois pas à se concentrer par cette chaleur insupportable.

Il se sentait menacé par l'hôtel. Pour se débarrasser de cette impression, il se tourna pour l'évaluer en toute neutralité. Avec ses loggias ombragées, cet édifice jaune pâle exigeait d'être vu de face. Contrairement à ses concurrents, juchés plus haut sur la colline, l'Hôtel Portofino n'était pas caché derrière des rangées de cyprès.

C'était justement pour qu'il soit mis en valeur qu'on l'avait construit à flanc de colline et en surplomb de la mer. Pour qu'il domine le paysage marin. Et le jardin avait été conçu dans la même intention.

Lucian essuya son front en sueur et retourna à sa contemplation du paysage. Cette région était à peine développée quelque trente ans auparavant, lui avait dit sa mère. Joli petit village de pêcheurs, Portofino était un secret bien gardé, surtout réputé pour être difficile d'accès à cause du mauvais état des routes.

La construction de chemins de fer avait changé tout cela. Dorénavant, même si les trains ne se rendaient pas à Portofino, Santa Margherita ou Rapallo, les touristes y affluaient par milliers chaque année. Et le phénomène inverse s'était aussi produit : ceux qui avaient jusque-là vécu dans les vieilles communes agricoles migraient vers les villes. Gênes était une destination particulièrement prisée, car on y trouvait de bons emplois dans le port et dans le secteur de la construction ; les conditions étaient meilleures que dans les oliveraies et les vergers.

Les nouveaux venus, souvent des étrangers comme les Ainsworth, avaient transformé la côte de la Ligurie. Ils voulaient soi-disant vivre en harmonie avec la nature. Certes, les élégants jardins, comme celui de l'Hôtel Portofino, mettaient en valeur la nature, mais pour les créer, il avait aussi fallu dompter cette même nature. Pourquoi remplacer des marronniers qui étaient là depuis des siècles par des cèdres et des cyprès ? Eh bien, pourquoi pas ?

Certains de ces jardins étaient carrément ridicules, avec leurs lacs, leurs grottes, leurs chutes d'eau et leurs pavillons gothiques. Au moins, sa mère avait de la retenue.

En vérité, il avait aimé cette vue quand il avait pensé que Rose l'aimait aussi – quand il avait pensé qu'elle était le genre de personne à aimer ce que lui aimait.

Il s'était avéré que ce n'était pas le cas.

Était-ce un inconvénient majeur ? Est-ce que ça les empêcherait d'être heureux ensemble ?

Justement, la voilà qui traversait la pelouse, ombrelle à la main. Comme toujours, elle était splendide. Et comme toujours, Lucian sentit que sa mère avait guidé son choix vestimentaire : une robe moulante sans manches qui révélait sa minceur.

Mais Julia ne serait pas toujours là. Rose pourrait changer avec le temps. Lui aussi. Ils pourraient grandir ensemble, côte à côte. De nombreux couples y arrivaient, même s'ils étaient partis de très loin.

— Je croyais que tu serais en train de dessiner, releva-t-elle en s'approchant, une main derrière le dos comme si elle cachait quelque chose.

— Ah oui ? fit-il, en regardant à nouveau le paysage. Je ne suis pas d'humeur.

Il venait d'alourdir l'atmosphère. Il se maudit. *Fais un effort, pour l'amour du ciel !*

— C'est notre dernière journée demain, poursuivit-elle.

— Déjà ?

— Ces trois semaines sont passées très vite.

— En effet.

— Il se peut que d'ici mon départ nous n'ayons pas l'occasion de nous parler vraiment, alors j'en profite maintenant pour te remercier. J'ai bien vu que tu en as fait beaucoup pour me divertir et pour que je me sente chez moi, ici.

Lucian fut sincèrement touché par ce gentil petit discours.

— Tout le plaisir était pour moi, assura-t-il.

— Et je voulais te donner ceci, reprit-elle en lui tendant ce qu'elle dissimulait.

C'était un carton rectangulaire sur lequel était peint un paysage côtier. C'était simple et joli.

— J'y ai travaillé en secret.

— Oh, Rose ! s'exclama Lucian en le lui prenant des mains. C'est…

— … pas très bon, je sais.

— J'allais dire *merveilleux*.

— Tu n'es pas obligé de faire semblant, précisa-t-elle en souriant.

— Je suis sincère. Le seul fait que tu l'aies dessiné pour moi, alors que la peinture n'est pas ton truc… expliqua-t-il en tentant de lui insuffler, à sa manière, toute la confiance dont elle était dépourvue.

— En effet, ce n'est vraiment pas mon truc, rigola-t-elle, avant de faire fi de son habituelle réserve et de se rapprocher de lui. J'ai réellement essayé d'aimer la peinture. Pour toi. Mais je ne vois pas ce que tu vois. Pour moi, ce ne sont que des couleurs et des formes.

— Je préfère que tu sois honnête, affirma-t-il en haussant les épaules. Tu sais, la plupart des œuvres d'art de nos jours ne sont que des couleurs et des formes. Tu pourrais peut-être te raviser si tu voyais un tableau de Paul Klee.

— Peut-être, répliqua-t-elle, incertaine comme d'habitude, ne saisissant pas la référence savante de Lucian. Donc, tu n'es pas fâché ?

— Ce qui me fâcherait, c'est que tu prétendes aimer l'art uniquement pour me faire plaisir.

— C'est ce que je fais dans la vie : je suis toujours en train d'essayer de faire plaisir aux autres.

Quelque chose venait de se fêler. Qui aurait cru que Rose puisse faire un tel aveu à quelqu'un d'autre qu'à son propre reflet dans le miroir. Il vit ce courage comme un signe de progrès.

— Tu veux dire que tu es toujours en train de vouloir plaire à ta mère, tenta-t-il.

— Et à tout un chacun, admit-elle en faisant mine de se diriger vers l'hôtel, avant de se tourner vers lui et de poursuivre, la voix étranglée : J'essaie très fort d'être intéressante, mais je me rends compte que je ne le suis pas du tout.

— Tu *es* intéressante, s'entendit dire Lucian.

— Je ne suis même pas sûre d'être très aimable, appuya-t-elle en secouant la tête.

— Comment peux-tu dire ça ? dit-il en s'approchant pour la prendre dans ses bras, ce qu'elle ne le laissa pas faire.

— Je ne suis pas stupide, Lucian. Je vois bien que les gens n'aiment pas ceux qui ne sont pas authentiques.

— Ce n'est pas si simple, convint-il.

Mais déjà elle s'éloignait.

*

Installé sur un banc à l'autre extrémité du jardin, Nish observait Lucian et Rose à la dérobée, lui-même à moitié dissimulé par une haie ornementale surdimensionnée. C'était en toute connaissance de cause qu'il avait choisi cet endroit.

Il était trop loin pour entendre ce qu'ils se disaient, mais à l'évidence, la conversation était tendue, peu cordiale, à tout le moins. Soudain, il prit conscience d'une présence. Il se tourna et vit Claudine qui se tenait à côté de son banc, ses habituelles lunettes de soleil sur le nez et un chapeau de paille à larges bords sur la tête. Elle l'observait un peu comme lui-même observait le couple, mais beaucoup plus ouvertement.

— Ça n'en sera pas un, déclara-t-elle.

— Quoi donc ?

— Un mariage d'amour.

— Ils auraient de beaux enfants, rêvassa Nish.

— Nous aussi.

Ils se mirent à rire.

Claudine s'assit à côté de lui et alluma une cigarette.

— Elle n'est pas son âme sœur.

— Est-ce que les gens ont vraiment des âmes sœurs ? demanda-t-il.

— Bien sûr. Sauf s'ils craignent d'admettre qui ils sont et ce qu'ils ressentent vraiment.

Nish sentit un picotement désagréable lui parcourir l'échine. Il croyait, à tort, pouvoir contrôler l'image qu'il projetait. C'était une forme d'arrogance. Claudine avait très bien vu ce qu'il cachait sous sa carapace.

— Est-ce si évident ? tenta-t-il, prudent.

— Pour moi, ça l'est.

— Vous ne direz rien, n'est-ce pas ? questionna-t-il, soudain effrayé.

— Bien sûr que non. Ça ne regarde que vous.

— Comment avez-vous deviné ?

— Je n'ai pas deviné. Appelons ça de l'intuition. Un sixième sens. J'ai beaucoup d'amis comme vous à Paris. Je les aime plus que tout.

Elle tira une longue bouffée de sa cigarette et exhala lascivement la fumée. Nish allait ajouter quelque chose lorsqu'il vit Lucian qui les regardait. Il lui fit mollement signe de la main.

— Lui en avez-vous déjà parlé ? poursuivit Claudine.

— Grands dieux, non ! Et je ne lui en parlerai jamais.

— Je faisais référence à ce que vous ressentez de façon générale, pas à ce que vous pouvez ressentir pour lui.

— C'est mon meilleur ami. Pourquoi risquer de ruiner notre lien ?

— Quelle sorte d'amitié serait-ce si votre franchise suffisait à la ruiner ? dit-elle en lui prenant la main. Vous allez donc vous laisser ronger par votre secret ?

— Est-ce que j'ai le choix ?

— C'est triste.

— Je n'ai pas besoin de votre pitié, rétorqua Nish, un peu sèchement.

— Je ne suis pas désolée que pour vous, précisa Claudine en ignorant le ton du jeune homme. Les amours interdites, c'est ma spécialité. (Elle lui pressa l'épaule.) Ce que je veux dire, Nish, c'est que vous avez besoin d'alliés. Il en faut quand on vit en marge. Ils n'ont pas à être tous comme vous. En fait, parfois, il ne vaut mieux pas. Ce n'est pas parce que Lucian aime les femmes qu'il ne comprendra pas ou qu'il ne sera pas réceptif.

Le bruit d'une calèche qui s'approchait dans l'allée menant à l'hôtel interrompit leur conversation.

— C'est Billy, constata Nish. Mr Ainsworth est allé le chercher.

— Quel chanceux, ce Billy ! fit Claudine en hochant la tête.

*

Billy avait été détenu dans une cellule du poste de police sur la Piazza della Liberta. L'endroit était rudimentaire et sentait l'urine, mais, à la grande surprise de Cecil, les policiers n'avaient pas battu leur prisonnier. Billy était jeune. Il avait l'air un peu chagrin, mais les garçons de son âge étaient capables d'endurer pratiquement n'importe quoi – ce à quoi on devait les encourager, d'ailleurs.

C'est en ruminant tout cela que Cecil attrapa Billy par les épaules et le plaqua contre le mur extérieur, juste avant d'entrer dans la cuisine. Histoire de lui rappeler qui était le patron.

— Pas si vite, maître Scanlon, dit-il.

— Hé ! Vous me faites mal ! s'écria Billy en se tortillant et en tenant de repousser Cecil.

— Écoute-moi, petit salaud, fit Cecil en raffermissant sa poigne. J'ai payé pour te faire libérer. Je peux donc payer pour te faire emprisonner à nouveau. (Il tapota la joue de Billy.) J'ai mis Danioni dans ma poche. Ça veut dire que tu es dans ma poche, toi aussi.

Billy hocha la tête sans rien dire.

— À partir de maintenant, si je te dis de sauter, la seule chose que tu seras autorisé à dire c'est « À quelle hauteur, Mr Ainsworth ? ». Compris ?

— Oui, Mr Ainsworth, affirma Billy en hochant la tête.

— Bien, souffla Cecil en le lâchant. Va maintenant.

Il ouvrit la porte de la cuisine et fit entrer Billy en gardant une main sur son épaule.

L'air était saturé d'odeurs de nourriture crue et de transpiration. Chaque fois qu'il y venait, Cecil se demandait comment on pouvait travailler dans une pièce aussi étouffante et mal éclairée.

Betty se tourna vers la porte, poussa un cri et se précipita vers Billy pour le serrer dans ses gros bras blancs.

— Le retour du fils prodigue, lâcha Cecil en souriant avec bienveillance.

— Je me faisais du mauvais sang, s'exclama Betty en s'éloignant quelque peu de son fils pour mieux le regarder. Tu as perdu du poids.

— J'ai été absent vingt-quatre heures, m'man, répondit Billy en levant les yeux au ciel.

— Je vais te préparer un sandwich, avec un peu de salami.

— J'aime pas le salami.

— Avec des œufs, alors. Tu aimes les œufs.

Elle le fit asseoir et se mit à couper du pain.

Bella, qui avait entendu du bruit, sortit de son bureau.

— A-t-il été libéré sous caution ? demanda-t-elle.

— Il a été libéré sans être accusé, déclara Cecil. Je leur ai dit qu'il n'avait rien à voir avec la disparition du tableau, et ils m'ont cru sur parole.

— Et la bicyclette, Mr Ainsworth ? poursuivit Betty en levant les yeux de sa tâche.

— Je les ai convaincus de laisser tomber l'affaire maintenant que la bicyclette a été rendue à son propriétaire et que j'ai versé un petit montant pour le dédommager.

— Oh, monsieur, je ne sais comment vous remercier !

Cecil adorait que les gens – surtout les domestiques – lui disent ce genre de choses.

— Arrangez-vous simplement pour que votre fils se tienne à carreau. C'est tout ce que je demande.

— Comment je vais faire ? s'enquit Betty. Je n'ai pas une minute à moi, ici.

— Ne vous en faites pas, Betty, tenta Bella pour la réconforter. Nous allons trouver une solution.

— Peut-être qu'il vaudrait mieux que je le ramène en Angleterre, m'dame, lâcha Betty, sur sa lancée. Que je vous remette ma démission.

Pense-t-elle vraiment ce qu'elle dit ? se demanda Cecil. *Ou cherche-t-elle à provoquer une réaction ?*

— Je ne veux pas en entendre parler, affirma Bella. Nous serions complètement perdus sans vous.

— Que Dieu vous garde, Mrs Ainsworth.

Les scènes sentimentales comme celle-ci ennuyaient Cecil à mourir. Aussi, se perdit-il dans ses pensées pendant un moment. Lorsqu'il revint à lui, il se rendit compte que Bella avait disparu.

Merde !

Où était-elle passée ? Dans son bureau ?

Il entendit le bruit de ses talons sur le parquet du hall d'entrée. Elle montait donc dans sa chambre. Bien. Il allait la suivre.

Il sortit en trombe de la cuisine et se précipita dans l'escalier. Il l'aperçut sur le palier, remontant sa jupe pour accélérer le pas.

Or, au sommet de l'escalier, il tomba sur Julia qui sortait de sa suite.

Ce n'était pas le moment. Toutefois, Cecil ne ratait jamais une occasion de parler avec Julia. Il trouvait que son côté caustique était vivifiant, tonique, et la longévité de leur lien le rassurait en quelque sorte. Sans compter qu'elle était toujours très attirante.

— Cecil !

— Julia.

— Tu es bien pressé, releva-t-elle en suivant son regard le long du couloir. Tu essaies d'échapper à tes créanciers ?

— Très drôle. Ce serait plutôt le contraire.

— Tu m'intrigues, lança-t-elle en haussant un sourcil.

— Si tu veux bien, fit Cecil en lui suggérant du geste d'aller dans sa suite.

La pièce était encombrée de valises et de sacs sur le point d'être remplis.

— C'est un peu gênant, s'excusa Julia.

— En effet, affirma Cecil en remarquant un tas de jupons sur une chaise.

Il la suivit sur le balcon. Silencieux, ils contemplèrent la mer.

— As-tu aimé ton séjour parmi nous ?

— C'était tolérable.

— Oh ! fit-il en essayant de ne pas avoir l'air trop déçu.

— J'aurais aimé voir un peu moins de mes compatriotes… sauf toi.

— C'est encore possible.

— Il nous reste dix-huit heures, constata Julia en jetant un coup d'œil à sa montre.

— Pas nécessairement ici, précisa-t-il, avant d'ajouter à voix basse : J'ai l'intention d'aller plus régulièrement à Londres.

— Ah bon ?

— Ma situation a changé. Et puis, il faut bien le planifier ce mariage.

— Tu as les moyens ? Tu es prêt à investir ce qu'il faut ?

— Oui, je le veux.

— Oh Cecil ! dit Julia en éclatant de rire. Il y a tellement longtemps que j'attends que tu dises « Oui, je le veux ! ».

Il sourit, saisit sa main et la baisa.

— Et toi, le veux-tu ?

— Oh oui ! Très certainement.

*

Lucian se cachait dans le boudoir pour tenter de lire un roman de John Galsworthy recommandé par Nish. Tenter et échouer. Il n'avait jamais été un fervent lecteur. Cecil était donc la dernière personne qu'il avait envie de voir, mais le voilà qui dévalait les marches et se dirigeait droit vers lui.

Lucian déposa son livre et se prépara.

— Te voilà ! Tu joues à cache-cache ? lança Cecil, tout rouge et essoufflé.

— Si on veut.

— Et qui essaies-tu d'éviter ?

— Je ne sais pas trop. Moi, entre autres, répondit Lucian, qui savait que ce genre de réponse irriterait son père.

— Arrête de faire des histoires, répliqua sèchement Cecil. J'ai quelque chose à te montrer.

Il tendit à Lucian une feuille de papier pliée en deux. Lucian l'ouvrit et lut ce que son père y avait écrit. À l'encre bourgogne, comme d'habitude.

Par la présente, nous annonçons les fiançailles de Lucian, fils des très honorables Mr et Mrs Cecil Ainsworth, de Portofino, Italie, et Rose, fille de Mr et Mrs Jocelyn Drummond-Ward, de Londres.

Ce n'était pas exactement une surprise pour Lucian. Ses parents et lui avaient passé des mois à discuter de ce mariage, mais à force d'en parler, c'était devenu un projet hypothétique, abstrait. Le voir ainsi décrit rendait la chose nettement plus concrète. L'austérité et le côté officiel de la formulation ne laissaient aucun doute sur la véracité de cet événement désormais impossible à ignorer. Valait donc mieux l'appréhender de front.

— J'ai pensé que nous pourrions aller au bureau de poste demain, proposa son père. Pour envoyer un télégramme.

Lucian opina sans rien dire.

— Naturellement, il faudra que tu assumes.

— Que j'assume. Oui. Bien sûr.

— Est-ce que cela te pose un problème ?

Lucian ne dit rien.

— Est-ce Rose que tu essaies d'éviter ?

— Pas exactement.

— Eh bien, alors, qu'y a-t-il ?

— Je ne suis pas sûr, répondit Lucian en remettant la feuille de papier à Cecil.

— Pas sûr de quoi ?

— Que Rose et moi soyons… solidaires.

— Ça ne veut rien dire, ça ! s'exclama Cecil en fronçant les sourcils

— Nous ne sommes pas *bien assortis.*

— Des membres de nos familles se marient depuis des générations.

— Je veux dire sur le plan affectif.

Lucian vit dans le regard injecté de sang que son père lui lança qu'il n'en croyait pas ses oreilles.

— Écoute-moi bien, reprit Cecil. Tu dois arrêter de faire la chochotte. Oui, ce que tu as vécu est terrible et tu as eu une vilaine égratignure. Mais la guerre est finie depuis plus de huit ans.

— Je sais.

— Eh bien, alors, ressaisis-toi. Tu es vivant, non ? Capable de respirer, de penser, de marcher ? Des millions de personnes n'ont pas eu ta chance !

— Tu crois que je l'ignore ? répliqua Lucian en sentant la colère monter en lui. C'est ma part d'ombre ; elle m'accompagne jour et nuit.

— Sors au grand jour, mon vieux. Commence à vivre un peu. On t'offre la main d'une jolie jeune fille qui vient d'une excellente famille, une maison à Londres et un revenu de mille cinq cents livres par année. La plupart des jeunes hommes qui ont du sang dans les veines seraient excités à cette perspective. Pas en train de rêvasser et de se poser des questions à propos de leurs *émotions.* Cette annonce va paraître dans le *Times* la semaine prochaine. Alors, fais ton devoir.

— Oui, père.

— Comme j'ai fait le mien, conclut-il en mettant la feuille sur la poitrine de Lucian, l'obligeant à la prendre.

En sortant de la maison, Lucian regarda l'écriture pratiquement illisible de son père. Il replia la feuille en deux, puis encore en deux, puis encore en deux, et ainsi de suite jusqu'à ce qu'elle forme un petit cube compact qu'il fourra dans la poche de son pantalon. De cette façon, il le sentirait chaque fois qu'il y mettrait la main, ce qui lui rappellerait d'agir avant qu'il soit trop tard.

*

Nish trouva le temps long tout l'après-midi. Il se sentait anxieux et agité. Il essaya de lire, mais les mots refusaient de se rendre jusqu'à son cerveau. Il essaya d'écrire, mais il trouva les résultats ennuyants et peu inspirés.

Il alla frapper à la porte de la chambre de Lucian. Celui-ci reconnut sa façon comique de cogner, car il répondit « Entrez ! » de façon pompeuse. C'était une vieille blague entre eux. Lucian était en train d'enfiler un costume chic.

Nish regarda son ami d'un air songeur, tandis que celui-ci attachait ses boutons de manchettes.

— Je me demandais où tu étais passé.

— Ah non, tu ne vas pas t'y mettre toi aussi.

— Qu'y a-t-il ?

— Mon père m'a donné un ultimatum, expliqua Lucian en montrant du menton la feuille de papier sur le lit. Le mariage aura bel et bien lieu.

— Félicitations ! lança Nish d'un ton qu'il voulait enjoué.

— Merci. Je n'ai pas encore parlé à Rose.

— Et quand comptes-tu le faire ?

— Il n'y a rien de tel que le moment présent.

Nish ouvrit la bouche, mais fut incapable de prononcer une seule parole. *Nous nous croyons tellement modernes,* pensa-t-il. *Mais nous sommes restés édouardiens.* Un passage de *Chez les heureux du monde* lui traversa l'esprit. « Une situation de ce genre ne peut se sauver que par une prompte explosion de sentiments ; or, ni leur éducation ni leur mentalité ne sauraient donner libre cours à cette explosion. » [11]

Lucian le regarda.

— Tu voulais quelque chose ? lui demanda-t-il avec un soupçon d'irritation dans la voix.

— Rien d'important, affirma Nish en secouant la tête.

— Tu es sûr ?

— Ça peut attendre.

— Il t'arrive de souhaiter qu'on puisse revenir en arrière ? demanda Lucian au bout d'un long moment.

— Où ?

— À Trouville, après la guerre.

— À la caserne des convalescents ?

— Oui. Nous étions tellement heureux que ce soit terminé.

Nish émit un petit rire en guise de réponse à cette étrange manifestation de nostalgie.

— Ça pouvait toujours aller pour toi. Tu restais allongé toute la journée. Il y en avait d'autres qui travaillaient.

— Je me souviens des bacs à fleurs.

11. Traduction libre de l'anglais.

— Tant mieux pour toi. Moi, je me souviens des matchs de boxe et des jeux stupides sur la plage. De la baignade forcée. Des tas de corps maigres et pâlots. (Il frissonna.) Chaque jour était comme la journée de l'éducation physique au pensionnat.

Lucian se mit à rire et Nish en fut tout content.

— Tu oublies à quel point nous étions heureux d'être toujours en vie, reprit Lucian.

— C'est vrai que, d'une certaine façon, les choses étaient plus simples.

Lucian redressa les revers de sa veste, avant de passer un peigne et de la brillantine dans ses cheveux. Il était magnifique. Il ressemblait à un dieu grec.

— Bon, fit-il. Souhaite-moi bonne chance !

*

Constance était entrée dans le salon dans l'espoir d'y trouver Lucian, mais il n'y était pas, pas plus qu'il n'était dans les autres pièces communes. Il se trouvait probablement dans sa chambre, dont l'accès était interdit aux domestiques, sauf pour y faire le ménage.

L'Iliade qu'ils avaient lu ensemble traînait sur une table. Elle le prit, le feuilleta en se remémorant leurs séances.

Soudain, elle entendit des voix à travers les portes françaises qui donnaient sur la terrasse. Un homme et une femme. Il marmonna quelque chose qui la fit rire légèrement. Il y eut un bruit de pas, puis plus rien. Un silence pesant.

Ce fut l'homme qui le brisa.

— Je dois te parler, Rose.

Constance reconnut alors la voix de Lucian.

— Je dois faire mes bagages, répondit Rose.

— Ça peut attendre.

— Dis ça à ma mère.

Constance se rapprocha à pas de loup, en longeant le mur.

Elle savait qu'écouter aux portes n'était pas bien. C'était sournois, indiscret. La curiosité est un vilain défaut, dirait sa mère. Tôt ou tard, elle saurait de quoi il retournait. Aussi bien l'apprendre de la source même.

— J'ai repensé à ce que tu m'as dit à propos de la difficulté que tu avais à être authentique, poursuivit Lucian. Et la vérité est que je ressens exactement la même chose.

— Ah oui ? fit Rose, étonnée.

— Absolument. J'ai passé ma vie à répondre aux attentes de tout un chacun. Et je me rends compte que mon estime de moi-même en a souffert.

— Pourtant… pendant tout le temps que j'ai été ici, tu m'as semblé très sûr de toi…

— Peut-être que cet endroit, l'Italie je veux dire, me permet de me comporter un peu plus librement. Un peu plus honnêtement. Mais pas assez.

Il y eut une pause, puis de sa voix chantante, Rose lui demanda pourquoi il lui disait tout cela.

— Parce que je veux que tu saches que nous avons plus de choses en commun que tu le réalises.

Le cœur de Constance s'emballa. Qu'allait-il se passer ? Elle fut saisie d'effroi, comme si elle était au bord d'une falaise surplombant une mer écumante.

— Tu ne dois jamais avoir peur de te montrer telle que tu es avec moi, poursuivit Lucian, d'une voix tellement rassurante que Constance crut que son cœur allait se briser.

Il y eut un bruit indistinct, puis Rose dit d'un ton suppliant :

— Lève-toi, Lucian. Je t'en prie.

Constance avait l'impression d'assister au final d'un film, sauf que c'était l'accablante réalité.

— Tu n'as pas besoin de faire ça, poursuivit Rose.

Brave fille, pensa Constance. *Dis-lui quoi faire.*

— Je n'en ai pas besoin, Rose, affirma Lucian, sans se laisser démonter. Je *veux* le faire.

Il y eut une nouvelle pause. Puis Lucian posa la question que Constance avait malgré tout espéré qu'il ne poserait à nulle autre qu'à elle-même.

— Veux-tu m'épouser ?

*

Cecil invita tout le monde – famille, clients, employés – à célébrer les fiançailles. Il voulait créer un événement. À l'heure dite, Bella l'entendit siffler dans les couloirs, claquer des doigts pour rameuter les traînards.

— Vous connaissez la nouvelle ?… Merveilleux, n'est-ce pas ?… J'avais le pressentiment que ça se passerait aujourd'hui.

Dans le hall d'entrée, il avait affiché un avis succinct – Réception officielle au salon à 18 h 00 – qui lui permettrait de raconter l'histoire en long et en large, même s'il avait révélé le secret à tous ceux qu'il avait croisés durant l'après-midi, Bella y compris.

— Emballant, n'est-ce pas ? lui avait-il dit.

Lorsqu'elle l'avait vu arriver dans la salle à manger où elle mettait le couvert pour le souper, elle avait reculé jusqu'au mur du fond, sentant tous ses muscles se contracter.

— Je suis contente que ça te rende heureux, avait-elle répondu en longeant le mur comme un crabe, sa haine de lui plus forte que tout.

Naturellement, elle était heureuse pour son fils. Quelle mère ne le serait pas ? En même temps, elle était convaincue que ce mariage était un désolant compromis pour Lucian.

La réception fut un peu ratée dès le départ. Cecil avait omis de vérifier les stocks de vin mousseux ou de demander à Betty de préparer des hors-d'œuvre*. Elle lui offrit de servir des olives et des noix, ce qu'il refusa sous prétexte que ce n'était pas assez bien. Il fallut qu'Alice intervienne et prenne la défense de Betty. Elle finit par faire comprendre à son père qu'il aurait dû les avertir bien avant. Entre-temps, on envoya Francesco acheter du Prosecco.

Les clients entrèrent par petits groupes dans le salon, comme on le leur avait demandé. La plupart s'étaient habillés pour la circonstance. Bella, elle, n'en avait pas eu le temps. Cecil se tenait près des portes donnant sur la terrasse, agissant de son propre chef comme maître de cérémonie. Comme d'habitude, il semblait très content de lui-même.

— Julia, viens près de moi, dit-il avant de jeter un regard à la ronde. Et où sont les futurs mariés ?

On repéra Rose, dans le fond de la pièce. Elle avait l'air en état de choc dans son étrange robe fourreau, qui lui donnait l'air d'avoir la peau sur les os. Elle leva faiblement la main, en regardant autour d'elle comme si elle cherchait du soutien, puis se recroquevilla dans son fauteuil.

— Et où est Lucian ? A-t-il déjà pris les jambes à son cou ?

Une cascade de rires nerveux accueillit cette blague, avant que Lucian apparaisse dans l'embrasure de la porte.

— Je suis ici, père.

Bella le vit se frayer un chemin parmi les invités, en passant devant Paola et Constance, qui tenaient des plateaux de boissons.

Il se tint maladroitement à côté de Rose, observant la multitude de visages souriants – à l'exception de Paola, qui faisait la tête, et de Constance, qui semblait au bord des larmes.

— Est-ce-que vous avez tous un verre de quelque chose qui fait des bulles ? demanda Cecil.

Bella fit signe à Paola et à Constance de commencer à servir le Prosecco.

Une chose inédite se produisit alors. Constance déposa son plateau sur une table d'appoint et sortit en courant de la pièce. Paola fit mine de la suivre, mais Bella l'arrêta.

— Non, Paola. On a besoin de vous ici. Je vais y aller.

Arrivée devant la chambre de Constance, Bella écouta à la porte et entendit des sanglots.

Elle attendit que Constance se calme avant d'intervenir. Elle l'entendit fouiller, comme si elle cherchait quelque chose qui allait la consoler. Sa recherche devint frénétique. Les tiroirs s'ouvrirent, se refermèrent, la porte du placard claqua.

— Où diable sont-ils ? se demanda tout haut Constance, une note de désespoir dans la voix. Ils ont disparu. Ils ont tous disparu. Oh, Tommy…

Bella descendit rapidement à son bureau, prit les lettres qu'elle avait mises sous clé, remonta à la chambre de Constance et frappa doucement à la porte.

*

Assise à côté de Lady Latchmere, Melissa regarda Cecil porter un toast.

— À Lucian et à Rose !

Tout cela était très excitant. C'était écrit dans le ciel, bien sûr, et elle était agréablement surprise d'assister à cette annonce pendant son séjour.

Lucian et Rose formaient un très beau couple, il n'y avait pas à dire. Toutefois, comme Melissa n'avait pas passé beaucoup de temps avec eux, elle ignorait s'ils étaient bien assortis. Et Alice, avec qui elle s'était liée d'amitié, ne trouvait jamais grand-chose à dire sur Lucian. En fait, Melissa sentait qu'il y avait une espèce de concurrence entre les deux. C'était souvent le cas dans les fratries.

Elle trinqua avec Lady Latchmere, qui en était à son second verre de Limoncello, et sirota son Prosecco.

— J'adore les mariages, dit Lady Latchmere. Et toi, Melissa ?

— J'ai assisté à peu de mariages, admit la jeune fille.

— Ce n'est pas grave. Il n'y en a qu'un qui compte. Tu as des prétendants, ma chère ?

— Mon Dieu ! gloussa Melissa. Quelle question !

— Ne fais pas ta timide. J'avais déjà refusé une demidouzaine de demandes en mariage à ton âge.

— S'il vous plaît, ma tante, pouvons-nous changer de sujet ?

— Si c'est une question d'argent… poursuivit Lady Latchmere, qui ne voulait pas lâcher prise.

— C'est une question de goût.

— Je serais prête à payer.

— Je préférerais qu'on me permette de poursuivre mes études.

— Tes études ? répéta Lady Latchmere en fronçant les sourcils.

— Je veux aller à l'université, affirma Melissa, animée. Peut-être même faire un doctorat.

— Tu es sûre ?

— Absolument certaine.

Lady Latchmere prit un moment pour absorber cette information que Melissa lui avait transmise avec une fermeté surprenante.

— Très bien, ma chère, fit-elle. Je souhaite seulement que tu sois bien installée et heureuse.

— Je *suis* bien installée et heureuse.

— Si tu le dis.

Melissa l'embrassa sur la joue.

— Je préfère être mariée à un bon livre.

*

Lizzie se tenait dans le salon un verre d'eau pétillante à la main – pour une fois, elle n'avait pas envie de Prosecco – lorsqu'elle vit Plum apparaître dans l'entrée. Elle se précipita vers lui, et il laissa tomber son sac pour l'accueillir dans ses bras.

— Oh, mon chéri, tu es de retour !

— Dis donc, ils sont vraiment gentils de fêter ma victoire, lança Plum à la blague, en faisant référence aux gens autour d'eux qui riaient et bavardaient gaiement.

— Tu as gagné ?

— Pas vraiment. J'ai perdu contre un quelconque Français, en troisième round.

— Ça n'a pas l'air de te déranger.

— J'avais parié un petit montant, confia-t-il en tapotant sa poche et en lui faisant un clin d'œil. En faveur de l'autre type.

— Oh, fit-elle, lorsqu'elle comprit. Cela veut dire que tout va bien ?

— Tout va bien, ma douce.

— Eh bien, moi aussi j'ai une nouvelle à t'annoncer.

— Vraiment ?

— Je me sens vraiment étrange depuis quelques jours. Il est probablement trop tôt pour le dire... Mais je crois que, tu sais...

Plum ouvrit de grands yeux, son expression posant une question à laquelle Lizzie répondit en hochant la tête et en souriant timidement.

*

— Qui est là ? fit Constance d'une voix rauque, larmoyante.

— Mrs Ainsworth. Bella.

La domestique ouvrit la porte. Elle avait les yeux rouges et gonflés, le visage mouillé de larmes.

— Je suis désolée.

— Qu'y a-t-il Constance ? demanda Bella, compatissante. Ça me fait de la peine de vous voir dans cet état.

— J'ai perdu quelque chose qui m'était très cher.

Bella entra dans la chambre, s'approcha de Constance et la serra maternellement dans ses bras.

— Allons. Allons.

— Oh, m'dame, fit Constance avant de se remettre à pleurer de plus belle.

Avec mille précautions, Bella la fit asseoir sur le lit.

— Je crains que la situation soit compliquée, commença-t-elle en sortant le paquet de lettres de la poche de sa robe. Est-ce que c'est ce que vous avez perdu ? Ce que vous cherchez ?

Constance regarda fixement les lettres, puis Bella, puis encore les lettres. L'étonnement, la gêne et la colère se succédèrent sur son visage. Elle essuya ses larmes, saisit le paquet et ouvrit la première enveloppe pour vérifier, supposa Bella, que le médaillon s'y trouvait toujours. L'air à la fois soulagé et inquiet, elle leva la tête vers Bella.

— Vous les avez lues ?

— Non, mais quelqu'un d'autre oui, j'en ai peur.

Constance absorba cette information, puis ses horribles conséquences.

— Donc, vous savez tout ?

— Je sais ce qui vous est arrivé, oui.

Constance se leva. Petite silhouette fragile, mais attitude résolue. Elle repoussa ses mèches humides.

— Donc, je suis renvoyée.

— Renvoyée ? répéta Bella, surprise.

— Bien sûr. Vous ne voulez certainement plus que je m'occupe de Lottie, déclara-t-elle en regardant autour d'elle, cherchant probablement sa valise.

— Il n'y a personne de mieux placé qu'une mère pour s'occuper d'un enfant, rétorqua-t-elle en faisant signe à Constance de se rasseoir.

— Une mère qui n'a jamais eu de mari ?

— Mais qui fait de son mieux pour que cette situation ne la définisse pas.

— Qui a abandonné son fils, souffla Constance en ouvrant le médaillon pour regarder la photo.

— Mais qui le garde près de son cœur.

— Je croyais que vous me jugeriez, avoua Constance en reniflant. C'est ce que font la plupart des gens.

— J'ai appris à ne pas le faire. Jusqu'à preuve du contraire, nous méritons tous de nous racheter.

— Je ne sais pas par où commencer, lâcha Constance en lorgnant à nouveau la photo.

— Et si vous commenciez par me parler de votre fils ?

*

Cecil se demanda pourquoi Bella était partie si précipitamment. Il s'informa auprès de Lady Latchmere qui, par hasard, était à côté de lui.

— Problème de domestiques, affirma-t-elle d'un ton qui laissait entendre qu'elle avait de l'expérience en la matière.

Bon, se dit-il. *Tant que ça n'a rien à voir avec moi.*

Il déambula parmi les invités, cordial et prodigue, enjoignant Paola à remplir les verres sans se soucier de la faiblesse de ses réserves de Prosecco.

Il eut un choc lorsqu'il vit Plum Wingfield. Lizzie, à côté de lui, semblait étonnamment très heureuse de le voir.

— Ah, Wingfield ! fit-il en s'approchant d'eux. Vous êtes de retour !

— On dirait, répliqua celui-ci d'un ton plutôt froid et distant. Plum ne semblait jamais vraiment content de le voir, et Cecil n'en eut que plus envie de l'humilier.

— Votre femme vous a-t-elle mis au courant de tout le drame que vous avez raté ? s'enquit Cecil.

— En gros, répondit Plum en hochant la tête.

— Lui avez-vous dit qu'il a failli être impliqué ? demanda Cecil à Lizzie.

— Impliqué ? répéta Plum, écarlate, en regardant sa femme.

— Dans le vol du tableau, mon vieux ! s'écria Cecil en s'esclaffant.

— J'y arrivais, affirma Lizzie, platement.

Cecil se pencha vers eux avec des mines de conspirateur.

— Laissez-moi vous dire, leur confia-t-il en baissant la voix, qu'il y en avait un ou deux ici qui étaient prêts à vous juger *in absentia.* Mais j'ai dit : « Non, c'est un Anglais ! Et un athlète primé en plus ! Plum Wingfield est au-delà de tout soupçon ! »

Il sirota son Prosecco en se délectant du malaise de Plum, avant d'ajouter :

— Ce serait vraiment terrible si ce n'était pas le cas, hein ?

*

Le salon se vida peu à peu. La plupart des clients étaient remontés dans leurs chambres. Ne restaient plus que quelques personnes qui bavardaient au pied de l'escalier. Le hall d'entrée résonnait de leurs éclats de rire et du bruissement de leurs ragots chuchotés.

Alice aurait aimé se joindre à eux, mais elle devait superviser le rangement de la pièce, vérifier que les verres soient ramassés et le sol balayé. De toute façon, il y avait de la dignité dans le labeur. Jésus n'avait-il pas continué à travailler comme menuisier jusqu'à l'âge de trente ans ?

La Bible était toujours une source de réconfort pour elle. Chaque fois qu'elle avait envie de se plaindre de sa trop lourde charge de travail, elle se remémorait le passage de la Genèse 2 : 2 : « Dieu acheva au septième jour le travail qu'Il avait fait ; et Il se reposa le septième jour de tout le travail qu'Il avait fait. »

Une seule journée de repos par semaine ! Si c'était suffisant pour Dieu, ça l'était pour elle.

Cela dit, où était Constance ? En train de pleurnicher dans sa chambre, de réfléchir à ses méfaits. Il fallait absolument que Lottie passe moins de temps avec elle, mais tout de même pas au point où Alice devrait s'en occuper.

Elle vit le comte Albani se diriger vers elle, distingué comme toujours dans son complet foncé. Elle s'interrompit et lui sourit, car il fallait bien se montrer courtoise.

— Quel heureux événement ! déclara-t-il.

— Mon frère est certainement un homme comblé.

— Miss Drummond-Ward est très charmante. Très anglaise.

Au même moment, Paola passa près d'eux, transportant une pile de plateaux vides. Alice se demanda si son imagination lui jouait des tours, car il lui avait semblé que la domestique avait jeté un regard noir au comte Albani. Comme s'il avait fait un commentaire désobligeant. Les Italiens et leurs querelles ! C'était parfois à n'y rien comprendre.

— Vous partez demain ? demanda Alice.

— À neuf heures.

— J'espère que nous vous reverrons bientôt. Vous et Roberto.

— Je l'espère grandement aussi.

Alice était sur le point de s'excuser pour retourner à ses tâches, mais il se remit à parler.

— Avant de vous laisser aller, je souhaite dissiper un malentendu, dit-il en fouillant dans la poche intérieure de sa veste pour en sortir un écrin. J'espère que vous reviendrez sur votre décision.

Il ouvrit l'écrin. Ses ongles parfaitement manucurés avaient l'air de griffes sur le riche velours bleu.

Alice avait oublié à quel point le bracelet était ravissant.

— Puis-je ? demanda-t-elle.

— Bien sûr.

Elle prit le bijou avec précaution et l'admira sous la lumière.

— Il est vraiment très joli.

Le comte Albani avala sa salive, comme s'il avait attendu ce moment.

— Comme vous, Alice.

Alice mit quelques secondes à enregistrer cette remarque. Elle sentit une agitation nerveuse et menaçante lui remuer la poitrine.

— Comte Albani… dit-elle, frissonnante, d'une voix basse, mais plus intense qu'elle ne l'aurait voulu.

— Pardonnez-moi, mais je dois vous livrer le fond de ma pensée.

— Et Roberto ?

— Je parle en mon nom, affirma le comte Albani. Vous aurez des cheveux blancs avant que Roberto en fasse autant.

— Non ! s'exclama Alice en secouant la tête. Ce n'est pas convenable.

— Quoi donc ? Qu'un homme de mon expérience et bien nanti comme moi songe à se remarier ?

— Vous parlez de mariage ? fit Alice en laissant tomber le bracelet dans sa boîte, avant de s'écarter du comte. Ne me demandez pas cela !

— Alice…

— Non, pour vous je suis Mrs Mays-Smith. Pas Alice.

Elle s'enfuit sans lui laisser la chance de protester, sans se demander si elle avait encore du cœur.

*

Julia avait toujours trouvé les retours au bercail ennuyeux et démoralisants, mais cette fois, tandis qu'elle marchait sur le quai, accompagnée de Rose et suivie par un bagagiste qui poussait un petit chariot rempli de leurs valises, elle ressentait une tristesse teintée de regret.

Elle se ressaisit rapidement. Il ne fallait pas devenir esclave de ce genre de sentiments. Il valait mieux se concentrer sur ce qui avait été accompli : les fiançailles. À ce propos, Rose semblait moins extatique que prévu. Elle n'avait pipé mot de tout le trajet jusqu'à Mezzago.

Complètement désœuvrée, Julia n'avait eu d'autre choix que de regarder défiler le paysage ennuyeux et Francesco qui, depuis sa place à l'avant de la calèche, crachait régulièrement sur la route. Créature dégoûtante.

Julia fut encore un peu plus consternée de découvrir Nish lorsqu'elle et Rose entrèrent dans la salle des pas perdus de la gare. Il attendait son train, son unique malle à ses pieds. Bien sûr, l'Inde et les Indiens étaient britanniques. Et certains d'entre eux s'étaient bravement et admirablement battus durant la guerre, et ce, malgré leurs turbans encombrants – la plupart en portaient, non ? Mais vraiment, il valait mieux réduire les contacts au minimum avec eux, même avec ceux qui avaient de l'éducation. Les côtoyer les rendait arrogants.

Il était d'ailleurs regrettable que Bella se montre si indulgente avec des personnages comme Nish. Qui sait où tout cela pouvait la mener ?

— Mr Sengupta, fit-elle.

— Mrs Drummond-Ward. Rose.

— Je ne savais pas que nous ferions le voyage de retour en votre compagnie.

— Ce ne sera pas le cas, je le crains. Je m'en vais à Turin pour distribuer ces tracts, expliqua-t-il en désignant un paquet à côté de lui sur le banc. Et pour retrouver un ami.

— Un ami, reprit Julia en souriant. Comme c'est gentil.

*

Bella avait beau ne pas porter Francesco dans son cœur, elle ne put s'empêcher de le plaindre en secret. Il venait à peine de revenir à l'hôtel, après avoir déposé les Drummond-Ward à Mezzago qu'il devait y retourner pour la troisième fois de la journée. Il était justement en train de charger la calèche des bagages de ses prochaines passagères et de vérifier que les chevaux étaient en état de reprendre la route.

Lady Latchmere s'assura qu'elle et Melissa seraient seules dans la calèche.

— Oui, fit Bella. Les Drummond-Ward, le comte Albani et Mr Sengupta sont déjà partis.

— Et les Wingfield et Miss Pascal restent une journée de plus, ajouta Alice.

— Aurez-vous d'autres hôtes bientôt ? demanda Melissa.

— Un groupe de huit personnes de Zurich, répondit Bella. Nous avons quelques jours pour nous organiser.

— Bien, dit Lady Latchmere en souriant. Ce fut un séjour… riche en événements.

— Nous avons fait de notre mieux pour le rendre agréable, assura Bella.

Elle se rendit compte que c'était la pure vérité et qu'elle était épuisée des efforts qu'elle avait dû fournir pour y arriver.

— Ma tante et moi avons beaucoup aimé l'Hôtel Portofino, confia Melissa.

— Je compte bien en parler à tous mes amis, ajouta Lady Latchmere. Et leur dire à quel point la dame qui le dirige est raffinée.

Bella saisit la main que Lady Latchmere lui tendait.

— Nous reverrons-nous ? demanda-t-elle.

— À mon âge, ma chère, on ne fait plus grands projets.

— Mais Alice, tu vas venir me rendre visite à Londres, non ? demanda Melissa.

— Je l'espère, répliqua Alice. À ce propos, je voudrais te demander quelque chose…

Elle s'éloigna de quelques pas avec Melissa pour lui parler en privé.

— J'apprécie vraiment la compréhension dont vous avez fait preuve, confia Bella à Lady Latchmere quand elles furent seules.

— Tout le plaisir était pour moi. J'avais l'impression d'être dans un roman d'Agatha Christie.

— En effet, admit Bella. Mais aurait-elle osé mettre en scène un assortiment aussi hétéroclite de personnages…

— Allons, ma chère ! Nous sommes dans les années 1920, vous savez. (Elle serra la main de Bella.) Le monde est en train de changer. Pour le mieux, j'espère.

— J'aimerais partager votre optimisme, Gertrude, fit Bella en souriant faiblement.

Elle n'avait pas l'habitude de s'attacher aux clients de l'hôtel, mais lorsque la calèche de Lady Latchmere disparut au bout de l'allée, elle ressentit une pointe de tristesse, semblable au mal du pays qu'elle éprouvait au pensionnat. Un poids au creux de sa poitrine, une douleur au fond de la gorge qui ne se transformait jamais – ou presque – en véritables larmes.

En se dirigeant vers sa chambre, elle s'arrêta dans le hall d'entrée pour admirer le résultat de ses rêves et de son travail. Elle avait choisi les fleurs qui ornaient la réception ainsi que la nuance de vert pour la cage d'escalier. Elle avait fait faire sur mesure le lustre aux centaines de cristaux chatoyants et elle avait peint à la feuille d'or les mots « HÔTEL PORTOFINO » sur l'écriteau suspendu au mur.

Elle avait sélectionné les tableaux accrochés aux murs, y compris ceux de Lucian. Elle avait préféré la mousseline à la dentelle pour les rideaux du salon, car ce tissu formait un léger écran à travers lequel la lumière du soleil se diffusait doucement et magnifiquement. Elle s'était assurée d'installer un gramophone pour les jeunes et des numéros de *Country Life* pour les plus âgés afin qu'ils ne se sentent pas trop dépaysés.

Elle avait fait tout cela pour les autres. Maintenant elle avait le temps d'en profiter un peu avant l'arrivée de nouveaux clients. Un peu de temps pour exister tout simplement.

En gravissant l'escalier, elle se surprit à fredonner une vieille chanson de music-hall qu'elle avait apprise enfant, dont le titre lui échappait, impressionnée par le pouvoir d'évocation affectif de la musique.

La porte de sa chambre était ouverte. Ce qui voulait dire que Cecil y était venu. Une autre violation. Il envahissait sa chambre comme il avait envahi son corps ? Elle entra. Qu'y avait-il de différent ? Qu'avait-il fait ? Que voulait-il ?

Elle se dirigeait vers sa coiffeuse en prenant soin de ne pas glisser sur le tapis persan lorsqu'elle remarqua une enveloppe qui lui était adressée sur son lit. Elle connaissait trop bien l'écriture.

Elle prit l'enveloppe, l'ouvrit.

Elle en sortit un chèque de mille livres au nom de Mrs Arabella Ainsworth, signé par le très honorable Cecil Ainsworth.

Elle tourna la tête et vit le principal intéressé dans l'embrasure de la porte.

— J'ai pensé que ça pouvait aider.

— Aider à quoi ? demanda-t-elle en s'approchant de lui, le chèque à la main. À réparer cela ?

Elle désigna les marques sur son visage, camouflées par le fond de teint, mais quand même visibles.

Il se trémoussa, ne sachant plus où se mettre.

— Non. Même moi, je ne suis pas assez grossier pour imaginer cela. Aider à nous réconcilier.

— Je ne veux pas me réconcilier avec toi, cracha-t-elle en déchirant le chèque en mille morceaux qu'elle laissa tomber à ses pieds.

— Que diable fais-tu ?

— Je n'accepterai pas un sou de toi. Je respecte tes règles depuis trop longtemps, Cecil Ainsworth. Il est temps que j'établisse les miennes.

Du plat de la main, elle repoussa doucement Cecil dans sa chambre. Il eut le bon sens de ne pas résister. Puis, elle ferma la porte, la verrouilla et jeta la clé dans sa poubelle. Elle ignorait ce que l'avenir lui réservait, à elle et à ses immenses projets, mais elle savait qu'il n'aurait plus rien à voir avec Cecil.

Dans la même collection

Faubourg * Marigny

Elizabeth Buchan

Le musée des promesses brisées

Entre Prague, Berlin et Paris, la vie de Laure va basculer… jusqu'à la création de ce musée improbable, qui va lui permettre de régler ses comptes avec les fantômes de son passé.

Megan Chance

Le chant de la vengeance

San Francisco, 1904. Le destin de May vient de basculer. Elle rencontre pour la première fois sa famille maternelle, les Sullivan. Mais tout n'est pas aussi scintillant que ce qu'ils voudraient lui faire croire. Et May risque de tout perdre… jusqu'au jour où elle va décider de se venger.

Fredric Gary Comeau

Vertiges

Huit personnages en quête de leur destin vont voir leurs vies bouleversées, jusqu'à la vertigineuse chute finale.

Claire Holden Rothman

L'ombre de Lear

Au cœur de l'été à Montréal, la vie de Bea va prendre un tournant inattendu lorsqu'elle va intégrer une troupe de théâtre itinérante.

Hugo Léger

La jalousie est un vilain défaut

Alors que Philippe, biographe, tente de raconter l'ascension vers la gloire d'une jeune actrice, les fils de la réalité s'entremêlent en un nœud bien serré...

Ellie Midwood

La violoniste d'Auschwitz

L'histoire vraie de la cheffe d'orchestre d'Auschwitz, Alma Rosé. Lorsque la pureté de la musique rencontre l'horreur des camps de concentration...

Judy Nunn

Sous le ciel de Maralinga

Printemps 1956. Alors que des essais nucléaires top secret sont en train de se dérouler dans le bush australien, Elizabeth, une jeune journaliste anglaise, va tenter de faire la lumière sur un décès bien mystérieux.

Judy Nunn

Elianne

1881. « Big Jim » Durham crée pour sa femme, Elianne, la plus grande exploitation de cannes à sucre du Queensland et la nomme « Elianne » en son honneur. Mais derrière les portes du domaine, la famille cache de sombres secrets qui risquent bien de ressurgir dans les années 1960…

Sarah Penner

La petite boutique aux poisons

1791 : Nella est une apothicairesse un peu spéciale : elle vend des poisons uniquement à des femmes pour tuer des hommes… Mais attention, si le registre dans lequel elle note les noms des meurtrières et de leurs victimes tombe entre de mauvaises mains, les conséquences risquent d'être redoutables.

De nos jours, Caroline Parcewell découvre une vieille fiole d'apothicaire sur les bords de la Tamise…

Suzanne Redfearn

Hadley & Grace

Deux femmes décident de tout quitter et se retrouvent entraînées, malgré elles, dans un road-trip mouvementé à travers les États-Unis…

Madhuri Vijay

Le temps de l'indulgence

À la mort de sa mère, Shalini, une jeune Indienne privilégiée, décide de partir retrouver un marchand ambulant cachemiri qui venait régulièrement les voir quand elle était plus jeune.

Ellen Marie Wiseman

La vie qu'on m'a choisie

Lilly, neuf ans, n'a jamais quitté sa mansarde, dans la grande demeure familiale. Mais un soir, sa mère accepte de la laisser sortir… et la vend à un cirque itinérant. Débute alors l'incroyable destin de celle qui savait parler à l'oreille des éléphants...

Ellen Marie Wiseman

Ce qu'elle a laissé derrière elle

1995. Izzy, 17 ans, découvre des lettres et le journal intime d'une patiente dans l'ancien asile de Willard…

1929. Clara, 18 ans, est internée par son père car elle refuse un mariage arrangé. La voici plongée dans l'enfer de Willard…

Faubourg * Marigny

www.faubourg-marigny.com

Par ce logo, nous témoignons d'une volonté de réduire les impacts environnementaux liés aux activités de l'imprimerie. Nous choisissons un imprimeur impliqué dans la réduction des gaz à effet de serre. Le choix de nos papiers assure que la production a été faite à partir d'un produit à base de bois et a suivi le cahier des charges d'une gestion durable des forêts européennes.

Achevé d'imprimer par CPI Firmin Didot (170373) en France en mai 2022
pour le titre « Hôtel Portofino ».

Suivi éditorial : Céline Garcia
Directeur artistique : Guillaume Bertineau
Conception : Benoît Le Marre

Éditions La Geste
11, rue Norman-Borlaug
79260 La Crèche
contact@faubourg-marigny.com